诗词里的
中国故事
元明清篇
主编　黄为之　杨廷治

U0931374

二十一世纪出版社集团
21st Century Publishing Group
全国百佳出版社

图书在版编目（CIP）数据

诗词里的中国故事．元明清篇 / 黄为之，杨廷治著．-- 南昌：二十一世纪出版社集团，2017.4（2022.4重印）

ISBN 978-7-5568-1316-2

Ⅰ．①诗… Ⅱ．①黄… ②杨… Ⅲ．①古典诗歌－诗歌欣赏－中国－元代②古典诗歌－诗歌欣赏－中国－明清时代 Ⅳ．① I207.22

中国版本图书馆 CIP 数据核字 (2017) 第 047181 号

诗词里的中国故事·元明清篇 黄为之，杨廷治 / 著

策　　划	张　明
责任编辑	刘　刚　张　宇
出版发行	二十一世纪出版社集团 （江西省南昌市子安路 75 号　330025） www.21cccc.com.　cc21@163.net
出 版 人	张秋林
经　　销	新华书店
印　　刷	北京金康利印刷有限公司
版　　次	2018 年 1 月第 1 版　2022 年 4 月第 2 次印刷
开　　本	720mm × 1000mm　1/16
印　　张	25
字　　数	370 千
书　　号	ISBN 978-7-5568-1316-2
定　　价	45.00 元

赣版权登字—04—2017—206

如发现印装质量问题，请寄本社图书发行公司调换 0791-86524997

出版前言

中华民族历来是最具诗意的民族，论及中国文化，诗歌一定是皇冠上一颗最耀眼的明珠，是灿烂中华文明的精神制高点。徜徉在祖国文化的百花园里，你会发现，诗歌这块园地，最厚重也最丰饶——溯本求源，可说中国文化有多悠久，中国诗歌史便有多悠久；说数量，谁能历数，我们民族究竟创作了多少千古传诵的诗篇；再论及世代流芳的诗人，世界上没有一个国家、民族能望及项背。“李杜诗篇万口传，至今已觉不新鲜。江山代有才人出，各领风骚数百年。”（赵翼《论诗》）一代有一代的高峰，历史又把一代代的高峰留在后面。今天，当我们俯瞰历史，才能纵览春兰秋菊，夏荷冬梅，百花斗艳的胜景，膜拜那万峰簇拥的奇观。

“诗言志”是中国文化的正统，可以说诗歌历来便在中国人的生活中占有举足轻重的作用，渗透于生活的方方面面，成为其文化身份的独特标识。对一个诗歌大国来说，诗歌便是中国人的世界观，价值观与人生观——大至忧国忧民的社稷之慨，小至抒怀感悟，迎来送往，起居作息的生活常态，几乎无不成“诗”。“诗”生活亦生活，本书便是一套有关“诗”生活的丛书。

《文人墨客诗生活》，荟萃了历代诗苑故事、佳话和诗歌赏析，是一套内涵厚重却浅白易懂的文学通俗读物。在那些脍炙人口、光照千古的名篇背后，其创作和流传过程中，曾产生过许多优美动人的故事和妙趣横生的佳话。如果诗歌本体如浑雄交响中的主旋律，那环绕于诗人、诗歌的佳话轶闻便是“诗生活”中不可缺少的多层次合音与背景音乐。人们

在诵读诗歌名篇时，也一定会被这些故事和佳话所吸引，可更立体、多方位地理解与感悟诗歌美的内涵。但这些故事、佳话，往往散见于大量史书、诗集、诗话、笔记、类书之中，不易查找，亦难遍览；而原始资料的文字，也大都简古深奥，晦涩难读。选编这套丛书，便是通过广采博取，去芜存菁，将散见的故事、佳话、诗话荟萃于一集，并在表达上力求寓意显豁，清新可读。使读者能一目了然，享受到体悟“诗生活”的快乐，也可省去翻检古籍之劳。

《文人墨客诗生活》不同于一般的名人轶事集，也不同于常见的诗歌欣赏集，简言之，并非名篇的故事、佳话与未见故事、佳话流传的名篇，都未收入书中。一文一题，每一篇都有一至数首诗作和与之相连的故事佳话，行文浅白但神韵隽永。对所引诗篇也作了赏析。但这种赏析是与叙述有机结合的，或是交代故事背景，或是人物衷肠的倾诉，或是诗歌内涵的揭示和艺术鉴赏。不拘泥就事论事，就诗论诗，而是把其放在诗歌发展史和诗人生平际遇的大背景下，启迪读者对诗人、诗歌史的总体把握，几十题合起来，便几乎可见一代诗歌大观。

本书原名为《历代诗苑揽胜》，由首都经贸大学黄为之、杨廷治教授伉俪呕心沥血十年精心打造，先后重印几次，曾荣获北京市高等学校第二届哲学社会科学优秀成果奖；其版权输出台湾。本次重版修订，二位作者对每篇文字都重新进行了精心润色；在叙事部分，根据史料丰富了情节，故事更加生动婉曲；诗评部分，也根据历代诗话，作了更准确简明的评述。此外，还新增写了一些篇章，弥补了一些缺漏，从而更全面反映了我国古典诗歌的风貌。

没有华人不读诗。由此，说诗歌传承着中国文化的血脉一点不为过。如果说目前构建公民社会是我国核心价值观的体现，那么对公民特别是青少年进行“诗教育”与体悟“诗生活”是极其重要的。我们希望，这套融古典诗词、典故加传奇的隽永作品，能成为全国中小学文史老师的最佳指导手册，成为全国青少年朋友所喜爱的课外读物。

【目录】

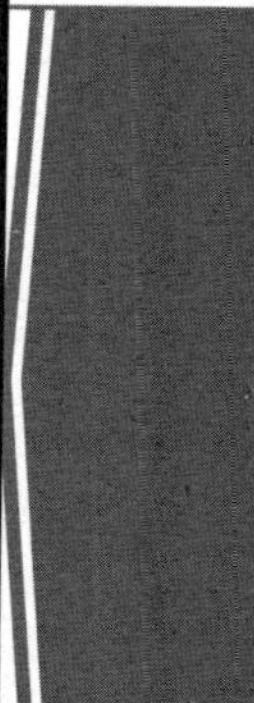

雁丘寄情

金章宗完颜璟泰和五年（1205 年），元好问与同县学子数人到并州（今山西太原）参加乡试。当时元好问父亲任陵川（今山西陵川）县令，元好问随父读书。从陵川北上并州有四五百里，途中非止一日。

一天，他们正沿汾河北行，至阳曲（今山西阳曲），见一个山民正在张网捕鸟。元好问兴致勃勃地走上前去。

“喂，大哥，今日打到什么了？”元好问问。

“看，捕到一只大雁，我已经把它杀了。”山民说着，右手举起一只雁来。

“嗬，好肥的大雁！”元好问的一个同伴说：“大哥，卖给我们吧。我们一路辛苦，正好享用一餐野味，犒劳犒劳自己。”

山民说：“要给你们，我倒是不可惜，只是于心不忍啊！”

众人奇怪地问：“为什么？”

山民愀然，说：“今晨，我张网捕鸟。不久，就飞来两只大雁。我拉动网绳，一只被捕，一只脱网飞走。我眼看飞走一只实在可惜，立即把捕到的一只杀了，准备张网再捕。一会儿，脱网飞走的那只雁，果然又飞回来了，只是一直在我的头上盘旋鸣叫，不落下，也不飞走，它的叫声，让我越听越觉得凄惨。我一下子明白了，‘啊，可怜的孤雁！’我正后悔莫及，突然，头上的飞雁俯冲下来，一头撞在地上，颤抖了几下，就死去了。”山民说着，又举起一只雁，继续说：“你们看，这两只雁原来是雌雄一对，一只被杀了，另一只也不肯活下去。它们多有情义，我真不该把那只公雁杀了啊，唉……”山民说罢，长长地叹息了一声。

众人听了这个凄楚的故事，深受感动，谁都像在心上压了一块石头，说不出一句话来。

不知过了多久，元好问说："天底下竟有这样的事，连飞鸟也是这样笃于情爱！大哥，这两只雁，我们都买了，你来帮助我们，在这汾河岸边，挖一个坑，把它们埋了吧。"

于是，他们在汾河岸边，选择了一块高地，把两只死雁埋好；又在上面用石头砌了一座不小的坟墓。元好问说："我们就把这座墓叫雁丘吧，留待日后骚人墨客来凭吊抒怀！"

"既然留待后人凭吊，我们何不先歌咏一回？"一个同伴说。

大家齐声说好，于是先后赋成诗词数章。

元好问绕着雁丘边歌边行，成《迈陂塘·雁丘词》长调一篇：

问世间，情是何物？直教生死相许。天南地北双飞客，老翅几回寒暑。欢乐趣，离别苦，就中更有痴儿女。君应有语，渺万里层云，千山暮雪，只影向谁去？　　横汾路，寂寞当年箫鼓，荒烟依旧平楚[①]。招魂楚些何嗟及，山鬼暗啼风雨[②]。天也妒，来信与，莺儿燕子俱黄土。千秋万古，为留待骚人，狂歌痛饮，来访雁丘处。

元好问吟唱得十分动情。一开头，他就激情发问，问苍天，问世人，问同伴，也问自己"情是何物？"他自己回答说："情"是甘苦与共，"情"是相随相依，"情"是生死相许！然而，如今悲剧发生了。一对共同度过多少春秋寒暑、比翼双飞的情侣，霎时生死异路，成为永诀。活着的经受不了眼前的打击，更难耐日后的孤独凄凉。"君应有语，渺万里层云，千山暮雪，只影向谁去？"元好问不禁为孤雁设想，你在空中盘旋时，一定是在这样悲吟，这样泣诉吧："它死了，我已无所依托，飞到哪儿，也只是只身孤影，与其日后背负还不完的相思债，不如眼前随它去！"

---

① 汉武帝巡幸河东，曾作《秋风辞》："秋风起兮白云飞，草木黄落兮雁南归。兰有秀兮菊有芳，怀佳人兮不能忘。泛楼船兮济汾河，横中流兮扬素波。萧鼓鸣兮发棹歌，欢乐极兮哀情多，少壮几时兮奈老何！"

② 《山鬼》是楚人祭祀山鬼的歌谣，山鬼是女性，由男巫迎神，歌为相互对答，有男女对话、人神相恋的意味。末句有"雷填填兮雨冥冥，猿啾啾兮又夜鸣；风飒飒兮木萧萧，思公子兮徒离忧。"《招魂》相传是宋玉为屈原而作，屈原忠而被谗逐，投汨水死，宋玉作赋，为屈原招魂。

所以你终于殉情而死！这一段话，虽是替雁设想，却充满了词人对孤雁的深切理解与同情，可以说是滴泪和血、痛彻肝肠！

词的后片，元好问用汉武帝的《秋风辞》和楚辞《招魂》、《山鬼》等名篇的诗意来烘托雁丘的凄凉环境。当年汉武帝巡幸河东（今山西，黄河由此南折），泛舟汾河，君臣燕乐，当年盛况，今已寂寞无声，只有荒烟远树依旧！而一对恋人已成人神相隔，招魂无益，山鬼依旧夜夜啼哭。词人用这两个典故进一步伸言，世间人事盛衰都会变为陈迹，惟有一个“情”字永存千古。清人许昂霄说：“绵至之思，一往而深，读之令人低徊欲绝。”（徐珂《历代词选集评》）这是对孤雁殉情的赞颂，也是对元好问及其词作的赞颂。

同时人李治、杨果都有《迈陂塘》和元遗山（元好问的字）《雁丘》词。杨果面对雁丘，手捧元好问词，“细读悲歌，满倾清泪”，为遇难殉情的孤雁设祭，深情地唱出：

恨千年雁飞汾水，秋风依旧兰渚。网罗惊破双栖梦，孤影乱翻波素，还碎羽。算古往今来，只有相思苦。朝朝暮暮。想塞北风沙，江南烟月，争忍自来去。　　埋恨处，依旧并州路。一丘寂寞雨，世间多少风流事，天也有心相妒。休说与，还却怕，有情多被无情误。一杯会举，待细读悲歌，满倾清泪，为尔酹黄土。

这首词，上片重点写存活的孤雁，只影单飞，朝朝暮暮相思苦；下片则重点写词人面对雁丘、吟读元好问词的感受，无情的天公，好像故意与有情人作对，在萧瑟金秋中，洒下阵阵凄风苦雨，更增添词人祭奠的悲伤。整首词读来缠绵悱恻，凄楚动人。

李治的和作更为出色，与元好问原词堪称双璧。词如下：

雁双双，正飞汾水，回头生死殊路。天长地久相思债，何似眼前俱去！摧劲羽，倘万一幽冥，却有重逢处。诗翁感遇，把江北江南，风嗥月唳，并付一丘土。　　仍为汝，小草幽兰丽句，

《宋词画谱》 （明）汪氏 编

声声字字酸楚。拍江秋影今何在[①]？宰木欲迷堤树[②]。霜魂苦，
算犹胜，王嫱青冢贞娘墓[③]。凭谁说与？叹鸟道长空，龙艘古渡，
马耳泪如雨[④]。

上片叙孤雁殉情的本事，也采用了代孤雁悲吟言情的手法，口吻极亲切生动，把元好问词中的雁情抒发得更加淋漓尽致。“诗翁感遇”四句是“点

① 秋影，即秋雁。

② 宰木，墓上的树。

③ 王嫱，王昭君，参看《先唐篇·昭君出塞》。贞娘，吴国佳人，其墓在苏州虎丘。

④ 鸟道，险峻难行的山路，李白《蜀道难》“西当太白有鸟道，可以横绝峨眉巅”。龙艘，隋炀帝杨广下扬州所乘龙舟。马耳，山东诸县境的马耳山。苏轼贬官密州，在云中望马耳山，曾伤心地叹老嗟卑。

出元好问埋雁赋词的深心”（夏承焘、张璋《金元明清词选》）。所谓“江北江南，风嘹月唳”，是指金末动荡的政治局势。李治认为，元好问把时事感慨、人间悲欢与孤雁殉情纽结在一起，所以词作才有那样浓重的感情和深邃的意蕴，表达出他对金王朝的一片孤忠。下片极力称赏元好问原词的艺术成就，说元词如“幽兰丽句”，清艳馨香；“声声字字酸楚”，具有震撼人心的艺术感染力。最后，用元好问词“为留待骚人，狂歌痛饮，来访雁丘处”的意境，为雁丘创造出一种冷艳荒芜的氛围，并排比典故，在时间与空间、兴衰与治乱的广阔背景上，抒发诗人凭吊的感叹。据《元史·李治传》和施国祁编元好问《年谱》，李治与元好问相交游唱和，已在金亡以后，因此，李治的这种慨叹就不只是重申元好问的“深心”，而是又注入了他对金王朝的悼亡之情，比元好问原词也就更为深沉和悲愤。所以近人况周颐说：李治“和元遗山《赋雁丘》过拍云：‘诗翁感遇，把江北江南，风嘹月唳，并付一丘土’，托旨甚大。遗山原唱，殊未曾有。”（《蕙风词话》卷三）

但是，元好问《雁丘词》原唱，确实脍炙人口。“是篇既出，其地遂名‘雁丘’。”（《渚山堂词话》）可见其影响。作为金、元两代“蔚为一代宗工，以文章独步者几三十年”（《元诗选·甲集》）的元好问，当时年仅十六岁，已经崭露头角了。

【参考资料】

《遗山乐府》
《词苑丛谈》卷八
《梅磵诗话》卷下

师生论诗

元好问二十七八岁时，因蒙古太祖成吉思汗率兵南侵，避难三乡（今河南宜阳三乡镇）。他一面怀着家乡陷落的深沉悲痛，关注着国家和人民的命运，一面则潜心于诗文的创作和理论探索。

当地有一位远近闻名、颇有异才的人名叫王立中，字汤臣。此人博闻强记，谈吐高雅，诗文书画，都极精妙、超凡。相传他曾寄居京城礼部尚书赵秉文（号闲闲）家。一年中秋夜，他向主人要了一盘墨水，第二天清晨竟不知去向，只留“龟”、“鹤”二字于粉墙上，字大一丈见方，而盘中墨水些许不少。京城一时盛传王立中“仙”逝，朝中文武尽来观赏遗墨，探问真情，以致车马塞途。忽然，王立中自外来，众人争问，王立中笑而不答，只在“龟”、“鹤”二字旁边题了四句诗①：

天地之间一古儒，醒来不记醉中书。
旁人错比神仙字，只恐神仙字不如。

题罢，掷笔长啸。王立中一生行状才情大致如此，颇狂放不羁，疏简纵情，惊世骇俗，知者便称他是“异人”。

元好问慕名而往，拜他为师。一天，元好问问王立中：“先生以为学习作诗最要紧的是学习什么？”王立中想了想，没有回答，却反问：“嗯，你记得秦少游的《春日》诗吗②？”

好问说：“学生记得，是这样的：

① 原诗无题，见《中州集壬集》第九。
② 秦少游，北宋诗人秦观，有《春日五首》，此其一。

一夕轻雷落万丝，霁光浮瓦碧参差。
有情芍药含春泪，无力蔷薇卧晓枝。”

王立中听元好问吟完，说：“你试着解解这首诗。”

元好问说：“这首诗写的是春天的一个早晨。昨夜有轻雷细雨，早上起来，天放晴了，琉璃瓦、芍药花、蔷薇花、滴落的雨珠，在晨曦中闪动着万千霞光，真是无比明媚妍丽。而芍药‘有情’，沾雨后就像女儿思春含泪；蔷薇攀援乔木树枝，在晨雨中如少妇新沐，娇弱无力；芍药、蔷薇，仿佛都有不尽的淡淡春愁。一首小诗，把雨中花草，不仅写得千姿百态，而且写得万种风情，确是一首很有特色的诗。”

王立中说：“你解得不错，所以南宋人敖陶孙评此诗‘如时女步春，终伤婉弱’①。那么，韩愈的《山石》诗呢，你也记得吗？”

元好问说：“昌黎先生②这首诗，对后世影响很大。记得东坡与友人游南溪时，濯足清泉，欣然吟诵《山石》诗，情不自禁，竟依原韵和诗一首，抒发当时的游冶之乐。所以昌黎先生的诗，学生也熟记于心。”接着，元好问又吟诵起《山石》诗来：

山石荦确③行径微，黄昏到寺蝙蝠飞。
升堂坐阶新雨足，芭蕉叶大栀子肥。
僧言古壁佛画好，以火来照所见稀。
铺床拂席置羹饭，疏粝亦足饱我饥。
夜深静卧百虫绝，清月出岭光入扉。
天明独去无道路，出入高下穷烟霏。
山红涧碧纷烂漫，时见松枥皆十围。
当流赤足踏涧石，水声激激风吹衣。
人生如此自可乐，岂必局束为人鞿④。

① 见《诗人玉屑》。
② 韩愈，字退之，河南孟县人，自称郡望（一郡显贵的世族）昌黎，世称昌黎先生。
③ 荦确（luò què），山石不平的样子。
④ 鞿（jī），马缰绳，此喻受人牵制、约束。

嗟哉吾党二三子，安得至老不更归。

王立中听元好问把韩愈如此一首长诗，烂熟于心，背诵如流，感到眼前这位青年，确实学业扎实，追求高远，前途无量，便想进一步试试他的才华。“你说说，韩昌黎这首诗究竟好在哪里呢？”

元好问沉思了一会儿，说：“这首诗是昌黎先生在贞元十七年（801 年）七月二十二日游洛阳北面惠林寺以后写的，是一首记游诗。他从上山写起，黄昏到寺，不顾喘息，便坐在堂前观赏山寺风景，当时一场秋雨刚停，芭蕉叶显得更加硕大翠绿，栀子花开得更加芳香丰美。天完全黑了，寺僧来请他去观赏寺壁佛画，举着火把，兴致勃勃，然后为他供斋、扫席、铺床，款待殷勤。就寝以后，他仍然没有睡意。从百虫啁啾，到夜深万籁俱寂，从下弦月爬上山岭，照进门扉，直到鸡叫头遍。一夜没睡，天刚亮他又离开寺院下山了。雨后破晓，晨雾浓重，他在山间寻路前进，时上时下，时高时低。雾终于散了，红的山花，绿的涧水，分外烂漫照眼。他脚踏清凉的山泉，听着悦耳的水声，不觉精神一振。这时，他才深深感到被官场羁绊的可厌，留恋这山林的天然之乐。昌黎先生这首诗，虽从上山写到下山，一滴不漏，事事俱到，但随着他的游踪，山景的幻化诡谲，感情的波澜起伏，都一一展现在眼前，时序、山景、人情也都丝丝相扣，妥贴入微，不可更易。看似平易如有韵散文，品味方觉真淳出壮美诗境。”

元好问一口气说了这么多，王立中很感兴趣地听着，不时地点头称赏。待元好问说完，他说：“你把韩昌黎这首诗品玩得很深，很对。昌黎先生在《进学解》中曾经说过，‘闳其中而肆其外’。正因为昌黎先生有博大渊深的志气涵养，才有这样开阖自如、壮美雄豪的才力诗风。与昌黎《山石》诗相比较，秦观的《春日》诗，就只能算是纤小妖媚的翡翠兰苕了。”

元好问到底还是个聪慧的青年，听了这话，恍然大悟，高兴得叫起来：“先生说得太好了！学生记得杜甫《戏为六绝句》中有这样的诗句，‘或看翡翠兰苕上，未掣鲸鱼碧海中’，翡翠鸟虽美，兰苕花虽香，翡翠戏兰苕，虽然绚丽夺目，毕竟还是风月花草，过于柔弱妖媚了，怎如掣巨鲸于碧海那样雄浑壮美呢？”

王立中满意地笑了，意味深长地说："你刚才不是问我学习作诗最重要的是学什么吗？现在你该明白了？"

"是的，先生。"元好问诚恳地说："先生是教我首先要注重人格品德的修养，蓄天地浩然之气于胸中，然后才有刚健向上、壮美恢弘的诗歌。先生教诲，学生铭记在心了。"

"好，望你好自为之吧！"王立中勉励元好问说。

这次师生论诗之后，元好问写成这样一首《论诗绝句》：

有情芍药含春泪，无力蔷薇卧晚枝。
拈出退之山石句，始知渠是女郎诗。

元好问同王立中常常一起论诗，从中受到不少教益。他在三乡时，共写了《论诗绝句》三十首，这只是其中的一首。以诗论诗，是唐代大诗人杜甫首创的诗体，他写有《戏为六绝句》，但利用这种诗体对古今诗人作出较系统评价的，元好问则是第一人。他的《论诗绝句》三十首，对魏晋以至北宋末年的许多诗人和作品，进行了广泛和恰当的评论，阐述了自己的诗歌主张，推崇刚健豪迈诗歌风格，倡导诗写真情实感，反对内容空虚的形式主义。元好问《论诗绝句》组诗一传出，仿效者蜂起。清代著名诗人王士禛[①]就有《戏仿元遗山论诗绝句》三十五首。清代著名诗人袁枚有《仿元遗山论诗》三十八首，袁枚在诗序中说："遗山论诗，古多今少，古少今多，兼怀人故也。"以后各代诗人写过多少论诗绝句，大约没人能统计得出来。当代学者郭绍虞和钱仲联先生辑得万首论诗绝句出版，可见当年论诗绝句的规模。以论诗绝句为题的组诗，在元好问以下，不下百家。由此可见，元好问论诗绝句，对中国古典诗歌理论的发展作出了杰出贡献，对后世产生了巨大影响。

不过，元好问这首论韩愈、秦观诗的绝句，由于过分强调了他一向追求和主张的刚健雄壮、自然天成的诗风，而对"女郎诗"表示了轻蔑，也

① 也叫王士祯。

引起后人的异议。清代文豪袁枚就说：元遗山讥秦少游诗为“女郎诗”，“此论大谬。芍药、蔷薇，原近女郎，不近山石，二者不可相提而并论。诗题各有境界，各有宜称。杜少陵（甫）诗，光焰万丈，然而‘香雾云鬟湿，清辉玉臂寒’（《月夜》），‘分飞蛱蝶原相逐，并蒂芙蓉本是双’（《进艇》）；韩退之诗，横空盘硬语，然而‘银烛未销窗送曙，金钗半醉坐添香’（《酒中留上襄阳李相公》），又何尝不是女郎诗耶？”（《随园诗话》卷五）袁枚列举的诗，虽然思想、艺术有高下，他的分析却很有道理。

清人薛雪在写作《一瓢诗话》时提及此事，也作绝句戏嘲：

先生休讪女郎诗，《山石》拈来压晚枝。
千古杜陵佳句在，云鬟玉臂也堪师。

这就比袁枚的论述更进了一步了。杜甫的《月夜》诗，是他困于长安，怀念寄居鄜州（今陕西富县）妻子儿女的抒情诗。这是杜甫的名篇，全诗如下：

今夜鄜州月，闺中只独看。
遥怜小儿女，未解忆长安。
香雾云鬟湿，清辉玉臂寒。
何时倚虚幌，双照泪痕干。

杜甫身在长安，却神游鄜州，本是自己月下想念妻儿，却说妻儿月下如何想念自己；明明是自己伫立月下久了，觉夜气寒冷，却说闺中妻子月下伫立久了，露湿云鬟、寒浸玉臂；明明是杜甫倍感孤独，却说儿女还小，不懂离散之苦，更不懂母亲思念亲人，妻子感到孤独；明明是杜甫泪不干，却说妻子泪不干，企盼着何时能团聚，双双不再落泪。所以清代人浦起龙说：“诗从对面飞来，悲婉微至，精丽绝伦。”（《读杜心解》）不只是“香雾云鬟湿，清辉玉臂寒”两句，整首诗都写得哀伤凄婉，悱恻缠绵，满纸伉俪密意，儿女情长，不尽千言万语。黄生说：“五律至此，无忝称圣矣（杜甫不愧被称为诗圣）！”（《杜诗说》）所以清代人薛雪说，如杜甫那样流传千古的“女郎诗”，不仅不可讥笑，甚至是应该师法的。

文学艺术的风格应该是多种多样的。俗话说，一花独放不成春，百花齐放春满园。春兰秋菊，夏荷冬松，都是人类社会和大自然所不可或缺的。

【参考资料】

《中州集·王立中传》

《元遗山诗集笺注》

遗山遗恨

金哀宗完颜守绪天兴元年（1232年），蒙古军两度围攻金都汴京（今河南开封），完颜守绪弃城南逃。第二年正月，汴京留守、西面元帅崔立乘机发动政变，以汴京降顺蒙古。当时一批趋炎附势者，四处扬言，歌功颂德，说崔立此举挽救了京城百万生灵，应该为崔立建立功德碑。

崔立的同党翟奕以尚书省命令召见翰林学士王若虚。王若虚进尚书省前，对员外郎元好问说："翟奕召我，必令我为崔立写碑文，我若不从，必然被杀；从，则一生名节尽亏。我将竭力逊辞，如不行，一死罢了。"

事情果然如王若虚所料，然翟奕亦不能夺王若虚之志，便又召众翰林学士及太学生入尚书省。

这次，崔立亲自出马。崔立对众人说："我知你们都在骂我是叛贼，你们写碑文，就记述我的反叛罪状好了！"话中分明透着威胁。

刀锯在前，无路可走。众人你推我让，最后由刘祁、刘郁兄弟起草碑文，由元好问修改删定，勉强交差。碑文不著一字歌功颂德，只叙崔立举事经过。不久，蒙古军入城，这块功德碑才没有树立起来[①]。

尽管如此，为崔立树功德碑，当事人也知道是谄附逆贼，无不深以为耻。元好问和刘祁后来都写文章否认碑文是自己写的，并且相互推诿，尤其受到当时和后世讥议。而元好问遭到的责难似乎更多。因此，他更是痛心难忘。

天兴三年春，蒙古军入汴京，完颜守绪自杀，金亡。元好问与满朝文武成了蒙古军俘虏，被羁管在聊城（今山东聊城）至觉寺。这年的一个秋夜，

① 崔立功德碑文究竟是谁写的，是一个悬案，从一些资料看，很难说与元好问无关，但元好问本人却以沉冤难雪为终身遗恨。可参看《元诗纪事》卷三十，《瓯北诗话》卷八，《金史·崔立传》、《金史·王若虚传》。

元好问枯坐在又矮又湿的土坯房里，听着河水的瑟瑟呜咽，又陷入了深深的痛苦……

他的眼前出现了汴京破亡前后的惨状。蒙古军攻城十六个昼夜了，京城到处是火光、死尸、血污、废墟，而崔立乘机作乱，大肆烧杀抢掠。七八天中，从各城门出葬者，竟达数十万人，而贫不能安葬者，更不知其数。生灵涂炭，神州陆沉，国贼反叛，罪该九死而不赦，他岂能不顾名节为叛逆歌功颂德？为崔立写功德碑文，行同为奸人吮疽舔痔，他岂能心甘情愿？如果他真那样做了，就是被流放天涯、投身山涧，他又有何怨恨？

“唉，谁能知晓我当时的处境？谁能了解我此刻的心情？这百年的世事与身世，又向谁剖白？”元好问长长地叹了口气，借着昏黄的灯光，写下《秋夜》诗一首，记下他这一夜痛不欲生的回忆和思绪：

九死余生气息存，萧条门巷似荒村。
春雷漫说惊坯户，皎日何曾入覆盆。
济水有情添别泪，吴云无梦寄归魂。
百年世事兼身事，尊酒何人与细论？

元好问这首《秋夜》诗说，他经过九死一生，虽然现在还一息尚存，但被羁管在一个荒村野庙里；春天来了，冬眠的百虫闻春雷而惊醒，可他却没有出户活动的自由，虽有朗朗白日，可他如身在覆盆之下，暗无天日；济水，是黄河的支流；吴云，是元好问家人现在所居住的南方，他痛惜离别，泪洒济水；他思念亲人，却归梦难成；他的一生名节，覆盆之冤，有谁能为他辩白洗雪！这首诗确实写得沉痛而悲怆。

一天，崔立被杀的消息传到聊城。一个朋友问元好问：“裕之（元好问的字），你知道国贼崔立是怎么被杀的吗？”

元好问说：“传说是都尉李伯渊杀死的。”

朋友说：“崔立残暴，群小趋炎附势，李伯渊怎么有能力有机会杀死他呢？”

“这详情我就不知了！”元好问回答说。

“听起来，有些离奇。”这位朋友绘声绘色地给元好问讲述起详细经过来。

那是六月的一天夜晚，皇建院一个小和尚跑进方丈，对长老说：“师傅，门外有一个身穿盔甲、腰佩金符（将令）的人从马上摔下来了，像是喝醉了，他的随从扶不起他来。”

长老出门一看，原来是都尉李伯渊，汴京留守、东面元帅。长老说：“赶快把元帅扶进方丈！”

李伯渊进了方丈，仍是酩酊大醉的样子，长老冲他摇摇头，叹息说：“唉，眼下国家危难，元帅为何还这样嗜酒？生为大丈夫，与其与酒徒沉醉于乱世，何不建万代不朽功勋于身后？”

李伯渊一听，突然睁开眼睛跳起来，然后纵声大笑，双目直视长老，反问：“长老之意，是要我诛灭崔立，救国安民么？”

长老见李伯渊的样子，哪里是喝醉了酒，心知上当了，连忙说：“元帅怎么说这种话？元帅敢说，贫僧也不敢听啊！”说着连连摇头，显出惊恐万状的样子。

李伯渊见长老如此反复，是不信任他李某，便故意激将说：“世人都说长老心怀天下，深明大义，原来是徒有虚名！李某今日问道于盲，可惜了一片真情！崔立大逆不道，古今无有，天下之人得而诛之，李某虽势单力孤，然誓死为国讨贼，杀身灭族，在所不辞！”说罢，起身要走。

“元帅且慢！”长老一把拉住李伯渊，说：“元帅如此，贫道也不必隐瞒真情了。元帅果能成大事，贫道朝见而夕死亦无憾！”

这样，两人重新坐下，仔细商量起来。

元好问的朋友讲到这里停了停，然后说：“这以后，李伯渊怎样设计纵火焚烧外封丘门以惊动崔立，然后约崔立同去视察，终于在路上乘其不备，刺崔立于马下，这些就都是尽人皆知的了。”

元好问听后，无比感动，说：“原来是这样！崔立被诛，真是大快人心！李伯渊功业，当载入青史；长老高勋，也不当磨灭！可惜知道这些事的人太少了！”元好问说到这里，脸上掠过一丝不易觉察的痛苦，沉默了好一会儿，不禁深深地喟叹说：“西汉王莽篡位，翟义起兵反莽，兵败被杀。王莽收尸积土作京观，让后世瞻仰，永远纪念他的战功，唾骂翟义的叛逆。如翟义、李伯渊这类忠义之士的功过，在当时尚不易为天下人知晓，

历时久远，忠奸功罪就更难明辨了！”

这位朋友看了看元好问，心里怪不是滋味，知道崔立的事又触到了他的隐痛，便深情地拍拍元好问的肩头，说：“裕之，要想开些，千秋功罪，任后人评说吧！”

朋友走了，元好问的心却不能平静下来。崔立已得到应有的惩罚，遗臭万年，李伯渊与皇建院长老的忠义，也已显白天下，必将流芳后世，可他元好问呢？如今遭人唾骂，身后有谁能为我洗雪呢？在极度痛苦和忧愤中，他挥笔写成《即事》诗一首：

逆竖终当脍缕分，挥刀今得快三军。
燃脐易尽嗟何及[①]？遗臭无穷古未闻！
京观岂当诬翟义[②]，衰衣自合从高勋[③]。
秋风一掬孤臣泪，叫断苍梧日暮云[④]。

元好问写完投笔，遥望南天，不禁热泪滚滚。逆贼终于扫除，真是大快人心；诗人对逆贼充满愤恨，痛骂崔立将遗臭万年；同时对翟义、李伯渊充满了敬意，说虽有京观，想诬谤翟义，也是徒劳，翟义、李伯渊诛灭逆贼的高勋，将永垂史册。诗的最后，诗人以一被羁管的孤臣，洒泪问天：“舜帝啊，你在哪里？为什么不来为我辨奸鸣冤？暮云啊，你怎么这样浓重，隔断了苍梧，阻断了我的呼唤？”元好问这样大声地呼喊着，一腔蒙羞含垢、念君思国的悲愤，动人心魄！

元好问经常为身世难言而深深感叹，更为功德碑事饮恨终身。他的《学东坡移居》诗写道：“置锥良有余，终身志惩创”，表示自己应该受到惩罚，终身铭记教训。直到临死，他还嘱咐亲友说，某死之日，不愿有碑志，只在墓前树三尺石，书“诗人元遗山之墓”七字就够了。言语之间，

---

① 东汉末年，董卓专权，后被杀。卓体肥胖，守尸吏点火置卓脐中，如油灯数日不灭。

② 古代战胜者收集敌尸，封土成高丘，以炫耀武力，称为京观。

③ 衰衣，丧衣。契丹人张彦泽与高勋有仇，乘醉杀其叔父及弟。后张彦泽获罪，被判死刑，高勋监斩，高勋亲属手持棍棒，穿衰衣赴刑场，斥骂痛打张彦泽。此处代指李伯渊。

④ 苍梧，即九疑山，在湖南宁远县南，相传舜帝葬于此。此处代指死于蔡州的金哀宗。

无限悲苦颓丧！

但是，当时及后世的人，还是理解他的。同时人郝经曾说：“作诗为告曹听翁，且莫独罪元遗山。”（《辨磨甘露碑诗》）为元好问减轻罪责。清人赵翼也说，元好问“虽崔立功德碑一事，不免为人訾议”，然而‘金亡不仕，是可谓完节矣！”（《瓯北诗话》卷八）赵翼甚至认为，正因为元好问有这种特殊经历，所以他的诗才“沉挚悲凉，自成声调。唐以来律诗之可歌可泣者，少陵十数联外，绝无嗣响，遗山则往往有之。”（同前）赵翼认为，杜甫的可歌可泣之诗也只有十数联，以后再没有好诗，直到元好问才算有了后继者。这个评价，显然并不准确，但对元好问来说，无疑是很高的。清代诗人朱体度《题遗山集》也有两句：“万古诗坛专一代，墓门七字慰平生。”元好问地下有知，应该瞑目了。

【参考资料】

《金诗纪事》卷九
《元诗纪事》卷三十
《元遗山诗集笺注》

真州托雁

南宋理宗赵昀开庆元年（1259年），蒙古军大举南侵，忽必烈攻取鄂州（今湖北武昌）。理宗拜贾似道为右丞相，驻军汉阳（今湖北汉阳），援救鄂州。贾似道到汉阳后，即秘密派人到蒙古军中求和，条件是宋向蒙古称臣，年年纳贡。恰在这时，蒙古可汗死，诸子争夺皇位，忽必烈仓促退兵北归。贾似道乘机派军狙击蒙古殿军，杀七百余人。贾似道回朝后，隐瞒求和丑事，大肆吹嘘战绩。宋理宗以为贾似道有“再造功”（《宋史·奸臣传四》），加贾似道少师，封卫国公。

次年，忽必烈即帝位，史称元世祖。他把荆湖宣抚副使郝经召去，命他以翰林侍读学士，佩金虎符，充国信使出使南宋，通告即位，且定和议，互通友好。

郝经一行长途跋涉，日夜兼程，到了真州（今江苏仪征）。当时，贾似道正大肆吹嘘鄂州大捷，深怕郝经得知他曾向蒙古军求和的丑事，竟下令把郝经一行人软禁在真州忠勇军营。郝经多次上书宋理宗和丞相，陈述南北修好、息边安民的意愿，要求面见宋主，并及时归国，但都如石沉大海，没有回音。

真州驿馆，高高的围墙上布满尖利的荆棘；院门紧锁，驿吏昼夜巡逻。郝经一行人完全失去了人身自由，不能与外界通一点消息。夏尽秋来，冬去春回，日复一日，年复一年，郝经心中万分焦急。他的随员忍耐不住了，开始抱怨起来，甚至劝说郝经归降南宋，换取自由。郝经好言劝慰，说：“不能完成使命，已是我们的罪过。我们怎可再辱使命，叛主降敌呢？进入宋境，生死进退，早已置之度外，就由他们处置好了。不过与其终日无所事事，虚度岁月，不如我教你们识字读经，日后回朝，也好报效。”随员们见郝经这样忠贞不渝，也不再说什么。从这以后，郝经白天教授随员们读经书，

晚上则潜心著书立说，以此打发日月。

但是，夜深人静，郝经躺在床上，常常难以成眠。那奔腾澎湃的扬子江水，仿佛冲向他的心田，激起他心中万顷波涛，那江上的疾风骤雨，仿佛淋透了他的身心，使他彻骨冰冷。每当这时，他不得不披衣坐起。在一个秋夜，他写下了《秋思》四首，其二如下：

江声万马来，势欲冲夜枕。
志士足多感，坐起安得寝？
静听风雨急，透骨寒凛凛。
湖湘凑远浸，巴蜀动余渗[①]。
谁令限南北，汹怒欲相谂[②]。
落落弭兵心，于今成贝锦[③]。
荐玉期捧盘，堕甑如拾沈[④]。
尊中有琼花，明朝且轰饮。

诗人质问，是谁设置长江，令南北对立、兵戈相加？他痛心自己平息战争、寻求和平的心愿，因遭到小人阻挠，付之东流，无可挽回！他想到这一切，怎能不听水声而心中起洪涛、闻风雨而浑身彻骨寒？他怎能安寝，怎能不感慨？他多么想狂歌痛饮，借以排遣胸中块垒？

真州驿馆后院的海棠花，不知几回开又落，驿馆上空掠过的鸿雁，不知几回去又来。郝经只是感到时序的变化，却不知今夕是何夕。

春天来了，杜鹃啼叫不停。从黄昏啼到月落，从春来啼到春归，它该啼得血尽肠断了吧？可它还是不住地啼鸣！多怨多恨的杜鹃啊，为什么偏向我这未归人啼鸣，你那悲苦的啼声，声声入耳钻心，令我旧愁叠新愁，一夜难着枕。郝经又把这杜鹃的泣诉和自己心中的悲哀，凝成了《新馆夜闻杜鹃》诗：

---

① 余渗（shěn），余波闪动的样子。
② 谂（shěn），通“渗”，惊恐的样子。
③ 贝锦，诬陷人的谗言。
④ 沈，汁。甑堕地破碎，不可收拾，如汁洒地不能再捡取。

啼落深江月，催残故国春。
不堪多恨鸟，偏聒未归人。
血尽肠应断，哀余声更频。
关心尤入耳，一枕夜愁新。

秋天来了，一群大雁落在驿馆庭院的树上憩息。郝经立即叫人网住一只。他手捧大雁，感慨万端。“雁呀雁，当年苏武被拘北海十九年，汉天子向匈奴要人，匈奴谎称苏武已死，是你带着书信飞回上林苑，苏武才得荣归故里。雁呀雁，如今你也能为我传书吗？”郝经这样凄楚地对大雁诉说着。大雁像是通达人性，扑打着双翅，引吭长鸣，似有所倾诉。“啊，你说你也能为我传书？”郝经激动地惊叫起来。他立即沐浴更衣，摆好香案，北向跪拜，然后在一方五寸长、二寸宽的玉帛上写了这样一首小诗：

霜落风高恣所如，归期回首是春初。
上林天子援弓缴[①]，穷海累臣有帛书。

在这首诗后，郝经还写了这样几句：“中统十五年[②]九月一日放雁，获者勿杀，国信大使郝经书于真州忠勇军营新馆”。郝经写好这首《帛书诗》，还在后面盖上陵川郝氏印章，印文力透玉帛。他做好这一切，就把玉帛团紧，封成蜡丸，系在雁足上，说：“雁呀，现在是霜落风高的时候，你正好凌空翱翔。当你回到我元大都的宫中，正好是春回江北的好时光，愿你一路平安，不负我心，把这帛书捎给世祖皇上。”他这样深情地祝祷之后，双手托起大雁，看大雁冲天飞去。

郝经哪里知道，他托雁传书时，已经在真州驿馆被软禁了十五年！而就在这一年的六月，元世祖忽必烈下诏伐宋，向扣留郝经使者的南宋小朝廷兴师问罪。贾似道阴谋败露，流放边远，郝经一行被送归元都。至元十二年（1275 年）三月，一个宫廷卫士在汴京金明池捕获一只大雁，见

① 缴（zhuó），系在箭上的丝绳。

②《元史·郝经传》作蒙古世祖“至元五年”（1268 年）。《元诗选·初集》作“中统五年”。当时郝经与外隔绝，不知“中统”已改为“至元”。中统十五年，当是至元十一年。

到蜡丸帛书，献给世祖。世祖看了，神情悲伤地说："随行四十骑，竟无一人比得上这只送信的大雁么？"四月，郝经终于回到元都。不幸的是，七月，郝经便去世了。元末明初人陶宗仪在记述这件事时说，郝经真州帛书，当时尚存。（《南村辍耕录》卷二十）

郝经是元好问的弟子，元好问曾称赞他"才器非常"（《元史·郝经传》），他被软禁真州驿馆时，完成了《续后汉书》和诗文集等著作数百卷。"其文丰蔚豪宕"、"诗多奇崛"（同上），"而真州诸作，尤极凄惋"（《元诗选·初集·乙集》）。

郝经的这段不平凡经历，为世人称颂，他在真州的诗，在二十多年后，元仁宗爱育黎拔力八达还下诏装潢成卷，命翰林集贤文臣题吟记识、珍藏。

【参考资料】

《元诗纪事》卷四
《元诗选·初集·乙集》
《元史·郝经传》
《元史·贾似道传》

月泉吟社

元朝初年，浙江浦阳江畔，有四位隐逸诗人，他们是吴渭、方凤、谢翱、吴思齐，都是南宋遗老。吴渭曾作过义乌（今浙江义乌）县令，方凤作过容州（今广西容县）文学，吴思齐曾为嘉兴（今浙江嘉兴）丞，谢翱曾入文天祥幕府任谘议参军。宋亡，四位宋代遗老都决意不在元朝做官。吴思齐家贫如洗，有人劝他出去做官，他说：“女子已经出嫁，岂能再事二夫？”这是他把自己比作女子，遵守的是好女不事二夫的正统节操。谢翱听到文天祥就义消息，悲痛欲绝，只身一人在荒山野水间行吟徘徊，来到严陵滩，为文天祥设祭招魂，为南宋覆亡痛心疾首。四位遗老志同道合，居同席，行并辔，在雁荡、天姥、富春、钱塘的青山碧水间，啸吟风月，排遣情怀，以示对新朝的抗议。

元世祖忽必烈至元二十三年（1286年）小阳春（阴历十月）望日（十五），吴渭把方凤、谢翱和吴思齐请到家里，说：“我等乐在田园，无心市朝，而具有我等志向又善于歌咏的人很多，我想立一个诗社，联络同好，吟诗论文，永结湖海之交，此事虽于时无补，但可增华文苑，诸位以为如何？”

吴思齐立即赞同说：“此议甚好。既是起社，就该有一个社名，吴兄是否已经想好？”

吴渭说：“我等读陶渊明诗，久识田园之趣；读圣人之书，愿为农圃之民，雅怀月霁，清思泉寒，我看就以月泉吟社为名吧！”

谢翱说：“好，这个名字深得林泉雅趣，再好不过了，我等不必再费心思了。只是怎样开始呢？”

吴渭说：“我已想好。我们可以把诗题写好，寄往各处征稿，以后再收回来评选。至于诗题嘛，各位当记得大宋著名田园诗人范石湖吧？”

吴思齐说：“当然记得。诗人范成大晚年归隐苏州石湖后，写了《四

时田园杂兴》六十首。田园诗，自古就有，著名诗人和佳作也不少，但像范石湖如此规模的田园诗却没有，所以他享誉当时和后世。”

吴渭说：“对呀，范石湖《四时田园杂兴》，开篇就是一组《春日田园杂兴》诗，眼下小阳春已到，陶渊明《归去来兮辞》有诗云，‘农人告余以春及，将有事于西畴’，插秧种药，牧牛听莺，正可各出机杼，抒写田园风情。就以《春日田园杂兴》为题吧！”

方凤兴奋地说：“这个题目好！我们就封了这个题目，寄送各处，限作五、七言律诗，明年正月十五日收卷，或许可以求得佳作无数。”

吴渭打断方凤的话说：“别急，我的主意还没说完呢。为求得佳作，就要有奖赏，老夫自愿破财助兴，只是须得一个有识见的主审官，方好评奖。”

方凤又急不可待地说：“这个主意更好了。这主审官嘛，自然非闽中名士谢翱贤弟莫属了！”

谢翱立即推辞说：“翱年轻孤陋，徒享虚名，怎敢担此重任。”

吴渭、吴思齐都附和方凤提议，谢翱辞谢再三不成，也只好接受了。

次年正月，陆续收得诗稿两千七百三十五卷，可谓盛况空前，吴渭等人未料到反应如此热烈，兴奋不已，便迫不及待，要开卷展玩。主审官说：“诗评有六义，风、赋、比、兴、雅、颂[①]，兴其一也。《春日田园杂兴》，既是借题于石湖，作者固然不可舍田园而泛言，亦不可拘泥于田园，舍之则离题，泥之则失此题之趣。只有因春日田园间景物，感动性情，情与景融，辞与意会，一吟风神，悠然自见，方得杂兴二字的旨趣。”

大家齐声说：“此论甚是，就以此为评判标准。”于是，这才一一品评起来，一篇论定，便由主考官谢翱写出评语。最后评选出二百八十人的作品。三月三日揭榜，第一名，奖素缣七丈，笔五贴，墨五笏。第二至第五十名，奖品不等。

杭州罗公福《春日田园杂兴》被评为第一：

① 这是诗歌理论中的一个名词，见《周礼·春官宗伯·大师》，但具体解释有不同。一种以为，风、雅、颂是诗歌的类型，赋、比、兴是表现诗歌内容的方法；一种则认为，是六种诗体。

老我无心出市朝，东风林壑自逍遥。
一犁好雨秧初种，几道寒泉药旋浇。
牧犊晓登云外垅，听莺时立柳边桥。
池塘见说生春草，已许吟魂入梦招。

这首诗写得平和散淡，林壑，闲云，寒泉，好雨，绿柳，黄鹂，池塘，春草，字字如画，一首初春的田园牧歌，诗的主人公无心官场喧嚣，逍遥其中，逸兴无穷，连做梦都会诗情（吟魂）勃发。

主审官评语："众杰作中，求其粹然无瑕，极整齐而不窘边幅者，此为冠。"（《戒庵老人漫笔》卷六）意思是说，这首诗写得美玉无瑕，纯正精粹，严整洒脱，在诸作中最为杰出。

义乌人冯澄的诗被评为第二：

编阑春思倩吟鞭[①]，著面春风软似绵。
黄犊乌犍秧谷候，雄蜂雌蝶菜花天。
把锄健妇踏烟垅，抱瓮丈人分野泉[②]。
忙事关心在何处？流莺不听听啼鹃。

这首诗说，春天来了，春风柔和，春色宜人，黄牛、水牛都下地忙着春耕春种，金灿灿的油菜花，无边无际，健壮的妇女在烟花云霞的田间奔走，抱瓮老人在汲取山泉浇灌菜园，如此的撩人春景，吸引了行进在田间的诗人，他春思勃发，眼前的一切，使他无心再听黄莺歌唱，那杜鹃一声声的啼鸣，引起他不尽的乡愁。

主审官评语："起善包括，两联说园，而杂兴寓其中，末语亦不泛。"（《戒

① 吟鞭，诗人的马鞭，多用来形容行吟的诗人。如元萨都剌《九日登石头城》："九日吟鞭住石头，翠微高处倚晴秋。"

② 抱瓮丈人，即成语"抱瓮灌园"。传说孔子的弟子子贡外游，见一位老人一次一次地抱瓮取水浇灌菜园子。子贡说，这多费劲，你为什么不用机械呢？老人说，我不是不知道用机械，我是怕人心从此变得专会投机取巧了。以后就用"抱瓮灌园"比喻安于拙陋简朴的生活。如李白《赠张公洲革处士》诗："抱瓮灌菜蔬，心闲游天云。"

《唐诗画谱》 （明）黄凤池 编

庵老人漫笔》卷六）评语的意思是说，这首诗的前两句，把春景与春兴都写进去了，所以说是“善包括”。中二联写田园风光。尾联，笔又宕开，似与田园无关，但仔细品味，古蜀国望帝，本来好稼穑，死后魂化为杜鹃，啼鸣声听起来像“不如归去”，这自然引起了诗人的关注。诗人不愿再为功名利禄浪迹天涯，做一个行吟诗人，他要回乡归隐，抱瓮灌园，过那淡泊闲适的生活，所以说“杂兴寓其中，末语亦不泛。”

杭州人梁必大的同题诗，被评为第十三名：

麦畴连草色，蔬径带芜痕，
布谷叫残雨，杏花开半村。
吾生老农圃，世事付儿孙。
但遇芳菲景，高歌酒满尊。

主审官评语：“前四句咏题，后乃述意，末二句亦不离春兴，格韵甚高，五言中来易多得。”（《元诗纪事》卷十二）

吴渭等人把诗稿品评完毕，把第一名至第六十名的诗作都一一誊清，再从其余二百余名的诗作中摘出佳句，合并成一函，付版印行。

“月泉吟社”的文坛韵事，曾风靡一时，东南士人蜂起仿效，各种名目的诗社如雨后春笋。明人俞弁提及这段往事，感叹自己生不逢时。“噫，安得清翁（吴渭的字）复作，余亦欲入社厕诸公之末，幸矣夫！”（《逸老堂诗话》卷上）他说自己如能入社，排在末座，也是大幸，可见他的向往之心了。明杨慎也说：“月泉吟社诗传者六十人，清新尖刻，别自一家。”（《池北偶淡》卷十九）清人王士禛在济南起“秋柳诗社”，南北响应者也数百人。王士禛的同年汪钝翁在苏州也以《柳枝词》为题，仿“月泉吟社”例征诗，江南和者亦数百人。

不过，杨慎和清人叶矫然认为谢翱的品评，“未尽当意”（同上）。杨慎重新排出一个名次，重大改动是把原评为第六名的列为第一名，把原第一名降为第二十一名。叶矫然也说，罗公福的诗“只是老气胜人（诗写得老练过人），何遽第一？尚不及梁必大‘布谷叫残雨，杏花开半村’十字为佳。”（《龙性堂诗话续集》）

西汉哲学家董仲舒曾说：“诗无达诂”（《春秋繁露·精华》）。这话常被后人引用来说明，对一首诗的理解，可能仁者见仁、智者见智，没有绝对的一种解释。以今天的眼光看来，“月泉吟社”的诗只有少数佳作，如第二名冯澄的诗，算是比较真实生动地反映了春日江南农村风貌和情趣，而绝大多数都不过是文人故作清高的浮泛之词，活动在诗中的都是些逃避现实的旁观者、隐逸者形象。当年陶渊明躬耕垅亩时，诗中有“晨兴理荒秽，带月荷锄归”（《归园田居》其三）的辛劳；有“衣

食当须纪（经营），力耕不吾欺”（《移居》）的欣慰；范成大田园诗“三旬蚕忌闭门中，邻曲都无步往踪；犹是晓晴风露下，采桑时节偶相逢”，生动反映出江南农民的劳动生活；“高田二麦接山青，傍水低田绿未耕；桃杏满村春似锦，踏歌椎鼓过清明”，充满了浓郁的江南农村民俗风情。所有这一切，在“月泉吟社”的诗作中，连影子也找不到。罗公福的《春日田园杂兴》诗就很有代表性，被谢翱等人评为第一，确实不是偶然的，这正反映了他们在元朝初年，不肯与世沉浮的生活地位和思想情趣。

当今常见名目繁多的“征文”、大赛活动，原来我们的祖宗早已热衷此道。不过，以古观今，欲求应时“征文”能得传世佳作，怕也是很难的吧！

【参考资料】

《戒庵老漫笔》卷六
《元诗纪事》卷六
《池北偶谈》卷十九
《带经堂诗话》卷二十五
《逸老堂诗话》卷上

昏昏醉梦

一日，莫仑闲暇无事，到郊外野游。时已暮春，天渐渐热起来，他向着深山密林走去。

莫仑沿着潺潺的小溪，溯流而上，山回水绕，路径渐渐变得窄狭而崎岖。他不慌不忙，走走停停，观赏着四面山景。山重水复疑无路，曲径通幽别有天，他早已不知过了多久，走了多远，置身于何处了。眼前林木茂密，浓荫蔽日，百鸟啁啾，山雾霏霏。道道清泉，泄出于两山之间，竹桥石拱，飞跨于溪涧之上。潺潺声，叮咚声，鸟啼虫鸣，空谷足音，使莫仑如置身洞天仙境，他顿觉神清气爽，有些飘飘然起来。

这时，莫仑突然发现密林深处有一座庙宇，他情不自禁地叹道："我说呢，天下名山僧占尽，在如此山林泉石胜地，能无佛寺高僧？"他欣喜地向庙宇走去，口中悠悠地吟诵起唐代人李涉的诗来[①]：

终日昏昏醉梦间，忽闻春尽强登山。
因过竹院逢僧话，又得浮生半日闲。

这首《题鹤林寺僧舍》诗，是李涉游镇江鹤林寺时写的，唐宪宗李纯时，李涉为太子通事舍人，因事贬为峡州（今湖北宜昌）司仓参军。他后来在《再谪夷陵题长乐寺》诗中回忆当时心境说："当时谪宦向夷陵（即宜昌），愿得身闲便作僧。"然而他虽是朝廷命官，当时却是罪臣，必须受地方长官的监管，形同囚犯，哪得"身闲"？郁郁不得志达十年之久。现在，遇赦放还，如羁鸟归林，身轻心闲，渡夏口，登北固，望庐山，漫游吴越，

① 参看《唐代篇·李涉遇盗》。

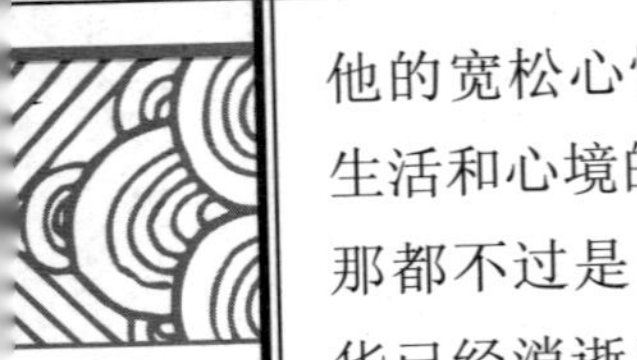

他的宽松心情是可想而知的。他写的这首《题鹤林寺僧舍》，正是这段生活和心境的真实写照。在此之前，无论得志于朝廷，还是失意于贬所，那都不过是“终日昏昏醉梦间”，等到大梦醒来，如大好春光的美好年华已经消逝已尽。如今，能“过竹院逢僧话”，获一转语以致于顿悟[①]，即使是“浮生半日闲”，也是令人高兴的。李涉的这首诗，表现了诗人对污浊官场生活的否定与厌弃，对闲适自在生活的向往。

莫仑置身山林胜地，偶然中遇见佛寺，一时体验到李涉诗中一样清静空虚的悠闲心境，便边吟着李涉的诗，边向寺庙走去，希望也能幸遇高僧，品茗对语，偷得浮生半日闲暇。

“咚！咚！”莫仑轻轻敲了两下山门。

门开了，一个老和尚站在莫仑面前。莫仑合掌施礼说：“打扰长老！”

和尚让过一边，回礼说：“施主请进！”然后，转身在前面带路。莫仑跟着进了方丈。和尚斟了两杯清茶，与莫仑对榻盘坐，闲谈起来。

和尚说：“看施主打扮，像是为官的，何以只身一人来这深山孤寺？”

莫仑说：“长老眼力不差。不过，生此末造[②]，大厦将倾，群雄并起，你争我夺，有什么官好为？所以来此深山，以求片时宁静。”

和尚说：“老衲[③]看施主贵相，正是乱世英雄，何愁将来不富贵，作一个开国元勋？”

莫仑淡淡一笑，说：“我早已看够世相，视富贵如浮云粪土了。”

“啊，这话我听多了。唐朝的灵澈大师有一首《东林寺酬韦丹刺史》诗，施主知道吗？”

“知道。”莫仑答着，立即吟道：

年老心闲无外事，麻衣草座亦容身。
相逢尽道休官好，林下何曾见一人！

① 转语，佛家语，指对某一暗藏机锋的问话，能随机应变，对答敏捷，不假思索，语句也要简洁有机锋，这当然要在参佛达到一定程度之后才有可能。顿悟，指对佛理的顿然觉悟。佛在人心中，明心见性，即可成佛。

② 末造，指一个朝代的末期、末日的意思。

③ 老衲，僧衣叫衲。老衲，老僧的意思。

《唐诗画谱》　　（明）黄凤池 编

莫仑吟完，和尚问："你知道灵澈大师当时为什么写这么一首诗给韦丹吗？"

莫仑说："知道。当时韦丹有《思归寄东林澈上人》：

王事纷纷无暇日，浮生冉冉只如云。
已为平子归休计，五老崖前必共闻[①]。

韦丹是颜真卿的外孙，官做得很大，他大约有些厌倦了，说他终日忙

① 五老，神话传说中的五星之精，曾与舜同游，后世以为仙家五老。

禄，像轻云一样飘浮不定，所以有了西汉时蜀人严君平一样的归隐打算，想去做一个逍遥自在的神仙。”

“那么，韦丹是不是归隐了呢？”

“没有。他的官越做越大，而且他的儿子也因他而得到好官做。”

“对啊，对啊！所以灵澈大师这首答诗说得好啊！那些当官的，住着朱门广厦，吃着美酒佳肴，却说但求心闲无烦事，麻衣草屋也心甘，心里恨不能官儿越做越大，口头却叫休官好，休了官儿万事了。心口不一，谁能把他们的话当真？如果真要让这些当官的从广厦华屋搬出去，住进仅能容身的破茅草房，你看他还说不说休官的话？韦丹不肯休官，就是当年王维，过的也是吏隐生活。所谓‘吏隐’，是为吏以享尽荣华，为隐以逍遥日月，真是实惠得很，高雅得很，哪里就真心隐退过？说要休官，大多是没当上更大官儿的牢骚话，或是向朝廷要更大官儿的反面话，口是心非，没有人比这种当官儿的更虚伪了！”

“长老看得透彻，骂得痛快，俗子当引以为戒。”莫仑诚恳地说。

和尚见莫仑那虔诚的样子，竟呵呵一笑说：“施主切莫错会老衲之意哟！就是我们佛门，也有不同，个中奥妙，施主可要参透！”

莫仑听罢这话，认真想了想，还是迷惑不解，便说：“俗子混沌，确实不解，请长老点化。”

和尚说：“这有何难参悟，如能做个‘山中宰相’①，谁愿做这漏宇暗室的枯僧！”

莫仑恍然大悟，说：“长老的意思是仿效‘吏隐’，作一个‘隐吏’？身披袈裟，却出入官府，没有俸禄，却富甲天下？”

“阿弥陀佛！施主已经彻悟了！”和尚合掌闭目说。

莫仑不想再坐了，他心中泛起一阵厌恶感。和尚绕了这么大一个弯子，“真谛”原来在这里，破旧的袈裟下，散发着刺鼻的铜臭气！

莫仑站起身来告辞，可老和尚执意挽留，说待用过午斋再走不迟，莫仑无奈，只好坐下。和尚便又开始絮叨起来，说什么小寺深藏山林，少见施主，香火难续，厨下断炊，乞施主慈悲云云。莫仑强耐性子听着，郁郁

---

① 参看本丛书《先唐篇·山中答问》。

不乐，刚进山时的愉悦心情，一扫而光。他问和尚，“长老，有笔墨吗？”

和尚说：“有，有。”随即就取来笔墨。

莫仑提起笔，就在方丈的墙上大笔写起来：

又得浮生半日闲，忽闻春尽强登山。
因过竹院逢僧话，终日昏昏醉梦间。

莫仑这首诗，只把李涉诗的第一句和第四句倒了个个儿，诗意竟全变了。李涉诗是写自己遇到一位高僧，所以使自己心灵得到净化；而莫仑这一改，说的是自己遇到一名俗僧，他那龌龊的世俗气，使自己重新陷入如醉如梦的尘世，终日昏昏不醒，更加感到人生的悲哀。

莫仑写完，转身走出方丈，奔入山林，他深深地吸了一口潮湿清凉的空气，心中才感到一阵轻松。

莫仑是南宋咸淳四年（1268 年）进士，入元以后，果然弃官归隐了。他的悲哀，是那个时代赋予的，因为种种局限，他不能有更好的选择。

【参考资料】

《元诗纪事》卷三十一
《王直方诗话》第一八七条

乘黄流落

元世祖忽必烈至元二十三年（1286 年），一天朝会，世祖刚登御座，一个文臣就出班奏道：“陛下，臣奉诏下江南求贤，今日回朝复命。”

世祖一看，是侍御史程钜夫，便高兴地说：“啊，贤卿已回京了，一路风尘，辛苦了。”

程钜夫说：“陛下以北方天子入主中原，却不以南北为限，任人惟贤，又用汉字书写诏书命令，陛下如此胸怀天下，视南北蒙汉为一体，此国家大幸、万民大幸，臣为陛下求贤，虽万难不辞。”

忽必烈说：“贤卿就是南人嘛，宋亡归朕，竭心国事，谁说南人不可用呢？卿这次下江南，可否求得遗贤？特别是那位耿直敢言的叶李，是否已经招来？”

程钜夫说：“臣这次共求得江南遗贤二十余人，叶李是其一。不过，另有一位奇才，堪为这二十余人之首。”

“哦，是谁？贤卿把他带进京没有？”

“这人叫赵孟頫，字子昂，现正与叶李在宫外听候召见。”

“快宣上殿！”忽必烈急切地说。

不一会儿，叶李和赵孟頫相跟走上大殿。忽必烈见叶李果然气度凛然，刚毅方正。再看赵孟頫，神采俊秀，如珠明玉润，光彩照人。他一时兴奋，欣喜地说：“二位贤卿远道而来，一路辛苦。叶卿昔日弹奏奸臣贾似道书，朕每每击掌赞叹；赵卿英气勃发，晖耀殿堂，如明星在天、上仙下界。朕得二位贤卿，如增股肱，今后可以高枕无忧了。”

叶李和赵孟頫受到世祖如此厚遇，一时感激，连连叩拜谢恩。

忽必烈让二人入座，并命赵孟頫坐在叶李的上手，似乎对赵尤其垂青。

赵孟頫说："叶公年长于我[1]，且在贾似道当权误国之时，以一布衣上书请斩贾贼，立千古名节。臣不敢居叶公之先。"

"朕观贤卿才气英迈，必为国家重器，当坐叶卿之首，不必谦让。"忽必烈说着，待赵、叶坐好，像想起了什么，问赵孟頫："赵卿刚才极赞叶卿名节。那么，卿以为叶卿与留梦炎尚书相较，谁优谁劣呢？"

当时留梦炎也在朝。赵孟頫没想到世祖突然问这么一个问题，不禁愣了一下。他回头看了看叶、留二人，一时不知如何回答。

忽必烈说："贤卿不必为难，只管直言。"

赵孟頫斟酌着词句说："留尚书与臣父同在宋朝，当时臣仅数岁，留尚书是忠是奸，臣实不能知晓。后来，臣阅世日久，知留尚书深于自信，长于远谋，善断国事，有大臣器。今臣与留尚书同事陛下，是臣的幸运。"

忽必烈追问说："那么，卿以为叶卿如何呢？"

赵孟頫说："叶公为人，臣衷心敬佩。其他，如叶公所读之书，即臣所读之书，叶公所知所能，臣亦无不知无不能，臣实不敢多让！"

忽必烈听后哈哈大笑，侧身对赵孟頫说："朕听了半天，还是没听明白。难道贤卿以为留尚书优于叶卿吗？据朕所知，留尚书在宋，状元及第，位至丞相，但对贾似道欺君罔上、谗害忠良、祸国殃民，不仅无一言提醒宋主，反而逢迎讨好贾似道。留尚书怎可与叶卿相比呢？贤卿莫非因为留尚书与卿父是同朝挚友，就不敢指斥他的过失吗？"

赵孟頫听了，立即起身谢罪说："乞望陛下谅察微臣之心。"

忽必烈说："贤卿快起，朕已知贤卿之情，所以如此，只是希望贤卿日后要敢于直言，无所顾忌罢了。"

"臣谨记。"赵孟頫再拜说。

忽必烈说："既如此，就以论留尚书为人，为朕赋诗一首吧！"

赵孟頫又有些为难了。他又下意识地看了一眼留梦炎尚书。心想，怎可在朝堂上吟诗嘲讽尚书大人呢？但赵孟頫转而又想，当今皇上为求得刚直不阿、敢于廷争面折的谏臣，竟有如此气魄，自己还有什么可顾忌的呢？于是，他略一思索，就吟诵道：

① 当时叶李四十五六岁，赵刚三十出头。

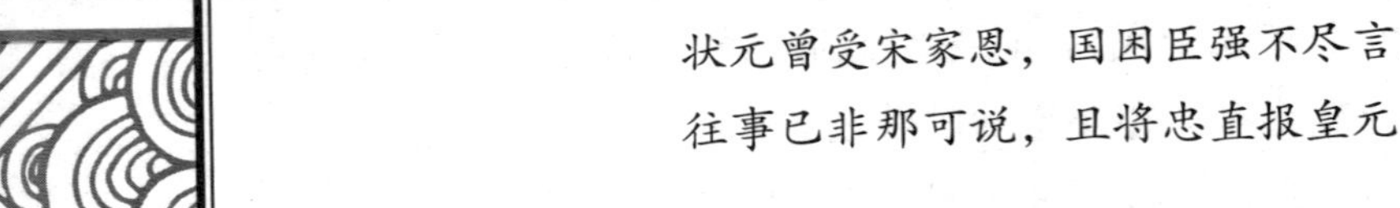

状元曾受宋家恩，国困臣强不尽言。

往事已非那可说，且将忠直报皇元。

这首《讥留梦炎诗》前两句写“因”，是叙事，说留梦炎受宋朝的皇恩，却在奸臣欺凌弱主时不敢尽忠直言；后二句说“果”，是议论，可作多种解释。有的说诗中暗含讽刺，意思是说往事不堪回首，留梦炎或许已后悔当年，所以如今以一片忠心报答“皇元”（大元朝）。有人说可看作是一种劝勉，是说留梦炎有负南宋，但前朝已成陈迹，如今就好好报效大元朝吧！也有人说这是赵孟頫的“自嘲”，借此向元世祖表白忠心。（《风月堂杂识》）可见这首诗写得十分含蓄委婉。

忽必烈听赵孟頫吟完这首诗，对后两句“叹赏不已”（《（赵文敏公行状》），留梦炎则因为这首诗而对赵孟頫忌恨终身。

赵孟頫被留在世祖身边，起草诏书，以后授兵部郎中、集贤直学士等职。元仁宗爱育黎拔力八达即位后，尤其器重赵孟頫，他曾对左右侍臣说：“文学之士，世所难得，如唐李太白，宋苏子瞻，姓名彰彰然者，常在人耳目。今朕有赵子昂，与古人何异？”（同前）

赵孟頫在元朝做官，历时三十余年，廉洁刚正，做了不少利国利民的事。但他是宋太祖赵匡胤的十一世孙，以宋室王孙而忠心元朝，遭到当世和后代的非议。他的从兄子闭门不肯见他，甚至他的儿子赵仲穆也为他感到羞耻。仲穆善画墨兰竹石，道士张雨在赵仲穆的一幅墨兰上题过这样一首诗：

滋兰九畹空多种，何似墨池三两花。

近日国香零落尽，王孙芳草遍天涯。

这首诗的第一句用了屈原《离骚》里的话：“余既滋兰之九畹兮，又树蕙之百亩。”滋兰，就是种兰；畹，量词，究竟是十二亩、二十亩、三十亩，说法不一，“九畹”，极言种了很大面积。诗的大意说，普天下白白种遍了兰花，哪像你画上的这三两支兰花还保持着如此高洁的风姿；如今国香兰花已零落尽了，天涯海角长满了野草闲花。这首诗，字面上是吟赵仲穆画的，但确实有所讽刺。

一天，赵仲穆见到这首题《仲穆墨兰》画诗，以为张雨用国香零落、芳草漫生比喻忠良丧尽、变节者充斥天下，随处肆虐，是在暗暗讽刺他父亲赵孟𫖯一类人物，感到奇耻大辱。从那以后，他竟然再也不作画了。

后世讽刺赵孟𫖯的诗也不少。明人沈周有一首《题赵子昂画马》诗：

隅目晶莹耳竹披，江南流落乘黄姿。
千金千里无人识，笑看蕃人卖去骑。

这首诗大意是说赵孟𫖯画了一匹“乘黄”[①]，双目明亮清沏如美玉，双耳挺拔尖利如刀削，这是一匹价值千金、日行千里的良马，可惜无人赏识，所以流落他乡，被异族人买去当牲口驱使。这首诗显然隐喻赵孟𫖯本是人杰，可惜南宋亡后流落江南，以后竟为元朝统治者笼络去效犬马之劳。

清人潘德舆也深为赵孟𫖯惋惜，甚至认为赵孟𫖯因为失节，“诗虽工亦不足述矣”，但又认为像沈周这样的讥刺也过于尖刻，毫无温柔敦厚之意，“欠老成，不类名宿（有名望的老前辈）语。”（《养一斋诗话》卷三）

在历史上，每一次新旧朝代的更替，总有一些人为旧朝殉难，或拒绝与新朝合作，这些人被称为节烈之士，甚至是“民族英雄”。更多的人则转而为新朝效力，其功绩卓著者，被冠以“开国元勋”一类美名。前者，显然是站在正统的执政者立场上的观点，后者则是“识时务者”顺应历史发展潮流的意见。而我国的历史教科书，往往这两种意见并存。于是，或褒或贬，或扬或抑，议论纷纷。历史事件是很复杂的，是对是错，是忠是奸，作出如上的简单判断，必然要陷入二元悖论。但不论怎样从政治立场上去评价，赵孟𫖯仍然以一代大书画家享誉后代。

【参考资料】

《元诗纪事》卷八
《元史·赵孟𫖯传》

① 乘黄，古代传说中的神马，其状如狐，背上有角，可活两千岁。

仲姬画竹

赵孟頫以书画称雄一世，是元代著名的大家。夫人管道升，字仲姬，二十四岁与赵孟頫结婚后，耳濡目染，“不学诗而能诗，不学画而能画”（《清河书画舫》），居然颇有成就，为世人宝爱，有人甚至认为，管夫人墨竹画，风格高于夫君赵孟頫。她的书画，得到清朝皇帝康熙赏识，还收藏于皇室内府。

元武宗海山至大二年（1309年），赵孟頫在浙江任职，四月二日，仲姬去老家吴兴（今浙江吴兴）看望姐姐管道杲。道杲在君子轩摆家宴款待妹妹。席间，姐妹俩亲切闲话。

仲姬问：“姐姐，这小轩为什么叫‘君子轩’呢？”

道杲说：“洒扫敝轩以待君子嘛，有高情雅志的客人如小妹，还不当此轩么？”

仲姬笑着说：“姐姐的嘴还是这么甜，小妹就愧领了。不过，好题名还需配好地方，这……”

“啊，小妹你看，”道杲打断仲姬的话，站起来，手指轩外说，“小轩四围，山石挺秀，梅影清瘦，兰蕙含翠，这还配不得君子么？”

仲姬说：“山石坚强，寒梅清远，兰蕙高洁，倒是也差不多，只是还少了一样。”

“什么？”

“竹！”

道杲笑着说：“我说什么呢？原来是竹，我知道你自小就爱种竹、赏竹、吟竹、画竹。嗯！”道杲说着，改换了口气，抑扬顿挫地吟道：

暮嶂远含青，春光带空碧。
细看风前枝，抛书枕萝石。

你这首《自题竹》诗，早就活画出你这竹痴的疯癫样了！”

仲姬说：“你我都快五十的人了，姐姐还这个样子，比我还疯癫呢！”

道杲说：“我这是高兴，难道我说错了？你跟妹夫学书画这么多年，不是对竹更痴迷了？”

仲姬说：“姐姐也说得对。不过，当年苏东坡比我还痴呢。他一生最爱吃猪肉，而且很会烹调。他写了一首《食猪肉》诗，他说‘黄州好猪肉，价贱如粪土。富者不肯吃，贫者不解煮。慢着火，少着水，火候足时他自美。每日起来打一碗，饱得自家君莫管’。姐姐你看，苏东坡自烹自赏有多得意，难怪东坡肉如此有名！可就是这位东坡先生，又写了一首《绿筠轩》，他说‘宁可食无肉，不可居无竹。无肉令人瘦，无竹令人俗。人瘦尚可肥，人俗不可医。’看来种竹比食肉又要紧多了。远情逸志的高雅君子，怎能没有竹呢？”

道杲说：“妹妹真是巧嘴利舌，为了逃避别人骂你这个竹痴疯癫，竟把苏东坡也扯上了。不过，妹妹说得也有理，这君子轩周围是该种些翠竹。只是临渴掘井，一时难济事了。我们今日只好暂做一回俗人吧！”

仲姬说：“这又有何难？姐姐快命丫环取文房四宝来，我这就画一幅墨竹，挂在轩里就是了。”

“嗯，好主意！我怎么竟忘了竹痴的绝活儿了！”

不一会儿，丫环们拿来笔墨纸砚，一个为仲姬铺纸，一个在案边研墨，一个点起一炉香。仲姬执笔，凝神冥思片刻，蘸墨落纸，一气纵笔挥洒，不大工夫就画好一幅墨竹。仲姬墨竹画酷似赵孟頫，简淡疏逸，墨光浮翠，满纸清气，轩内轩外，仿佛顿生微凉。

姐姐道杲在一旁看着妹妹作画，目光中充满赞赏和疼爱之情。仲姬一放笔，她就称赞说：“妹妹的画果然精妙，萧萧数竿，苍秀欲滴，满堂轻风，清新宜人。姐姐不怕献丑，替妹妹在画上题首诗吧。”

仲姬笑着说：“姐姐肯题诗，小妹的随兴之作，就要增价百倍，传之后世了！”

道杲也不接话，提起笔就在仲姬的画上写起来。大约她在一边看仲姬作画时，一边就已打好腹稿，所以片时写成十韵五言古诗《题仲姬墨竹》一首：

《唐诗画谱》　（明）黄凤池 编

绿窗无长物，树蕙与滋兰。
光风布淑气，扬扬畹亩间。
窗外何所有，修竹万千竿[①]。
密叶敷午阴，劲节当岁寒。
方欣同臭味，且以报平安。
吾妹忽来顾，绿纱生薄寒。
慢结贻佩纕，重重青琅玕。
写真一挥洒，翰墨犹未干。
古意镇长在，高风渺难攀。
况有斐比德，懿名垂不刊。

① 原诗如此。《履园丛话》有记，“君子名轩，何以无竹。”对轩外无竹提出了质疑。

这首诗的前五联记“君子轩”的环境，言轩外种满了蕙兰、翠竹；蕙兰清香四溢，翠竹绿荫送爽，蕙兰有幽姿，翠竹有劲节，君子轩的主人，与蕙兰翠竹气味相投（臭味，香味），所以感到欣慰和快乐。后五联记仲姬作画，佩纕即佩带，“吾妹”后三联，赞仲姬墨竹画一画出，使满屋的纱窗、幔帐、佩带都有了重重竹影和清凉；诗的最后赞仲姬古意常在，高风难攀，必将美名（懿名）永垂后世。道杲题完诗，又在画后作一跋，大意说，千般女子，除了做些洒扫庭除和缝纫、刺绣一类家务外，不会做别的事，“而吾妹则无所不能，得非谓女丈夫乎？为吾子孙者可不宝之！他日妹丈松雪来看[①]，当可乞题咏也。”道杲对妹妹仲姬可谓敬之重、爱之深了！查赵孟頫《松雪斋文集》，无题咏仲姬《君子轩墨竹》诗文，确是一件憾事。

世传管仲姬的墨竹画极多，但真品极少。据说这幅有道杲题诗作跋的君子轩墨竹，却是她的真品杰作，加之道杲也以书画名世，她为仲姬这幅君子轩墨竹所作的一诗一跋，诗文书法都极精妙，所以一直为世人所宝爱。

【参考资料】

《元诗纪事》卷三十六
任道斌《赵孟頫系年》

① 赵孟頫，号松雪道人。

夫妻吟归

元仁宗皇庆二年（1313年）十二月十八日，大都（今北京市）冰天雪地，严寒彻骨。赵孟𫖯夫人管仲姬却仍然兴致勃勃地在作水墨山水画，不肯停笔。赵孟𫖯捧着小手火炉，在一边观看，不时作些指点。

“相爷，内廷公公来了！”府吏进来禀报说。

赵孟𫖯放下火炉，正要出迎，宫中老太监已到跟前，向赵孟𫖯施礼说：“叩请丞相万安！”

“公公快起！”赵孟𫖯连忙扶起老太监，问：“天如此寒冷，公公来此，有什么事吗？”

太监回答说：“丞相多日不到宫中去了，皇上不得顾问，十分挂念，特遣小臣来拜望。”

赵孟𫖯说：“请公公回皇上，子昂年老，畏寒不出，乞皇上恕罪！”

太监说：“皇上也是这样想的，所以特御赐貂鼠披风一领，命小臣送来。”说罢，就从小太监手中接过披风呈给赵孟𫖯。

赵孟𫖯立即跪下，接过披风，说：“臣感激涕零。谢皇上隆恩。”

太监走了，赵孟𫖯仍然手捧御赐貂鼠披风，感动不已，说：“子昂何人？受皇上如此隆恩！”

管仲姬自然也十分高兴。她拿过披风，披在丈夫的身上，上下打量了半天，连声说：“嗯，很好，很华贵，到底是宫中赐物。你今年整六十了，该有这么一件披风挡风御寒了！”

夫妻高兴了一阵，仲姬又走回画案，拿起笔继续作画。当她重新回到自己的画境时，又把笔放下了，转身对赵孟𫖯说：“子昂啊，荣华富贵虽好，可不能贪恋啊，你记得前些日子发生的事吗？”

赵孟𫖯一听，脸上顿时露出几丝凄凉，说：“怎么能忘？”一次朝会的情景，又浮现在赵孟頫的眼前……

“皇上，世人尽知赵丞相是大宋朝赵太祖子孙，臣请皇上切勿委以重任。”一个朝臣出班上奏。

仁宗说：“赵卿是赵太祖子孙，朕自然知道。这又何妨？前朝旧臣，改事新朝，历代多有，岂只赵卿一人？”

那朝臣又说：“皇上所言极是。但赵丞相不同一般旧朝遗民。他是赵太祖子孙，必恋旧时社稷，岂能尽忠我皇？”

仁宗说：“卿言差矣！赵卿为世祖恩拔，已事先帝三朝，尽忠竭力，多有建树，朝野称贤，怎可说不尽忠于朕呢？”

这时，又一个朝臣出班奏道：“如今皇上命赵丞相同修国史，而国史所载，多兵谋战策，臣也以为不宜让赵丞相与闻！”

仁宗有些不高兴了，生气地说：“卿等何以如此喋喋不休？朕看卿等有七件事不如赵卿：一，赵卿是帝王后裔，卿等是何出身？二，赵卿状貌映丽（美好）；三，博学多闻知；四，操履（品行）纯正；五，文词高古；六，书画绝伦；七，旁通佛老，造诣玄微。有此七端，为朕所用，足以增重国家。自古以来，文字之士，世所难得，如唐李太白，宋苏子瞻，姓名彰彰然者，常在人耳目。今朕有赵子昂，与古圣贤何异！卿等如此嫉贤妒能，如不治罪，何以惩戒来者！”仁宗说罢，即下令将二人轰出朝堂，交有司查办……

赵孟頫想起这次朝会，长长地叹了口气，说：“唉，这类事也不只发生一次了，只是皇上的隆恩，子昂无法报答啊！”

管仲姬见丈夫这样长时间的沉默，知道在那叹息中充满了矛盾，就语重心长地劝慰说：“你的心情，为妻的很理解。不过人言可畏啊，总有一天，皇上也不得不顾忌的。难道你忘了自己写的《罪出》诗了？”①

赵孟頫说：“那怎么能忘呢？

在山为远志②，出山为小草。
古语已云然，见事苦不早。

---

① 据任道斌《赵孟頫系年》，《罪出》作于至元二十五年（1288年），三十岁前后。诗人自前年抛妻别子，离家北上做官，已经三年，常感被尘事俗梦牵绕，有违安时处顺、淡泊清心的宿愿。每每翘首南望，不觉涕泪纵横。感叹之余，写了这首诗。《罪出》，就是自责出仕做官。

② 长在深山的一种多年生草本植物，开紫花，是珍贵的安神药材。

平生独往愿，丘壑寄怀抱。
图书时自娱，野性期自保。
谁令堕尘网，宛转受缠绕。
昔为水上鸥，今如笼中鸟。
哀鸿谁复顾，毛羽日摧槁。
……”

仲姬说：“是啊，你既感到出来做官，就像堕入了罗网，囚进了牢笼，折断了羽翅，悔恨失去了宝贵的自由。以后，你自念久在皇上身边，必引人忌恨，又力请外放。如今，已三度入朝，两度出京。你总是一面心恋魏阙，感恩图报，一面又忧谗畏讥，归兴万里。如此矛盾反复，何时是了呢？又何必自苦如此呢？这回不如下决心归去吧！”

赵孟頫听了，万分感动，拉着仲姬的手，深情地说：“是啊，我这样优柔寡断，不仅自苦，也苦了你啊。成婚二十几年来，也不知给你带来了多少烦恼与忧愁！”

仲姬听了赵孟頫的话，不禁温柔地笑着说：“你我夫妻，何必说这些，只要你这次下决心归去，过去的一切不都可以烟消云散了吗？好了，你来看我把这幅画画完吧。”

仲姬帮助丈夫决定了一件大事，这时重新提笔作画，笔法显得特别轻灵。她画的是一幅渔父图，烟波渺渺，扁舟一叶，鸥鹭渔翁，自在闲适，笔笔都得心应手、精妙娴熟，迥异于往日。

赵孟頫看着，目光中充满了对妻子的敬爱。他说：“啊，夫人的画，真是大进了！这幅山水短卷，可谓深得南唐大画家董源、巨然山水画的笔意，着墨轻淡，云烟浮动，溪桥渔浦，潜藏掩映，气韵生动，姿态百出，恰似一派清丽妩媚的江南景色。”

仲姬含情看了丈夫一眼，说：“先别夸，我还没给画题诗呢，题得不好，你又该责怪我这学生不可教了！”

“好，好，我等你先题诗。若题得好，我也和两首题在上面。”

管仲姬提笔凝思，不慌不忙，在画上写起来：

遥想山堂数树梅，凌寒玉蕊发南枝。
山月照，晓风吹，只为清香苦欲归。

南望吴兴路四千，几时回去霅溪边[①]。
名与利，付之天，笑把渔竿上钓船。

身在燕山近帝居，归心日夜忆东吴。
斟美酒，脍新鱼，除却清闲总不如。

人生贵极是王侯，浮利浮名不自由。
争得似，一扁舟，弄月吟风归去休。

管仲姬一气题了四首《渔父词》。赵孟頫在一旁看着，仲姬一边写，他在一边随吟，待仲姬写完，他连声击掌赞叹说："啊，夫人不学诗而能诗，不学画而能画，真是聪明过人，这不是上天特降灵秀于你吗？这四首诗，志向高迈，情趣脱俗，尽是相劝归田之意，无贪荣苟进之心，诗风亦清奇淡远，闲雅从容，诗画相配，可称二绝。我也情不能禁，就在夫人诗后和作两首诗吧！"说完，就提笔疾书：

渺渺烟波一叶舟，西风落木五湖秋。
盟鸥鹭[②]，傲王侯，管甚鲈鱼不上钩。

侬往东吴震泽州[③]，烟波日日钓鱼舟。
山似翠，酒如油，醉眼看山百自由。

赵孟頫这两首诗，与仲姬诗同样寄托着向往归隐的情思，但更显疏放狂逸，傲骨嶙峋，读起来使人有目空一切，飘然出世之想。而管仲姬诗

① 霅（zhà）溪，浙江吴兴的别称，境内东苕溪和西苕溪流至吴兴城内汇合，称霅溪。
② 鸥鹭盟，即与鸥鹭为盟友，比喻人无巧诈之心，淡泊隐居，不以俗事为怀。
③ 震泽，即江苏太湖。晋代人李颙《涉湖》诗"震泽为何在，今惟太湖浦。"

画都学赵孟頫，风格也颇近似，据说连字法都如赵孟頫。夫妻题画，可谓珠联璧合。

赵孟頫题完，夫妻俩相倚相偎，并肩伫立画前，仿佛已经置身在他们的画境中，在太湖的烟波云山，载酒放歌，吟风弄月，尽情享受着淡泊自由、相知相慰的幸福生活。

【参考资料】

《松雪斋文集》
《元诗纪事》卷三十六
任道斌《赵孟頫系年》

杏花春雨

又一个春天来了。御沟解冻，绿水揉蓝，呢喃的燕子在细柳软丝中穿飞，春雨淅淅沥沥，落个不停，目之所及，尽都笼罩在朦朦胧胧的烟雾中。

年过花甲的虞集，坐在空荡荡的屋子里，凝视着窗外，看着飘飘洒洒、紧一阵慢一阵的春雨，思绪联翩。“啊，就要回江南去了，虽然几多欢欣，几多苦涩，终究是要回去了！”

虞集这样自言自语地慨叹着。自元成宗铁穆耳大德（1297—1307 年）初入京，历仕数朝，至今已三十余年，得到过皇上的殊遇，也因自己过于耿直而屡屡触忤权要，沉浮仕途。如今满头白发蓬乱，昔日的繁华梦已经做尽，应该回临川（今江西临川）故里了。

不知过了多久，夜幕已悄悄降临，窗外仍是雨声淅沥。虞集站起身，点燃蜡烛，写成《听雨》绝句一首：

屏风围坐鬓毵毵[①]，银烛烧残照暮酣。
京国多年情尽改，忽听春雨忆江南。

虞集写完，却没有掷笔。他握笔伫立在书案边，像是又想起了什么。

“忽听春雨忆江南！啊，江南，此时正是杏花春雨时节。好友柯敬仲在松江也不知怎样了！”虞集这样深情地自语着，又陷入深深的回忆中。

柯九思，字敬仲，是当时有名的诗人和书画家。他的宫词直追晚唐王建，墨竹画师法文与可[②]。元文宗图帖睦耳授他奎章阁鉴书博士[③]，宫中搜求

① 毵毵（sān），毛发细长的样子。

② 参看本丛书《唐代篇·王建宫词》和《宋代篇·笔扫寒梢》。

③ 奎章阁，学士院，备皇上顾问并教授勋戚大臣子孙。

来的书法名画都由他鉴定。当时虞集是奎章阁元老，柯敬仲常请他一同鉴赏品题，每有新作，也总是请他题画。两人唱酬往返，十分亲密融洽。不料，至顺二年（1331 年）九月，御史台官员弹劾柯敬仲“性非纯良，行极矫谲，挟其末技[①]，趋附权门”（《元史·文宗本纪》），要皇上罢他的官。敬仲不得已，自请外放，离开京城。从此，京城风景依旧，虞集再无昔日游冶情怀。文宗驾崩，为议新帝，虞集再次触怒权贵。今日乞准回乡，这与当年敬仲外放，事异理同，其中的欢愉与苦涩，该是相通的！

虞集想到这些，又蘸墨落笔，写了《风入松·寄柯敬仲》词：

画堂红袖倚清酣，华发不胜簪。几回晚值金銮殿，东风软，花里停骖。书诏许传宫烛，轻罗初试朝衫。　御沟冰泮水挼蓝，飞燕语呢喃。重重帘幕寒犹在，凭谁寄，银字泥缄。为报先生归也，杏花春雨江南。

虞集写完，又吟一遍，然后长长地舒了口气，心中的情思像是吐露干净了，这才掷笔，轻松地离开了书案。

这首《风入松》词与前面的《听雨》绝句，意思相同，只是繁简有差，风格互易。词的上片写虞集和柯敬仲在奎章阁任职的生活，虞集说他虽然老了，头发脱落已插不住簪子，但他同柯敬仲在学士院，仍然常常有游赏唱和之乐，夜晚值班，皇上特别传诏宫人点蜡烛送他们回学士院，这些回忆包含着虞集对柯敬仲的深切怀念。下片写春天来了，皇宫御沟的水已变蓝，燕子也回来了，他即将辞官还乡，当此时此景，他不由得想起杏花春雨的江南，想起好友柯敬仲，所以立即写信（银字泥缄），向好友柯敬仲报告喜讯。虞集以初春风光作背景，写得旖旎风流，清丽雅致。歇拍两句“为报先生归也，杏花春雨江南”，诗情浓郁，画意盎然，尤其令人遐想。虞集这首词不仅是小令中的精品，书法亦堪称上乘，所以明人陶宗仪《辍耕录》卷十四说这首词“词翰兼美，一时争相传刻，而此曲遂遍满海内矣。”瞿宗吉也说，他曾见作坊把这首词织成丝帕，“为时所重如此。张仲举

① 末技，指诗、书、画方面的才能。旧时，与经邦治国之才相对而言，诗、书、画才能被视为“末技”。

词云：‘但留意江南杏花春雨，和泪在罗帕’（张翥《摸鱼儿》），即指此也。”（《归田诗话》卷下）

虞集的《风入松》词寄到江南，柯敬仲感慨万端。他请人把虞集的词织成罗帕，还做轴挂于厅堂，又作两幅画，一幅白头鸟，一幅黄鹂鸟。画上各题一诗：

春浓不放小禽栖，白发冲冠向晓啼。
帘幕半开人未起，楼台风暖日犹低。
——《题白头》

春风娇软绿阴肥，上苑莺花紫翠围。
却向后宫深院里，一枝闲自理金衣。
——《题黄鹂》

这两首诗同虞集的《风入松》词一样，都含有仕途不如意的幽怨，但写得十分含蓄。明代嘉兴人周鼎有题这两幅画的诗：

重重帘幕护轻寒，听彻春禽午夜阑。
无限江南归兴里，不将华发漫冲冠。

奎章阁下老词臣，吟遍莺花上苑春。
回首金衣闲自理，绿阴多处少风尘。

柯敬仲《题白头》诗中的“白发冲冠向晓啼”，隐含着不平与愤懑，这是他与虞集官场失意的感情流露。而周鼎诗中所说“不将华发漫冲冠”，正是因看虞集、柯敬仲有“怒发冲冠”的愤懑，所以便劝说他们“不将华发漫冲冠”，而应该在江南的大好风光中求得解脱。《题黄鹂》也隐含被冷落的幽怨，所以说独自向深院一枝藏身。周鼎诗则劝慰说不必抱怨被冷落，藏身绿阴深处，少风尘浸染，可以洁身自好。所以明人都穆比较柯敬仲与周鼎的诗后指出，周鼎诗“盖用其语而反其意也。”（《南濠诗话》）

柯敬仲诗中的幽怨与愤懑，本来表达得十分含蓄委婉，这一“反其意”，也就显露无遗了。

荣宠一时，终化云烟。幡然归来，金衣自理，不免自赏自惜；退居绿荫深处，不染风尘，可以洁身自好；有杏花春雨，闲情无限，足以陶然自乐，怡养天年。这就是那个时代为虞集和柯敬仲一类士人安排的共同生活道路与归宿。

【参考资料】

《元诗纪事》卷十一、十七
《南濠诗话》

三日新妇

元惠宗妥懽帖睦耳元统元年（1333 年）新春前后，奎章阁侍讲学士虞集辞官回到临川（今江西临川）故居。虞集在位时，元朝承平已久，四方英俊云集京城，文苑空前活跃。虞集地位荣显，老于词章，京城文士，竞相奔走门下。如今虽然闲居故里，前往拜访求教的人并不少于昔日。客人到家，虞集总是盛情款待，家中存的食物往往扫荡一空。

一天，又来了几位老友。虞集叫家里人备办了酒菜，大家围坐一席，边吃边谈。

一个说："当今文坛，共称杨、范、虞、揭[①]为四大家，确实为我元一代之极盛。但依我看，四公学问或可相当，诗格却有高下。杨、范、揭三家岂可与虞公齐名呢？尤其是称杨为首，范、虞次之，更不可解了！"

一个打趣说："这正是应了俗语，'吃人的嘴短，拿人的手软'，你这会儿呷着美酒，品着佳肴，就尽说虞公的好话了！"

此人话音未落，一座哄笑起来。

虞集说："杨、范、虞、揭四家，何必要分高下，评析一下各家诗风，倒是更有益的。"

"虞公此话有理。那么，依虞公看，杨公仲弘的诗如何呢？"一人问。

虞集说："仲弘诗如百战健儿，彪悍苍劲。"

"范公德机诗呢？"

"德机诗如唐临晋帖，力在摹古。"

"揭公曼硕的诗呢？"

"曼硕诗如三日新妇，光彩照人。"

① 杨载，字仲弘。范梈，字德机。虞集，字伯生。揭傒斯，字曼硕。

“先生的诗又如何呢？”

虞集笑笑说：“伯生的诗嘛，乃汉廷老吏，简刻渊深。”

“从虞公品评看，四家诗风也有高下了，杨、范、虞、揭，应改称虞、杨、揭、范了。可见敝人刚才并非因为嘴上抹了油水，才故意巧言令色讨好虞公。”首先发问的那个朋友得意地说，并以一种挑战的眼光扫视座中诸客一遭。于是，众人又相视而笑。

事情也巧，不久虞集为范德机诗集作序，就用了这四个比喻来评定杨、范、虞、揭四家的诗[①]。当时揭傒斯正回乡扫墓，见到虞集作的诗序，心中有些不大高兴，就驾辆小车到临川拜访虞集。

虞集和揭傒斯曾在奎章阁同官五年多，是志趣相投的好友。虞集见老友来访，特别高兴，备办的酒菜胜过款待常客。

席间，揭傒斯说：“曼硕近闻虞公高论，说仲弘诗如百战健儿，德机诗如唐临晋帖，我的诗如三日新妇，而虞公诗乃汉廷老吏。这话果然是虞公说的？”

虞集说：“我是这样说过。不过，这不是我的话，中州[②]士人都这样说。其实，也不只中州士人，天下士人也都持这样的评论。”

揭傒斯有些不平，正颜厉色地说：“我看论德机诗的话就不准确。所谓‘唐临晋帖’，再好也不过是临摹。我以为，范诗如秋空行云，晴雷卷雨，纵横变化，出入无迹，全自范公胸中流出，岂是模仿强学得来的？”

虞集笑笑说：“你我与范公同在京师，有感于国初以来的萎靡文风，倡明雅道，追法古人，我朝诗风才从此大变。我说范诗如‘唐临晋帖’，也是此意，并没有贬低范公，只是以为虽已逼似酷肖，但未臻于变化创造罢了。”

揭傒斯似乎仍不以为然，反问说：“那么，虞公谓老朽诗为‘三日新妇’，又作何解释呢？”

虞集以轻松的口气调侃说：“三日新妇，美女簪花，鲜艳婉丽，妩媚

---

① 《江西通志》载：虞集作《范德机诗序》“有云，当时中州人士，谓清江范德机”云云评四家诗的话。然而据《元诗纪事》辑撰者陈衍按语，《范德机诗序》实为揭傒斯作，《江西通志》误为虞集所作。虞集评四家诗的话，是揭傒斯在序中转述的。

② 中州，指元朝统治的中原，与江南地区相对而言。

动人，这还不好么？”

虞集的口气和解释，似乎使揭傒斯十分难堪。他在朝中是有名的“史笔”（《元史·本传》），叙事严整，语言简当，而虞集竟说他的诗如“三日新妇”。他再也坐不住了，当即站起身来说：“‘新妇’虽好，可惜只有‘三日’，岂如虞公，汉廷老吏，文传千古！”一边说着，一边离席要走。

虞集知道这位老友的倔脾气又来了，立刻上前拦住，解释说：“我这只是比喻，称赞揭公诗风清新秀丽，婉曲绵密，实在毫无贬义。”虞集一再好言挽留，可揭傒斯似乎不能释怀。夜已深了，月华如水，揭傒斯驾起小车，竟扬鞭打马而去。

没过多久，揭傒斯给虞集寄来《忆昨》七言律诗四首。其四如下：

奎章分署隔窗纱，不断香风别殿花。
留守日颁中赐果，宣徽月送上供茶[①]。
诸生讲罢仍番直，学士吟成每自夸。
五载光阴如过客，九嶷无处望重华[②]。

这首诗的前三联，与其他三首诗一样，都是追叙揭傒斯与虞集同在奎章阁做官的生活。他们曾一起教授诸生，培养人才；一起向元文宗讲析古今治乱得失，以备顾问；他们得到宫中赏赐，便同享殊荣；一起值勤（番直），或谈经论道，纵论国是，或联句唱和，诗歌相娱；可惜五年的光阴飞逝，如今彼此相距遥远，不能日夕相对。这些回忆，充满了对昔日友谊无限珍惜的美好感情。但这四首《忆昨》诗是在临川别后写的，揭傒斯的心中仍有些不平，所以那“学士吟成每自夸”的句子，虽然也是纪实，却也隐含着几丝讥讽，那意思是说虞集誉己诗如“汉廷老吏”，正是犯“自夸”的老毛病。虞集得诗后，不禁十分感叹，对门人说：“揭公才力枯竭了！”大约揭诗中用了舜之二妃事，虞集又在诗后题曰：“今日新妇老矣！”不久，虞集趁一次送人，给揭傒斯寄去一首诗，作为回赠：

---

① 宣徽，指宣徽院，旧时官署名。唐时由太监掌管，总领宫中事务及供给。

② 传说舜南巡，死葬于苍梧（九嶷），号重华，舜之二妃娥皇、女英，来苍梧哭舜，泪洒青竹，留下斑斑泪痕，成湘妃竹。

故人不肯宿山家，夜半驱车踏月华。

寄语旁人休大笑，诗成端的向谁夸？

这首《送程以文兼简揭曼硕》诗，前两句写揭傒斯当时竟然在一气之下，不肯留宿虞集家中，半夜踏着月光驱车离去的往事，包含着深深的内疚。后两句，对昔日可向故友夸耀自己的得意诗句，引以为美好的回忆，为从此可能失去一个杯酒论文的知己而深深惋惜。小诗写得轻松诙谐，充满深情。可惜不久，揭傒斯即病逝于京城。

这段故事，后人有不同评论。清人潘德舆说“大抵文人相轻，自昔有然，以此招谤取祸者不可枚举，况求事业耶？如虞、揭之相得，末路犹致此，文士结习，良不易除，可以戒矣！”（《养一斋诗话》卷三）但张宗枏认为，所谓文人相轻是学识未到，或由气习使然，而“揭诗婉丽，文靖（虞集）评之殊当”，揭傒斯怎么会感到不平呢？（《带经堂诗话》卷二十七）细读虞、揭二人诗及其传略，似非文人相轻，只因二人都是有名的刚直不阿之士，越老越倔，不可稍屈。其实，两人见解一时矛盾，不妨友谊长存！

【参考资料】

《元诗纪事》卷十一

《池北偶谈》卷十六

《石湖诗话》卷五

一般风流

元代中叶，钱塘（今浙江杭州）人张雨在二十岁后遍游名山大川，弃家为道士，居茅山（在江苏南京东）。他在山中筑黄篾楼，藏古籍图史甚丰。因茅山又名句曲山，所以世称他为“句曲外史”[①]。

张雨常离茅山云游天下。一日到了京城大都（今北京），因慕虞集、杨载、范椁和揭傒斯四大家诗名，便去拜访。

张雨走到范椁府前，通了姓名，看门的老仆十分客气，说：“我家主人外出，请仙客改日再来吧！”

张雨说：“贫道跋涉万里，远道而来，岂能不晤而返？”他一边说一边径直朝里走。

老仆无法阻拦，只好在前面带路，说：“那就请仙客到书房歇息等候吧。”

张雨来到书房，见三面是书，典籍满架，一面粉墙是两幅字画，苍劲古朴。字画下的写字台上，砚心蓄墨，素笺平铺，看来范椁正在写作，一时因急事仓促外出，并未去远。

老仆送来一杯茶，便悄悄离去了。张雨在写字台边坐下，端起茶呷了一口，见案上有范椁新编定的文集《东坊稿》，便拿起来认真阅读。读着读着，张雨不禁连声惊叹，说：“果然名不虚传！人传先生以清拔之才，卓异之识，专师李白、杜甫，上溯诗三百篇（《诗经》）。现在读其诗，果然沉雄流丽，逼似李杜，如麻姑搔痒，浑身痛快。我的诗虽然也为世人称道，但与先生诗比较，可说是小巫见大巫了！”

① 外史，旧时官名，是朝廷中掌管地方志（记录地方情况的史书）的官。

张雨一边读，一边赞叹，渐渐地，一种由心折神往到渴求相知的激情充溢胸怀，待他一口气读完《东坊稿》，忍不住提笔就在诗稿后题了这样一首诗：

一编上有东坊字，惭愧诗中见大巫。
直想瘦生如饭颗[①]，竟从痒处得麻姑[②]。
咸池水浅孤黄鹄[③]，空谷天寒病白驹[④]。
拟共风流接尊酒，只愁尘土没双凫[⑤]。

唐代人孟棨《本事诗·高逸》记载，当年李白与杜甫相逢时，见杜甫在正午太阳当空时（卓午）头戴斗笠，面目清瘦，曾关心地问杜甫，为什么变得这样清瘦？杜甫回答说，只因为一向作诗太苦了。于是李白就写了一首《戏赠杜甫》：

饭颗山头逢杜甫，头戴笠子日卓午。
借问别来太瘦生？总为从前作诗苦！

孟棨认为，李白这首诗是讥笑杜甫作诗太“拘束”了；《唐书·文苑传》甚至说是“讥甫龌龊”。后人多沿袭这种看法。但郭沫若认为是诗家把李白诗解歪了。“那诗亲切动人，正表明李白对于杜甫的深厚关心。”（《李白与杜甫》）而张雨这首诗，早在郭沫若前就提出不同于孟棨的看法。范梈其人，“癯然（瘦的样子）清寒，若不胜衣，而持身廉正”（顾嗣立《元诗选·初集》），形象品格，都极像杜甫其人，所以张雨这首《题范德机编修东坊稿后》诗说“瘦生如饭颗”，读来如仙人麻姑挠痒，痛快

---

① 饭颗山，长安山名，此代指长安。

② 麻姑，传说中的美貌仙女，手纤长似鸟爪，东汉时曾降于蔡经家，蔡经想背痒时，得此爪爬背，必佳。后人诗中常有麻姑挠痒语。如李白《西岳云台歌送丹丘子》：“明星玉女备洒扫，麻姑搔背指爪轻。”

③ 咸池，古神话中地名，是太阳沐浴处。黄鹄，鸟名，飞翔极高，一举（高飞）知山川纡曲，再举知天地方圆。

④《诗经·小雅·白驹》诗，以白驹比贤人，白驹欲去，不可挽留，诗人无比痛惜。诗的末章有“皎皎白驹，在彼空谷”句。后人取其意用作赠别。

⑤ 双凫，《后汉书·王乔传》载，王乔有神术，为叶县令，距京城甚远，但每月初一、十五仍进京朝见明帝，明帝很奇怪，原来他是乘双凫而来。于是令太史候凫至，张网捕之，得其一，竟是一只木鞋。

舒服极了，这句诗表明张雨对范梈的推崇敬慕。张雨诗的后两联，进一步把范梈比作“黄鹄”、“白驹”，说自己因一时不能相晤而感到孤独、忧伤。他多么希望能与范梈杯酒论交，同作风流啊，但他担心自己不能得到神物相助，最终与范梈相交无缘。诗中接连用了几个典故，但并不冷僻，流畅而深沉地表达了张雨不遇范梈的惋惜之情。

时候不早了，范梈还没回来，张雨只好怅然离开范府。

老仆回到书房，见主人的手稿摊在书桌上，张雨的题诗墨迹未干，不禁大惊，连声叫苦，说：“何方老道，污了老爷宝卷，这可怎么好？这可怎么好？”

范梈终于回来了，老仆神情沮丧地禀报说：“老爷，奴才今天该死，没有看好家，让一个游方道士进了你的书房……”

范梈见老仆又着急又难过的样子，连忙打断他的话，问：“到底出了什么事？慢慢说。”

老仆这才缓和了语气，把张雨来访题诗的事讲了一遍。

“喔，是这样，快去看看！”范梈说着，直奔书房。他拿起自己的《东坊稿》，见书尾数行行楷，笔力雄劲，俨然李北海手迹[①]，再读诗，更为张雨一片真情深深感动，转身大声问老仆：“外史现在哪里？”

“他等老爷多时，见老爷不归，就走了。”老仆回答说。

“唉，可惜！可惜！我早闻句曲外史大名，日夜渴慕，不得一见，今天他来，正是天赐我良师益友，无奈缘浅。明日我一定要亲自去寻访他。”范梈感叹一回，便坐在书桌旁，重又拿起张雨的诗吟诵起来，然后在后面写了一首《和谢伯雨见惠之作》：

骚灵逝矣不堪呼，几欲南游讯楚巫[②]。
城郭烟涛垂白帝，星河风露浥黄姑[③]。
幽人往恨九关豹[④]，佳士今犹千里驹。

---

① 唐代书法家李邕，曾作北海太守，人称李北海。张雨曾从书法家赵孟頫学李北海书法。

② 这首诗用《楚辞·招魂》诗意。上帝说下方有人，我想保护他，让巫人去招来。骚灵，一作“灵均”，即屈原，名正则，字灵均。楚巫，楚国巫人，名阳。

③ 黄姑，即牵牛星。

④ 九关，天上九重门，有虎豹守门。

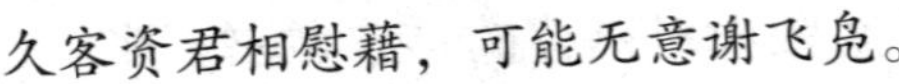

久客资君相慰藉，可能无意谢飞凫。

范梈以屈原比张雨。他说，我在时时呼唤你，几次要南游去寻找你，无奈烟涛茫茫，星河邈邈，九天重门有虎豹把守，至今不能见你。如今你来了，正可以给我安慰，可惜无缘，你如王乔一样又飞走了。既是和诗，又是答谢。是答谢，因为张雨原诗表达了诗人对范梈的敬意与渴慕，因此范梈以同样的心情酬谢张雨。是和诗，所以步张雨原诗的韵，仍以“巫、姑，驹、凫”为韵脚。步韵诗受原韵限制，很难作得工巧。但诗人作诗，追求的是神气贯通，虽限韵使事，亦纵横变化，浑然天成，不愧大家。

第二天，范梈果然找到张雨，彼此促膝对语，相见恨晚。一时虞集、杨载、揭傒斯以及袁桷、马祖常等人，都争相与张雨为友。“句曲外史”由此名震京师。平江（今江苏苏州）人徐达左为张雨诗作序说：“虞、范诸君子，以英伟之才，谐鸣于馆阁（朝廷），而风流余韵，播诸丘壑之间；外史以豪迈之气，孤鸣于丘壑，而清声雅调，闻诸馆阁之上。虽出处不同，其为词章之宗匠，一也。”方外诗人，而与朝廷词臣相抗衡，确实反映出元代中叶的太平盛世景象。

【参考资料】

《元诗选·初集》
《元诗纪事》卷十三

诗有别材

元惠宗至元四年（1338 年）七月初四，仇远为友人盛元仁饯行。两人都是钱塘人，又都因诗文同受礼部侍郎李思衍的器重。李思衍，字昌翁，号两山，余干（今江西余干）人，工诗，当时名气很大。所以二人席间话别，自有一番情景。

酒过三杯，彼此诉了些离愁别绪之后，仇远无限遗憾地说："你我同以笔墨受两山先生知遇，我的心即贤弟的心，亦即先生的心，贤弟这一远去，愚兄可与谁论诗析文呢？"

盛元仁说："是啊，弟从兄习诗，受益实多，这次远去，难得再聆听教诲，若得学兄诗稿一卷，归家闲居，日日把晤，一方面或可寄托思兄之情，一方面也可增益学业，不知学兄肯惠赐否？"

仇远说："贤弟还乡，愚兄别无长物，正是只有拙诗一卷赠行。贤弟还乡之后，如果也能时时抄录新诗寄我，明月天涯，千里对面，愚兄也就不觉孤寂了！"

两人说着，不禁动情地紧紧握住对方的手，眼里充满了热泪。

仇远从袖中取出诗卷，递给元仁。元仁谢过之后，手捧诗卷，随即翻看了一下，见其中有一首《读陈去非集》[①]，便吟诵起来：

简斋吟册是吾师，句法能参杜拾遗。
宇宙无人同叫啸，公卿自古叹流离。
穷途劫劫谁怜汝，遗恨茫茫不在诗。

---

① 陈与义，字去非，号简斋，生活在南北宋之交。他和黄庭坚、陈师道并称为江西诗派"三宗"，是当时"最杰出的诗人"（钱钟书《宋诗选注》）。参看本丛书《宋代篇 · 夺胎换骨》。

莫道墨梅曾遇主，黄花一绝更堪悲[①]。

盛元仁诵读完，端起酒杯呷了一口，默默地思索一会儿，然后说："严羽早就说过，宋人'以文字为诗，以才学为诗，以议论为诗，夫岂不工。终非古人之诗'（严羽《沧浪诗话·诗辩》），为什么？因为他们一味追求无一字无来处，误把抄书当作诗，填事塞典，满纸死相，毫无性情，尽失风雅，他们还标榜这是学杜甫呢！殊不知，他们只学到杜甫的皮毛，学到杜甫诗精髓的，恐怕只有陈简斋一人。"

仇远说："你说得很对。简斋先生一生学杜甫，早年也只注意到杜甫诗的诗律声韵，遣词造句。后来他同杜甫一样，有了国破家亡、流落天涯的经历，这才深深感到杜甫是他患难中的知己，目光才转向社稷安危、百姓苦难。简斋先生的诗也才真正有了杜意。"

盛元仁听着，又拿起仇远的诗稿，若有所思地说："学兄的这番见解，在你这首《读陈去非集》的诗中，已得到最好的表达。你一开篇就说，因为简斋诗句能参悟杜拾遗，所以你以简斋诗为师，紧接着，你在后三联中高度隐括了简斋饱经沧桑的经历和为国为民而歌吟叫啸的悲怆。世人都津津乐道简斋赋梅见赏的殊荣，你却格外看重他那首'更堪悲'的黄花绝句，大概原因也就在两者有前后期之别。学兄这首诗，写得沉着顿挫，苍凉慷慨，不仅可作简斋的定评，也深得杜诗与简斋的风韵了。"

"你理解得不错。"仇远高兴地说："陈简斋的《墨梅》绝句五首，是他前期的诗。当时，北宋君臣还在醉享天下太平，所以陈诗学杜，虽有其形，却无其神。但'黄花一绝'就不同了。"

"慢，让我想想。"盛元仁做了一个手势，打断仇远的话，然后端起酒杯，凝目沉思了好一会儿，说："你说的'黄花一绝'，是不是指的陈简斋那首《重阳有感再赋》？让我吟给你听听，看记得对不对？"说罢，呷了一口酒，吟诵起来：

忆得甲辰重九日，天恩曾与宴城东[②]。

① 参看本丛书《宋代篇·赋梅见赏》。

② 甲辰，宋徽宗宣和六年（1124年）。城东，指丽景门外宜春苑，当时陈与义是太学博士、符宝郎。

龙沙此日西风冷，谁折黄花寿两宫[①]？

盛元仁吟完，接着说："这首绝句，的确有很深重的亡国之痛。前两句，忆甲辰年的重阳节，徽宗还与群臣一起饮酒赏菊。可是次年金兵大举南下，徽宗让位钦宗，又一年，蒙靖康之难。建炎元年（1127 年）三月，徽、钦二宗被掳北去，陈简斋在流亡中又逢九月重阳，想到被囚禁的两宫（徽、钦二帝），当此佳节，只有西风黄沙扑面，无人采菊浸酒为寿，该多么凄凉孤苦！短短二十八字，浸透了'靖康耻，犹未雪，臣子恨，何时灭'[②]的愤恨与悲怆。"

"所以我说，这'黄花一绝'才'更堪悲'！只有在这个时候，在经历了国破家亡和个人颠沛流离之苦后，陈简斋学杜甫，才学到了真髓。他的诗也才把'穷途劫劫'的磨难和'遗恨茫茫'的情怀，表现得那样苍凉悲壮。我所说的'句法能参杜拾遗'的关键，正在这里。他在此时才像杜甫一样，更注重用诗写性情。刚才你在解我的这首《读陈去非集》时，好像把这个'参'字轻轻放过了，更没注意这个'参'字的真正含义，所以我特意点明，怕你误会。"仇远这样提醒盛元仁。

"啊，对！对！我刚才是有些忽略了。"盛元仁用手一拍脑袋，笑笑说："苏东坡早就把品诗当参禅，他说，'暂借好诗消永夜，每逢佳处辄参禅'[③]；严羽又进一步发挥说，'大抵禅道惟在妙悟，诗道亦在妙悟'[④]。两宋又有许多人写过'学诗浑似学参禅'的诗[⑤]。所以这一个'参'字，确实要紧，不可轻轻放过。我刚才还是拘泥于诗句的理解，到底不如学兄参悟得透彻。"

"学诗作诗，都要切记不可参死句！"仇远接着强调说："严羽说得好，诗道在妙悟。所谓'妙悟'，就是要以心去感受物象心境，以心去写诗。心有所悟，才会有真情，有别趣，有好诗，才不致于囿于文字本身，

---

① 龙沙，泛指塞外沙漠地带，此处代指两宫（徽宗、钦宗）被拘囚的地方五国城（今黑龙江依兰）。

② 岳飞《满江红》词。参看本丛书《宋代篇·满江红颂》。

③《夜直玉堂携李之仪端叔诗百余首读至夜半书其后》。

④《沧浪诗话·诗辩》。

⑤ 吴思道、吴可、赵蕃等都有《学诗诗》若干首，头一句均是"学诗浑似学参禅"。

《唐诗画谱》 （明）黄凤池 编

死于章句之下。严羽说‘诗有别材，非关书也；诗有别趣，非关理也’[①]；陆游说‘汝果欲学诗，工夫在诗外’[②]，就是讲的这个道理。杜甫、陈简斋为诗，如果只在文字声律上下工夫，而没有他们在那些可歌可泣经历中的‘妙悟’，是不会有流传千古的好诗的。”

盛元仁听到这里，不禁拍案叫绝，说：“学兄真是高见，把严羽的这段话，阐述得太精彩了。世人都说严羽的‘诗有别材，非关书也’的话，是劝人不要读书。其实，这完全是误解。严羽紧接着就说：‘然非多读书，多穷理，则不能极其至’[③]。读书万卷不一定能写出好诗，但要写出好诗，

①③《沧浪诗话·诗辩》。

②《示子遹》。

成为大诗人，就必得读万卷书，他是鼓励人要多读书的。”

“是的。有读书而不能诗的，未有能诗而不读书的。杜甫就说‘读书破万卷，下笔如有神’①，又说‘熟精《文选》理，休觅彩衣轻’②。读书万卷不一定能写出好诗，但要写出好诗，成为大诗人，就必得读万卷书，可见学诗作诗，都不能不读书。不过读书不是为了掉书袋、‘觅彩衣’，而是为了养吾浩然之气，洗尽心中尘埃，广采博搜，酝酿胸中，久之自然妙悟，在临事接物时，顿生灵感，赋诸简章，则下笔有神，极其至境。严羽的话讲得很透彻，不容误解。”仇远说到这里，突然停了，呵呵地笑起来。说：“贤弟，今日为你饯行，我们却只管论诗，各自讲了这么一大篇，太严肃了，太严肃了。”说着就提起酒壶，给盛元仁满斟了一杯酒，也给自己斟满，“来，还是饮酒吧！”

盛元仁举起酒杯，站起来，声情激动地说：“学兄，今日话别，是离情依依，满腹惆怅。但听兄一席话，受兄一卷诗，弟回乡之后，音绕耳，诗在手，也无遗憾了！”

仇远也站起来，二人相对而立，注目含情，然后重重地碰了一下酒杯，同乡诗友的一片深情和良好祝愿，像一股热流，涌上两人的心中！

【参考资料】

《元诗选·二集·山村遗稿》
《陈与义年谱》

① 《奉赠韦左丞丈二十二韵》。
② 《宗武生日》。

芦花被颂

茫茫无际的大草原上，三匹暴怒的烈马在疯狂奔跑，像一阵旋风，席卷而过。在奔马前方，站着一个十三四岁的男孩，手握长矛，昂首挺胸，威风凛凛。转眼间，三匹烈马飞奔到男孩面前，男孩腾身而起，飞上近身一匹马背，马没跃出三步，男孩又纵身一跃，跨上中间一匹烈马，又一跃，稳坐在第三匹马背上。男孩身轻如燕，一连串腾跃，如飞如电，迅疾神奇，惊心动魄。马场四围的人群中，暴发出阵阵惊叫声、喝彩声、欢呼声。这男孩是谁？他，就是维吾尔族少年小云石海涯。

小云石海涯，父亲名贯只哥，故以贯为姓，取名云石。贯云石从小勇武矫健，喜欢射猎。成人后袭爵为官。但没有几年，他把弟弟叫去说："我天性宦情淡薄，这祖父的爵位，还是你来承袭吧。"于是解印挂冠而去，从元代大文学家姚燧学习。古文，写得峭厉有章法，歌行和古乐府诗，写得慷慨激烈。元仁宗还是太子时，曾听说贯云石让爵美名，即位后就拜他为翰林侍读学士。但是，不久贯云石又称病辞官，隐居杭州，开始漫游四方，诗风也随之发生极大的变化。这时贯云石才三十出头。

深秋的一天，贯云石来到山东梁山泊。八百里水泊，烟波浩渺，港湾河汊，交错纵横。层层叠叠的芦苇，一望无际，白茫茫的芦苇花，铺天盖地，微风拂过，千茎万叶，飒飒和鸣，如絮似雪的苇花，随风飘舞。时近黄昏，远山影影绰绰，几处水村，升起炊烟。一只小船，从芦苇荡中划出来，传来悠长的晚唱渔歌。贯云石禁不住"啊"了一声，深情地吟道：

渔翁夜傍西岩宿，晓汲清湘燃楚竹。
烟销日出不见人，欸乃一声山水绿[①]。

① 欸（ǎi）乃，一说是摇橹的戛轧声，一说是人声，又唐代湘中（湖南）船歌中有《欸乃曲》，"欸乃一声"当是船歌一声。

回看天际下中流，岩上无心云相逐。

柳宗元的这首《渔翁》诗，是他被贬永州（今湖南零陵）时所写，西岩即永州的西山。诗的大意说，渔翁夜泊西山岩下，一大早起来，从湘江中汲水，点燃湘竹烧饭；吃完早饭，云开日出，渔翁唱起了船歌，两岸的青山绿水，渐渐清晰地展现在眼前，渔翁的船儿飞流而下，回看来处，西山岩上的悠悠云霞，竞相追逐而来。苏轼说："诗以奇趣为宗，反常合道为趣，熟味此诗，有奇趣。"[①]苏轼的话讲得很清楚，这首诗所以有"奇趣"，是因为它"反常合道"。那么，"奇趣"在哪儿？什么地方"反常"？"合"什么"道"？细细品味，确实会发现，柳宗元这首小诗写得非常出色。首联写江边渔翁，汲水点火，孤身只影，从容自在，就颇有山林野趣；诗人本未见渔翁，可忽听渔歌一声回荡江面，虽不见人，却知道有人在；那是欸乃的歌声，与山青水绿似无关系，可云开日出，欸乃声起，渔舟飞逝，两岸青山就扑面而来；这些转折处，既反常，却又"合道"（人情事理），在反常中有必然。贯云石此时面对梁山泊，眼前虽是黄昏暮色，与柳宗元所见的"烟销日出"不同，却都一样感到有奇趣，赏景吟诗，着实令人陶醉啊！

贯云石这样赞叹着，观赏着，忽听渔歌悠扬，循声望去，见岸边停靠着一只小船，一个渔翁正在编织着什么。贯云石便走过去搭话。

"船家，你老这是在织什么呀？"

"你看这是芦花，我用它织被褥呢！"

"这芦花被有什么好处吗？"

"嗯，你看这无边无际的芦花，随手就可采到，芦花轻如棉，白胜雪，不沾土，不用洗，夏天清爽微凉，冬天温暖生香。这虽是我们山野人家的寻常家什，好处可多着呢！"

贯云石听了这些话，觉得很新鲜，认真地看了一眼芦花被，又看了一眼淳朴安详的老渔翁，心中不禁一动，好像悟到点什么。他沉默了一会儿，

① 柳宗元《渔翁》诗原为六句，苏轼赞叹此诗"有奇趣"，但认为若删去末二句则更好（《冷斋夜话》卷五）。这个意见曾引起热烈讨论。严羽等人同意苏轼意见，但李东阳、王世贞等人认为不删也好。

说："船家，你刚才说得很好。这芦苇，春夏茂密，芦花遍野，素净洁白，一尘不染，与它长相厮守，可以荡涤人心；西风拂来，芦叶飒飒，容易牵动人的莼鲈秋思[①]；秋去冬来，芦苇枯焦，芦花犹存，留得清白满人间，尤其催人向上。晚生我爱芦花的素洁，敬仰船家的一身清气。"

渔翁听了，呵呵一笑，说："这些都是你们读书人的想头，我们清贫一生，都是这么过来的。"

"是啊，是啊，一生安于清贫，可不易啊！船家，你把芦花被卖给我吧，我可以给你锦褥缎被，你要多少，我给多少。"贯云石诚恳地说。

"我这荒野贱物，怎值你那昂贵的绸缎！我若以贱易贵，岂不成了贪心之人？"渔翁说。

贯云石想起世间种种追名逐利的丑恶行径，颇有感触地说："是啊，在世人看来，绸缎是昂贵织物，可在我眼里，它是一种毒饵，让人心慕虚荣，贪图富贵，安于享乐，要它有何用处！"

渔翁说："我看你也是有志向的人。这样吧，你既爱我们平民百姓的清贫俭朴，我就把这芦花被送给你吧。我也不要你的绸缎，你就赋首诗，权当是对我的还报。"

贯云石喜出望外，连声说："那就太好了，多谢！多谢！"

贯云石说完，再次举目眺望这八百里茫茫水泊，脱口吟道：

采得芦花不涴尘[②]，翠蓑聊复藉为茵。
西风刮梦秋无际，夜月生香雪满身。
毛骨已随天地老，声名不让古今贫。
青绫莫为鸳鸯妒，欸乃声中别有春。

这首诗以拟人的手法咏芦花。芦花不被尘土玷污，那绿色的芦苇叶就像它的褥子；晚上，西风袭来，仿佛是无边无际、瑟瑟索索的芦苇，在梦中唱着悠远的秋歌；冬日寒夜，洁白的芦花洒满月光，清清淡淡，像

---

① 参看本丛书《先唐篇·莼羹鲈脍》。
② 涴（wò）尘，玷污。

瑞雪散发出沁心的冷香；斗转星移，芦苇枯了，芦花白了，留下古今不朽的清贫美名，绣满鸳鸯的绸缎你不要妒忌，欸乃的渔歌声中，别有一番宜人的春天！这些诗句以生动形象的比喻写芦花，自然也是在写与芦花终年相伴的渔翁，赞扬他们清贫自乐、不为尘世玷污的高洁品质。所以诗人在结联中感叹说，这种“欸乃声中别有春”的生活，当是那些着锦衣绣服的富人们妒羡的。诗风冲淡平和，清新闲雅，充满真情，饶有余味。

渔翁听了贯云石的诗，很高兴，果然拒收绸缎，把芦花被送给了贯云石。

不久，贯云石回到杭州，他的这首《芦花被》诗和梁山泊故事便在满城传开了，人们都称他芦花道人，他自己也从此以芦花道人自号。当时，就有人以他的《芦花被》诗意为题，画了一幅芦花被图。略晚一点的元代著名诗人贡师泰等人在这幅图上有题诗，为世人珍爱。后来，这幅图为明初人邱彦能收藏。邱彦能如获至宝，不肯轻易示人，更不让人品题。

一天，邱彦能遇到钱塘人吴敬夫，吴敬夫当时颇有诗名，邱彦能拿图出来请他题咏一首。吴敬夫十分慎重，连咏数首，都不满意。最后吟成一首七律《题芦花被图》，以为可以不污此图：

秋风吟就《芦花被》，一落人间知几年？
泽国江山今入画，诗人毛骨久成仙。
高情已落沧洲外，旧梦犹迷白鸟边。
展卷不知时世换，水光山色故依然。

这首诗说，贯云石吟成《芦花被》诗，在世上流传已经许多年了；江山已入画，诗人也早已作古；第三联，用了两个典故。沧洲，古代常用来称隐士居住的地方，如杜甫《曲江对酒》“吏情更觉沧洲远，老大悲伤未拂衣”，就是说，因为自己醉心功名，所以觉得隐居是太遥远的事；现在老了，十分悔恨自己没有拂衣而去。白鸟，是蚊子的别称，后用来比喻贪夫、赃吏，黄庭坚《卫南》诗有“白鸟自多人自少，污泥终浊水终清。”吴敬夫第三联诗说，贯云石当年遇渔翁得芦花被时，已经产生隐居的高情，对龌龊时事表现出无比厌恶，如今展开画卷还让人想起这些，殊不知时世已换，那些都已成了旧梦。诗中充满了对诗人贯云石的怀念和江山依旧、人事尽非的感叹。音韵流畅，诗情婉曲。邱彦能听了，十分高兴，就请吴敬夫亲笔题写在画上。

【参考资料】

《元诗纪事》卷十一

《元史·小云石海涯传》

《归田诗话》卷下

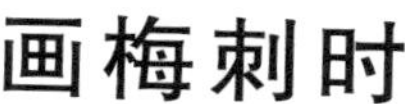

画梅刺时

“看呀，疯子来了！疯子来了！”

元大都的长街上，一群孩子跟在一个人后面追逐着，哄笑着，叫喊着。街上的大人们转头一看，原来又是那个以卖画为生的王冕。只见他头上戴顶箩筐一般大的高帽子，穿着宽袖拖地长袍，脚踏长齿木屐，双手拿着木剑，边敲打，边舞蹈，边歌唱《痛哭行》：

雨淋日炙四海穷，经纶可是真英雄！
岐丰禾黍泣寒露，咸阳草木来悲风。
京邦大官饫酒肉，村落饥民无粒粟。
东鲁儒生徒步归，南州野老吞声哭。
……

岐丰代指西周。周太王古公亶父始居岐山（今陕西岐山县东北）之上，开创王业，至文王迁丰（今陕西长安西南）。咸阳为秦都。这两句诗说，昔日周秦的都城都已变成种满黍粟的田野，寒露悲风，一片凄凉，令人起故国之思。“徒步归”、“吞声哭”，都用杜甫在安史之乱中困守长安时作的诗句。《徒步归行》有“青袍朝士最困者，白头拾遗徒步归”句。《哀江头》有“少陵野老吞声哭，春日潜行曲江曲”句。王冕长歌哀吟，凄凉悲怆，分明宣泄着国破家亡、民不聊生的痛苦与悲愤，沿街市民无不唏嘘叹息。可是孩子们哪里懂得他的歌，只见他那峨冠博带的奇装异服，那且歌且行的举止形象，都只觉得王冕疯疯癫癫得好笑。

王冕回到自己下榻的旅舍。店家迎上来说：“相公可回来了，有位官人在里边已等候多时了！”

王冕应了一声，进到屋里，只见一个须发皆白的古稀老人端坐桌旁独

酌。店家忙向王冕说："就是这位官人在等候您。"

王冕看了看，在他对面坐下，却不说话。

那老者淡淡一笑，口角微露几丝讥讽，说："你是个有名的狂人、怪人，果然名不虚传。"

王冕仿佛没有听见，仍然是一脸严肃地端坐着。

那老者见王冕不搭话，略一沉吟，又笑着说："相公虽然穷居旅店，却是诗名动京城，画轴传天下，老夫慕名来访，彼此相对而坐，难道连姓名也不通问一下么？"

王冕俯了俯身子，拖长腔调对老者说："大人不是住在钟楼街吗？"

"正是。"老者连忙回答，等待着王冕说下去。

王冕说完，坐正身子，却又没了下文。老者一时觉得很尴尬，等了许久，王冕只是对视而坐，一言不发。老者再也坐不住了，只好起身告辞。王冕冲着老者离去的背影，放声大笑起来。

老者走后，店家过来对王冕说："相公，你知道这官人是谁么？"

王冕说："我曾读过他的文章，看他今日的言谈举止，料定他是危素。"

店家吃惊地说："相公既然知道，为何故意怠慢他啰？他可是当朝的翰林学士，皇上很宠幸他，相公对他这样无礼，不怕得罪吗？"

王冕又是一阵大笑，说："既非知己，何必多言！我一个农民家的放牛娃，贫寒如洗，如今靠卖字画为生，又不想求什么高官厚禄，有什么可怕的？"

王冕回到自己的房间，到底不能平静。想起自到京城，每日登门求画的人塞道盈门。尤其是那些达官贵人，或亲自出马，或指使亲信走卒，上门索画，对他王冕如叱家奴，使他十分厌恶、愤慨。今日对危素已经是够客气的了。想着这些，便走到画案前，展纸泼墨，画了一幅冲寒怒放的雪梅。然后在画上题了一首小诗：

和靖门前雪作堆，多年积得满身苔。
疏花个个团冰雪，羌笛吹他不下来。

在这首《梅花》诗中，王冕以宋代林逋自况[①]，以玉洁冰清的雪梅为喻，宁肯闭门谢客，门前长满了青苔，也不与世俗合流，表现了他那种“羌笛吹他不下来”的孤傲品格。王冕题完诗，就把这幅画挂在墙上，算是对危素和一切达官显贵的回答，也是对再来者的告诫。不久，王冕这幅画被人买走，竟引起一场风波。

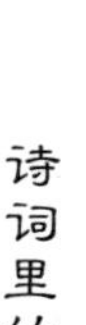

一天，王冕从外边回来，就向店家辞行。

小二问：“相公要去哪儿？”

“回江南去。”王冕说。

“京城谁不知王相公美名，住得好好儿的，为什么要走呢？”

“为什么？说是我挂在墙上的那首题《梅花》诗，讽刺时政，诽谤朝廷，官府正要下令逮捕我！”王冕说。

“这诗怎么说是诽谤朝廷，我怎么就看不出来？”

“我在画上题了一句‘羌笛吹他不下来’，这‘羌笛’本出于古羌族，是胡人胡地乐器。我欣赏梅花孤直高洁，‘羌笛’吹不落，岂不是不肯向胡人屈服吗？这些无知暴君，就会罗织罪名！自古以来，咏羌笛的诗赋多了，王之涣《凉州词》‘羌笛何须怨杨柳，春风不度玉门关’，就是千古名句，高适《塞上听吹笛》‘借问梅花何处落，风吹一夜满关山’，也是咏的吹羌笛，谁曾说他们毁谤了朝廷？”王冕越说越激动、悲愤。小二听了，不禁连连摇头叹息。

王冕被迫离京，愤然回到家乡，隐姓埋名，在会稽九里山（今浙江绍兴）过起隐居生活来，自号“煮石山农”。他修了三间茅草屋，在屋的四周栽了千树梅花，屋上悬一匾，题曰“梅花屋”，并作《梅花屋诗》为记：

荒苔丛筱路萦回，绕涧新栽百树梅。
花落不随流水去，鹤归常带白云来。
买山自得居山趣，处世浑无济世材。
昨夜月明天似洗，啸歌行上读书台。

---

① 林逋，字君复，卒谥和靖。隐居杭州西湖孤山，一生不婚娶，以梅为妻，以鹤为子。参看本丛书《宋代篇·梅妻鹤子》。

王冕在这首诗后有题记，以自嘲的口吻说：最近皇上新封了一个官儿，叫饭牛翁（放牛老汉），就是他这个煮石山人，元章字，冕名，王姓。今年比去年老了许多，须发皆白，脚病难行，不能奔走于豪门，更不肯谄媚于权贵，不会玩诡计，不善于钻营求官，于是只好终日忍饥挨饿，画梅作诗，读书写字，打发日子。既无知己，何必多言，呵，呵！

这首诗的第一、二联写“梅花屋”的环境，竹丛中弯曲的小路上长满了青苔，沿曲折的溪水两岸，栽种了上千株梅花树，花落满径，云中鹤来，这是一片荒僻幽静、充满山居野趣的地方；第三、四联抒情言志，说“处世浑无济世材”，是反语，实际是说自己怀济世材而不得知遇，所以只好隐居荒野，读书啸吟。同诗后题记合读，我们感到诗人那强烈的怀才不遇、孤芳自赏情绪和不肯趋时媚俗的傲骨。

“梅花屋”建成后，王冕亲自劳作，种了几亩豆子、粟子、韭菜、芋头。劳作之余，便穿过丛丛翠竹，沿着迂回曲折的山径走进梅林，听涧水潺潺，看云起云飞，伴鹤行鹤舞，暮校梅花谱，朝诵梅花篇，豪来写遍雪千树，脱巾大叫成花颠，水边篱落见孤韵，爱梅自号梅花仙。

但是，身处乱世，志存济时，要想完全逃避现实是不可能的。一天，王冕又画了一幅墨梅，题写了这样四句诗：

我家洗砚池边树，朵朵花开淡墨痕。
不要人夸好颜色，只留清气满乾坤。

这首《墨梅》诗，可说是王冕的自画像。其中有自赏，有不平，也有无奈。他自赏的是一生磊落，不肯取媚世俗，赚得廉价称赞；他不平的是世无知己，无人奖掖荐举，使他“不得少试而死”（宋濂《王冕传》）；他无奈的是，虽然留得清气满乾坤，却不能施展才华于当世。在平淡无华的字句中，奔突着汹涌郁勃的激情。他在自己的诗中不止一次地长歌当哭，“我来四十发已斑，学剑学书俱废弛；五更闻鸡狂欲起，何事英雄心未已！”（《剑歌行次韵》）“安得壮士挽天河，一洗烦郁清九区，坐令尔辈皆安居！”（《悲苦行》）王冕的内心，实际上是很痛苦的。

王冕的人格和诗画，赢得了当世和后人的高度推崇。他的画，“笔精妙夺造化神，坐使良工尽惊诧”（复见心《题梅花歌》）。他的诗，“雄快豪宕”，“称其为人’（《明诗纪事》卷十八）。今人吴小如先生说，王冕的诗可以“推为元诗之冠。”（《文史知识》1985 年第 3 期）

王冕一生，虽未获得一官半职，但他就如同他所画的朵朵墨梅一样，朴素淡雅，风骨高洁，不以颜色取媚世俗，却留一身清气充满人间！

【参考资料】

《元诗纪事》卷二十一
《七修类稿》卷二十九
《明史·王冕传》

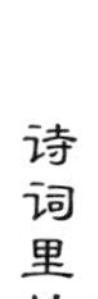

白纸一幅

吴仁叔在京城国子监读书，年轻的妻子韩氏一人在家，日夜盼着丈夫早早功成名就，衣锦还乡。春天来了，花开花落，难禁韶华虚掷的伤感；残灯寒夜，孤枕独眠，难遣铭心刻骨的相思；清晨，篱笆墙外，凝目北望丈夫来路；夜晚，碧纱窗下，屈指计算丈夫归程。就这样，朝朝暮暮，春去冬来，苦盼仙郎郎不归，离情千重无处诉，受着痛苦的煎熬。

“吴夫人，仁叔兄有家书来了！”一天黄昏，有人在门外叫喊。

韩氏闻声，立刻从屋里飞跑出来。接过丈夫的书信，谢过送信人，就躲进自己的屋子。她的心怦怦直跳，手在颤抖。她坐在碧纱窗下，好不容易控制住自己的激动，小心翼翼地拆开书信，抽出信纸。

“呀，好奇怪！”她抖抖信纸，又看看桌上和地面，她疑惑地反问自己：“怎么？就这一张白纸？一个字也没有？”她一屁股坐下，怔怔地，半天没说一句话，甚至什么也没有想。同这幅白纸一样，脑子里也一片空白。渐渐地，她的眼泪簌簌地滚落下来，呜呜地哭起来。

她为什么哭？是丈夫遇到什么不幸，不能写，不便写？是丈夫薄情，不愿写，无话写？抑或是为她自己哭，丈夫不幸，她何其薄命？丈夫无情，她枉自多情？万千思绪，纷纷乱乱，分不清其中有多少爱，多少恨，多少对丈夫的理解，多少对自己的怜惜！她那脆弱、孤独的心，经受不住如此纷繁浓烈情思的冲击。她越哭越伤心，越伤心越痛哭……

这一夜，她通宵不眠，终于，泪止了，心静了，披衣坐起来，给丈夫写信。写什么呢？她又拿起丈夫寄来的那张白纸，发了半天怔，然后就在那张白纸上写起来。

韩氏封好信，天一亮，就托人给丈夫带去了。

再说吴仁叔，自给妻子寄出信后，就天天盼着回信。回信终于来了，

《宋词画谱》 （明）汪氏 编

他迫不及待地拆开信，一看，竟是一首《答外》诗。他立即念起来：

碧纱窗下拆缄封，一纸从头彻底空。
料想仙郎无别意，忆人长在不言中！

他念完诗，就反复品味着那最后一句。他越品味，越觉得它像有无穷的滋味、无尽的言语。她是在埋怨、讥笑我吗？说我本来就不思念她，却要煞有介事地让人捎信，既要捎信，却又连一句温存、体贴的话也没有，所以就干脆寄一张白纸，虚虚实实，矫情自饰，让你猜不透、道不明，还以为真的有千言万语，不知从何说起呢！

“哼，这可真是‘忆人长在不言中’啊！”吴仁叔仿佛听到妻子的冷嘲声。“唉，你莫讥笑我哟，你不也是‘忆人长在不言中’吗？你的来信，也没有说别的呀！”吴仁叔就这样自言自语，不觉说出声来。

不，妻子不是埋怨、讥笑我！吴仁叔断然否定了这些想头。他想到婚后妻子如何爱他，如今他羁旅京华数载，妻子独守空房，纵有千般思念，万种愁情，也只能独自无言，在心中呼唤，在梦中倾诉。真正是“忆人长在不言中”啊！她也一定能理解我，我心中那无限深广的思念之情，岂是能用语言表达的？古人不是说“身无彩凤双飞翼，心有灵犀一点通”（李商隐《无题》）吗？我们心心相印，还用得着苍白无力的语言吗？他能这样理解妻子，妻子也一定是这样理解他的，理解他有意寄去一张白纸的苦心！吴仁叔这样翻来倒去地想着，又不禁高兴起来，为妻子的钟情、聪慧、多才而高兴，于是，他决定立即给妻子再去一信。这一次，他寄的不再是一幅白纸，而是一首诗：

一幅空笺聊达意，佳人端的巧形言。
贤妻若也投科试，应作人间女状元！

这首《答内》诗，以“一幅空笺聊达意”，一扫前信疑云；以“佳人端的巧形言”，对妻子来信大加赞赏；以最后一联两句，对妻子的才华表达由衷的钦佩和由此而来的自豪。一首小诗，明快而多情，也是含无穷之意而“长在不言中”！吴叔仁的妻子得到这首《答内》诗后，当可破泣为笑了！

【参考资料】

《元诗纪事》卷三十六

刘基出山

元惠宗至正十九年（1359年），朱元璋攻占了婺州（今浙江金华）、处州（今浙江丽水）之后，浙东大部平定，但地方上有名望的豪族都躲进深山不肯出来。刘基本是青田（今浙江青田）大族，忠于元朝，拥有抗拒农民起义的民团，而且是个名声很大的文人。朱元璋决心要招纳刘基，但是他派处州总制孙炎再三具重礼聘请，刘基就是坚决不肯出山。

次年三月的一天，孙炎又去了，别的都没有带，只带了一封几千字的长信。孙炎长得面目漆黑，又是个瘸子，形容滑稽可笑，谈起话来却机警多辩，议论风生，同他的形体容貌一样，也不让人感到厌烦。所以，尽管他已来了几次，刘基虽不肯出山，但总是十分热情地接待他。

"孙大人行动不便，何苦如此辛劳！"刘基一见面，就半认真半打趣地说。

孙炎咧开大嘴，呵呵一笑，说："这是重任在身，不敢有辱使命嘛！"

彼此一见面，便开门见山，接触本题。孙炎说着，从袖里取出那封长信，交给刘基。刘基接过来，也不拆看，顺手放在旁边的茶几上。

孙炎一见这情景，动情地说："先生刚才还体恤孙某行动不便，即使要拒人千里，也该知道他人的一片苦心啊！"

刘基看了看孙炎，像是被孙炎的真情感动了，语气温和地说："大人的亲笔手札，伯温（刘基的字）自然要细心拜读。不过，大人的话已说得很多了，千言万语，不外两个字，要我刘伯温'出山'。我身为大元命臣，怎能忘恩背主，投靠红巾贼寇[1]？大人也要谅察伯温之心。"

孙炎听了，像抓住一个机会，忙说："先生胸怀，孙某早已窥见。先

① 贼寇，指南宋初年北方的抗金义军，因以红巾为标志而得名。这是统治阶级对义军的蔑称。

生是当今文豪，雄峙一方，诗歌豪迈古朴，声闻遐迩。孙某不才，也能记诵多篇。先生不是有一首《忧怀》诗吗？我记得是这样的：

群盗纵横半九州，干戈满目几时休？
官曹各有营生计，将帅何曾为国谋！
猛虎封狼安荐食，农夫田父苦诛求。
抑强扶弱须天讨，可怪无人借著筹！

先生这首诗，为‘干戈满目’的时局忧虑，为‘农夫田父’的不幸痛心；谴责元朝大小官吏腐败贪婪，如狼似虎，残害百姓，只图私利，无人顾及国家的盛衰安危；有志‘抑强扶弱’，济时安民，却无人依重先生，怀运筹帷幄之才而不遇，因此忧心如焚。先生如此胸怀，难道甘心埋名草莽，遗恨终身吗？”

刘基听了这番话，果然义形于色，脸上显出几丝失意与悲凉的神情，说：“大人诗虽然解得不错，可惜还不能算伯温的知己。伯温之意……”

“先生别急！”孙炎立即打断刘基的话，说着，站起身，瘸着腿，在屋里蹒跚了几步。刘基感情上的细微变化，他早已敏锐地觉察到了，他知道刘基不肯归降的关键在哪里。于是，对刘基恳切地说：“先生之意，孙某岂能不知？先生不是还有《次韵和孟伯真感兴》四首吗？其中一首是不是这样的：

五载江淮百战场，乾坤举目总堪伤。
已闻盗贼多于蚁，无奈官军暴似狼。
绿水青山人寂寂，长烟蔓草日荒荒。
弟兄零落音书绝，肠断春风雁一行。

先生情怀，可谓屡屡见之于诗。这首诗同《忧怀》同一机杼，只是把话说得更明白了。先生对腐败的元朝、凶残的官军，虽然也怨也骂，但先生以复兴大元为己任，所不容的只是那些‘群盗’，尤其是先生在这首诗里着意谴责的横行江淮的‘盗贼’朱元璋。但先生千古人杰，当此沧海横流、乾坤反覆之秋，难道不识大势所趋、人心所向？丞相朱元璋[①]顺天应命，起兵垅亩，数年之间拥兵百万，占有江淮；所到之处秋毫无犯，百姓归心。为了统一中华，丞相求贤若渴，每攻占一地，必千方百计访求饱学之士，李善长、宋濂都毅然出山，与丞相共图大业。元朝君臣所谓‘盗贼’，实是当今天下之精华。如今，丞相朱元璋得天时地利人和，左右文武，人才济济，攻城略地，所向披靡，中华九州，不久必将是朱姓的天下。朝廷腐败，民不聊生，中原大地，满目疮痍，所有这些，都是先生已经看到了的。大元气数已尽，革故鼎新，此奉天承运，先生难道还要固守复兴大元之志？何去何从，还望先生善自择之！”

孙炎慷慨激昂，侃侃而谈，如江河决堤，一气直下。时代潮流，人情向背，是非利害，面面俱到，句句中肯。尤其是举出刘基自己的两首诗，使刘基无法回避。

刘基听了，没有再说什么，只长长地叹息一声，不知是为元朝将亡而哀痛，还是为他自己守志不终，不得不改事新主而惋惜。长叹之后，就是久久的沉默。

孙炎见刘基的情状，与前几次相访时不同，知道大事已定，心中暗自欣慰，却也一言不发，等待刘基的动作。

果然，刘基的脸上出现了坚决和果毅的神色。他站起身来，走入内室。一会儿，双手捧着一方宝剑出来。

孙炎立即迎了上去。

刘基在孙炎面前，唰地一声，抽出宝剑。一股寒光，如青龙映白雪，潜蛟出冰海，摇曳闪烁，寒气逼人。

孙炎忍不住惊叫道：“呀！好一把宝剑！藏之鞘中，真埋没它了！”

刘基凝视着宝剑，庄严地说：“丞相朱元璋下士求贤，志坚意诚，孙大人再三邀聘，不辞辛劳，伯温心非木石，不能无动于衷。孟子曾说，君有亡国大过则规劝，多次规劝不听则可以为了宗庙社稷另立新君[②]。伯

① 元末韩山童、刘福通领导的农民起义军，在元惠宗至正十五年（1355 年）建立宋国，建元龙凤。朱元璋属这支义军，龙凤五年（1359 年），朱元璋出任左丞相。

② 《孟子·万章下》：“君有大过则谏，反复之而不听，则易位。”

温今日意决，宝剑是我家祖传，以此信物，请孙大人代为向丞相致意！”

孙炎听了，心中一块石头落地。经过一场紧张严峻的辩论之后，孙炎顿时又变得像刚进门时那样轻松快活起来。他咧开大嘴，乐呵呵地笑着说：“喔，喔，先生长髯美须，体态魁伟，佩此宝剑，正是文武兼备、英武儒雅。孙某貌丑形秽，带此宝物，宝物黯然失色，孙某则更是自惭形秽，还是请先生亲自交给丞相吧！”说完，又丢出一串快活的笑声。“嗯，孙某不才，这时来了诗兴，不怕在先生面前献丑。”孙炎也不管刘基对他这番话有什么反应，就兴致勃勃、抑扬顿挫地吟唱起来：

宝剑光耿耿，佩之可以当一龙，
直是阴山太古雪，为谁结此青芙蓉！
明珠为宝锦为带，三尺枯蛟出冰海。
自从虎革裹干戈，飞入芒砀育光彩。
青田刘郎汉诸孙，传家惟有此物存。
匣中千年睡不醒，白帝血染桃花痕。
山童神全眼如日，时见蜿蜒走虚室。
我逢龙精不敢弹，正气直贯青天寒。
还君持之献明主，若岁大旱为霖雨。

“献丑！献丑！”孙炎吟完，嘴上这么说，可搓着双手，在屋子里来回踱着步，脸上乐开了花。

这首《宝剑歌》是一首七言古风，质朴古拙，旨趣显豁。传说古代神话中有五帝，分管东南西北中五方，赤帝是主南方之神，白帝是主西方之神。又有传说秦始皇是白帝之子，汉高祖刘邦是赤帝之子。《史记·高祖本记》载，有一个老妇梦中哭泣说，她的儿子是白帝之子，化为蛇，挡了道，被赤帝子斩了，于是秦灭汉兴。刘基与刘邦同姓，所以孙炎在诗的后四联用上面的典故，赞颂刘基是帝王之后，刘基这把剑是当年刘邦斩杀白帝的祖传宝剑，这把宝剑已经沉睡千年，如今刘基持此宝剑，必然做出推翻旧朝、拥立新君的伟业来。这首诗，在赞宝剑的同时，也赞宝剑的主人。刘基听后，懂得孙炎的用意，只好收回宝剑，说：“孙大人这是在催我辞家上路啊！”

孙炎跛着一条腿，故意上前深深施一大礼，说：“多有冒犯，还望宽恕。这也是孙某急丞相之所急啊！”

孙炎这滑稽而幽默的动作，逗得刘基忍俊不禁，刘基连忙用双手扶起孙炎，说：“大人快起，伯温遵命就是了。”

刘基终于归顺了朱元璋。朱元璋一见到刘基，就向他征求对当时军事形势的看法。在当时，群雄逐鹿，朱元璋东西两线作战，腹背受敌，刘基帮助他作出了最重要的战略决策，一战而定天下大局。后来朱元璋说，如果不是刘基的计谋，胜负就难说了。刘基成了朱元璋的开国元勋。

刘基的诗风，沉郁顿挫，古朴雄放；写景抒情诗，清新秀丽，画意盎然。在明初诗坛与高启并称，成为“一代之冠”（《明诗别裁》卷一），“开明三百年风气”（《静志居诗话》卷二）。所以明人杨守陈说：“汉高祖刘邦的谋臣张良，没有文章传世，唐太宗的名相房玄龄虽善辞章，却大多是奏章制诰，而刘伯温树开国功勋，兼有传世文章，可谓千古人豪。”（《四库全书总目》）

【参考资料】

《明诗综》卷二、卷三

《明史·刘基传》

老客妇谣

明太祖朱元璋洪武二年（1369 年），翰林学士詹同奉旨巡行天下，遍访贤才。他日夜兼程，涉淮渡江，来到华亭（今上海市松江县），径直奔向前朝遗老杨维桢家。

杨维桢，字廉夫，号铁崖，别号铁笛道人。他的诗多学唐朝李贺，咏史、拟古诗，奇辞异想，纵横瑰丽；乐府小诗，则洗尽粉黛，清新隽爽。他是元末的诗坛领袖，他的诗在当时诗坛标新立异，号“铁崖体”，在元末明初影响很大。詹同与宋濂等人号中朝四学士，宋濂的文章、詹同的诗歌，都享誉一时。杨维桢听说詹同来访，便在挂颊楼设家宴款待他。

杨维桢一生好声乐歌妓，这时虽已年过古稀，家中仍有四个能歌善舞的侍儿，名叫竹枝、柳枝、桃花、杏花。每当宴客，酒酣耳热之时，即命四人歌《白雪》曲，自己则吹铁笛伴奏，客人也往往兴致勃勃，蹁跹起舞。这天的宴席间，自然也少不了四人歌舞助兴。

詹同登上挂颊楼，环视楼阁内外，就大声慨叹说：“果然名不虚传啊！这百丈高楼飞出天外，金光闪烁，可同群星争辉；这妙龄侍儿，花容月貌，霓裳羽衣，堪与仙女媲美。生活在这洞天仙境，谁还会再去贪恋那尘世荣华！”

杨维桢笑着说：“听学士的口气，不知是赞赏还是揶揄。世人都说我一生好蓄歌妓，又好作《香奁八咏》一类的艳体诗，都以为我是好色的登徒子[①]。想当年，法云道人也曾劝黄庭坚不要作艳歌小词，黄庭坚说，空中语耳，不致因此堕落恶道。我的诗虽也娟丽冶艳，亦空中语，又何

① 登徒子，宋玉有《登徒子好色赋》。登徒，姓；子，古时对男子的称呼。后以“登徒子”为好色者的代称。

损我铁石心肠！”

詹同听了，哈哈大笑，说：“先生强词夺理，真善于狡辩。”

彼此落座，边饮酒边聊，歌妓们开始歌舞起来。她们唱的是杨维桢的《西湖竹枝词》：

苏小门前花满株，苏公堤上女当垆。
南官北使须到此，江南西湖天下无。

家住西湖新妇矶，劝君不唱《金缕衣》①。
琵琶原是韩凭木，弹得鸳鸯一处飞②。

湖口楼船湖日阴，湖中断桥湖水深。
楼船无舵是郎意，断桥有柱是侬心。

这几首《竹枝词》，都是由比而兴，触景而生情，语言清新鲜活，如民间语，脱口而出；词中苏小墓、苏公堤、新妇矶、断桥，都是西湖的名胜地，一地有一地的历史文化，作者巧妙地把这些历史文化揉进民歌里，大大丰富了民歌抒写男女爱情的内涵，所以杨维桢的《竹枝词》既有浓郁的江南民歌特色，又有撼动人心的感情力量。

歌女们在唱着，詹同忍不住连连击掌喝彩。“好啊，果然是绝妙好辞！当年中唐诗人刘禹锡贬官巴蜀，听当地民歌，首创竹枝词，边歌边舞，确实别是一番风情。先生上追刘禹锡，巧用民歌比兴，再创《西湖竹枝词》，唱得那么清清淡淡，甜甜软软，就像西湖的湖山、人情一样清秀淡雅，让人心醉！”

---

① 新妇矶，在杭州灵隐寺西。《金缕衣》，唐代曲调名。无名氏《杂诗十九首》之一有“劝君莫惜金缕衣，劝君须惜少年时”句。

② 韩凭木，战国时人韩凭，妻美，被宋康王夺去，并罚韩凭苦役，韩凭夫妻相继自杀，康王令分葬韩氏夫妻，两墓相距数丈，不料一夜之间，墓上长出两株大树，根盘结于下，枝交错于上，一对彩鸟，栖息树上，交颈悲鸣。后来人们说，这树是“相思树”，这对鸟叫“鸳鸯鸟”，是韩氏夫妻死后的魂魄化的。参看本丛书《先唐篇·比翼连理》。

杨维桢说："我住在西湖七八年，西湖的水光山色，浸润心胸，历史遗迹，悦情怡性，一时洗尽我平生偎红依翠、香艳绮靡的积习，于是有《竹枝》之声。好事者传布南北，名人韵士，唱和者竟至数百家，于是又辑为《西湖竹枝集》。这也是一大盛事吧！"

"是的，是的。今日能在府上聆听先生《竹枝》声，也是我的一大幸事，我也愿献诗一首，以抒一时之感。"

"老朽洗耳恭听！"杨维桢说。

于是，杨维桢让歌妓们退下。詹同索笔，即席写了这样一首诗[①]：

飞楼高出世尘表，万丈文光照紫微。
洞仙曾以铁为笛，天女或裁霞作衣。
酒酣尚欲招鹤舞，诗狂未可骑鲸归[②]。
休唤小琼歌白雪，自有紫箫吹落晖[③]。

詹同搁笔，说："你听听我这首诗如何？"说罢，又摇头晃脑地吟诵了一遍。

杨维桢听完，弦外有音地说："老朽只听明白'招鹤舞'、'骑鲸归'，其余全不知了！"

詹同又大笑起来说："先生真是大智若愚！我是劝先生不要做'招鹤舞'、'骑鲸归'的隐者和诗人，先生却如此轻巧地忽略了我诗中的关节！"詹同顿了顿，收起笑容，一本正经地说："实话相告，当今天子知先生是前朝文学大家，渴望相见，特命同文（詹同的字）携带厚礼，前来召先生进京，就请先生早日启程吧！"

杨维桢说："老朽早已知道学士来意。此时，学士既已说明，我也有一首《不赴召有述》诗，请学士转呈皇上。

---

① 诗题为《饮杨廉夫挂颊楼，时余奉命征贤松江，故有此作》。

② 鹤舞、骑鲸，都是文人隐逸或游仙事。相传春秋时，昔日乐师师旷精音律，他弹琴时，有鹤来集，引颈长鸣而舞，南朝鲍照赋有《舞鹤赋》。西汉扬雄《羽猎赋》有"乘巨鳞，骑鲸鱼"的话，后多用于文人隐逸或游仙。

③ 相传萧史善吹箫，秦穆公把女儿嫁给他，后夫妻升天而去。

皇帝出征老秀才，秀才懒下读书台。
商山本为储君出①，黄石终期孺子来②。
太守枉于堂下拜，使臣空向日边回③。
老夫一管春秋笔，留向胸中取次裁。

当年商山四皓，只为幼主出山；黄石公授兵法给张良后，也不愿去同享荣华，只在济北谷城山下悄然化为石头。如今新朝已立，并非乱世更代之秋，又何必令老朽仕途奔命，不得安享残年？还是让我用手中这支可以评说春秋的笔，慢慢写点想写的文章吧！让大人空跑一回，还望见谅！”

詹同又说了许多话，杨维桢只是不听。詹同无奈，只得回朝复命。

第二年，朱元璋又几次下诏，要松江府催促杨维桢入京。杨维桢被逼急了，对松江府吏说：“我就像一个女人，昔日年轻貌美，理妆嫁人，谁料夫妻缘薄，丈夫先逝，我理当守节，三姑八姨劝我再嫁，我都好言辞谢。到了如今，我已是就要入土的八十老妇，岂有再盛妆嫁人的道理？”

杨维桢这样说，似乎有很多感触，感情很冲动，言不尽意，转瞬，写了一首《老客妇谣》作答：

老客妇，老客妇，行年七十又一九。少年嫁夫甚分明，夫死犹存旧箕帚。南山阿妹北山姨，劝我再嫁我力辞。涉江采莲，上山采蘼，采莲采蘼，可以疗饥。夜来道过娼门首，娼门萧然惊老丑。老丑自有能养身，万两黄金在纤手。上天织得云锦章，绣成愿补舜衣裳。舜衣裳，为妾佩，古意扬清光，辨妾不是邯郸娼！

这首诗的大意是说，老妇人在丈夫死后，立志守节，凭着自己的双手，自食其力，犹如有万两黄金在手。虽然那些过着醉生梦死生活的邯郸娼

---

① 参看本丛书《先唐篇·鸿鹄羽成》。储君，皇太子。

② 秦朝末年，张良逃亡下邳（今江苏睢宁北），遇老人于桥上，授以太史公兵法，自称十三年后“见我济北谷城下，黄石即我。”十三年后，张良在谷城山下果然得黄石。良死后，与石合葬。

③ 日边，指朝廷。

惊怪和嘲笑她“老丑”，但她同那些邯郸娼相比，自以为人生更有光彩。作者以老妇人的口吻，表达了他决不出仕的志向。

杨维桢的诗，“以奇崛见推”（《艺苑卮言》卷五）。他尤其擅长乐府歌行，张雨曾称誉他有“旷世金石声”（《列朝诗集小传》）。从这首《老客妇谣》可以看出，杨维桢的诗风，正是他那“奇崛”不驯的内在性格决定的。因此诗韵也短促顿挫，掷地有声。

杨维桢写完这首诗，交给松江府吏，并说：“请转奏皇上，望皇上尽我所能，不要强求我所不能。否则，我只有跳海一死而已！”松江府吏见此情景，只得如实报奏朝廷。

杨维桢最终也没有出仕，不几年便去世了。

【参考资料】

《明史·杨维桢传》
《元诗纪事》卷十六
《明诗纪事》卷五
《列朝诗集小传》甲集

太祖饯行

明洪武十年（1377 年）春天，学士知制诰宋濂获准告老还乡。一天，朱元璋在午门西城楼置酒，为宋濂饯行，太子朱标及少数近臣陪侍。

朱元璋拉着宋濂的手，缓缓登上城楼，说：“爱卿就要舍朕归去，朕知卿不胜杯酌，聊设薄酒，为卿饯行。”

宋濂连忙说：“陛下隆恩，老臣没齿不忘！”

朱元璋笑笑说：“今日宴别，不要拘泥君臣之礼，快坐下吧！”说罢。转身在上首坐下。

“师父，你就听父王的，快入席吧！”太子朱标扶宋濂坐下。

朱元璋对宋濂说：“朕记得，龙凤四年[1]，朕率军攻下婺州，爱卿归朕。为讲经师，给朕和众文武讲解经史，以后又为太子师父，尽心传道授业。算来，卿事朕已十九年了。十九年来，卿无一句假话欺朕，无一次恶语伤人。古人说，太上为圣，其次为贤，再次为君子。像爱卿这样忠诚仁爱，始终不二，不只堪称君子，也可称为贤人了！”

朱元璋说得十分亲切诚恳，宋濂听后热泪盈眶，颤抖着说：“陛下如此褒奖老臣，老臣岂敢担当！”说着，呜呜地哭出声来。

“啊，爱卿不必这样。”朱元璋连忙说：“朕出身微贱，原不知书，后来因为有卿等文学儒士，才粗通经史典籍，从书中懂得许多治国兴邦的道理。朕今日这样称许爱卿，是感念爱卿往日助朕的诸多功德，并非虚词。”朱元璋说到这儿，停了停，像是想起什么，然后问宋濂：“爱卿还记得一件事吗？”

宋濂说：“不知陛下问的是什么？”

① 龙凤，是红巾军政权宋小明王的年号。龙凤四年是元朝至正十八年，即 1358 年。

朱元璋说："卿与客人饮酒的事。"

宋濂说："老臣记得。陛下在事后问臣，昨天喝酒没有，座中客人有谁，吃的是什么菜，老臣都一一回答了。"

朱元璋笑着说："朕命人暗中侦查清楚，然后才问卿，是想考察卿是否忠直。听了卿的回答，朕十分高兴。这虽是小事，却可见卿一生为人。从那以后，朕每有疑问，必召卿顾问，凡卿所言，朕尽信不疑。记得朕曾问卿，三代以上的君王读什么书？卿说，三代以上，尚无典籍记载，人们不知书本，不注重说教，重视的是身体力行，天下的人莫不从而效法。朕以为卿之言是至理名言，所以朕一生勤谨，事必躬亲，从不敢懈怠懒惰、任情放纵，处处求为天下表率，事事务有益于天下百姓。爱卿的品德言行，惠国惠民多矣，不愧是我大明朝开国文臣之首。"

宋濂听完这一席话，更加感激涕零，热泪纵横，又要起身向朱元璋跪拜谢恩。朱元璋立即制止，说："爱卿坐着吧，我们不再说这些了。来，来，饮杯酒吧！"朱元璋说完，先举起酒杯，连饮三杯。宋濂一向不能饮酒，只呷了一口。

朱元璋见宋濂饮酒的样子，又哈哈大笑，说："卿这样子，又让朕想起一事。"说着就吟诵起来：

> 西风飒飒兮金张，会儒臣兮举觞。
> 目苍柳兮袅娜，阅澄江兮水洋洋。
> 为斯悦而再酌，弄清波兮永光。
> 玉海盈兮馨透，浮琼斝兮银浆[①]。
> 宋生微饮兮早醉，忽周旋兮步骤跄跄。
> 美秋景啊共乐，但有益于彼兮何伤！

朱元璋这首《醉歌》，前八句交代时间是金秋时节，会众儒臣饮酒，琼浆玉液，波光闪动；后四句叙宋濂少饮即醉，步履踉跄，而朱元璋仍在劝宋濂饮酒，说是良辰美景，君臣同乐，多喝点无妨。这首歌是楚辞风格，

① 斝（jiǔ），古代一种有耳的三脚温酒器。

句式参差不齐，音韵清亮激越，有浓厚的民歌特点。

朱元璋还没吟完，宋濂早已匍匐在地，热泪滚滚。朱元璋已经吟完，宋濂仍是匍匐不起，说："两年前的八月七日，皇上赐臣琼浆，臣才饮两杯，即面红耳赤，精神飘逸，如行浮云中，皇上命臣自述一诗，皇上挥翰如飞，为臣赋楚辞《醉歌》。两年来，臣每一吟读，总不禁感激涕零。今日聆听皇上口诵，再蒙隆恩，臣无以为报，惟传之子孙，永戴皇恩！"

朱元璋双手扶着宋濂，说："爱卿快快起来。朕赐爱卿歌赋，不只是朕深宠爱卿，也为时君臣道合，共乐太平也！"

宋濂重新入座，朱元璋说："朕见爱卿今日饮酒，仍是战战兢兢，如同昨日，所以想起了往事。爱卿今日如再饮醉，朕就再赐爱卿一首《醉歌》。"说罢，又是一阵爽朗的大笑。随后朱元璋问："爱卿今年多大年纪了？"

宋濂说："六十八岁了。"

朱元璋说："喔，再过三十二年就是一百岁，朕赐给爱卿一匹纹绮，留到那时作百岁衣吧！"

"谢陛下隆恩！"宋濂颤颤地站起身来，向太祖顿首叩拜说。

"爱卿平身。自古饯行，都有赠别诗，风物人情，无限依依，今日朕的胸中，亦怅怅，亦恋恋，有许多话要对卿说。朕也吟诗一首赐卿，以抒情怀。"说罢，便吟道：

天语叮咛出紫微，特将纹绮赐卿归。
爱卿秉志如金石，留取裁成百岁衣。

宋濂无限感激，说："陛下天纵圣能，形诸篇翰，光耀日月，挥洒之际，不待凝神，而思若渊泉，雄深无限，如长江大河，一泄万里。陛下千古绝唱，老臣字字铭刻在心了！"

"哈哈……"朱元璋纵声大笑，说："爱卿还这么恭维朕！"说着，站起身，拉着宋濂，走到城楼边上，倚栏向紫禁城外望去。

春日的阳光，明媚和煦，淡淡的白云，在远天飘浮，一行大雁，从南向北，悠然飞来。朱元璋眺望着，有些感伤地说："爱卿，你看春天来了，大雁又飞回来。爱卿这一去，来这午门的足迹，就难见到了，也不知还有再见的机会没有？”

宋濂听了，转身面对太祖，大滴的泪珠，滚落前襟，无限凄凉地说：“老臣若能托陛下洪福，苟延残年，不即入土，当一岁一来京，向陛下叩安！”

朱元璋连声说：“啊，这就好！这就好！”说罢，朱元璋又把目光转向遥远的南天，深情地吟道：

城上春云暖更飞，念卿此去迹应稀。

宋濂应声续吟道：

臣身愿作随阳雁，一度秋来一度归。

君臣两人，心心相契，同声唱和，真情感人，成了千古传颂的佳话。

【参考资料】

《明史·宋濂传》
《明诗纪事》卷一、卷四
《玉堂丛语》卷三

太祖与僧

明太祖朱元璋出生在一个地地道道的佃农家庭。他十七岁那年，家乡濠州（今安徽凤阳）地区持续大旱，瘟疫流行，一个月内，家里父亲、长兄和母亲先后去世。家无一贯钞，买不起棺材，更无一寸地掩埋亲人尸骨，多亏乡里帮助，才办完后事。朱元璋无依无靠，生计无着，只得到皇觉寺作小行童，一个管煮饭、洗衣一类杂役的小和尚。没两个月，皇觉寺也闹饥荒，他被赶出寺门。从此开始了在淮西地区游方化缘的生活。五年后，朱元璋再度回到皇觉寺，直到二十五岁那年，元末各路农民起义军闹得如火如荼，朱元璋见乱世可为，才脱掉袈裟，投奔濠州郭子兴起义军。郭子兴军是当时红巾军的一支，朱元璋因为作了七八年和尚，已粗通文墨，又游方四年，阅历丰富，所以在义军中很快就成为一名有勇有谋、有胆有识的将领。

元惠宗至正十五年（1355年），朱元璋率军进攻集庆（今江苏南京）。六月初一，乘风渡江，直达牛渚（今安徽当涂西北），然后乘胜拔太平（今安徽当涂）。在太平，朱元璋停留数日，让部队稍事休整。

一天午后，朱元璋脱了戎装，换了一身常服，带几个随从，到太平府不惹庵游览。寺僧陪着朱元璋瞻仰大殿佛像，参观禅室净舍。朱元璋兴致很高，一边看，一边大谈《道德经》。

朱元璋用调笑的口气对和尚说："你们和尚信奉佛天胜境，其实，佛天胜境，虚无缥缈，你们不生产，不纳税，又喝酒，又娶妻，何等快活，鬼才相信你们会真心奉佛敬天！"说着竟哈哈大笑。

和尚尴尬地说："施主莫要取笑。"

朱元璋说："这不是玩笑。我也诵过经，尤其爱诵《道德经》。它不是一般的仙丹灵药，而是万物的根本。想称王的，可以它为师；治理百姓的，可用它作法宝。它讲的并不虚无荒诞，而是切切实实的人世生活。如老子讲'道常无为而无不为，侯王若能守之，万物将自化'，就是王侯的统治术。

王侯要懂得顺应自然，不妄为，让万物自我化育，这样就没有什么事情做不成。你们看，老子说得多明白，可你们诵经只当口头禅，或者囫囵吞枣，一字不懂，或者信口开河，说得玄而又玄，只要乞得施主钱财，骗得他上当就行，而我则别有会意！”

和尚听完这番话，暗暗吃了一惊。心想，此人五大三粗，相貌丑陋，下巴比上颚长出好几分，脑门上一块骨头高高隆起，整个脸型像一座横摆着的大山，可胸中却包藏奇志。不禁好奇地问：“请问施主尊姓大名，仙乡何处？”

朱元璋看了看和尚，顿时意气飞扬，说：“长老，给我拿笔墨来！”和尚拿来笔墨，一转眼，朱元璋就在寺壁上题了一首绝句：

杀尽江南百万兵，腰间宝剑血犹腥。
山僧不识英雄主，只顾哓哓问姓名！

题罢，用笔指点着诗，对和尚说：“你们看我是谁？”说完掷笔，昂首阔步，转身向寺外走去。

和尚看朱元璋神思英发，吐音嘹亮，既粗犷豪迈，又轻灵爽健，不禁目瞪口呆，一时没回过神来，竟没有相跟着送出山寺去。

几天之后，朱元璋的部队经过休整，顺利攻下集庆。从此，他以金陵为基地，南征北讨，在短短十几年时间里，元朝南北疆土，尽为所有。元至正二十八年（1368 年）正月，朱元璋正式称帝，国号大明，改元洪武，以应天府为南京（今江苏南京）。

朱元璋当了皇帝，地位变了，贫寒时的墨迹自然成了宝贝。一天，有人向朱元璋报告说，他当年在不惹庵寺壁的题诗没有了。这还了得！朱元璋下令立即把不惹庵的住持和尚抓来。

朱元璋问：“和尚，你知道犯了什么罪吗？”

和尚说：“贫僧不知。”

“朕当年在寺壁的题诗，怎么没有了？”朱元璋居高临下地问。

“皇上当年题诗，贫僧未得目睹，只有吾师四句诗在寺壁。”

“哪四句？”

和尚吟诵道：

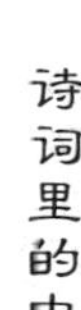

御笔题诗不敢留，留时常恐鬼神愁。
故将法水轻轻洗，尚有毫光射斗牛[①]。

和尚吟完，接着说："从吾师这首诗看，只因皇上的御笔光芒万丈，烛照天地，威慑鬼神，小寺容纳不下，所以吾师才用法水小心翼翼地洗去，即使这样，现在仍是光芒四射，直冲天上的斗牛。实在不是吾师胆敢妄为，望皇上明鉴。"

朱元璋听了，放声大笑，说："好狡猾的老和尚，真会溜须拍马！从'御笔题诗'四字看，这诗分明是朕登极之后才写的。这老和尚当年毁了朕的诗，如今怕杀头，才玩鬼把戏来骗朕，可见此老儿不老实。不过，诗确实写得好，有点气魄，有点味道，朕喜欢，所以，朕恕你和你师父无罪。回你的寺庙去吧！"

朱元璋对僧侣并不都这样宽宏大量，他同僧侣的关系十分微妙。一方面，他出身贫贱，怕被人轻视，便同僧侣们串通一气，编造许多神奇灵异故事，欺骗和吓唬百姓。洪武十四年（1381 年），中央开设僧录司，州、县分设僧正司、僧会司，并有各种名目的职官，笼络天下名僧为他效力。另一方面，因为他当过和尚，深知其中的虚妄，因此他压根儿不信神异征验一类事。有道士献长生不死之术，他不接受，有人献什么天书，说他是真命天子，反而被杀。谁触犯他的尊严，他更是心狠手辣，决不宽恕。

径山（今浙江余杭西北）住持止庵和尚，一年夏天，写了一首《夏日西园》诗：

新筑西园小草堂，热时无处可乘凉。
池塘六月由来浅，林木三年未得长。
欲净身心频扫地，爱开窗户不烧香。
晓风只有溪南柳，又畏蝉声闹夕阳。

止庵诗学习中唐诗人孟郊，古淡质朴，多有理致。这首诗写自己刚修成小园草堂，种的树还没有长起来，池塘的水也太浅，没有树荫，不能沐

① 斗牛，天空二十八宿中的斗宿、牛宿，传说斗牛之间，常有异气。按古代分野的说法，与天上斗牛星宿相对应，地上正是浙江、江苏、江西、安徽一带。

浴，盛夏酷暑，无处藏身，无法解热；找点事做，静静心情，大开窗户，室内自然就不用再熏香；可是这个法子也不灵，仍然酷热难当，溪南柳荫下倒是晚风习习，可能会凉爽一点，可也有鸣蝉聒噪，还是令人烦躁不安。诗从不同角度落笔，一语一事，自然生动，极有层次，由淡而浓，直至兴酣意足，极尽盛夏酷热、人不堪其苦的情状，是一首平淡中寓奇崛的佳作。不料，这首诗后来被朱元璋看到了，竟惹出大祸。

一天，朱元璋命人把止庵和尚带进宫来，问："和尚，你知道犯了什么罪吗？"

止庵说："贫僧不知。"

朱元璋又问："你是不是有一首《夏日西园》诗？是什么意思？"

止庵说："夏天炎热，贫僧无处避暑，内心烦躁，一时遣怀，并无他意。"

朱元璋"哼"了一声，神情严厉地说："好一个'并无他意'！朕看你句句有机关。'无处可乘凉'，是怨朕刑法太严，所以你说天下人朝夕如受火烤；'六月由来浅'、'三年未得长'，是嘲笑朕立国未久，规模太小，不足以兴礼乐、施教化，所以你抱怨生不逢时；'频扫地'，'不烧香'，是骂朕怕人非议而肆意杀人，扫清碍眼之人，不肯如佛家一样仁慈行善。你对大明有如此不满，对朕有如此多怨恨，所以你觉得无处可以安身。溪南柳阴虽好，又有蝉声聒噪，你活得好不自在！是这样的吗？"

和尚连连叫苦，说："贫僧岂敢！贫僧岂敢！"

朱元璋怒斥说："还敢狡辩！你不是活得不自在吗？朕今日就超度你去极乐世界！"

说罢，不容止庵和尚再辩白，就下令收监处死。像这样，朱元璋以诽谤朝政的罪名，不明不白地处死的和尚，何止止庵一个！

【参考资料】

《明史·太祖本纪》
《七修类稿》卷三十四、卷三十七
《静志居诗话》卷二十三

阿Q禁忌

朱元璋从小没读什么书，在戎马倥偬中，他深知知识的重要。打仗间歇，他总是让名儒为他读经讲史，有时也兴致勃勃，一起列坐赋诗。称帝以后，朱元璋对历史尤其有特殊爱好，《汉书》、《宋史》是他朝夕不离的书。经过十几年努力，朱元璋不仅阅读了大量典籍，而且自己能吟诗作文。一批文人也因此在朱元璋的政治、军事乃至日常生活中日益显示出重要作用。朱元璋是濠州钟离（安徽凤阳东）人，地处淮东地区，跟随朱元璋打天下的淮人地主集团感到了威胁，淮人集团与非淮人集团之间的斗争也就日趋尖锐起来。

一天，淮人地主集团的文臣武将在一起密谋之后，一起去找朱元璋告文人的状。一位武将首先发难说：“老子流血打天下，现在倒让这班瘟书生来当家，我等不如解甲归田，还做放牛娃去！”

朱元璋看看众人的架势，笑笑说：“卿等从我举事，难得成此功业，自当与朕同享富贵。不过，世乱用武，世治宣文，马上可以得天下，不能治天下，治天下就非用文人不可了。这个道理，朕已对卿等讲过多次，卿等怎么还不懂呢？”

一个文臣说：“陛下讲得很是。不过，也不可过于信任文人。张九四一生宠幸文人，作了王爷后，要文人给他起一个官名，文人竟给他起名士诚。”

朱元璋说：“这个名字很不错嘛！管子说，诚信者，天下之结也。所谓‘结’，就是立身做事的关键。”

那文臣说：“还不错？张九四上大当了。”

“哦，上什么当？”朱元璋问。

那文臣说：“《孟子·公孙丑下》有一句‘士诚小人也’。这五个字，可以读为‘士，诚小人也。’这是说，读书人，确实是小人，也可以读为‘士诚，小人也。’这是文人诡计多端，借古人的话骂张九四是小人。张九四不懂，竟然就用这个名字。生前让人叫了一辈子小人，死了，后世的人还叫他小人。张九四好不可怜！”

朱元璋听了，哈哈一笑，说：“这也是你这个读书人歪解圣贤书。孟子这句话里的‘士’，哪里是说的读书人，那是齐国人尹士的名字。孟子到齐国去游说齐王，齐王不用他，孟子在齐国都城逗留了三天才离去，尹士就说孟子不是不识齐王不能成为明君，就是贪图利禄，所以没有立即离去。后来听到孟子的一番解释，尹士觉得自己才是那种心胸狭窄、因小愤而不顾大义的小人。所以他说‘我啊，确实是小人！’看来，你没有读懂孟子的书。”

朱元璋下朝后，回到寝宫，找出《孟子·公孙丑下》，又反复读了几遍，虽然觉得今日朝会上那个文臣的话很可笑，可文人的诡计多端，确也是实情。自古以来，文人多没骨气，少操守，墙头草，随风倒，不管坐轿人是谁，只要有名有利，就会吹喇叭、抬轿子。坐轿子的人摸透了文人的这种秉性，一方面拿功名利禄笼络文人，一方面则不失时机地教训教训文人，历史上的明君圣主，无不是这样做的。朱元璋想透了这些道理，从那以后，批阅臣子们的奏章，就格外小心，生怕那些舞文弄墨的文人弄神捣鬼，轻则暗中骂他，重则设置陷阱。他还不知道，他越是存这个心，就越是疑心生暗鬼。于是，多少人就这样不明不白地死于那一字犯禁的冤案中。

朱元璋出身贫贱，当过和尚，参加过起义军，而义军被统治者骂为“贼”、“寇”。朱元璋最忌讳的就是与他这些身世有关的字眼，生怕别人揭他老底，轻贱他，有失至尊。

福州府学训导林伯璟替按察史撰《贺冬表》，有“仪则天下”四字；北平府学训导赵伯宁为都司写《万寿表》，有“垂子孙而作则”的话；沣州学正孟清为知府作《贺冬表》，也有“圣德作则”四字。这三句话中的“则”字，都是典范、榜样的意思，本是歌功颂德之词，但因“则”与“贼”谐音，朱元璋认为是在骂他做过“红巾贼”，下令把林、赵、孟三人都杀了。

常州府学训导蒋镇为知府作《正旦贺表》，有“睿性生知”；祥符县学教谕贾翥替县令作《正旦贺表》有“取法象魏”；尉氏县教谕许元替知府作《万寿贺表》有“体乾法坤”。这些句子中，因“生”与“僧”，“法”与“发”，“法坤”与“发髡”[1]谐音，朱元璋认为这是在骂他剃过光头、当过和尚，也把三个人都杀了。

杭州教授徐一夔的贺表中有“光天之下，天生圣人，为世作则”等语，朱元璋见了，更是勃然大怒，说：“‘生’者僧也，‘光’者剃发也，‘则’者贼也。这是又骂我当过和尚，又骂我当过流贼，真是狗胆包天，罪不容诛！”当即下令也把徐一夔斩首。

在那个时候，不仅“僧”字、“贼”字不能说，与“僧”、“贼”音近的字也不能说。推而广之，凡与之音相近、事相类的字眼也在禁忌之中。

朱元璋得了阿Q式的多疑多忌症，就对官员臣民更不放心了。一天，朱元璋微服私访，走到一座破庙，见寺壁上画着一个布袋和尚。这和尚眉开眼笑，盘腿而坐，一手捻佛珠，一手按布袋，福态慈祥，亲切可爱。这就是人们常见的大肚弥勒佛。他原是五代时高僧，常用禅杖挑一条布袋，见物就乞讨，讨来之物，尽收布袋中。行也布袋，坐也布袋，放下布袋，何等自在，因此名布袋和尚。朱元璋瞻仰了一会儿弥勒佛，忽见旁边有一首《题布袋佛》诗：

大千世界活茫茫，收拾都将一袋藏。
毕竟有收还有散，放宽些子也何妨？

壁上诗画墨迹都新鲜润湿。“这诗画是才作的嘛！”朱元璋这么一想，忽有所悟。再看那布袋和尚，简直就是活脱脱的朱元璋，而且越看越像。朱元璋不禁脸色骤变，说：“好啊，显见得是有人知朕来游寺，抢先题画在这里的。这首诗竟明目张胆地把朕比作布袋和尚，讽刺朕欲望太大，企图囊括一切；用法太严，弄得大千世界，百姓没有生路，要我松点手，放宽些，真是胆大妄为！来人啦，把全寺僧徒给朕抓来！”结果，一寺僧徒全被杀害。

据传说，这布袋和尚诗画，是朱元璋的开国功臣刘基的杰作。刘基助

① 乾坤，指天地。“体乾法坤”，即为天地、人间树立规范、榜样。发髡，古代一种剃去头发的刑法。

朱元璋安天下、定基业，有当年张良运筹帷幄、决胜千里之功。后来，他见朱元璋诛杀功臣，就急流勇退，告老还乡了。他知道朱元璋不会轻易放过他，就让家人制造假象，称他病死，他自己则改扮道装，云游四方。那天正宿在这荒郊破庙，听说朱元璋要经过，就在庙壁题作布袋和尚诗画，然后远走湖海。用意是讽谏朱元璋不要过于残忍，滥用重法酷刑，没想到诗画过于露骨，激怒了朱元璋，竟使这破庙和尚统统成了冤死鬼。

鲁迅笔下的阿Q，因为自己头上长了几处刺眼的癞疮疤，因而忌讳别人说“癞”，以至一切近于“癞”的音，以后连“光、亮、灯、烛”等都在禁忌之列。阿Q的这种禁忌，表现了他既自卑又自傲、既可怜又可悲的性格。读历史，才知阿Q也有老祖宗。不过，阿Q的禁忌只害其身，而明太祖朱元璋的阿Q式禁忌，则是在统治集团内部斗争中产生的，又作为统治集团内部排除异己的手段，维护了皇权统治，同时也制造了无数冤案。

【参考资料】

《明史·太祖本纪》
《七修类稿》卷三十四
《廿二史札记》卷三十二

隔花吠影

公元 1368 年，朱元璋在应天府（今江苏南京）即皇帝位，国号大明，改元洪武。坐天下刚七年，朱元璋就开始杀功臣，无辜获罪、杀头灭族者无数。明初著名诗人高启，就是其中之一。

高启，字秀迪，长洲（今江苏苏州西南）人。元朝末年，天下大乱，高启依外舅，居吴淞江边的青丘（今江苏吴县东南），自号青丘子。他学识渊博，尤其酷爱吟诗，以谪仙在世自许。洪武二年（1369 年）二月，高启应诏西去京城金陵（今江苏南京）修《元史》，授翰林院国史编修官。《元史》修成后，他又奉诏教授诸王功课。在枯燥无味的写史和教书之余，他那难以遏制的“诗淫”，也就是过于癖爱作诗的激情便不时发作，在短短一年多时间里，竟写诗两千余首。

一天，朱元璋把高启召去，说：“高爱卿，朕听说你近日新作了一首《宫女图》诗。我疑心他们传得有误，卿可在此吟给朕听听吗？”

高启一听，吓得浑身直渗冷汗。他知道，近年来，因文字得祸的案子屡屡发生，看来自己也要大祸临头了。一时间，心中似乱云翻滚，不知该说什么好。

朱元璋见高启的样子，笑笑说：“怎么，高爱卿没有作过这么一首诗吗？”

“不，不。”高启连忙说：“臣近日无事，确实随兴吟过一首《宫女图》诗。”

“嗯。那么，就诵给朕听听吧。”朱元璋的口气，不容再迟疑。

高启立即吭吭哧哧地念道：

女奴扶醉踏苍苔，明月西园侍宴回。
小犬隔花空吠影，夜深宫禁有谁来？

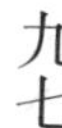

这首小诗，以一个失宠后妃的口吻，活脱脱画出一个充满哀怨、半醉半醒的悲剧形象。侍宴后，深夜回宫，侍女搀扶着走进自己长满青苔的院子，躲在花丛后的小犬见有影动，就狂吠起来，被犬吠声惊醒了的妃子，禁不住怒斥小犬："这深更半夜，还会有谁到我这冷宫来！"诗人深谙宫词三昧，捕捉到后宫生活中的一个小景，不铺张，不雕饰，用亲切平易的语言，娓娓倒出一段哀怨，婉转含蓄，饶有余味。

朱元璋听完高启吟诵，说："看来，宫中传诵不误。"

高启恭谦地说："臣诗浮浅，有污圣聪。"

朱元璋说，"噢，不。朕看这首诗清新秀丽，韵味醇雅，卿谓浮浅，朕看却大有深意！"说到这里，朱元璋用锋利审视的目光看了看高启，然后意味深长地问："朕知道，卿还有一首《题犬画》诗。是不是？"

"是。"高启听朱元璋的话音，好像有了一种不祥的预感，只是低着头，连大气也不敢出了。

"也念给联听听。"朱元璋命令道。

"是。"高启于是又念道：

独儿初长尾茸茸，行响金铃细草中。
莫向瑶阶吠人影，羊车半夜出深宫[①]。

朱元璋听了，神情严峻，语气冰冷地问："高爱卿身为朝臣，朕待卿不薄，为什么这么热衷于写宫词呢？自古写宫词的，不外帝王荒淫，嫔妃争宠，宫女嗟怨，无不捕风捉影，蜚短流长，玷污后宫，讥谤君上。高爱卿的宫词能例外吗？"

"臣不敢。"

"不敢？高爱卿这两首诗，出于同一意境，就是借宫中嫔妃之口，发泄对君王的怨恨。一个失宠，抱怨夜深宴罢，不被召幸；一个得宠，惊喜

① 羊车，宫中一种精美华贵的小车，用羊牵引，晋武帝常乘羊车，任其行走，至便宴寝。后即以羊车降临表示宫人得宠，不见羊车表示宫怨。元代诗人萨都剌有《宫词》"深夜宫车出建章，紫衣小队两三行。石阑干畔银灯过，照见芙蓉叶上霜。"即写君王深夜乘车巡幸后宫事。

羊车出宫，夜半临寝。这一怨一喜，都暗中讽刺君王宫中行乐，荒淫无度。而两诗的用意遣词，也没丝毫不同，一写小犬空吠影，是叹息，是怨恨；一写小犬莫吠影，是喜悦，是怕人知。高爱卿一吟而不尽意，再吟以逞其怀，积怨何其深也！高爱卿，你看朕解得对吗？”

高启听完，立即跪伏在朱元璋面前，诚惶诚恐地说：“微臣不敢！微臣不敢！”

朱元璋突然纵声大笑：“哈，哈……”这笑声，带着野气，也带着狡狯。高启不禁浑身颤抖，大颗的汗珠从额头上滚落下来。朱元璋见此情景，收了笑声，说：“世人都说高爱卿是鲁迂儒、楚狂生[①]，朕只当是迂腐狂言，就不多责怪了。卿平身吧！”

“谢皇上隆恩！”高启伏地连连叩首，战战兢兢地站起来。

高启这天回到家中，过了大半日，惊魂始定。思前想后，感到京城再也待不下去了，决定尽早离开，他立即写了奏章，辞官还乡。不久，他便得到朱元璋批准，放还青丘。

洪武五年（1372年），礼部主事魏观出任苏州知府。高启曾与魏观同在翰林院，魏观便请高启出来共事，并把他全家搬进苏州城里。

元朝末年，农民起义军张士诚曾占领平江路（今江苏苏州），在这里称周王，以原来的州府官邸为皇宫，而把州府衙门迁往别处。魏观到任后嫌官邸地势低洼偏僻，把知府衙门迁回原址，还请高启写了一篇《上梁文》。

魏观的奏书和高启的《上梁文》送到朝廷，朱元璋批阅时，有人向朱元璋告密说，魏观在废弃的皇宫地基上重建知府衙门，是妄想旧朝复辟的不轨行为。朱元璋再看那《上梁文》，其中竟有“龙蟠虎踞”四个字，这还了得！当年刘备与诸葛亮察看金陵山川形胜，就曾感叹“钟山龙盘，石头虎踞，此帝王之宅”（《太平御览》）。这四个字也是小小知府魏观能用的吗？朱元璋勃然大怒，他又想起高启那首《宫女图》和《题犬图》诗，旧怨新恨，两案并发。朱元璋下令，立即把魏观与高启押解京城论罪。

---

① 鲁迂儒，指鲁国迂腐不知时变、不识时务的儒生。楚狂人，即楚国人接舆。孔子周游列国，来到楚国，接舆过其门，说：孔夫子啊，你太不识时务了，当今执政者已经很危险，不可救药了，你为什么还要这样奔走游说？往者不可谏，来者犹可追，你赶快退隐吧。说完就跑了。接舆披头散发，佯装疯癫，时人谓之狂人。

《唐诗画谱》　（明）黄凤池 编

不久，魏观和高启都腰斩于金陵。

《吴中野史》称，高启是因《宫女图》诗获罪被害。《明史·文苑传·高启传》则说“启尝赋诗，有所讽刺，帝嗛之[1]，未发也”，“帝见高所作《上梁文》，因发怒，腰斩于市。”《明诗纪事》卷七亦取此说，“秀迪此诗盖有为而作。讽喻之诗虽妙绝今古，而因此触高帝之怒，假手魏守之狱，亦事理之所有也。”这说明，高启的不幸，在朱元璋广布文网，寰中士大夫不为君用，罪该抄杀之际，是难免的。“高启天才高逸，实据明一代诗人之上。其于诗，拟汉魏似汉魏，拟六朝似六朝，拟唐似唐，拟宋似宋，凡古人之所长，无不兼之，振元末纤秾缛丽之习而返之于古，启实为有力。”

① 嗛（xián），怀恨。

（《四库全书总目》卷一六九）清赵翼也说："高青丘才气超迈，音节响亮，宗派唐人，而自出新意"，"推为开国诗人第一，信不虚也。"（《瓯北诗话》卷八），这样一位众体兼备，风格多样，在明初文学发展史上起过重要作用的文学巨人，风华正茂，竟遭杀害。当时及后世的人无不痛惜与愤怒。陈田在《明诗纪事》卷七的按语中引用了杨基、徐贲、张羽的悼亡诗后[①]，无限沉痛地说："玉碎昆仑，兰焚楚泽，千古才人，同声下泪矣！"昆仑玉，指出产于昆仑山的美玉。晋代郤诜[②]曾对武帝自称是桂林一枝，昆山片玉。后以此比喻珍贵稀有之物或赞美人才难得而可贵。兰是香草，盛产于楚地，古代多用来比喻贤人君子。陈田的话讲得很沉痛，玉碎兰焚，令千古之下胸怀奇才和爱才怜才之人，同声痛哭洒泪！

高启遇害时，年仅三十八岁。如果这颗文苑巨星不是如此过早陨落，而是在继承前人的基础上"熔铸变化，自为一家"（《四库全书总目》卷一六九），在我国古代文学的历史星河中，该会是多么灿烂夺目！

【参考资料】

《明史·文苑传·高启传》
《静志居诗话》卷三
《瓯北诗话》卷八

① 高启、杨基、徐贲、张羽为诗友，"人称国初（明朝初年）吴中四杰。"（《列朝诗集小传》甲集）
② 郤诜，读 xì shēn。

咏雪言志

泰和（今江西泰和）人刘伯川，家有良田数千亩，本是一个富豪人家。可是他一向轻财好义，心慕柴门茅舍、箪食瓢饮的淡泊生活。到四十岁那年，他竟然在一日之内，把良田和其他家产全部散给了亲戚邻里，自家只留几间破旧的房子，聊以遮风避雨。从那以后，夫妻俩深居简出，不见宾客，日出而作，日落而息，侍弄着几亩小园，以粗茶淡饭度日，其乐融融。

同里有个少年，叫杨士奇，十四五岁，是刘伯川故友的孩子。故友早亡，留下孤儿寡母。刘伯川时时照顾他们，而特别喜欢这个孩子。他常对妻子说："杨士奇这孩子，聪明好学，胸存大志，将来必定成就一番大事业，我一向认人都是不会错的。"

这年冬天，一场大雪刚停，刘伯川走出陋室，举目四望，远山近岭，深涧幽谷，都被埋在深深的积雪中。太阳刚爬上山巅，缕缕阳光洒向碧天雪地。高天澄净如洗，大地泛彩生辉，冰清玉洁，晶莹剔透，仿佛一个水晶世界。刘伯川顿觉神清气爽，心胸开阔，他连声叫着妻子："夫人，你快给我准备一壶酒，几碟小菜，我要好好饮几杯。可惜士奇那小子不在这里，多少有些扫兴。"

刘夫人闻声出来一看，果然一派南方百年不遇的冰雪胜景，也高兴地说："好，我这就给你烫酒去。这么大的雪，士奇也不能下地干活了，说不定会来看你的。"说着，下意识地向远处的雪地望去。

说来也巧，这时正有两个人向他们走来。人渐渐近了，传来阵阵嬉笑声。刘伯川一看，兴奋起来，对妻子说："说曹操，曹操就到，天下事怎么这么巧？快去！快去拿酒来！"

来人果然是杨士奇和他的小友陈孟洁。两人来到刘伯川跟前，一齐行礼问好。

“好，好！你们来得正是时候，我同你们伯母刚才还在谈你们呢。”刘伯川说着，用双手抚摩着两个孩子的头，疼爱地说：“看你们俩小脸蛋都冻红了，快进屋暖和暖和吧。”

杨士奇说：“伯伯，不冷，我们不怕，这山里的雪多好，我们就在外边吧。”

“好，我已经叫你们伯母拿酒菜去了，那就在这儿边饮酒边赏雪吧！”刘伯川转身领着士奇和孟洁走向小园篱笆边，那里有一方石桌，几条石凳，前临山涧，再远便是层层叠叠的峰峦，视野极其开阔壮美。

酒菜摆好了，大家边饮边闲谈。两老两小，好像都忘记了辈分年龄，高谈纵饮，无拘无束，酒至半酣，个个神采飞扬。刘伯川问两个孩子：“你们两个都十四五岁了，除了帮助家中做些农活外，书读得怎么样了？”

杨士奇说：“我和孟洁一日都不敢荒废懈怠。”

“好，今日伯伯就要考考你们。”刘伯川用手指着山村雪景，说：“你们各咏一首诗吧，就以这雪景为题，好不好？”

陈孟洁说：“谨依刘伯伯之命。”

刘伯川说：“这可不大好吟啊！前人不少人作过咏雪诗，名篇佳作却不多。咏物诗贵在不即不离，不粘不失。太粘太实，形态逼真，却无精神，只有死相；太离太虚，又失之空泛，让人读来不知他所咏何物。咏物诗，要诗中有画，画外有意，才是上乘佳作。这‘画’与‘意’，又因时、因地、因景、因人而有不同，又须得着我之色、含我之情，所以古人咏雪诗中堪称名篇佳作的，其‘画’、‘意’、‘情’都决不雷同。”刘伯川讲到这里，默默地看了看两个孩子，见他们听得很专心，十分高兴，就问：“你们懂我的意思吗？”

陈孟洁说：“懂。伯伯是说作诗要有新意，不可蹈袭前人。”

杨士奇说：“伯伯是要我们作自家诗。作自家诗，景自然也就是自家眼中景，意与情自然也是自家心中的意与情了。”

“好，说得好！现在你们就各自作一首诗给我看看。夫人，把笔墨纸砚都拿来！”说完，就静坐默观，自斟自酌地饮起酒来了。

没一会儿工夫，两人的诗都作成了，一齐交给刘伯川看。刘伯川先看陈孟洁的：

十年勤苦事鸡窗[①]，有志青云白玉堂[②]。
会待春风杨柳陌，红楼争看绿衣郎[③]。

再看杨士奇的：

飞雪初停酒未消，溪山深处踏琼瑶。
不嫌寒气浸人骨，贪看梅花过野桥。

刘伯川端着酒杯，慢慢呷着酒，眼睛盯着诗稿，像是要从那诗中品出令人心醉的醇味。杨士奇和陈孟洁都紧张地看着刘伯川的脸，等待他评定。

刘伯川终于说话了："你们的学问果然大有长进了，两首诗都写得不错，各有特色。就诗境论，孟洁的诗较空灵，只以'白玉堂'三字代指眼前的冰雪世界，以'会待春风'四字暗示冰消雪化，春风送绿，都没有正面写眼前雪景；士奇的诗则较着实，'雪停'、'琼瑶'、'寒气'、'野桥'，四句二十八字，句句字字都落在实处。就诗情论，"刘伯川说到这里，不禁笑起来，语气变得有些调侃风趣，"孟洁十年寒窗苦读，只博得春风得意、红楼一看，不失为一个刚及第的风流进士；士奇'贪看梅花过野桥'，立志孤高，心向林泉，情趣淡泊，此一介寒士！不过，如逢盛世，必为国家钟鼎重器，人有不为而后可以有为，子其勉之。"

杨士奇和陈孟洁听刘伯川如此点评，都连连点头称是。

刘夫人说："你们两人，志趣不同，今日作诗，将来出处进退已经显露，可惜我们活不到那时，来不及眼见了！"

杨士奇见刘夫人说到最后几句话时，眼睛里闪动着热切而期望的光，不禁深受感动，暗暗下定决心，要更加立志发奋，不负慈母的抚育伯伯的厚望。

---

① 鸡窗，南北朝时，南朝处宗买到一只鸡，养在窗下，久之，能人语，极巧智，与处宗谈论，终日不停，处宗因此亦巧言大进。后因此以鸡窗代指书房。如唐代罗隐《题袁溪张逸人所居》"鸡窗夜静开书卷，鱼槛春深展钓丝。"

② 白玉堂，指翰林院。

③ 绿衣郎，古代平民都穿白衣，没有功名、未做官的读书人，称作白衣相公、白衣秀士；一旦高中，就可以脱白，如唐代，新科进士例赐绿袍，就成了绿衣郎了。

这两首题为《刘伯川席上作》的言志诗，后来都得到了验证。明代初年，陈孟洁果然中进士，选为庶吉士而卒[1]。杨士奇则成了明初成祖、仁宗、宣宗、英宗四朝的宰辅，他与杨荣、杨溥同主朝政，对明初的稳定繁荣起了很大作用。“明称贤相，必首三杨。”（《明史·杨士奇传》）“三杨”因为处在明初太平盛世，主一代文柄，诗文雍容平易，简淡纡徐，颇似承平宰相的为人，时称“台阁体”。“台阁体”因为多歌功颂德、点缀升平之作，受到后人批评。但《四库全书总目提要》卷一七〇说，“台阁体”“虽无深湛幽渺之思，纵横驰骋之才，足以震跃一世”，“亦有由矣”，“主持数十年之风气，非偶然也。”《提要》还说：“平心而论，凡文章之力，足以转移一世者，其始者必能自成一家，其久也亦无不生弊。”这些意见，十分中肯，它充分肯定了“台阁体”的成就，它影响一代诗风，不是偶然的、没有原因的。但是，作为一种文体，开始时有独特的风格，自成一家，但时间久了，仿效者蜂起，成为一种“时文”，就必然僵化、形式主义化，弊端丛生，走向衰落。不独“台阁体”，历史上的其他文学种类、流派也无不如此。这个认识，是值得深思的。

【参考资料】

《涌幢小品》卷二十二
《明史·杨士奇传》

① 庶吉士，明初置，后属翰林院。在新进士中选文学书法优异者入院学习，三年后经考试散馆，成绩优异者，可授官职。

重问六桥

明英宗正统年间（1436—1449 年），临川（今江西临川）人聂大年调任仁和（今浙江杭州）教谕，就是县学的主讲教师。他到任那天，刚安顿好行装，就踏上了苏堤。

“苏堤春晓”是西湖十景之首。春天破晓，晨光曦微，刚暴芽的嫩柳，如雾如烟，百转苏莺，穿飞和鸣，秀丽的景色令人心荡神驰。不过，聂大年来到苏堤时，不是“春晓”，而是春日夕照，又别是一番风景：苏堤串连的环碧、鎏金、卧虎、隐秀、景行、浚源六桥，如颗颗珍珠，在红霞碧波中流光泛彩。环湖群山，叠翠堆绿，在暮霭中浮动着隐隐绰绰的秀色；习习晚风，吹皱满湖春水，送来沁人心脾的清凉。

聂大年在十多年前，曾作过仁和训导，辅助教谕教授学生。这次旧地重游，触景生情，似有无限感慨，“啊，江山如画，胜景依旧；山野遗老，又经几多沧桑！”他沿着苏堤漫步，诗情萌发，便一步一韵地吟诵起来：

平生踪迹半四海，此日重来问六桥。
山霭拂衣晴冉冉，水风吹面晚萧萧。
江山胜概余孤寺，岩谷遗民见五朝。
惟有老僧知客意，茶瓜留话数相招。

聂大年博学多才，古文今诗，都写得很好。他的诗，词新调爽，工整有致，同时人叶盛称他的诗为“三十年来绝唱”（《明史·聂大年传》）。但他很不得志，十多年中，只从一个县学训导升为教谕，也就是从一个辅导教师升为正式的教官。这首《过六桥》诗，不仅表现出他的诗歌风格，也抒发了他那一生浪迹江湖，经历明初五朝皇帝，却仍是一名在野遗贤的郁郁情怀。看来，他很孤寂，只有野寺老僧理解他，才屡屡相邀，给他一些安慰。

自然，诗人的慨叹也仅仅是慨叹而已，于时于己又能有何补益？慨叹之余，他还得照旧生活。聂大年重游西湖之后，便老老实实地做起他的教书先生来。

新年快到了，聂大年写了这样一副春联贴在书院大门上：

文章高似翰林院
法度严于按察司

这副春联的意思是说，文章写得好，如翰林院大学士的手笔；诗文法度森严，如当朝提刑按察司执法量刑判案。谁的文章写得好？谁的诗文法度森严？这副春联没有说。不知是聂大年的夫子自道呢，还是勉励学生，或者是二者兼有？但是不管聂大年本意如何，他没有想到，这副春联传出去之后，竟触怒了达官显贵，认为他不把翰林院学士和按察司要员放在眼里，竟敢以此自居，实在是太狂妄自大了。尽管他的诗名著称当世，就因这副春联，竟九年不得升迁。

聂大年在仁和日久，教书之余，或行吟湖畔，或啸傲山间。武林湖山，随处可见他的身影。仕途功名越来越渺茫，在他心中也越来越淡薄。他那怀才不遇的郁愤，似乎渐渐消尽。溪云山月，野草闲花，鸥戏鱼跃，潮涨潮落，都使他浸润在一种顺时任性、自然天真的情趣里。远近的人常常慕名而来，要他题诗，他总是给人题写一首《行香子》词：

清夜无尘，月色如银。酒斟时，须满十分。浮名浮利，虚苦劳神。叹隙中驹，石中火，梦中身。　　虽抱文章，开口谁亲。且陶陶，乐尽天真。几时归去，作个闲人。对一张琴，一壶酒，一溪云。

求题诗的人赞叹说：“先生这首词，浮云富贵，粪土王侯，洒脱豁达，闲适淡泊，足以淘尽世人胸中浊气。至于抒写性灵，议论世情，舒卷自如，妙语连篇，更令人心醉神迷，实在是一首绝妙好词！”

聂大年听了，淡淡一笑，说：“这是北宋大学士苏东坡的杰作，老朽哪敢欺世盗名。”

“那么，先生为什么总是给人题写这首词呢？先生是不是对这首词有特殊的偏爱？”

“苏东坡是北宋一代奇才、全才，却在新旧党争的狂风巨浪中，颠簸沉浮，几次险遭灭顶之灾。因此他看透仕途的险恶、官场的黑暗，把功名利禄都视为虚浮，如白驹过隙，瞬息即逝，如石上取火，一闪即灭，如梦中荣华，终要惊破。与其为这不可把握的虚浮苦苦劳神，何如归去做个闲人，‘对一张琴，一壶酒、一溪云’，尚可‘乐尽天真’！”

“难道先生也有苏东坡学士的经历与感叹么？”

“啊，不敢，不敢！只是一时借以抒怀罢了！”聂大年极力掩饰自己的激愤情绪，立即回避说。

尽管如此，来求聂大年题诗的人还是不少，他仍然是只题苏东坡的《行香子》。因为苏东坡的词酣畅淋漓而婉曲从容地表达了他对知音难觅、壮志难酬的愤懑，他从中可以得到某些精神解脱和满足。

这首词大约是苏轼在任杭州知府时作。此时，苏轼经历了乌台诗案[①]、贬官黄州、移官汝州等地，复又回朝，再遭政乱陷害，出守杭州。一次一次打击，一次一次宦海沉浮，使苏轼深感官场的险恶，心形俱悴。就是在这种情况下，苏轼在清夜赏月，陷入了对人生意义的严肃思考。他再次想起了庄子的话，“人生天地之间，若白驹（太阳光）之过隙（缝隙），忽然而已。”（《庄子·知北游》）所谓的功名利禄、荣华富贵，终有一天，也会成为过眼云烟；天下万物，没有不蓬蓬勃勃生长的，也没有不死去的，但这是解开束缚、返归大自然的本体，因此不必虚苦劳神，更不必哀伤悲痛；既然怀抱锦绣文章，不得知遇，就去乐陶陶地过此一生，“江上之清风，与山间之明月，耳得之而为声，目遇之而成色，取之无禁，用之不竭，是造物者之无尽藏也”（《前赤壁赋》），赏风弄月，弹琴放歌，对酒吟诗，远离了官场的尔虞我诈，没有尘世的喧嚣烦扰，心静如水，

① 参看本丛书《宋代篇》中《乌台诗案》、《赤壁情思》、《江海余生》等文。

恬然自适，其乐也无穷！这不是消极避世，更不是用自我麻醉求得解脱，这是豁达地对待人生！“几时归去，作个闲人。”苏轼并没有打算马上退隐，他还在等待大有作为的时机，但现实能给他这样的机会吗？事实上，在激烈的政治斗争中，苏轼的结局很惨。苏轼这首词的风格近似婉约，淡雅有致，细腻绵密，感情复杂，内容严肃，是苏轼一生经历和当时心境的真实反映。聂大年总是书写这首词赠人，决不是无端的偏爱，而正是这首词时时在他心中引起共鸣。

一天，聂大年去拜访画家戴文进，在那儿见到当朝尚书王直给戴文进的一首诗，诗上有一小序，大意是说：王直昔日与戴文进相交，曾赋得一联诗，可怎么也不能成篇，至今十年过去了，终于续完，现在寄给戴文进，请戴文进据诗意作幅画。聂大年看了，不禁感慨万端。“唉，古之君子，如周公、曹操，一饭三吐哺，一沐三握发①，那才真是求贤如渴啊！今天那些身居要职的官儿，有多少还把天下的事放在心里！”聂大年想到这里，就提笔在王直诗后写下这么几句：“公爱文进之画，十年而不忘也，使公以十年不忘之心，待天下之贤，天下岂复有遗才哉！”这真是感慨万端、痛彻肺腑之言！

我国古代的士子们，受儒道影响极深，无论自己怎样吃尽天下千般苦，都还心存济时救国志，无论怎样从老庄哲学中寻求解脱逃避，但一遇机会，又跃跃欲试，为国为民，虽赴汤蹈火不辞。这是他们的可悲处，也是他们的可贵处。

关于苏轼《行香子》词，还有一段轶事。据宋代人洪迈《容斋随笔四笔》卷十五记载，南宋高宗赵构绍兴（1131 — 1162 年）初年，范觉民为相，想改革北宋末年以来朝廷的滥赏制度，即本是职权范围内应该做的，进了一言，做了一事，各级机关都巧立名目给予奖赏。范觉民决意废除繁杂的滥赏名目，但每废除一个名目，有关方面就要讨论来讨论去，久久议而不决。即使是这样，仍夺去不少人的官职。失职者伺机造谣生事，

① 吐哺握发：成王封伯禽于鲁，周公告诫他说，我是文王之子、武王之弟、成王的叔父，又帮助成王掌管着天下，我不能不算显赫，但一听说有士子要见我，我常常是吃一顿饭，来不及下咽，几次把嘴里的饭吐掉；洗一次头，来不及洗完，几次把湿头发挽起来，连忙出去迎接，我是生怕怠慢、失掉了贤士（《韩诗外传》卷三）。后以“吐哺握发”形容礼贤下士、求贤心切。

《宋词画谱》　　（明）汪氏 编

群起而攻之。范觉民因此被罢官，滥赏之风更盛于昔日。于是，有一个无名子，把苏轼的《行香子》词改成了这样：

清要无因，举选艰辛。系书钱，须要十分。浮名浮利，虚苦劳神。叹旅中愁，心中闷，部中身。　虽抱文章，苦苦推寻，更休说，谁假谁真。不如归去，作个齐民[①]。免一回来，一回讨，一回论。

这首词的大意是说，要想做一个地位显贵、职司重要而政务不繁的官，

① 齐民，即平民。齐，是平等、无贵无贱的意思。

实在艰难；宦游在外，让浮名浮利缠身，想要托大雁给亲人传书，也不容易；唉，在羁旅中的愁、心中的苦闷、被官位束缚着不自由的身！虽然有经时济世的锦绣文章，可讨论来讨论去，终是一事无成，再也不要说什么真假是非；算了吧，不如辞官归隐，回家做个平民，免得终日上朝徒然高谈阔论。看得出来，这首无名子词，只把苏轼《行香子》词略改了数字，意思却全变了，成了对朝政和时事的辛辣讽刺。看来，苏轼这首词传播确实很广，在相当一些不满现实的士人当中引起过情感共鸣。

【参考资料】

《明诗纪事》乙签卷二十二
《明史·聂大年传》
《七修类稿》卷三十四

一笑三笑

阊门，苏州城的西门，高高耸立在京杭大运河边，出阊门便是枫桥、虎丘等名胜，唐宋以来，这里一直是苏州最繁华的地方，大小官员在此迎送、宴请宾客，骚人墨客也来此吟诗作画，酒楼茶舍，鳞次栉比。清代人宋乐有一首《苏台柳枝词》这样描写阊门一带的美景和盛况：

十里珠帘映碧流，丝丝金线指人头。
阊门过去盘门路，一树垂杨一画楼。

一天，唐寅同几位朋友来到阊门，在临河一家酒楼相聚。楼内，人声喧哗，楼下，游船如梭。

“拿酒来！我要再浮一大白！”唐寅已经有了几分醉意，仍然连连大声呼叫拿酒。

“没酒钱了，明日再喝吧！”众朋友说。

“没酒钱了？把你们的衣裳脱去抵押。”唐寅用手挨个指着说：“你脱！你也脱！”

众人相视而笑，说：“抵押可以，明日怎么赎？”

“拿钱！”

“钱从何来？”

“卖我的画！”

“好，我们去脱衣换酒来，你这就作画！”说着，各自从袖笼中掏出一把素净折扇。

众人果然脱下衣裳，又换来几大瓮酒。唐寅一手端大碗，一手执画笔，酒酣气盛，乘兴涂抹，边画边呼叫“添酒！添酒！”片时完成山水画数幅。青峰碧溪，烟水云林，无不妙笔传真，秀润动人。众人围观，时时欢呼叫好。

“够了！够了！有这几幅，明日足够赎回各位的衣裳了！”

唐寅掷笔，仰头眺望楼外。“呀，美哉！好一个娇媚的女子！她那一笑，莫非是有情于我？”唐寅突然惊叹起来。

众人莫名其妙，一齐往楼外望去。原来，一只画船正舶在楼外，船上珠翠满座，一个十八九岁的女子，正冲这楼上嫣然一笑。那女子见众人看她，立即转过了脸去。众人这才明白，唐寅是为这女子惊叹，回头正想取笑几句，却不见了唐寅。

原来唐寅早已经跑下酒楼去了。他登上一只小艇，尾随那画船一路到了吴兴，便乔装落魄书生，卖身为奴，进了这家官宦大院……

聪明的读者现在知道了，这就是“唐伯虎三笑点秋香”故事的开头。上面的叙述，见于嘉兴（今浙江嘉兴）人项元汴撰《蕉窗杂录》。

明人冯梦龙著《警世通言》，有《唐解元一笑姻缘》，故事更加丰富曲折了，篇幅由四百余字增至三千余字。当唐寅在华府知道那画船上对她嫣然一笑的女子叫秋香后，日思夜梦，想一见秋香，但久不如愿，不禁对花伤怀，赋《黄莺儿》自叹：

风雨送春归，杜鹃愁，花乱飞。青苔满院朱门闭，灯昏翠帏，愁攒黛眉，萧萧孤影汪汪泪。惜芳菲，春愁几许？碧草遍天涯。

唐寅经过许多曲折，终于与秋香喜结良缘。成婚之夜，唐寅问秋香当初为何冲他一笑。秋香说：“妾当时见众少年拥君出素扇求画，君挥翰如流，大呼浮白，旁若无人，何等风流豪迈！妾知君非凡士；众少年用脱衣换酒计赚得你的书画，你却傻乎乎浑然不觉，又天真如此，故尔一笑！”

唐寅感激秋香慧眼识英雄，对秋香更是一往情深，彼此相知相爱，决定乘夜潜逃。临行，唐寅在壁间题诗一首：

拟向华阳洞里游，行踪端为可人留。
愿随红拂同高蹈[①]，敢向朱家惜下流[②]？

---

① 红拂，传奇《虬髯客传》中人物，姓张，隋末杨素家妓，后识李靖为英雄，与李靖私奔，助李靖成大业。这就是“慧眼识英雄”典故的来历。唐寅有《题自画红拂妓卷》：“杨家红拂识英雄，着帽宵奔李卫公。莫道英雄今没有？谁人看在眼睛中。”

② 旧时南京秦淮河畔多妓女，河上有朱雀桥。

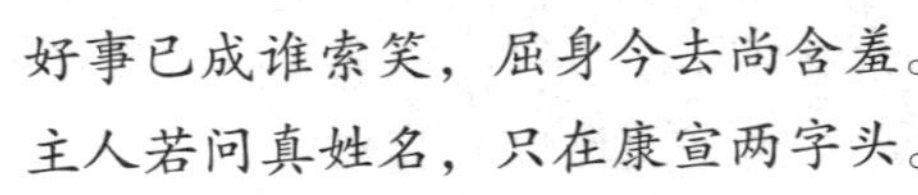

好事已成谁索笑，屈身今去尚含羞。
主人若问真姓名，只在康宣两字头。

查《唐伯虎全集》，今存《黄莺儿》词，冯梦龙只做了小小改动，不存夜逃题壁诗，知非唐寅作，鱼龙混杂，令人真假难辨，可谓小说家高手。

到了清代中叶，唐寅点秋香的故事有了更大发展，“一笑姻缘”变成了“三笑姻缘”。代表作即是清人吴信天撰长篇弹词《三笑》，长达三十二万字，不得不惊叹和佩服小说家添枝加叶的本事。唐寅夜逃的题壁诗，又与冯梦龙的不同：

唐突罗巾绝可怜，寅光未透整归鞭。
去将花坞藏秋色，了却情痴三笑缘。

小诗突出了“情痴三笑”的主题。罗巾，是丝织手帕，罗帕可爱，当然是它的主人可爱；寅时，是凌晨三时至五时，“寅光未透”是说天还没大亮，唐寅和秋香就已经逃走了。苏州城外有桃花坞，据说唐寅即把秋香带回了桃花坞，吴信天《三笑》有《藏秋》一回。这是一首藏头诗，竖读即“唐寅去了”，更见唐寅的才气和机敏。香港电影《三笑》便是在这篇弹词基础上改编的。

历史上，是否真有唐寅点秋香的事呢？近世有争议。《点秋香》的故事，最早见于王同轨《耳谈》，讲的是陈元超与秋香的事，与唐寅毫无关系。但几十年后，东莞人尹守衡《明史窃》一百五十卷，就把这个故事原原本本移到唐寅名下了。从此，唐寅点秋香就愈演愈奇了。至于秋香，则实有其人。她本姓林，名奴儿，明宪宗成化（1465 — 1487 年）年间南京妓女，“风流姿色，冠于一时，学画于史廷直、王元父二人，笔最清润。”（《唐寅年谱》）后从良，有旧时相好欲相见，秋香取一折扇，画了一幅柳，并题了一首诗表示拒绝，诗如下：

昔日章台舞细腰，任君攀折嫩枝条[1]。

① 章台，汉代长安（今陕西西安）街名，妓女聚居地。参看本丛书《唐代篇·离合悲欢》。

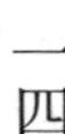

如今写入丹青里，不许东风再动摇。

诗以咏柳明志，表现了她的忠贞品质，十分形象生动，论文才志气，绝非寻常女子。

唐寅的好友祝枝山有《题秋香便面》诗一首：

晃玉摇金小扇图，五云楼阁女仙居。
行间着过秋香字，知是成都薛校书。

“便面”即扇子。薛校书，即中、晚唐女诗人薛涛，长安人，幼年随做官的父亲到了成都，性情敏慧，八九岁即知音律，会作诗，父亲死后，薛涛十六岁那年，被召入乐籍，成了乐妓，二十岁脱籍，元和二年（807 年），武元衡镇蜀时，器重薛涛才华，上疏向朝廷荐为校书郎，因薛涛住成都西浣花溪畔，种琵琶花满门，诗人王建《寄蜀中薛校书》诗有“万里桥边女校书，琵琶花里闭门居”，从此，时称女校书。薛涛在成都经历十一任西川节度使，因此与不少著名将相如武元衡、李德裕等有往来，与著名诗人如王建、元稹、白居易、刘禹锡、杜牧都有诗歌唱和，一生作诗五百余首。她自制的深红薛涛小笺，驰誉千载。成都望江亭公园，现存吟诗楼、薛涛井名胜。祝枝山以薛校书比秋香，可见秋香色艺非凡。

有人认为唐寅点秋香故事不足信，其理由：一是唐寅生于 1470 年，秋香年龄比唐寅大十几岁，很难想象两人之间会产生“一笑三笑”一类的风流韵事。但这不是理由，薛涛与元稹曾产生恋情，当时薛涛四十岁，元稹三十岁，虽没结果，但薛涛直到六十三岁去世，因此终身未嫁；二是唐寅对妻子的感情深笃专注，不是“一笑三笑”中那种在纳了“八美”之后又点秋香的风流浪子。是的，唐寅的元配夫人徐氏，在他科场蒙冤下狱之后，便离他而去，使他一度陷入痛苦的深渊。但后来，他继娶沈九娘，夫妻感情极好，不幸九娘积痨成疾而早逝。唐寅目睹九娘的件件遗物，悲痛欲绝，洒泪滴血，写下十首《绮疏遗恨》悼亡诗。今录两首如下：

忍抛砧杵谢芳菲，敲断叮咚梦不归。
闻说夜台侵骨冷，可怜无路寄寒衣。

凤头交股雪花镔，剪断吴淞江水浑。
只有相思泪难剪，旧痕才断接新痕。

第一首说，寒冬到了，想到亡妻在九泉之下一定很寒冷，可无路为她送去冬衣。第二首回忆起妻子在世时，夫妻二人在春暖花开时节的甜美生活，不由得一回一回地伤心落泪。这组《绮疏遗恨》悼亡诗，把诗人悼念亡妻的悲痛与相思抒发得真挚深沉，缠绵婉曲，足见伉俪情深。从《明史》、苏州地方志和唐寅墓志铭等史籍资料看，唐寅确实只有元配徐夫人和继室沈九娘，没有再娶林秋香的事。从唐寅与沈九娘的感情论，《三笑》故事似乎有损唐寅的人品声誉，人们怀疑《三笑姻缘》的真实性，是有道理的。

但是，杨静庵编撰的《唐寅年谱》说："后人虽欲为之文饰，未免有依据不足之苦。"原因是"一笑三笑"故事在明代就久已流传。项元汴撰的《蕉窗杂录》是最早把"一笑"故事归于唐寅的。他撰此书时距唐寅不过三十余年。他是嘉兴人，嘉兴离唐寅生活的苏州极近，今天要证明"一笑"故事纯是齐东野语，是很困难的。又，《唐伯虎汇集》刻成于明万历二十四年（1596 年），距唐寅去世也只七十二年。当时的文学大家袁宏道在评点这部书中《纪事》篇的"一笑"条目时，有这样的批语："此事尽可谱为传奇"，"此女（指秋香）大不俗，得子畏（唐寅的字）为配，亦一笑之为媒耶？然子畏亦可谓有心人矣。"袁宏道认为，唐寅与秋香的"一笑姻缘"是天生地配、合情合理的，谈不上有损唐寅的形象，更无需为他"文饰"。

【参考资料】

杨静庵《唐寅年谱》
《唐伯虎全集》

唐寅卖画

明孝宗弘治己未十二年（1499 年），唐寅赴京参加会试，被牵连入狱。获释后，回到家乡苏州。

一天，友人王履吉携酒来访，二人边饮边谈。

王履吉说："我听说，前日都穆要见你，你们是多年好友了，为什么不见他呢？"

唐寅一听都穆二字，立即气炸了肺，愤怒地说："我见他做什么？"

"他是向你赔罪的。"王履吉说。

"赔罪，子畏一向把他当做重然诺、轻生死的知己，可他怎样呢？在己未会试以前，我的同舍考生徐经买通主考官程敏政家奴，窃得试题，徐经把这事告诉给我，我也就告诉了都穆。谁知都穆竟向朝廷诬告我贿赂程敏政，一日之内，满城风雨，尽道我唐寅行贿舞弊。结果使我披枷带锁，身陷囹圄。真是知人知面不知心，如此三反四复的小人，还能交往吗？"唐寅激动地说。

"你不见他，也就算了，何苦跳楼逃跑嘛？万一闪失，后果就不堪设想了。"

唐寅不禁苦笑，说："不过一死而已！如今海内尽以我唐寅为不齿之士，攘掌怒目，如对仇敌，知与不知，必指而唾骂。士可杀，不可辱啊！再则，寅羞于外而困于内，僮仆不逊，发妻反目，旧时恶狗，当户而吠，反视室中，破盆缺瓮，衣履之外，别无长物，日顾一餐，尚不谋夕，困窘如此，死又何憾！"

唐寅这一番凄凉悲愤的话，使王履吉不禁心酸泪下。他长长地叹了一口气，说："唉，子畏兄天授奇颖，才锋无前，风流文采，照耀江左，可谓天下无双的江南奇士，谁料落到如此境地！"

“‘天下无双的江南奇士’？！哈哈……”唐寅重复了一句，是反问！是自嘲！他放声大笑，笑得那样凄厉，那样令人毛骨悚然！笑完，他竟伏案“呜呜”痛哭起来。

王履吉一时不知所措了，他独自大杯大杯地饮酒，心中好像也有一股冲天不平之气要爆发！

唐寅渐渐平静下来，要来笔墨，写了《席上答王履吉》七言古风一首：

我观古昔之英雄，慷慨然诺杯酒中。
义重生轻死知己，所以与人成大功。
我观今日之才彦，交不以心惟以面。
面前斟酒酒未寒，面未交时心已变。
区区已作老村庄，英雄才彦不敢当。
但恨今人不如古，高歌伐木矢沧浪。
感君称我为奇士，又言天下无相似。
庸庸碌碌我何奇？有酒与君斟酌之。

唐寅写完，也大碗大碗地灌起酒来，直至酩酊大醉，忘记了人世险恶，忘记了生死宠辱，也忘记了他自己。

己未年科场失意后，元配夫人徐氏离他而去，这突如其来的双重打击，几乎要了唐寅的命。他终日恍恍惚惚，像飘荡在空中的百丈游丝，时时处处，都意惹情牵，生出无限的惆怅和伤感。他在痛苦中熬煎，在绝望中挣扎。他强撑着漫游吴越湖湘，观川山雄胜、风云聚散，参无为任真之道，悟生死来去之理，终于懂得了一个“忍”字，唱出一首《百忍歌》：

百忍歌，百忍歌，人生不忍将奈何？
我今与汝歌百忍，汝当拍手笑呵呵。
朝也忍，暮也忍，耻也忍，辱也忍，
苦也忍，痛也忍，饥也忍，寒也忍，
欺也忍，怒也忍，是也忍，非也忍，
……

君不见，如来割身痛也忍，孔子绝粮饥也忍，
韩信袴下辱也忍，闵子单衣寒也忍，
师德唾面羞也忍，刘宽污衣怒也忍，
不疑诬金欺也忍，张公九世百般忍，
好也忍，歹也忍，都向心头自思忖。
囫囵吞却栗棘蓬，恁时方识真根本！

什么是长歌当哭？就听听这歌声吧！这狂放不羁的歌声中，分明裹挟着凄凉的哭声；“拍手呵呵笑”、纵声高歌的唐寅，心中在淌着血，法力无边如如来佛，千秋圣贤如孔子，雄才大略如韩信，他们又能怎么样？不也得忍吗？这就是世道，这就是人心？！唐寅从此由风流倜傥一变而为放荡不羁了。他经过短暂漫游生活，就回到苏州，在阊门外桃花坞筑起一座别墅，园中遍种桃花，定名“桃花庵”。“酒醒只在花前坐，酒醉还来花下眠，半醒半醉日复日，花落花开年复年。但愿老死花酒间，不愿鞠躬车马前。”（《桃花庵歌》）在颓放中寄寓着蔑视权贵、傲岸不屈的精神。他强求自己“百忍”，虽然是“囫囵吞却栗棘蓬”，“栗棘蓬”会时时刺痛他的心，他却不打算与恶势力同流合污，更不肯向社会的恶势力低头。

一天，一个朋友来访，认为唐寅太消沉了，劝他还是先去屈就浙江小吏的官职。这位友人说：“子畏兄，科场蒙冤，不过是一个小小的挫折，何必自废？来日谁料没有高升的机会？”

唐寅听了，哈哈大笑，立即吟了一首诗作答：

不炼金丹不坐禅，不为商贾不耕田。
闲来就写青山卖，不使人间造孽钱。

这首《言志》诗说，他唐寅不去炼丹学道，也不静坐打禅，不作商人牟取暴利，更不作搜刮民脂民膏、黑着心攫取造孽钱的赃官，只想靠自己的一支画笔自食其力，卖画为生，表现出一个正直知识分子的节操与骨气。明人顾元庆说：读了这首诗，“君子可以知其养矣。”（《夷白斋诗话》）

根据杨静庵《唐寅年谱》，唐寅从三十五岁起便“鬻文卖画以度其岁月”。

他常常坐在临街的小楼上，等候买画的人来。一些买画的人知道他喜欢饮酒，常提酒来求画。这时候，唐寅总是痛饮终日，乘兴挥毫，落笔却一丝不苟。山水人物，小帧巨幅，无不兴寄遐邈，臻于妙境。唐寅工书善画，行笔秀润缜密，风骨沉雄奇峭，尽去庸琐，务求高雅。他曾拜当代名画家周臣为师，但雅俗迥别。有人曾问周臣：“先生的画何以俗？”周臣老实地回答说：“我只少了唐生数千卷书。”这就是说，唐寅的画不只是得力于画道，更得力于才学。因此唐寅的画一时名动江南，世人多宝爱。唐寅这时用的一颗印章，便是“江南第一风流才子”，他这颗印章，有几多自负、几多酸涩！他颇为得意，又自甘放诞，以放诞任真向不容他的社会宣战。

卖画为生，并不容易。正德十三年（1518 年），苏州一带洪水成灾。瓢泼大雨，一连十天十夜，下得天昏地暗，浊水横流，万里江南，一片汪洋，苏州城里，到处是流民饿殍。唐寅枯坐临街小楼，望眼欲穿，也不见一个买画的人来。厨下早已断炊，一家老小八口，饥饿难捱，环视斗室，四壁萧然，如同僧舍。“唉！怎么没有人来买画呢？我只求赚得几个小钱，换回一斗粮食，接济我这一日之穷啊！”唐寅这样自言自语地悲叹着。但是，当他再一次举目眺望时，他的心又凉了。街上洪水没膝，来往的难民，扶老携幼，啼饥号寒。他不禁又责怪起自己来了：“唉，这样的时候，我还以笔砚为生，希求有人买字求画，真是太痴呆了啊！”唐寅感慨万端，一气写了八首绝句。其中两首如下：

十朝风雨苦昏迷，八口妻孥并告饥。
信是老天真戏我，无人来买扇头诗。

青山白发老痴顽，笔砚生涯苦食艰。
湖上水田人不要，谁来买我画中山。

诗人面对肆虐的风雨，由自己的苦境，想到江南广大的人民群众，“湖上水田人不要，谁来买我画中山”，诗人同人民的命运，就是这样息息相通！这一组《奉寄孙思和》的绝句诗，抒发了一个杰出诗画家的酸辛，也折射出当年江南广大人民生活的悲苦。这时，唐寅已经四十九岁，仅过了五年，便在这样卖画乞食、贫病交加中去世了。

当代大书法家启功先生的《论书绝句百首》，其八十二是论唐寅的，诗如下：

无今无古任天真，举重如轻笔绝尘。
何事六如常耿耿，功名傀儡下场人。

这首诗的大意说，唐寅的书，不拘泥于古法，亦不追风今人，以“不世之姿”，放纵不羁之性，“运斤成风之笔，旋转于左规右矩之中”，而唐寅科场失意，乃“丁（遭）弥天之厄”，然而“科名得失，于六如何所损益？而‘南京解元’一印，屡见高钤，名场失意之诗，累形低咏。傀儡下场，即其自嘲之句，亦可叹也。”（《启功论书绝句百首》注）启功先生对唐寅的书法评价极高，对唐寅的遭遇表示了极大的同情。

【参考资料】

《唐伯虎全集》
《唐寅年谱》

衡山逸韵

文征明，名璧，字征明，号衡山，南京长洲（今江苏苏州吴县）人，与吴县另一位名人唐寅（唐伯虎）同年（1470年）出生；以后，文征明与祝允明（祝枝山）、唐寅、徐祯卿并称“吴中四才子”，又与沈周、唐寅、仇英合称“明代四大画家”。文征明的书，法度严谨，用笔圆熟，结字丰满，体态雍容，极富风流儒雅之美；他的画，有粗笔和细笔两路，多写江南庭院小景和山水花卉；人物画极少，但有出手不凡的精品。他的书、画，同他本人一样，都具有一股浓浓的书卷气。

文征明生活在明朝皇帝腐败、宦官专权的时代，他虽是才子，却到五十四岁才以贡生身份被征入朝，在翰林院供职。所谓贡生，只是个秀才，而以人才贡献给皇帝使用。但他在翰林院，因为没有正式的进士出身，所以饱经白眼，姚明山、杨方城之流竟当众侮辱他说：“我衙门中不是画院，乃容画匠处此耶！”文征明“其为人和而介”（《明史·文征明传》），就是说他表面随和，持守却刚正独立。他决不与小人周旋，更不趋附权贵。他作诗作画有三戒：一不为宦官作，二不为诸侯王作，三不为外夷作。宁王朱宸濠慕其名，用重金拉拢他，他辞病不赴（同上），还写了《病起遣怀》诗二首，其一如下：

经时卧病断经过，自拨闲愁对酒歌。
意外纷纭知命在，古来贤达患名多。
千金逸骥空求骨，万里冥鸿肯受罗！
心事悠悠那复识，白头辛苦服儒科。

这首诗的大意说，我长久卧病，已经断绝了交游，常常独自一人，对酒消愁；外面的世界无论如何变化，各有各的命，自古以来，贤人达士都忧惧名声太大；你用重金搜求善奔跑的良马，但你白费了力气，能高翔万里的鸿鹄，怎肯受罗网牢笼！我心中的悠悠万事有谁知道，如今头都白了，却还在儒林中辛苦供职。明代人焦竑说：“词婉而峻，足以拒之于千里之外。”（《玉堂丛话》卷五）这就是说，文征明的回答，言辞虽然委婉，态度却十分严峻，他不仅不肯去宁王府求得一官半职，而且他早就想摆脱官场的“辛苦”，回乡以笔墨自娱，过闲散的田园生活。文征明一次再次上疏辞官，在翰林院苦熬了三年，终于获准还乡。权重一时的太监刘瑾和企图谋反的宁王事败籍没时，在他们的家中没有搜到文征明一字一画。文征明也因此被当时誉为“旷世之高士”！

文征明回到家乡，并不拒交绝游，只是慎交择游极严。达官显贵车马塞道，富商巨贾珠宝盈箱，不能求得一见。但如有好友相访，谈诗论画，往往终日不倦。他的常客有两位，一位是他的儿女亲家钱同爱，一位是何良俊。

钱同爱家，是小儿科医生世家，在吴中颇有名气。同爱从小就崭露才华，尚侠任气，与文征明脾气相投，关系极好。但二人也有不同。钱同爱每饮必用妓，而文征明一生不近妓女。一天，钱同爱邀文征明乘船游石湖（在苏州市西南，通太湖），游船离岸后，钱同爱忽然从船舱里拉出一个歌妓来，文征明一见，吓了一跳，仓惶中无处躲藏，连声直叫：“停船！停船！”钱同爱见文征明的样子，竟哈哈大笑，催促船家：“快划！快划！”文征明好像上了贼船，欲下不能，欲留又不甘心。慌乱中，他突然有了主意。钱同爱一生有洁癖，而文征明日常邋遢不修边幅，一双脚往往臭不可闻。于是，文征明不动声色，坐到钱同爱身边，慢悠悠把臭裹脚布脱下来，高高举起，在钱同爱面前晃来晃去，钱同爱捏着鼻子，左躲右躲，文征明干脆一下把臭裹脚布罩在钱同爱的头上，钱同爱忍无可忍，只好连声叫：“船家，靠岸！靠岸！”于是文征明恰似落荒而逃，一溜烟跑了。

后来，文征明画了一幅画，并在画上题了一首诗，赠给钱同爱。其题诗如下：

围坐清谈尘尾长，墨痕狼藉练裙香。
水亭纨扇歌杨柳，春院琵琶醉海棠。
王谢风流才子弟，齐梁烟月锦篇章。
豪华岂是泥沙物，好在挥书白玉堂。

诗中的“水亭”、“杨柳”、“春院”、“海棠”均指妓院、妓女和游狎之地；王谢，指魏晋时代的王导、谢安两大名门望族。白玉堂，乃神仙所居，也指富贵人家。齐梁篇章，指六朝时代的文学作品。这首诗写钱同爱的风流，说他终日出入烟花柳巷，与妓女们醉舞狂歌，虽然在花前月下、白玉堂中，也能写出锦绣文章，但那都不过是些齐梁时代吟风弄月一类靡靡之音，在描述中暗含着婉曲的讽劝。

虽然“二公若薰莸不同器①，然相与一世，终不失欢。”（《四友斋丛说》卷二十六）后来，文征明的儿子作了钱同爱的女婿，二人成了儿女亲家。

文征明家还有一位不请自来的常客，他就是何良俊，三四天必去一次，每次都是吃了早饭就去，到天黑才告退。去的时候，文征明总是问：“吃过早饭没有？”何良俊也总是说：“虽吃过，如果老先生还没吃，我就陪先生再吃一些。”上午，必吃自家现做的点心，中午则必饮酒。文征明酒量不大，但一上桌子，就先饮两杯，然后开吃；等客人饮了几杯酒后，他又连饮两杯；如果吃饭时间长，他大致都如此。晚饭，则只吃一碗面条，吃完，何良俊也就告辞。文征明养成这样奇特的饮酒习惯，可知他意不在酒，而在追求某种乐趣。他的《饮酒》诗说：

晚得酒中趣，三杯时畅然。
难忘是花下，何物胜尊前？
世事有千变，人生无百年。
唯应骑马客，输我北窗眠。

① 薰，香草；莸（yóu），一种臭草。《孔子家语·致思》：“回闻薰莸不同器而藏，尧、桀不同国而治，以其类异也。”这意思是说，孔子的得意弟子颜回听说，香草和臭草不能放在一个容器里贮藏，圣君尧和暴君桀不能共同治理一个国家，这是两种不同的物和人。后世就以薰莸喻善恶、贤愚、好坏等不能共处。

李白《月下独酌四首》之一中，有“三杯通大道，一斗合自然；但得酒中趣，勿为醒者传[①]”。这种“酒中趣”，是所谓“骑马客”，也就是作官的人所不能体会到的，而文征明说，到了晚年，他终于领悟到了，那些在仕途奔走的人，就没有他这种可以醉眠北窗下的乐趣了！

何良俊说：“余爱其有雅致，绝似白太傅。”（《四友斋丛说》卷二十六）白太傅就是唐代诗人白居易，他晚年自号“醉吟先生”，有《醉吟先生传》说：“性嗜酒，耽琴，淫诗，凡酒徒、琴侣、诗客多与之游。”“醉复醒，醒复吟，吟复饮，饮复醉，醉吟相仍，若循环然”，“瞬息百年，陶陶然，昏昏然，不知老之将至。”这就是白居易辞官退隐后，晚年生活的真实写照，文征明“绝似白太傅”，则可想见其情景。

一天，何良俊又去造访文征明，一起吃过早饭之后，何良俊就说：“今天，我想向老先生讨一首诗。”

文征明笑着说：“说来也怪，昨晚我好像就知道你今天要来讨诗。”说着，转身从书桌上拿起一柄折扇，递给何良俊，说：“已经写好一首，你看满意不满意：”

“那就太好了！”何良俊接过来吟诵了两遍，说：“诗自然是好诗，先生的小楷字，较大字又尤为精妙，世人尤其宝爱，只是我那四友斋素壁上还少一幅挂轴，就烦先生再书一幅大字！”

“哈，哈，你可是贪得无厌了！”文征明这样说，却也转身去找了一幅素绢，取笔濡墨，把题扇诗重又写了一遍。诗如下：

高天厚地千年句，虹月沧江百里舟。
君似南宫抱深癖，我于东野欲低头。
苍苔白石柴门迥，寂昼清阴别院幽。
自笑子云甘寂寞，故人粗粝肯淹留？

唐代诗人孟郊，字东野，是与贾岛齐名的苦吟诗人[②]，他曾痛心悲吟“出

① 参看本丛书《唐代篇·花前醉书》。
② 参看本丛书《唐代诗苑揽胜》中《春风得意》、《苦吟诗人》。

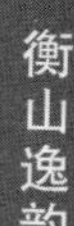

门即有碍，谁谓天地宽；有碍非遐方，长安大道旁；小人智虑险，平地生太行。”（《赠别崔纯亮》）孟郊生活苦，作诗也苦。元好问《论诗绝句三十首》第十八首说：“东野穷愁死不休，高天厚地一诗囚；江山万古潮阳笔，合在元龙百尺楼。”“诗囚”，就是说孟郊诗境界窘迫苦涩；“潮阳笔”，韩愈的诗文，因为韩愈曾贬官潮州。元好问这首诗指出了孟郊诗的特点，却推崇韩愈而鄙薄孟郊。但韩愈本人却十分推崇孟郊诗，曾由衷地说他要“低头拜东野”（《醉留东野》），并以二人生于同时，却不能常相见为恨事。

据《明史》卷二百八十七称，何良俊“藏书四万卷，名画百签，古法帖彝鼎数十种”，“少笃学，二十年不下楼，与其弟良傅并负俊才”，他的博学多闻，在明代学者中，紧追杨慎、胡应麟、王世贞，当路知其名，特授南京翰林院孔目；从《四友斋丛说》作者自序和朱大韶、张仲颐序，可知他读书作学问，有“深湛思之”的癖好，又有“扁舟栖迟吴台笠泽间者数年”的经历。凡此种种，所以文征明在这首诗里，把何良俊比作孟郊，并对何良俊也怀有韩愈对孟郊一样的感情，所以说他也要向何良俊倒头拜伏。文征明又把何良俊比作西汉大辞赋家杨雄（字子云），杨雄少而好学，但口吃，不善言谈，常常“默而好深湛思之，清静无为，少嗜欲，不汲汲于富贵，不戚戚于贫贱”（《汉书·杨雄传》），所以文征明说何良俊自甘寂寞，他也只有柴门陋室，粗茶淡饭，不知何良俊是否肯在他家逗留！从这首诗，我们可知文征明与何良俊情趣相投，相知甚深，彼此都怀着对对方的崇敬之情。

等文征明写好挂轴，何良俊又拿出一幅画要文征明鉴赏。文征明不仅是诗人、书画家，而且是远近闻名的鉴赏家。何良俊每次去，总是带着新得的字画去请文征明鉴定，文征明也总是兴致勃勃抱出自己收藏的字画来同何良俊一起评赏，但每次只抱出四卷，二人展玩之后，抱回去放好，再抱出四卷，虽数次往返不倦。

二人在展玩字画时，何良俊突然想起一事，问：“最近我听说，有人请你鉴定字画，你明知是赝品，却说是真迹，这是为什么？”

文征明说：“凡买书画者，必是有余钱的人家，而卖书画的人，却是不得已才肯卖的，或者正等着买米下锅、买柴生火哩，如果因我一言而不能成交，岂不害了人家？我得了鉴赏家的美名，而让别人一家人受困，我心何忍？”

“那么，有人伪造你的画，请你题款，你不仅不责怪，反而随手书而与之，这又是为什么呢？”

文征明笑笑说：“伪造者所以伪造，不外乎以为这样做不失为谋生之道吧，我又何必断了人家的生路！”

“你就不怕坏了你的名声？”

“呃，虚名浮利又何必挂心！”

“原来如此。先生这样宽厚待人，也不知救活了我们吴中多少人啊！”何良俊十分感慨地说。

后来，何良俊著《四友斋丛说》，追忆他同文征明的交往和友谊，曾写了这样一段话：“先生到九十而聪明强健如少壮人，方与人写墓志，甫（才）半篇，投笔而逝，无痛苦，无恐怖，比与尸解者何异，孰谓佛家果报无验耶？”（卷十五）所谓“尸解”，是指道徒身死，精神飞升成仙，留下骸骨或空衣。如果，我们不把“果报”当作消极的因果报应看，而是相信好人有好报，何良俊这话是不错的。

【参考资料】

《四友斋丛说》
《玉堂丛话》

神童论画

明弘治十二年（1499 年），杨慎刚满十二岁。一天，父亲石斋公廷和，同二叔瑞虹廷仪、四叔龙崖廷宜，在书斋一起赏画。

石斋公叫来杨慎："慎儿，你站在我们前面，仔细看看！"

"嗯！"杨慎高兴地答应一声，就挤到父辈们身前，靠近画，学着大人样，仔细看起来。

石斋公说："自古以来，人们论画，总爱用'似'与'真'二字，景物美丽的，人们说风景如画，画图精妙的，人们又说画能乱真。到底是景似画，还是画似景呢？"

瑞虹说："景似画也好，画似景也好，关键在画，画有形似与神似的区别。如果画出景物的神韵，那么说景似画，或说画似景，都是不错的。"

龙崖说："二哥说得很对。苏东坡有《书鄢陵王主簿画折枝二首》诗，其一如下：

论画以形似，见与儿童邻。
赋诗必此诗，定非知诗人。
诗画本一律，天工与清新。
边鸾雀写生，赵昌花传神。
何如此两福，疏淡含精匀。
谁言一点红，解寄无边春。

苏东坡讲得很透彻，王主簿画的花卉折枝，着墨不多，不在纤毫毕肖上下功夫，而是以'一点红'寄'无边春'，表现出花卉的生气神韵，所以值得称道。作诗也是同一道理。如果只从外观形象的似与不似来论诗画的好坏，那是孩子的见识，诗画只有‘传神’，有天趣，清新鲜活，才称得上好的诗画。”

瑞虹说：“唐代花鸟画家边鸾画的鸟栩栩如生，宋代花鸟画家赵昌画的花精神倍出，但二者都不如王主簿这两幅折枝画用笔疏淡，布局匀称。古人有‘江南无所有，聊赠一枝春’（陆凯《赠范晔诗》）；‘一片花飞减却春，风飘万点正愁人’（杜甫《曲江》），陆、杜二人正说、反说，道出了‘一枝’春满人间、‘一片’春意尽失的诗人感觉，于是有了作诗作画以少胜多的奥妙，这正是苏东坡赞赏王主簿之处。”

石斋公说：“两位弟弟的话都说得有道理，汉唐以来，诗画家们都极重视传神。晋人顾恺之画人，有时人的五官形体都画好了，可过了几年还不画人的眼睛。人们问他，这是为什么？顾恺之说，人的四体美丑，本来没有多大关系，最要紧的是人的眼睛，眼睛能传神，人就活了。”说到这里，石斋公突然打住，转身对杨慎说：“慎儿，你有什么心得吗？”

杨慎说：“父亲和二叔、四叔都说得有理。苏东坡是大画家，他作画论诗，都极注重神韵气势。不过，四叔刚才提到的这首苏东坡诗，以为可以画牛为马，那也过分偏激了，还算不得是精当之论，晁补之有《和苏翰林题李甲画雁》诗说：

画写物外形，要物形不改。
诗传画外意，贵在画中态。

这就是说，作画要求形似也是不可忽视的，而神似是更高的境界，写影传神，形神兼备，才是上乘之作，晁公之论，正补了苏公之不足。”

石斋公听了，不禁大吃一惊，平日没有多同小儿讨论功课，不料儿子竟有这样的长进。心里这么想，嘴上却带着几分严厉，呵斥道：“乳臭小儿，竟敢口出狂言，非议前贤！”

瑞虹笑着说：“大哥，不要这样责怪他，我看侄儿讲得很有道理。”说着转过身来，和蔼地对杨慎说：“侄儿能用一首诗来表达你的意思吗？”

杨慎侧目看了一眼父亲。

石斋公说：“好，如果诵不出一首诗来，就罚你闭门诵读唐诗三日！”

杨慎知道严父的脾气，又有两位叔叔在旁壮胆，所以也不惧怕。他稍稍默想了一下，就说："正有唐人元稹的《画松》诗一首，可以达意：

张璪画古松，往往得神骨。
翠帚扫春风，枯龙戛寒月。
流传画诗辈，奇态尽埋没。
纤枝无潇洒，顽干空突兀。
乃悟埃尘心，难状烟霄质。
我去淅阳山[①]，深山看真物。

唐代画家张璪工画木石山水，尤爱画古松。他画松时，双管齐下，一管作枯枝，一管画活枝，往往得古松神韵气骨，苍翠的松枝迎风挺拔，盘龙虬枝上刺寒月，顶天立地，世称神品。一些平庸的画匠，模仿张璪画松，结果是生枝纤弱，枯枝孤耸，毫无苍雄遒劲之态、含烟凌霄之质。元稹这首诗，不仅赏叹张璪画的神妙，而且还说，画上古松的'神骨'，得之于画家的气质人格，只具世俗尘心的画匠，是难以描绘古松的凌霄气质的，这就是画品如人品。所以山水画家们，应该到大自然中去，陶冶性情，修养怀抱，先有高洁的人品，才会有高洁的画品。"

"好，侄儿好志气！侄儿举的这首诗，不仅讲明了作画既要神似也要形似，而且还讲了形神兼备从何而来，讲得好！侄儿也是有此志向心胸，才体会出了元稹诗的真髓。"二叔瑞虹大声喝起彩来，然后风趣地对石斋公说："大哥，看来侄儿不只把唐诗背得滚瓜烂熟，而且颇有见解，大哥要罚他闭门三日诵读唐诗，看来就不必啰！"

石斋公说："二弟不要这么宠他，十二岁的娃娃，懂得多少？小心把他宠坏了！"

"别急，我可不想宠坏他，我正要继续考他呢！"瑞虹又转身对杨慎说"侄儿，元稹的诗，虽然能表达你对诗画形神的见解，但毕竟不是你的诗，

① 淅阳山，淅水南面的深山。淅水，在河南西南部，源出熊耳山，熊耳山是秦岭东段的山峰。元稹 是河南洛阳人，所以用了这个典故。

而且那首诗音韵不畅美，文辞太粗率，诗意浅露，却用了六韵，算不上佳作，侄儿能自己作一首吗？”

四叔龙崖笑着说：“侄儿刚十二岁，二哥就别这么难为他了！”

杨慎说：“侄儿愿听叔叔教诲。”说罢，就走到书案前，拿起笔来，片刻成诗一首。

瑞虹接过诗稿，念道：

会心山水真如画，好手丹青画似真。
梦觉难分列御寇，影形相赠晋诗人。

瑞虹念完，接着说：“好，好，这就更有意思了。头两句，已经概括了前人画论的要点，后两句巧用典故，更对前人画论有所发现。战国时代的列子，也就是列御寇，一天遇到郑国神巫季咸，听说他卜算人的死生存亡、祸福寿夭，无不灵验，就以为季咸之道远在自己的老师壶子之上。回去后，他就把自己对季咸心醉神往之情老老实实地告诉老师壶子。后来，季咸相卜的骗术被壶子戳穿，逃之夭夭。列子这才大梦初醒，觉悟到老师壶子道深，神巫季咸术浅，下决心好好跟老师壶子学习。列子闭门三年不出，终于学到壶子之道。这‘道’是什么呢？侄儿又用东晋诗人陶渊明的诗作回答。陶渊明写有《形影神三首》诗。‘形’赠‘影’主张饮酒行乐，‘影’赠‘形’主张立善求名，而‘神’出来为他俩辨析，认为‘形’与‘影’不能忘怀悲喜名利，是惜生恋生的表现，都不如无贵贱、忘荣辱、尚无为、任真情、虚心淡泊、随顺自然好。侄儿用列子和陶渊明的故事，说明诗画的形似神真，应得之于自然，诗画家应该心怀虚静，不滞碍于外物，不被名利荣华左右，不趋时媚俗，方可神与景会，妙悟天趣，达到诗画的至境。侄儿这四句诗，可谓言简意足，远远超过前人了！”

石斋公说：“看你滔滔不绝，把一个娃娃捧上天了，他哪里知道那么多，不过生吞活剥古人书罢了。”

龙崖说：“大哥可别小看娃娃，自古多神童，我家也有一个神童了！”说罢，同二哥瑞虹相视大笑起来。杨慎在一旁不敢吱声，心中却暗暗得意。

杨慎从小聪敏，过目成诵，每一握笔，万言立就，在十二岁时，拟作《吊古战场文》、《过秦论》[①]，已显出深厚的学识功底与才华，“见者呼为神童”（《杨升庵太史年谱序》）。最可贵的是，他懂得“资性不足恃”（《明史·杨慎传》），所以“好学穷理，老而愈笃。”正是这分天赋加勤奋，在明代，“记诵之博，著作之富，推慎为第一。”（同上）他的传世之作，除了两千多首诗外，还有著作百余种。他的卓越成就，一直受到后代的重视。

【参考资料】

《明史·杨慎传》
《升庵诗话笺证》附录《年谱》

① 唐代李华有《吊古战场文》，汉代贾谊有《过秦论》。据传杨慎的祖父命他拟作《吊古战场文》，其中有“青楼断红粉之魂，白日照翠台之骨”数语，祖父极称赏；又命拟《过秦论》，亦大奇之，说：“吾家贾谊也。”（《续藏书》卷二十六）

前后七子

明初，以杨士奇、杨荣、杨溥为代表的“台阁体”诗派，影响了明代诗坛百余年。“三杨”位居宰相，是台阁重臣，他们的诗以歌功颂德、点缀升平为基本内容，以雍容典雅、平庸呆板为主要特征。他们的地位和相互标榜，几乎窒息了整整一代诗歌的发展。直到明宪宗成化以后，李东阳和前后七子出现，举起复古旗帜，力矫“台阁体”诗风，才打破明代诗坛的沉寂。

“前七子”[①]的领袖是李梦阳、何景明。虽然“梦阳主摹仿，景明则主创造”（《明史·何景明传》），李、何有所不同，但基本主张是一样的。他们极力倡导“文必秦汉，诗必盛唐，非是者弗道。”（《明史·李梦阳传》）“文自西京[②]，诗自中唐而下，一切吐弃。”（《明史·文苑传》）他们学习汉唐，注重诗歌反映性情和现实社会，矫正了“台阁”诗弊。但他们模临古帖，独守尺寸，句拟字摹，食古不化，不敢越雷池一步，不仅没能别开生面、自成一家，创造出超越前人的成就，而且由于在泥古、模古的路上越走越远，给诗歌的健康发展也带来了极大危害，遭到当时及后世有识之士的尖锐批评和讥讽。

明人杨慎和何景明是好友，他同何景明开过一个不大不小的玩笑。

一天，两位诗友相聚，杨慎兴奋地说：“来，来，仲默（何景明的字）兄，我近日翻检书籍，得到四首奇诗，可惜没有署名，不知是何代人所作。”

何景明说：“噢，快拿来一起鉴赏。”他接过杨慎誊清的诗稿，默看两遍，便一一吟诵起来：

---

① 前七子：李梦阳，何景明，徐祯卿，边贡，王廷相，康海，王九思。

② 唐玄宗天宝元年（742 年）称长安为西京，洛阳为东京。“文自西京”而下一概不可取，是指盛唐以后的文章。

平池碧玉秋波莹，绿云拥扇青摇柄。
水宫仙子斗红妆，轻步凌波踏明镜。

翠盖佳人临水立，檀粉不匀香汗湿。
一阵风来碧浪翻，真珠零落难收拾。

菱花炯炯垂鸾结，烂学宫妆匀腻雪。
风吹凉鬓影萧萧，一抹疏云对斜月。

烟波渺渺一千里，白苹香散东风起。
惆怅汀洲日暮时，柔情不断如春水[①]。

何景明刚吟完，杨慎就说："仲默兄，看你刚才诵诗的声情神气，便知你对这四首诗的评价了。"

何景明说："是的，这四首诗都是佳作。第一首《莲花》，绿荷红莲，如凌波仙子，轻风摇曳，似袅娜轻盈，娇艳无比。第二首《雨中荷花》，更是写真传神，极尽风雨中荷花情态，碧叶如盖，亭亭玉立，莲花着雨，如红颜香汗，一阵风过，满池荷叶，起伏不定，如波翻浪涌，荷叶上的雨珠，团团圆圆，纷纷滚落。两首诗都善用比兴，堪称绝妙。第三首《夜度娘歌》，意境朦胧，词旨淡远，深得诗家蕴藉之法。尤其是第四首《江南曲》，诗人伫立汀洲，注目春江，见水波浩渺，烟雾迷茫，不觉神驰千里，愁情无限。诗人巧用倒装法，先布景，后见人，那'渺渺'、'香散'都是从人的所见所感落笔，不写人，人已在其中，第三、四句的'惆怅'、'柔情'便自然由景物逗出，如此匠心独运，更显得小诗气韵婉转流动，情致悠长空灵。"

杨慎说："仲默兄评得十分中肯，确实是四首不可多得的好诗，只是不知是何代何人所作？"

何景明说："虽不知作者是谁，但观此四首诗的格调诗法，定是唐诗

① 原诗第一句为"杳杳烟波隔千里"，第三句为"日落汀洲一望时"，第一、三句不同，或是杨慎所改。

无疑。”

“噢，真是唐诗么？你为何这么肯定？”杨慎似乎不解地问。

“是的。古诗风雅到陶渊明已经衰落，后由谢灵运大力振起，然古诗之法到谢灵运也就失传了。我先以为只有杜甫能集古今大成，所以我只学杜甫诗，不观余家。后来，读汉魏以来的诗歌，才知杜甫诗固然沉着老苍，却调失流转，虽独自成家，实只是诗歌的变体。盛唐大家尚且如此，宋代就更无诗了。所以，学诗只可学汉魏及初唐诗，中唐以后就不可学。宋人书不必收，宋人诗就更不必观了。”何景明滔滔不绝地发了一通宏论。

“哈……仲默兄，你来看！”杨慎忍不住放声大笑，立即走到书案边，提起笔来，在四首诗的后边依次写出作者：张耒、杜衍、刘才邵、寇准。杨慎说：“你瞧，这都是仲默兄教人不必观的宋人诗[1]！”

何景明看了，连连摇头说：“不可能，不可能！宋人绝对写不出如此好诗来！”

杨慎转身走向书橱，从上边捡出几册诗卷，一一指点给何景明看。何景明一时目瞪口呆，半晌，才喃喃地说：“嗯，细读这四首诗，也不是什么好诗！”

杨慎见何景明如此出尔反尔，死不认输，想到李梦阳、何景明平日论诗的偏执，便想再刺一刺他，于是说：“如今主张学唐诗的人，以为唐人诗无一篇不好，无一字不佳，而宋人无一首好诗，无一字可取；其实，宋人有佳作，唐人有劣诗。晚唐卢延让的‘饿猫临鼠穴，馋犬舐鱼砧’之类，就极恶劣[2]。这就好像燕赵多美人，燕赵也一定会有丑陋的女子，难道这些女子也是燕赵美人的一种，有人还专房宠之？”杨慎的话说得如此尖刻，何景明一脸尴尬相，半句话也说不出来。

以李梦阳、何景明为领袖的“前七子”，倡言复古；“后七子”[3]接踵鼓吹，于是在明代诗坛出现了持续百余年的复古运动，他们虽有救正“台阁”诗弊之功，却因复古而不知变，终于走上模古、泥古的道路，有时变

---

① 张耒，字文潜，宋神宗时进士，与黄庭坚、秦观、晁补之齐名，号“苏门四学士”。杜衍，字世昌，仁宗时宰相。刘才邵，字美中，徽宗时尚书。寇准，字仲平，真宗时宰相。

② 参见本丛书《唐代篇·得力猫狗》。

③ “后七子”指活跃在明嘉靖、万历年间诗坛的李攀龙，王世贞、谢榛、宗臣、梁有誉、徐中行、吴国伦。

得十分盲目乃至愚蠢。就以上面所列四位宋人来说，只有张耒诗学白居易，形成了平易畅达的风格，诗歌创作有一定成就，而其余三人算不得真正的诗人；上面所引四首诗，在宋诗中，也不是上乘之作，而何景明推崇备至，以为必是唐人唐诗，奉为学习、效法的榜样，可谓毫无道理。正如清人钱谦益批判的那样，李、何等人刻意模仿，剽窃汉唐人诗文的声律字句，就像襁褓中的婴儿牙牙学语，私塾里的学生嗥嗥背书，听起来，声是声，字是字，就是没有丝毫自己的东西。因此在前后七子铸成一代诗风之后，便也窒息了明代诗坛的生气。

明代嘉靖年间（1522—1566 年），李濂有一首《绝句》，用响亮、生动的语言，对前后七子的过失做过这样的批评：

唐人无选宋无诗，后进轻狂肆贬词。
真趣盎然流肺腑，底须模拟失神奇。

认为唐诗篇篇好，不能有选本，而宋诗无一佳作，是复古主义者放肆的“轻狂贬词”；唐诗中那些从肺腑中流出的盎然真趣，不是专事模拟可以得来的，专事模拟必然尽失唐诗“神奇”。李濂的这首诗，可谓击中了前后七子复古的要害。艺术的生命在于创造，这是千古不灭的真理！

【参考资料】

《升庵诗话笺证》卷十二
《列朝诗集小传》丙集

读史漫议

明代武宗朝，有一个诗人叫俞弁，是江苏昆山人。一天晚上，他在灯下读元人刘因的《静修诗集》，其中有《读史评》一首：

纪录纷纷已失真，语言轻重在词臣。
若将字字论心术，恐有无边受屈人。

俞弁读到这首诗，禁不住反复吟诵起来。每吟一遍，就感叹一回："啊，这诗写得太好了。寥寥数语，道尽了史臣作史之弊！"俞弁掩卷喟叹说，"当年王荆公的《读史》诗，就有'糟粕所传非粹美，丹青难写是精神'的名句。画家作画，不是传真难，而是传神难；史臣著书，如画家作画，不是记事记言难，而是评心论人难。即使史臣心存良直，言必有据，事必有征，其人的气质品格，内心隐秘，也可能在下笔措辞的或轻或重中走样，如果后人就根据史臣这字字句句来评论古人心术的正邪，不知有多少人要受委屈呢！"

这天晚上，俞弁再也读不下去了。他的思绪被刘因的诗句牵动着，怎么也平静不下来。他站起来，从书柜里取出刊印不久的《宋史》，"唉，这等人是怎么修的《宋史》呢？"他再一次想起了文天祥。

文天祥生逢南宋王朝覆亡之际，受命于危急艰难之中。元军兵临城下，满朝文武纷纷逃散，地方州县竞相降敌，文天祥毅然出任右丞相，率残兵抗强敌，出生入死，义无反顾，最后被俘入狱，慷慨就义。满腔正气充溢宇宙，一片丹心光照千古。奇怪的是，卷帙浩繁的《宋史》有忠义列传洋洋十卷，记载忠臣义士数百人，文信公文天祥却不在其中。这是为什么？难道文天祥不是宋代最无愧的忠臣烈士吗？再查《宋史》，原来文天祥竟与陈宜中同在一篇列传中。陈宜中何人，可与文天祥同传？身为宰相的陈宜中，不仅一味求和、逃跑，而且还挟私怨阻挠抗元战事。最后，竟逃到暹罗国（今泰国）去了。把陈宜中同文天祥比肩并论，视为同辈，岂不是对文天祥的大大冤枉吗？史臣啊史臣，你怎么如此随心所欲、轻重无据呢？

此时，俞弁想起吴宽拜谒文天祥墓写的一首诗，不禁悲怆地吟诵起来：

当时正气亘乾坤，忠义谁将《宋史》论？
柴市宜为南向象，崖山应有北归魂[1]。
已酬乡里希贤志，能报朝廷养士恩。
一读《六歌》人便哭，天教遗墨毁无存。

文天祥在沧海横流、山河破碎时，写有《乱离六歌》，是给妻儿家人的诀别书。这六首诗，长歌当哭，声声泪，字字血，抒骨肉深情，痛割肝肠；叹国破家亡，催人泪下。史家张翥说，文天祥这封由前参知政事本斋王公所藏的家书，“信公之精忠伟烈，震耀古今，翰墨光芒，垂示臣子”，“不惟王氏宝之，百代而下，固夫人之所同宝。”（朱存理《铁网珊瑚》）后来，文天祥这封家书宝墨，辗转为常熟钱谦益收藏，毁于火灾。吴宽的这首《谒文信公祠》诗，首联就对《宋史》的不论忠奸提出质问。中二联歌咏文天祥一生大节。尾联则劝人们去读一读文天祥临难写的诀别词，只要“一读”，你会为文天祥的精神感动得失声痛哭的。诗人写得十分动感情，甚至因为“遗墨毁无存”而愤怒地责问苍天，表达了对文天祥的无限崇敬。

俞弁吟诵完吴宽的诗，像找到了知音，心中的愤懑似乎稍稍得到了些排遣。是啊，痛感“纪录纷纷已失真，语言轻重在词臣”的，并不只有刘因，还有吴宽，如今也有他俞弁。“忠义谁将《宋史》论？”俞弁相信，人物的忠奸，史书的得失，自会有人评说的。

元人盛如梓对刘因的《读史评》，则大不以为然。他在《庶斋老学丛谈》卷三驳斥说，史臣在写史书时，有一定的体例，写某人的传记，如果

① 参看本丛书《宋代篇·汗青丹心》。

某人功大于过，比如九分功一分过，本传自然只写他的功绩，他的过失，则可能在与他相关的别人的传记中提到。如果某人过大于功，九分是过，但也不会一点好的地方也没有，在写传记时，本传就只写某人如何坏，那一分好处，也会在与他有关的别的传记中提到。这样写史，不能说是史家随意轻重人物。这段批驳，实际与刘因的《读史评》诗风马牛不相及。写史书，体例归体例，而记录是否真实，褒贬轻重是否得当，却是另一回事，至于在哪里叙述，并不重要。

钱钟书先生十分赞赏刘因的《读史评》，以为在读史书时，不只要看史书记事是否准确无误，褒贬轻重是否得当，就是史书在作某人传记时引用了某人自己的言论，也不可仅仅据此来轻率地论定一个人。

钱钟书先生说，元好问有这样一首《论诗绝句》：

心画心声总失真，文章宁复见为人。
高情千古《闲居赋》，争信安仁拜路尘。

西晋文学家潘岳，曾写过“高情千古”的《闲居赋》，其中有这样的话：“筑室种树，逍遥自得，池沼足以渔钓，舂税足以代耕，灌园鬻蔬，供朝夕之膳，牧羊酤酪，俟伏腊之费”，标榜自己不慕富贵荣华、安于淡泊闲适、躬耕自食的生活，但当贾谧权倾朝野、炙手可热时，他却同石崇常常去恭候贾谧出府，远望着贾谧车马扬起的尘土而跪拜，其阿谀奉承、奴颜卑膝的丑态，不堪入目。西汉扬雄说言是心声，书是心画，从心声心画可见是君子还是小人。元好问的诗说，扬雄这话常常与真实的情况不符，一篇文章哪里就能显现出一个人的本相呢？《闲居赋》是潘岳亲手写的，世人如果只以《闲居赋》来判定潘岳为人，怎肯相信他趋炎附势、望尘而拜的真实面目呢？

钱钟书先生认为，元好问这首诗，从论史的角度看，又比刘因诗进了一层。钱先生说：“匪特记载之出他人手者，不足尽据，即词章宜若自肺肝中流出，写心言志，一本诸己，顾亦未必见真相而征人品。”（《谈艺录》第四十七节）这意思是说，即使某人的文章确实是他自己写的，甚至是发自他的肺腑，写他的思想志向，也不一定就能从这一篇文章看到他的真相，更不能凭它去判定他的人品。

钱钟书先生还援引宋代人吴处厚《青箱杂记》卷八的一段议论，来进一步论证元好问的观点。吴处厚说："文章纯古，不害其为邪；文章艳丽，亦不害其为正。然世或见人文章铺陈仁义道德，便谓之正人君子；若言及花草月露，便谓之邪人，兹亦不尽也。"吴处厚为了证明自己的观点，举了许多例子，我们仅以他所举司马光为例。

司马光是北宋大政治家，王安石革新变法的政敌，保守势力的代表，苏轼曾骂他是"司马牛！司马牛！"是个"牛"脾气十足的顽固派。他的历史巨著《资治通鉴》，"网罗宏富，体大思精，为前古之所未有"，是名副其实的"通儒硕学"（《四库全书总目》卷四十七）。从政治学术看，司马光应该是地地道道的"正人君子"，可谁能相信，他也写了下面的词：

> 红日迟迟，虚廊转影，槐阴迤逦西斜。彩笔工夫，难状晚景烟霞。蝶尚不知春去，谩绕砌寻花。奈狂风过后，纵有残红，飞向谁家。　　始知青鬓无价，叹飘蓬宦路，荏苒年华。今日笙歌丛里，特地咨嗟。席上青衫湿透，算感旧，何止琵琶。怎不教人易老，多少离愁，散在天涯。

> 宝髻松松梳就，铅华淡淡妆成。轻烟翠雾罩娉婷，飞絮游丝无定。　　相见争如不见，有情可似无情。笙歌散后酒初醒，深院月明人静。

司马光今存词仅三首，上面第一首词调是《锦堂春》，第二首是《西江月》。《锦堂春》写春天晚景，作者见夕阳西斜，风吹落花，想到自己在仕途奔走、宦海漂泊，美好的年华稍稍逝去，方悟到青春无价；进而想到白居易被贬官、京城歌女沦落天涯，也不禁离愁满怀，青衫湿透。《西江月》词，写与一个女子相见情景，女子的装束身影、有情无情，惹得"我"难以入睡，在月明人静的深院，愁情无限。这两首词，放在婉约派大词家如晏殊、柳永的作品中，也毫不逊色，是真正的婉媚富艳之词。司马光的这两首词给人的印象与他作为旧派领袖、大史学家的形象，判若两人！然而，“无情未必真豪杰，怜子如何不丈夫”（鲁迅《答客诮》），所以吴处厚说，文章艳丽，不妨他是一个正人君子，也不妨谈些花草月露；而那些满篇仁义道德者，倒可能是邪恶之人。正人能作邪文，邪人能作正文。不可因人而废言，亦不可因言而信其人。听其言，观其行，是古人教导我们的唯一可行的方法。

从刘因到钱钟书先生，他们的识见，对我们识人和读史，当是有启迪的。

【参考资料】

《青箱杂记》卷八
《逸老堂诗话》卷上
钱钟书《谈艺录》

中山狼传

明武宗朱厚照正德元年（1506 年）十月，刘健、谢迁等一大批忠直朝臣联名上疏，请诛权奸刘瑾。

户部尚书韩文对郎中李梦阳说："刘瑾、马永成等八人狼狈为奸，专横跋扈，凶狠狡诈，无恶不作。公侯勋戚，无不怕他们，称他们是朝中八虎。都察院奏事仅仅是不慎直称了刘瑾的名字，刘瑾竟当朝辱骂大臣，直到都御史率僚属下跪谢罪，才算了事。这也是你亲眼看见的，而当今天子还一味姑息，唉……"

李梦阳说："是啊，国事堪忧，奸臣可杀，但我等只是坐愁长叹，又有何益？现在，大学士刘健、谢迁、李东阳等轮番上疏，历数刘瑾罪恶，请诛刘瑾，公若在这时率众大臣上朝力争，除掉八虎，易如反掌！"

韩文听了，手捋长须，沉思半晌，终于毅然决然地说："好，我已经年近古稀，活得也够了，纵使大事不成，死又何憾？献吉[①]，你就替我草拟奏折，明日上朝！"

李梦阳立即替尚书韩文草拟奏折，大意说，"人主辨奸为明，人臣犯颜为忠。太监马永成、刘瑾等造作巧伪，淫荡上心，蛊惑君王，以谋己私。窃观前古，宦官误国，为祸尤烈。今刘瑾等罪恶昭彰，陛下奈何姑息放任，置之左右？伏望陛下割私爱，正典刑，平民愤，诛奸佞，永保社稷！"

这份奏疏，不避权奸势炎，论列罪状，字字击中要害；不畏龙颜震怒，指责过失，直言谏诤，句句惊心动魄。

但是，朱厚照昏聩懦弱，是"八虎"手中傀儡，不仅不敢准奏，反而听任八虎左右，下诏搜捕谏官，李梦阳也被投进大牢。

① 李梦阳，字天赐，又字献吉。

李梦阳在狱里感到处境危险，随时可能被刘瑾杀害，想起了好友康海。康海字德涵，号对山，是翰林院修撰。两人平日诗酒唱酬，交往颇密。他们都对平庸空泛的“台阁体”十分不满，以为要振起文风，必须复古，同倡“文必秦汉，诗必盛唐”（《明史·文苑传》），力主作文效法先秦两汉，作诗务必以盛唐为师。他们的主张与实践，风靡当时，便有所谓前七子的出现[①]。康海又是刘瑾的关中同乡[②]，虽然康海不肯趋炎附势，但不学无术却势倾朝野的刘瑾，一直想拉拢状元康海为自己装点门面。李梦阳想到这些，便在一张小纸片上写了四个字：“对山救我”。

康海捏着从狱中传出来的小纸片，就像握着一个人的生命。虽然只有四个字，却让他真切感到李梦阳处境的危险、心情的焦灼和对他的巨大希望。有人劝他，刘瑾狠毒，若触犯了他，你这翰林修撰就别想做了，还是别管为好。康海说：“我何惜一官，见李死不救？”他没有多想，就骑上马直奔刘瑾家门。

“站住！”看门人阻挡说。

“我是康状元，是你家主人的同乡，快去给我通报。”康海不容迟疑地说。

刘瑾听说康海来了，满脸堆笑，说：“啊，状元公驾到，快请，快请！”说罢，侧身在前引路进了客厅，请康海坐上座，并吩咐立即摆上酒菜。

康海以傲慢而嘲讽的目光看了一眼刘瑾，开口便问：“自古三秦豪杰有几人？”

问得很突然，刘瑾一时丈二和尚摸不着头脑，迷惑地说：“请状元公指教！”

“当年，桓温面对王猛，竟问，‘三秦豪杰何以不至？’桓温何其糊涂！”

刘瑾的脸刷地一下红了，以为康海是在骂他。

康海又问：“当今豪杰有几人？”

刘瑾立即变得一脸谄笑，说：“自然是状元公一人，王猛在前，我岂

---

① 参见本书《前后七子》篇。

② 刘瑾为兴平（今陕西兴平）人，康海为武功（今陕西武功）人。

有不识？”

康海正色说：“公何谬称，海一渺小人也！当今豪杰，今日李白也！”

刘瑾问：“今日李白，是谁？”

“当年李白醉使高力士脱靴，可谓傲慢无礼、轻视力士；可力士还是乖乖地为李白脱了，也算得大度！”

刘瑾猛然醒悟，原来他同高力士一样，也是一名得宠又得势的宦官，康海明摆着是拿高力士讽刺他，而敢于冒犯他的人，就是那李梦阳了。于是他说：“状元公是指李梦阳？此人罪该杀无赦！”

康海的语调变得更加尖刻，说：“是啊，该杀，该杀，只是杀了，关中就少一个才子了[①]！”说罢，起身拂袖而去。

刘瑾见康海刚才像兴师问罪，现在竟然头也不回冲出了府门，恨得牙齿咬得咯咯响。可尽管如此，他还是一脸堆笑，追着说：“我知道了，我知道了！”

第二天，李梦阳就被释放出狱了。

正德五年（1510 年）秋，刘瑾终于被诛。意外的是康海因营救李梦阳成功，竟被视为刘瑾同党，革职为民。当时朝野对康海多有误解和非议，而李梦阳也随声附和，说了不少过头话。康海没想到他不顾生死，当面指斥刘瑾为弄权的高力士，营救了李梦阳，李梦阳竟忘恩负义。他不由得想起了《中山狼传》[②]，一时痛心不已，感慨万分。他仰天大叫：“好人难做，好人不能做啊！这是为什么？天啊！”

康海在悲愤中提笔写下《读中山狼传诗》：

平生爱物未筹量，那计当时救此狼。
笑我救狼狼噬我，物情人意各无妨。

诗中的“我”，是《中山狼传》中的东郭先生。东郭先生“平生爱物”，本是君子贤德，但他仁爱到愚蠢的地步，一次、再次怜惜吃人的恶狼，几

① 李梦阳是庆阳（今甘肃庆阳）人，与康海、刘瑾都属古秦地人，也算是同乡。

② 明代人马中锡著，一说为宋代谢良著。

《宋词画谱》　　(明) 汪氏 编

乎被恶狼吃掉。如此“仁慈”难免遭世人嘲笑。所幸的是，这位“仁陷于愚”（马中锡《中山狼传》）的东郭先生最终还是觉悟了，同杖藜老人一起杀死了恶狼。康海这首诗代东郭先生立言抒怀，却又借题发挥。他说当时在狼处于困境时，只想到搭救它，没顾得考虑救狼的后果；但他在像东郭先生那样觉悟之后，却不是想打死恶狼，而是采取了超然旷达的态度，人们嘲笑他心存慈爱豺狼的“物情”，世间舆论中讥讽他那愚蠢的“人意”，又有什么关系，都一概由它去！

康海被罢职还乡后，以山水声妓为乐，想借以忘掉自己的不幸与冤屈，但是，“物情人意”都不顾，绝对的超然旷达又谈何容易！他不仅写了《读中山狼传诗》，而且还写了《中山狼》杂剧，可见他并不能忘情。他在赏风弄月、声歌纵酒之时写的一首小曲，更流露出他心中的怨恨：

真个是不精不细丑行藏，怪不得没头没脑受灾殃。从今后，花底朝朝醉，人间事事忘。刚方，奚落了膺和滂[①]，荒唐，周旋了籍与康。

诗人一面口称“从今后，花底朝朝醉，人间事事忘”，一面却以汉桓帝时的直臣李膺、范滂自许，以魏晋时的名士阮籍、嵇康自况，可见他心中的郁愤不平与强颜追欢的痛苦。了解康海身世的人们，读他这支小曲，无不为他伤心悲叹。

【参考资料】

《明史·韩文传》
《列朝诗集小传》
《明诗综》卷三十一
《方志著录元明清曲家传略》

① 李膺、范滂都因反对宦官专权，同时被捕入狱，先后死于狱中。

阳明浮海

明武宗朝，宦官刘瑾弄权，韩文、李东阳等上疏弹劾失败，一批忠直谏臣，或被杀，或被贬。兵部主事王守仁遭廷杖（在朝廷上受杖刑），谪官贵州龙场驿（今贵州修文）驿丞，就是一个管理驿站的小官。

王守仁带着杖伤，满腹忧愤，离京南下，取道钱塘（今浙江杭州）。不料刘瑾派人尾随王守仁，企图寻机暗害。王守仁察觉，让人扬言他已投江自杀，迷惑刘瑾和他的走卒，自己却悄悄地上了一条商船，连夜航海远逃。

一夜，王守仁到了福建，他乘夜登岸，来到一座寺庙投宿。

“大人别来无恙？”一个和尚向他问候。

王守仁上下打量面前的人，好一会儿才说：“长老免礼。伯安（王守仁的字）不曾有缘先识长老，长老何言‘别来无恙’？”

长老呵呵一笑，说：“大人真是贵人多忘事！老衲曾与大人相识于铁柱宫[①]，约期二十年后海上相见，屈指算来，正当此时。”

王守仁想了半晌，仿佛记起了什么，正要开口，长老说：“正是二十年前曾见君，今来消息我先闻，大人请到方丈一叙！”

二人相随来到一个幽僻洁净的小禅房。禅房背依青山，前临苍海，夜静风轻，月华如水。王守仁走到窗前，眺望月光下的万顷碧波，银辉闪烁，神秘深邃，顿觉心旷神怡，不禁赞叹说：“好一处海上仙境！静养此地，心中还会有什么牵挂呢？”

长老走过去同王守仁并肩站着，说：“老衲正要问大人，遭奸人刘瑾迫害，贬谪穷荒，将来有何打算呢？”

---

① 传说晋代方士许逊做旌阳（今湖北枝江）令时，闻南昌有蛟龙为害，杀之，并作大铁柱镇压其处。后人为纪念他，在此建铁柱宫，即今江西南昌市内万寿宫。

王守仁仍然注视着茫茫的大海，目光穿透夜幕，直到很远很远，他像是回答长老的问话，又像自言自语，深沉地说："龙场驿，我是不去了。我想逃得远远的，去一个人们不知道的地方！"他的目光充满了向往与愉悦，轻轻吟道：

险夷原不滞胸中，何异浮云过太空。
夜静海涛三万里，月明飞锡下天风[①]。

王守仁沉醉在一种恬淡空灵的心境里。长老看着他，没有立即打破这圣洁的静谧。过了好一会儿，长老才说："当年，唐宪宗元和年间的高僧隐峰，云游到五台山，掷出手中锡杖，骑杖乘风，飞空而去。难道大人也要学隐峰高僧，云游四方么？"

"伯安正是此意。佛门无世尘，湖海堪托身。何必把人生道路的平坦与艰险放在心中，就让它像浮云一样过去吧。"王守仁平静地说。

长老说："不过，大人双亲还在京师，刘瑾找不到你，如果诬告你逃到北方投降了胡人，或是告你逃往南方归顺了南蛮，加害于你的双亲，你怎么办呢？"

"是啊，这正是我惟一担心的，我也正为这事踌躇呢！"王守仁深深叹息说。

长老看了看王守仁，转身去端来一壶茶，几碟瓜果，然后说："我们坐下谈吧，还可以从长计议。"

王守仁与长老坐下，一边饮茶，一边闲话。长老说："我为你算一卦吧，看看何去何从。"说罢，拿出一副卦，往地上一掷，卜得一卦，长老一看是"明夷"。

王守仁高兴地说："好，好。《易》辞说：'明夷，君子以莅众，用晦而明'。这卦正合我意。"

长老也笑着说："是的，我观先生心胸，岂甘心如我等浪迹江湖，先

① 诗题《泛舟》。僧人云游时手持锡杖，故称僧人云游为飞锡。杖高与头齐，上端有锡环，僧人化缘时，摇杖，锡环有声，代替叩门。杖亦可作防身用。

生终是要居高位、牧众民的，还是去龙场驿吧，那儿正可韬光养晦，以待来日大用于世！”

王守仁主意已定，当晚就告别长老，由武夷山返钱塘，直赴龙场驿。

一路晓行夜宿，非止一日。进了贵州，突然下起雨来，远近的群山村舍，闲花野草，都笼罩在濛濛春雨中，整个高原平坝一望无垠，像一幅巨大的淡墨山水画，是那样素雅清新。那正是早春时节，刺桐花开得正好，一簇簇紫，一簇簇黄，似朵朵云霞飘浮在高山平坝的细雨中。布谷催种的叫声，在千山万壑间时起时落，显得格外清亮高远，一股强烈的春天气息，直透人心。王守仁情不自禁地感叹说：“啊，罪客南来，有多情山水，胜似长足远游了！”

王守仁是余姚（今浙江余姚）人，那儿小桥流水，画船轻舟，秀丽妩媚，精巧玲珑。高原风光比之江南景色迥然不同。王守仁面对这新奇的西南山水，在获得短暂的欣喜与宽慰之后，不禁惹起缕缕恋阙思乡的怅惘。他放慢脚步，行吟着，抒发他此时此刻的内心感受：

客行日日万峰头，山水南来亦胜游。
布谷鸟啼村雨暗，刺桐花暝石溪幽。
蛮烟喜过青杨瘴，乡思愁经芳杜洲。
身在夜郎家万里，五云天北是神州。

我国战国至汉代，四川、贵州、云南和广西部分地区有“夜郎”国，因为天气湿溽炎热，多瘴疠毒气，官员被贬谪夜郎，大多难以生还。如今王守仁因奸臣陷害也来到这里，北望五彩祥云笼罩的帝京，他的心情怎能平静呢？他那抛家万里的乡思愁，那奸佞当道、正义难伸的忠臣恨，都倾诉在这首题为《罗旧驿》的七律诗中。诗的前两联写高原春景，透喜；后两联抒宦游蛮荒，挟忧。喜忧参半，两相生发，转使这首诗神气跌宕，深沉凝重，令人喟叹。

龙场驿深藏在万山丛中，当地居民大多穴居。王守仁入乡随俗，也住在山洞里。他早年曾筑室阳明洞中，因此他把这里住的山洞叫做“阳明小洞天”。后来，当地百姓看他住的山洞太阴暗潮湿，就给他建了几间草屋。

《宋词画谱》　　（明）汪氏 编

推开窗户，远近的青山翠岭，仿佛尽落窗前，敞开柴门，便觉置身在深山密林之中，俯视坝下，山路逶迤，墟寨依稀，林木丛竹，郁郁苍苍，远远近近的青年知道他是大学问家，都纷纷跑来，请他在这里设书院讲学。于是他把这草屋命名为“龙冈书院”。他十分喜欢这个地方，面对那些年轻人，他好像也忘记了平生的不幸，愉快地写了一首《山中诸生》诗：

桃源在何许？西峰最深处。
不用问渔人，沿溪踏花去。

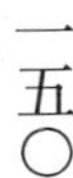

王阳明把自己居住的地方叫作世外桃源，因为山洞藏在林木掩映的深山，外来的人要寻找，自然不容易；但是，因为是“桃花源”，那么不需问人，沿小溪踏着桃花铺满的小径，也就能找到了。这首小诗，一问一答，有情有景，俊爽秀逸，抒发了当年难以掩饰的愉悦自得心情。王守仁就是怀着这样的心情，在这个世外桃源里真的过起韬光养晦的生活来。龙场驿很偏僻，没有书籍，幸好自己带了几箱书，便日夕潜心研读。他早年就曾读过宋代大理学家程（颐）、朱（熹）理学，但无所得。这时，在这个特殊环境里，他对陆九渊学说感到特别亲切，竟豁然彻悟，提出一整套格物致知的理论，以“致良知”和“知行合一”为主旨，与程朱理学相抗衡，创立了对后世有巨大影响的阳明学派，成为明代重要的哲学家。

对于王守仁这段经历，明人陆相捕风捉影，添枝加叶，撰写了《阳明先生浮海传》，写王守仁投江后，尸身漂到龙宫，得救生还，以后成了大学问家。故事自然是荒诞的，但如果说王守仁浮海并不是去龙宫，而是在无涯学海苦作舟，经过艰难的颠簸沉浮，终于抵达彼岸，倒是贴切的。劫难与不幸可以玉成一个人的事业。人在逆境中，是不必颓丧和自暴自弃的。

【参考资料】

《阳明年谱》
《明史·王守仁传》
《四库全书总目提要》卷六十

析诗辨冤

明嘉靖四年（1525 年），盛夏某日，一个太监向世宗朱厚熜跪奏说："皇上，奴才奉旨审录囚犯，查访实情，平反冤狱。今日有女子李桃英喊冤，奴才已接状纸，呈皇上御览。"

"嗯，起来吧。"朱厚熜从太监手中接过状纸，细细看起来。

太监在一旁说："李桃英是替她姐姐申冤。她姐姐玉英已经关押在锦衣卫狱很久了[①]。玉英听说皇上有旨平反冤狱，就在狱中写了这张状纸，叫妹妹喊冤呈奏。"

朱厚熜看完状纸，想了一会儿，问太监："你看这案子是冤还是不冤呀？"

太监说："奴才看这状纸还不甚明白，又提问了桃英。桃英说，她们姐弟五人，桂英、玉英、桃英和小弟承祖是同胞姐弟，生母已经去世。幼弟亚奴是继母所生。父亲是锦衣卫千户[②]李雄，几年前西征阵亡。继母焦氏，为了她亲生的儿子亚奴承袭锦衣卫封爵，就让年仅十岁的承祖跋涉千里去战场寻找亡父尸骨，目的是要承祖死于非命。不料，小小承祖怀抱亡父尸骨还家。焦氏的如意算盘落空，又生一计，竟用鸩酒毒死承祖，然后肢解掩埋。"

"这焦氏也太歹毒了！"

"是的，皇上仁慈，不忍听闻，就是奴才也觉焦氏伤天害理。可就是这样，焦氏还不肯罢手，她害死承祖后，又把大姐桂英卖给富豪家为奴。当时，才十六岁的玉英姑娘，在父殁、弟死、姐去一连串不幸之后，孤苦伶仃，悲痛不已，终日哭泣。她从小就极聪明，爱读书，喜欢作诗。这时不免见花落泪，对月伤情，便一一寄诸笔墨。谁知这竟成了她身陷

---

① 锦衣卫，旧官署名，护卫皇宫的亲军，兼管刑狱，最高长官为指挥使。

② 千户，官名，世袭军职，驻重要州府的军事长官。

囹圄的罪证！”

世宗朱厚熜听到这里，又拿起状纸，重看起来：

“臣年十六，伶仃无倚，是以滥形吟咏，感诸身心，寄诸笔札，盖有不得已而为言者。奈何母恩虽广，勿察臣衷，但玩诗词，以为外通，拿送锦衣卫，本官诬臣奸淫不孝，拟剐罪……”

朱厚熜读到这里，问：“焦氏用以当作罪状诬陷玉英的原诗呢？”

太监回禀说：“奴才已从桃英姑娘那儿抄录来了。”

世宗接过来，见是两首七言绝句，第一首《送春》：

柴门寂寂锁残春，满地榆钱不疗贫。
云鬓霞裳伴泥土，野花何似一愁人！

第二首《别燕》：

新巢泥满旧巢欹，泥满疏帘欲掩迟。
愁时呢喃终一别，画堂依旧主人非。

朱厚熜反复吟诵，吟诵一遍即沉思片刻，不知反复了多少回，突然问太监：“你说说，这两首诗怎么就成了玉英与外人通奸的罪证了！”

太监说：“皇上英明，尚且看不出来，奴才哪里知道？奴才也问过桃英姑娘。桃英说，她继母和那位‘锦衣卫本官’都认定玉英诗自比‘野花’，这就是明言可以任人采摘，自供已失贞洁了；诗中又有‘新巢’词，那是明言成了他人的外室；还说‘呢喃’私语，是玉英同奸夫偷情，卿卿我我，不忍分别。桃英说，她姐姐一个姑娘家，听到这些污言秽语，羞愧难当，无地自容，哪里还能辩白！”

朱厚熜当时不满二十岁，正年轻气盛，又励精图治，容不得这等悖理枉法的事。他听到这里，不禁龙颜大怒，说：“岂有此理！岂有如此解诗的！不幸玉英姐弟，遇到一个歹毒的继母，又遇到一个糊涂的昏官。存心险恶，再加上愚昧无知，真是害死人啦！这《送春》诗，只是说玉英家境贫寒，柴门茅舍，四壁空空，虽然春风吹落榆钱满地，却不能解救一家饥寒。她

自己终日操劳，形容憔悴，就如同野花一朵，花开无主，自荣自枯，任凭尘染风浸，零落成泥，苦况苦情，尽寄于诗。《别燕》诗也只不过是玉英感叹一家败落，物是人非而已，就是年来年去的春燕，仿佛也理解玉英的心情，呢喃对语，柔情宽慰，但它终因‘画堂依旧主人非’，而同玉英告别远飞。两首诗都是触物伤怀，一片真情。《别燕》一首，用新燕宣泄人情，尤其柔肠九回，痛彻肺腑。在我朝诗坛崇尚模拟、酷嗜典故之际，这种直抒胸怀之作，清新可诵，实在难得。焦氏和锦衣卫本官，不仅曲解诗，还以此加罪无辜，真是可恨之极！”

“皇上天性多情，所以善解人意，焦氏所谓玉英‘外通’之事，确系诬陷。”太监说。

“不只‘奸淫’是诬，‘不孝’也非其实。焦氏对于子如此狠毒，尽弃为母之道，可玉英不仅对焦氏没有一句怨言，反而自责。你看玉英状纸里不是还有‘臣母之罪，臣不敢言；《凯风》有诗，臣当自责’的话吗？你读过《凯风》诗吗？”

太监说：“奴才哪里读过。”

朱厚熜说：“嗯，朕说给你听听：

凯风自南，吹彼棘心。棘心夭夭，母氏劬劳[1]。
凯风自南，吹彼棘薪。母氏圣善，我无令人。
爰有寒泉，在浚之下[2]。有子七人，母氏劳苦。
睍睆黄鸟[3]，载好其音。有子七人，莫慰母心。

凯风就是南风，南风吹拂着幼小的荆棘，荆棘一天天长大。这是比喻，这首诗的意思是说，这个母亲有七个孩子，母亲真辛苦啊，母亲真是慈爱（圣善）啊，可我们七个，没有一个是孝顺孩子（令人），听听黄鸟的叫声，还知用好听的声音让人高兴，我们连黄鸟都不如，母亲有了忧患，我们

---

① 劬（qú）劳，劳苦、劳累。

② 爰（yuán），乃。浚（xùn），古卫国的地名。寒泉喻忧患。这一句的意思说，寒泉在浚水的下面，涌出来可以使河水上涨。母亲养育了七个孩子，也吃尽了辛苦。

③ 睍睆（xiàn huàn），黄鸟清和圆转的叫声。

却不能为母亲分忧，给母亲一点宽慰。孟子说，《凯风》亲之过小者也。这意思是说，母亲有了小过失，为人子的没有尽到规劝的责任；母亲陷入了痛苦，又不能安慰愉悦母亲，这是为人子的不孝，应该自责。”

太监说：“奴才懂了，看来玉英姑娘受了这么大的冤屈，不仅不怨恨母亲，反而诚心自责，真是一个孝顺的女子。”

朱厚熜说：“是啊，如此子女，怎能说她‘不孝’呢？‘奸淫不孝’之辞，都纯系诬告妄断，应该彻底推倒！”说完，立即走向龙案，提起朱笔，在玉英状纸上御批数行。太监一看，是降旨三法司会[①]，为李玉英彻底昭雪平反。太监拿着御批状纸，交三法司长官。经会审，真相大白，焦氏杀子灭尸，罪不容赦，论斩；李玉英无罪获释。

明末清初人朱彝尊在记述这件事后，十分感慨地说：“玉英二诗，本无关涉”，而几乎坐以极刑，“由是推之，冤狱难以悉数矣！”李玉英只是无数冤狱中的幸运儿，在封建时代，多数不幸者都冤沉海底了。

【参考资料】

《静志居诗话》卷二十三

① 明清两代以刑部、都察院、大理寺为三法司，遇重大案件，由三法司会审。

娄江女子

明神宗朱翊钧万历四十三年（1615年），一天，汤显祖正在书房写作，常熟人许子洽来访。汤显祖把客人请进书房，见礼寒暄之后，许子洽打开包袱，取出一部书稿，对汤显祖说：“先生，我带来一部奇书，你读了之后，一定会击掌叹赏。”

汤显祖接过来一看，笑着说：“喔，这不是老夫的《牡丹亭》传奇吗？何以反过来送我？有何奇处，值得贤弟如此宝爱？”

许子洽说：“先生翻翻书稿，一看便知。”

汤显祖拿起一卷书稿，随意翻开一页，见字里行间，时有朱笔批注，再翻一页，也是如此。汤显祖又拿起一卷翻看，行间朱笔批注，随处可见。汤显祖惊奇了，说：“这蝇头小字，写得何其娟秀俊美！是谁批注的？”

许子洽说：“先生先不要问是谁批注的，也不要只注意字写得秀美，先生仔细看看批注，那可是奇文！”

“好！好！让老夫坐下来仔细看看。”汤显祖坐下，果然兴致勃勃地读起来。

许子洽侍立在他身旁，说：“先生，就看你最得意的一出戏吧，看看有什么批注。”许子洽说着，就帮着汤显祖翻到第十出《惊梦》，然后指点说：“先生，你看，杜丽娘小姐到了后花园，惊诧春色如许，唱了一支《皂罗袍》曲：

> 原来姹紫嫣红开遍，似这般都付与断井颓垣。良辰美景奈何天，赏心乐事谁家院！朝飞暮卷，云霞翠轩，雨丝风片，烟波画船。锦屏人，忒看的这韶光贱。

这段曲文后有一行夹批，‘春色如画，如临其境；春色恼人，动魄惊心。

景与情会，两相流连。爱春怕春去，因春转自怜。正是三分春色描来易，一段伤心画出难，此老有何种入神妙笔，写出这等状物言情的文字’[①]。”

“批注得好，批注得好！”汤显祖听着许子洽诵读，也惊叹不已，连连点头称赞。

许子洽和汤显祖议论的是《牡丹亭》“游园惊梦”中的一支曲子，杜丽娘终日关在深闺，原不知“春色如许”，当她走进花园，看见“姹紫嫣红”的春色，简直惊呆了，她竟然发问：如此“赏心乐事”是属于谁的，她不敢相信那是她自家的院子！可怜多情善感的丽娘，见如此“良辰好景”虚设，都付与了“断井颓垣”！这“姹紫嫣红”与“断井颓垣”，形成了多么大的反差，多么强烈的对比！丽娘的心该是多么无奈、多么痛惜！可她更痛恨的是人们把这美好时光看得太轻浅了，任意虚掷韶光年华！这支曲子在写景中抒情，杜丽娘叹惜的春光，正是她自己的青春年华，她对春光的热爱与追求，正是她对自己理想爱情的追求，就在这次游园以后，她在梦中找到了自己的爱情。“游园惊梦”是昆曲中一出著名的折子戏，是戏曲大师梅兰芳演出的经典剧目，其中这支《皂罗袍》曲“原来姹紫嫣红开遍”，是最脍炙人口的名段，曲词文字优美，充满了诗情画意，昆曲爱好者莫不能默诵吟唱。

许子洽同汤显祖谈论了《皂罗袍》曲后，接着又说：“唉，先生，这《牡丹亭》传奇，本是为一片痴情，出生入死，令人一读一吟肠一断。而这书稿上的批注文字，竟然是梦绕魂牵，凄情苦调，比先生的曲文还痛心。”许子洽无限感叹。

“哦，还有这等文字？快指给老夫看看！”汤显祖急切地说。

许子洽又拿起一卷书稿，翻到第三十六出《婚走》，然后指给汤显祖看，说：“先生，这里是《急板令》：

柳梦梅唱：似倩女返魂到来[②]，采芙蓉回生并载。

① 娄江女子评点《牡丹亭》本已失传，此文中的评点，为笔者据汤显祖《哭娄江女子》诗二首序文代拟。

② 倩女离魂：据唐传奇《离魂记》，清河张镒曾以女倩娘许配王宙，后毁约许配他人，倩娘忧郁成疾。一日，王宙乘船离去，夜半，倩娘忽至，一起奔蜀，同居五年，生二子，后一同回倩娘家省亲。张镒大惊，因其女尚卧病在床，其女听说王宙来，骤起奔出，与从外来的倩娘合为一体，张镒始知私奔之女为倩娘精魂所化。

杜丽娘唱：想独自谁挨，独自谁挨？翠暗香囊，泥渍金钗。怕天上人间，心事难谐。

这里有数行批文：'人间何物似情浓？丽娘游园惊梦，得遇知己，痴情慕色，一往情深。因情而死，因情而生，前有幽欢，后成明配。生生死死，惟情而已！小女子与丽娘，年相近，情相同，醒不遇佳偶，梦不到柳边，奈何！奈何[1]！'先生，你看，这书页上，点点斑痕，分明是这女子读得伤心，写得肠断，把一腔血泪，都抛洒在这上面了！"

汤显祖拿起书稿，贴近自己，端详了许久，心情无比激动，他的眼睛里，分明闪动着泪花，深情地说："是啊，如丽娘者，乃可谓之有情人耳。情不知所起，一往而深。为了这情，活着的人可以去死，死了的也可以复生。活着的人不能为情死，死了的人不能因情而复生，都非情之至也。"他停了停，声音竟有些颤抖，问："这批注《牡丹亭》传奇的人，到底是什么人呢？"

"是娄江（今江苏太仓）一个女子，叫俞二娘。这女子自幼聪慧，善作诗文。年正二八，待字闺中，酷爱先生的《牡丹亭》传奇，日夜诵读。每有会意，便一边落泪，一边提笔批注。日子一长，竟抱着一部《牡丹亭》如痴如呆，不哭不语，不食不寝，刚刚十七岁，就悄然死去了！"

"啊！"汤显祖如闻惊雷，一下给怔住了。半晌，才回过神来，喃喃地自言自语："世间竟有这等痴情的女子！老夫可以在戏曲里让丽娘死而复生，可怎能让这情断魂归的女子再世呢？是老夫的书害了这多情女子啊，老夫何以慰告这地下亡灵！"汤显祖不禁热泪滚滚，凄怆地号哭起来。他哭够了，缓缓站起身，伤心地徘徊了好久，然后走到书桌边坐下，铺开一张素笺，提笔写了《哭娄江女子有序》。序文记载了娄江女子酷嗜《牡丹亭》，竟然哀伤而亡的经过。诗如下：

画烛摇金阁，真珠泣绣窗。
如何伤此曲，偏只在娄江？

---

① 娄江女子评点《牡丹亭》本已失传，此文中的评点，为笔者据汤显祖《哭娄江女子》诗二首序文代拟。

何自为情死？悲伤必有神。
一时文字业，天下有心人！

这两首诗说，在珠帘绣户的闺阁里，女子夜深燃烛诵读《牡丹亭》，她一边读，一边落泪，为什么这个女子偏偏这么伤心呢？《牡丹亭》里的杜丽娘是为情而死、为情而生，现在从她那些批注的文字看，想来这娄江女子也是这样一个多情的有心人！

汤显祖写完，声泪俱下地对许子洽说："这就算是对娄江女子的纪念吧。如果老夫的传奇幸而不朽，这娄江女子的芳名也就与它同在了！"

【参考资料】

《汤显祖诗文集》卷十六
《汤显祖戏曲集·牡丹亭》
《明诗纪事》庚集卷二

冲冠一怒

清世祖福临顺治元年（1644 年）春，明王朝风雨飘摇，大厦将倾。南边，李自成农民起义军逼近京城；北边，清军浩浩荡荡，长驱入关。崇祯帝朱由检惊恐万状，紧急召见辽东总兵吴三桂寄以重托，命他出镇山海关。吴三桂出师前，崇祯周皇后之父周奎，在府邸设宴为他饯行。

酒过三巡，屏风后转出一队歌舞妓，个个姿色出众，艳丽夺目。走在头里的一个，身着淡妆，额秀颐丰，花明雪艳，吴三桂一见，不禁脱口而出："呀，朝野尽言府上家妓冠绝天下，果然名不虚传！"

周奎见吴三桂的样子，便说："自古英雄爱美女，将军如果看中了谁，老夫当割爱献纳。"

吴三桂说："三桂早知府中有一苏州名妓，叫陈圆圆，可是队中那穿淡妆的女子？"

"正是。"

"可以圆圆惠赐三桂吗？"

"这……"周奎迟疑了，吐出一个"这"字，就再也说不下去。

原来，这陈圆圆本姓邢，大名沅，字畹芬，小名圆圆。她的养姥叫陈姑，所以圆圆自幼便随养姥姓。她本是良家女子，长大入梨园，声色甲天下。同时与她齐名的有李香君、柳如是、顾横波、寇白门、卞玉京、马湘兰和董青莲，时称"秦淮八艳"。明崇祯十五年（1642 年）二月，外戚周奎想寻求一色艺双绝的女子，进献给崇祯帝，于是出重金从梨园买来陈圆圆。陈圆圆被周奎带进京城，送到周皇后身边。一天朱由检见到，问是谁，周皇后如实说明。此时的皇帝已是四面楚歌，哪还有心情攀花折柳，便命遣还。这样，陈圆圆就成了周奎的家妓，本是供皇帝享用之人，他哪里舍得让给别人。

周奎的心事被一个心腹随从看透了。这随从凑近周奎耳朵低声说："大人，如今国势危急，吴将军手握重兵，尤为皇上倚重，他日成功，必居一人之下、万人之上。今日不允，来日恐受其祸，今日允诺，将来北地脂粉，南都媚黛，大人都可搜罗内室，何必还可惜陈圆圆一个女子？"

周奎听了这番话，沉吟半晌，便装出笑脸，答应了吴三桂的要求。

吴三桂得了陈圆圆，虽然儿女情长，蜜意缱绻，无奈军情紧迫，皇命催促出师。吴三桂不能带圆圆随军，只得把她放在父亲吴襄家中。陈圆圆刚出牢笼，又成孤雁。虽与吴三桂苦留后约，终是银河难渡，相见无期。

崇祯甲申十七年（1644 年）三月十九日，李自成攻破北京，住进皇宫，忙着封官赏爵。大将刘宗敏则带领士卒，出入勋贵府邸，惩治官吏，搜刮赃物，皇亲国戚也不能免。消息传到山海关，吴三桂心急如焚，频频派人往返于北京与山海关之间。他最放心不下的是陈圆圆。

一日，信使带着吴襄的书信和李自成的招降书以及四万两犒师白银来到军中。

吴三桂头一句话就问："我家怎么样了？"

信使回答说："已被闯王抄家。"

吴三桂说："没有关系，我归降后，闯王会退还的。我父亲怎样了？"

信使回答说："已被闯王关押起来了。"

吴三桂说："也没关系，我一归降，闯王就会放了他的。快说说，陈夫人怎样了？"

信使看着吴三桂，刚张嘴，又把话咽了回去。吴三桂急了，说："怎么？你为什么吞吞吐吐？快说！"

信使说："陈夫人被刘宗敏将军霸占了！"

"什么？！"吴三桂霍地站起来，震怒地追问道："你再说一遍！"

"陈夫人被刘宗敏霸占了！"

"唉呀！"吴三桂大叫一声，哐啷一声推翻坐椅，像一只被激怒的猛兽，在屋子里左冲右突，暴跳如雷，"唰"，拔出宝剑，向书案奋力劈去，吼叫着："我吴三桂与闯贼刘寇誓不两立！"

刘宗敏"得到了陈圆圆，而终于把吴三桂逼反了。"郭沫若在他的名著《甲申三百年祭》中说。

吴三桂当即把面对北边清军的部队掉头南进，向镇守山海关的李自成部队发起进攻，同时派人向清军睿亲王多尔衮乞师求援。这样，清军在吴三桂的引导下，轻而易举越过长城，直取北京。

李自成没料到形势如此骤变，毫无准备，只好仓皇应战，结果全军溃败，四月三十日不得不撤出北京。吴三桂受清军之命，尾随李自成紧追不舍。李自成军一路西撤，退至陕西。一场轰轰烈烈的农民起义，从此一蹶不振，而最终归于失败。清军从此长驱南下，攻城略地，大明江山尽成清朝疆土。

四月二十九日，李自成在紫禁城即皇帝位，次日便弃城西逃。历史就这样戏剧性地发生了大转折！

“有明一朝兴废，实系圆圆一人！”（李岳瑞《春冰室野乘》）历史开了一个多么荒唐的玩笑！

吴三桂“置君亲于不顾，惟拳拳于陈妾一人，真所谓狗彘不食者。”（同上）吴三桂“冲冠一怒为红颜”，落得一个千年骂名！

吴三桂与陈圆圆的这段纠葛，既然对明清之际的中国历史产生过这样重大的影响，在几万万中国人的心中留下如此深重的印记，人们怎能忘记它、不评说它！

甲申之变十年后，吴三桂与陈圆圆的事传遍了江南。清初大诗人吴伟业，家住江苏太仓，亲历国难，悯时伤世，写下了长篇叙事诗《圆圆曲》：

鼎湖当日弃人间，破敌收京下玉关[①]。
恸哭六军俱缟素，冲冠一怒为红颜。
红颜流落非吾恋，逆贼天亡自荒宴。
电扫黄巾定黑山，哭罢君亲再相见。
相见初经田窦家[②]，侯门歌舞出如花。
许将戚里箜篌伎，等取将军油壁车。

① 鼎湖，传说黄帝曾在荆山铸鼎，鼎成后乘龙飞去。后人用“鼎湖”指皇帝死去，此诗指崇祯之死。玉关，此指山海关。

② 田窦，指田蚡、窦婴，西汉文帝、景帝时外戚，此指田宏遇。一说，崇祯田贵妃的父亲田宏遇在江南遇到陈圆圆，带回京后欲献给崇祯，后赠吴三桂。

尝闻倾国与倾城，翻使周郎受重名。
妻子岂应关大计？英雄无奈是多情。
全家白骨成灰土，一代红妆照汗青。
君不见，馆娃初起鸳鸯宿，越女如花看不足。
香径尘生乌自啼，屧廊人去苔空绿①。
换羽移宫万里愁②，珠歌翠舞古梁州。
为君别唱吴宫曲，汉水东南日夜流！

全诗可分为三段，本文只引了首尾两段。第一段写清军入关和吴三桂与陈圆圆相逢经过。李自成起义军攻入北京，崇祯吊死煤山；清兵占领山海关，直下北京；吴三桂在关键时刻，“冲冠一怒为红颜”，带领清兵入关，六军上下尽穿丧服，恸哭国亡；“红颜流落”，指陈圆圆被刘宗敏掠去；李自成军败亡，是因为他们自己寻欢作乐无度，所以才被清军如电扫，一举击溃，吴三桂也与陈圆圆得以重逢；吴三桂在田贵妃的父亲田宏遇家初识陈圆圆，见她如花似玉，能歌善舞，不禁神移心荡，田宏遇为了结交吴三桂，终以陈圆圆相赠，于是吴三桂用豪华的车子把陈圆圆接回了吴府。

第二段共二十六韵，五十二句，三百六十四字，占了全诗的多半篇幅，详细地叙述陈圆圆的身世以及被卷入政治大风浪的遭遇。陈圆圆出生在江南，美可比西施，可惜红颜薄命，被强豪夺去，以后得宠于吴三桂，但时值明朝将亡之际，未及成婚，吴三桂即出师山海关；吴三桂得知刘宗敏抢走陈圆圆后，带清军入关，李自成军退出北京，吴三桂穷追不舍，吴三桂的部将又在北京城找到陈圆圆，吴三桂结五彩楼，沿途三十里列旌旗，鸣萧鼓，亲往迎接。清顺治五年（1648 年），吴三桂奉命镇守汉中（今陕西汉中），九年，又率军入川，穷追李自成军，陈圆圆随军前行，吴三桂在汉中给陈圆圆建画楼，起绣阁，从此过着优裕的生活。消息传到江南，

① 屧（xiè），古代一种木底鞋。屧廊，即吴王夫差为西施所建的馆娃宫，故址在今江苏苏州灵岩山上。西施穿着木底鞋在廊中行走时，会发出阵阵悦耳的响声。

② 羽、宫，是我国古代音乐五个音阶中的两个音级。换羽移宫，谓改朝换代。

《宋词画谱》　（明）汪氏 编

当年的浣纱女伴、教曲伎师都认为陈圆圆如巢燕飞上高枝，变成了凤凰，可她们哪里知道，陈圆圆身不由己，任人摆布，在战乱中漂泊，细腰瘦损，形容憔悴，有着无边的忧愁，日日在暗中悲叹命苦。

第三段是诗人的感慨和议论。自古以来，都说女人是祸水，但三国的周郎（瑜）和明末吴三桂，都因为得了“倾城倾国”的美女反而名存千古，不是红颜，他们哪里会有这样的名声！其实，一个弱小女子，与国家的存亡大计有什么关系？都是“英雄”们自己好色多情，才让女子遭骂名！不过，或美名流芳，或恶声遗臭。吴三桂“冲冠一怒为红颜”，终不免全家被抄斩，自己则遗臭史册，而那些有气节的红颜女子却光照史册。君不见，在“换羽移宫”，万里愁云之时，在古梁州（汉中）的吴三桂，同当年的吴王夫差一样，还在醉生梦死、寻欢作乐吗？

这首七言歌行，长达五百四十九字，堪称鸿篇巨制，是吴伟业最有代表性的作品。赵翼说：“梅村（吴伟业的号）之诗，最工者莫如《圆圆曲》诸篇，题既郑重，诗亦沉郁苍凉，实属可传之作。”（《瓯北诗话》）《四库全书总目提要》卷一七二说：梅村“歌行一体，尤所擅长”，“一时尤称绝调。”“《圆圆曲》则其此体之杰作。”（程千帆《书吴梅村〈圆圆曲〉后》）北京大学教授邓之诚先生也说：“其诗以七言歌行自成一体。事固足传，而吐辞哀艳，善于开阖，读之使人心醉。”（《清诗纪事初编》卷三）因为《圆圆曲》以宏大的诗人气魄，精心的艺术构思，忠实地记述了明末的重大历史事件，情节波澜起伏，错落有致，缠绵悱恻，凄厉苍凉，哀感顽艳，可歌可泣，被后人誉为“真诗史之言”（《春冰室野乘》）。

【参考资料】

《清诗纪事·顺治朝卷》
钱仲联《梦苕庵专著二种》
《明季北略》卷二十《吴三桂请清兵始末》

长干乞丐

明毅宗朱由检崇祯十七年（1644 年）三月十九日拂晓，李自成的农民起义军攻进北京城。朱由检仓皇出宫，在万岁山（俗称煤山，今北京景山）东麓一棵槐树上吊死，他的衣襟附有这样的话，“朕死无面目见祖宗，自去冠冕，以发覆面。任贼分裂，无伤百姓一人。”（《明史·本纪二十四》）当清兵占据北京时，明朝陪都[①]南京兵部尚书史可法等人拥立福王由崧称帝，史称弘光帝。但是，清兵乘势大举南下。次年四月破扬州，史可法殉难。五月，清兵渡江至南京，礼部尚书钱谦益等三十一人迎降。三百年的大明王朝宣告彻底灭亡，整座南京城陷入空前的混乱和巨大的悲痛之中。

秦淮河，这六朝金粉胜地，水还是那么澄碧，桥还是那么别致，但河里横七竖八地停泊着的画艇游船，死一般沉寂，灰暗古老的房屋，绿森森的岸柳，阴沉沉的天空，已经完全失去昔日那灯红酒绿、笙歌彻夜的繁华景象。

在通济桥上，不时匆匆走过三三两两行人。

一个乞丐，走上桥来。他蓬首垢面，衣衫破烂，形容邋遢，一手拄着根破竹竿，一手捏着只破葫芦瓢。他向前走几步，竹杖跺着桥板，咚，咚，咚，然后又旋转几圈，竹杖拍打着葫芦瓢，叭，叭，叭。他一会儿号啕大哭，催人伤心落泪；一会儿放声大笑，令人毛骨悚然；一会儿破口大骂，使人胆战心惊。

来往行人，见到这么一个疯疯癫癫的乞丐，都无比诧异，不由得停下脚步。

① 陪都，在首都以外另立的临时都城。

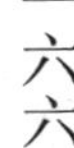

乞丐不哭、不笑、不骂了。他把竹竿靠桥栏杆立起来，把葫芦瓢挂在竹竿上，弯身脱下破草鞋，放在竹竿下，用那泪水模糊的双眼，深深地凝视着秦淮河上下，然后他一纵身，跳进死水微澜的秦淮河。

“呀！有人跳河了！”桥上的行人齐声惊叫，奔向桥边。人们看着水面几朵浪花，瞬息复归平静。“唉，又是一个。”有人长长地叹息了一声说。

在这些行人中，有一个人名叫戴本孝，诗画都很出色，他想把这个乞丐的一点遗物收拾起来。他走过去拔起竹竿，取下葫芦瓢。这时，他发现瓢中有数行墨迹，仔细一看，竟是一首小诗。人们要戴本孝念给大家听听，戴本孝便念起来：

谁把乾坤忽动摇，风吹淮水冷萧萧。
逢人莫诉伤心事，乞丐如何爱此瓢。

有人请戴本孝讲一讲是什么意思。戴本孝说：“这个乞丐质问，是谁把国家弄到这个地步？国破家亡，连秦淮水都感到冷风萧萧！现在这种亡国之痛还用向谁去倾诉？既然国家亡了，我怎么会爱自己这讨饭的葫芦瓢、苟且偷生！”

“唉，原来这乞丐是痛心我大明亡国，与国同亡啊！”

“一个乞丐，也知舍身殉国大义，可敬可吊！”

“国家兴亡，匹夫有责。南都陷落以来，除了卖国求荣的奸佞，醉生梦死的混虫，谁又甘心俯首称臣呢！”

人们这样感叹着、议论着。戴本孝久久地捧着诗瓢，再也没有说话。阵阵冷风，仿佛裹挟着秦淮河两岸的腥风血雨向他袭来，他禁不住双手颤栗，浑身发抖。他匆匆收拾起乞丐的遗物，步履蹒跚地离开了通济桥。

是啊，南都陷落以来，哪一天没有这样的伤心事！多少市民百姓，为抗拒清廷剃发令而被杀害，多少商贩、隶卒、老妪、少妇，含恨自杀，表现出“头可断，发不可断”，“生为大明人，死作大明鬼”（《清诗纪事·明遗民卷》）的忠义气节。而那些自称是廊庙[①]之材的达官显贵、文臣武将们，

---

① 廊庙，指朝廷。郎庙之材谓国家栋梁之材。

《唐诗画谱》　（明）黄凤池 编

在国家危亡之时，又都在干些什么呢？他们有的卑躬屈膝，叛国投敌；有的巧取豪夺，大发国难财；有的大兴党祸，迫害异己。"谁把乾坤忽动摇"？正是这群身居廊庙的荒淫昏君、奸臣贼子们啊！

心潮起伏，万端思绪，一腔悲愤，戴本孝就这样回到家中。他把乞丐的竹杖、草鞋和葫芦瓢庄重地放在书案上。遗物看来是微贱的，却仿佛是一个巨大历史转折的见证。它记录着国家和人民的悲哀、耻辱、抗争和骄傲！戴本孝神情严肃，默默地凝视着。不知过了多久，他展开一幅纸，笔墨浓重地写下一首五言律诗《长干丐者》：

青天盖黄土，生死太寻常。
欲乞谁家食，甘同故国亡。
一瓢诗泪尽，双履迹尘香。
蒙袂真堪诔，斯人岂庙廊！

一个人死了，在青天下只留得一堆黄土，生与死就是这样平常。可这长干（今江苏江宁）乞丐，不愿向人乞食苟活，与故国同亡。他的诗是血泪凝成的，必将赢得世代的同情，他那双破草鞋走出的道路，将永远遗香后世。诗人掩袖痛哭，为他写出这首吊唁诔文，是因为他的举动可谓惊天动地，活得有骨气，死得很壮烈！他才是真正的国家栋梁，庙堂伟人！

戴本孝用这饱含感情的诗句，为大明唱了一首挽歌，为贱民唱了一首赞歌！

【参考资料】

《明诗纪事》辛集卷十七
《池北偶谈》卷十一

顺治出家

清朝的第一任皇帝世祖福临，六岁即位，建元顺治。由郑亲王济尔哈朗和睿亲王多尔衮共同辅政。待福临长大成人，亲自执政，正可大有作为之时，无奈顺治“性耽闲静，常图安逸，燕居深宫，御朝绝少”，对作皇帝毫无兴趣（《清史稿·世祖本纪二·遗诏》）。他尤其喜欢禅学，常把一些和尚召进宫中，连日累月谈禅论道。日子一久，悟性渐通，由性见佛，便有些飘飘然起来。

福临二十四岁那年八月，一天，他又把茆溪森和尚召进万善殿，对和尚说：“近来，朕再也不能与人同睡，若闻一些他人气息，就通宵睡不着了。”

和尚说：“皇上前世为僧，虚静为体，所以今生习气不忘。”

福临说：“是的，朕想前身的确是僧。如今每到寺庙，见僧家窗明几净，清寂安宁，就徘徊不愿去。人生最贪恋的不过是财宝妻儿，而朕于财宝固不在意，即视妻儿亦如风云聚散，不甚关情。如今，董妃突然病故，就更无挂碍了。朕早有出家之念，今意已决，请大师为朕剃度。”

茆溪森和尚一听，慌忙两手合掌，口中急忙念道：“阿弥陀佛，皇上何出此言？皇上就是大活佛！”

“朕乃山河大地主，日理天下事，人欲污性，俗事缠身，算什么大活佛！”

和尚说：“佛以出世普度众生，皇上以入世拯救万民，功德是一样的。所以老衲说皇上是佛！”说着，又闭目合十。

“不！”福临口气坚决地说：“朕要做个出家的真佛！”

和尚睁开双眼，注视着皇帝的神情，说：“宋代大诗人杨万里有《赠德轮行者》诗云，‘袈裟未著愁多事，著了袈裟事更多’，出家人也有许多戒律要遵守，要修许多苦行，皇上锦衣绣户，钟鸣鼎食，无饥寒之忧，绝风尘之苦，不似贫僧，寄形宇内，云游四海，一衣一钵，化缘万家。皇上何必要弃万乘之尊，学贫僧做一枯禅呢？”

“大师怎么说出这种话来？”福临慨叹说：“人生如寄，来而复去。富贵不是我带来，帝王最终也成灰。我看惯了朝堂上的尔虞我诈，厌倦了后宫的勾心斗角，害怕高处不胜寒的帝王生活；深宫高墙，灭绝天性，尘世纷纷，扰乱本心，何如五湖四海得云游，逍遥佛殿住僧楼！大师不必多说了，赶快为朕剃度吧！”

和尚虔诚地说：“皇上早就彻底了悟，参透禅理，老衲已望尘莫及，岂敢为皇上剃度？万望皇上恕罪！恕罪！”

福临不高兴了，说：“如此，朕只好自己把发削去！”

和尚连忙合十说：“老衲该死！”

这一次，茆溪森和尚没敢在宫中久住，就回五台山去了。

一天，茆溪森和尚决定出山云游，临行，对弟子说：“明天中午，有一个身材魁伟、广额高鼻的男子来求剃度，你们就说师父云游去了，并告诉他，此事万不可作，还是早早回去！”

第二天，果然来了一个男子，要求受戒。小和尚就把师父的话照说了一遍。那男子勃然大怒，拂袖而去。

第三天，京城便贴出顺治皇帝驾崩的布告。其实是皇帝失踪了，只见南书房的御案上，顺治平日爱用的水晶镇书尺压着一幅圣谕：“朕自入关来，见汉人之声明文物，深愧不如。朕有隐匿，不可对人。惟有削发空门，求我佛忏悔而已。诸王大臣，可即择汉人之贤者立之，勿传于吾子，是所望也。勿以朕为念。”满朝文武，见此圣谕，顿时陷入一片混乱。皇帝出家，自古无有，且留下的朱谕要传位给汉人，这种事情怎好向外传扬？在吵吵嚷嚷中，终于商量出一个办法。于是，布告天下，说顺治皇帝驾崩了！

后来，人们在五台山慈善寺壁发现顺治的一首题诗：

天下丛林饭似山，钵盂到处任君餐。
黄金白玉非为贵，唯有袈裟披最难。
朕乃山河大地主，忧国忧民事转繁。
百年三万六千日，不及僧家半日闲。
……

恼恨当年一念差，龙袍换去紫袈裟。
我本西方一衲子，因何流落帝王家？
十八年来不自由，江山坐到几时休？
我今撒手归山去，管他千秋与万秋。

福临六岁登极，二十四岁在五台山出家，在帝位正好十八年。这同《清史稿·世祖本纪》纪年相吻合。据说后来圣祖玄烨（康熙）几次朝拜五台山，就是想寻找顺治的下落。不过《清史稿》又明确记载，顺治帝是驾崩于养心殿的。这样，野史传闻，便成了千古难解的谜团。疑之者，力辨其诬；信之者，力证其实。

罗人宗撰《塔铭》，载和尚茆溪森《临终偈》：

慈翁老[①]，六十四年，倔强遭瘟，七颠八倒，开口便骂人，无事寻烦恼。今朝收拾去了，妙妙。人人道你大清国里度天子，金銮殿上说禅道。呵呵，总是一场好笑。

这里的“度天子”，就是为天子剃度，明言顺治落发为僧，在当时已是“人人”皆知的了。

最有影响的是吴伟业的《清凉山赞佛诗》四首。清凉山，是山西五台山的别称。这四首五言古诗，是四首连属的长篇组诗，据传是为董鄂妃而作。董鄂妃是满洲正白旗人，内大臣鄂硕之女，顺治十三年（1656 年）册封为皇贵妃，十四年十月生子，封荣亲王，十五年正月荣亲王夭折，十七年八月董鄂妃骤然死去。吴伟业这组诗的第一首，写顺治与董鄂妃相爱及成婚后的生活。董鄂妃美貌动人，顺治一见倾心，恩宠无比，誓言生死与共，永不分离。“携手忽太息，乐极生微哀。千秋终寂寞，此日谁追陪？陛下寿万年，妾命如尘埃。”顺治与董妃闺房中的窃窃私语，为董妃之死埋下伏笔。

---

① 茆溪，名行森，字慈翁，粤惠州博罗黎氏，号茆溪，是玉林秀的弟子。玉林秀闻茆溪要为顺治剃度，曾命人架柴火把他烧死。

第二首，写董鄂妃死后，顺治悲痛欲绝，不惜花费百万，为董妃举行盛大的祭奠仪式，在景山和西苑为董妃分设道场，用无数珍宝为董妃殉葬和施舍佛寺，同时大赦天下。在服丧中，顺治哀痛之至，茶饭不思，想到早夭的儿子荣亲王，更是“掩面添凄恻”。

第三首，写顺治到清凉山寻访董鄂妃。据说，董妃前生是佛徒，今生为皇妃，死后又归佛国，三世（佛家所谓过去世、现在世、未来世）来去如优昙钵花显现（佛教中的无花果树花，三千年一现）。顺治到了清凉寺，仿佛看见在一朱栏围绕的高阁里，“中坐一天人，吐气如栴檀（檀香）。寄语汉皇帝（此指顺治），何苦留人间。烟岚倏忽灭，流水空潺湲。”这是董妃在佛国召唤顺治。

第四首，写顺治遁入空门的决心和参悟的佛道。“龙象居虚空，下界闻斗蚁。乘时方救物，生民难其已。淡泊心无为，怡神在玉几。长以兢业心，了彼清静理。”这意思是说，佛国五千阿罗汉中，最勇猛最大力的是如龙如象的“龙象”罗汉，他高居太虚；人间勾心斗角，纷纷扰扰，如群蚁争斗；顺治顺应时势，救民于水火，老百姓得摆脱苦难；在位时兢兢业业，有入世之心，如今他要出世，远离世间邪恶和烦恼，皈依佛门，清心寡欲，怡神养性。“持此礼觉王，贤圣总一轨。”顺治怀着这样的心情去拜佛，真正彻悟，把当皇帝和成佛，视作同一归宿。

吴伟业，字骏公，号梅村。由明入清，官国子监祭酒。文廷式说：“梅村诗当以《清凉山赞佛》四首为压卷，凄沁心脾，哀感顽绝，古人哀蝉落叶之遗音也[①]，非白香山《长恨歌》所及。”（《纯常子枝语》）评价梅村这四首诗胜于白居易的《长恨歌》，就其诗的影响来说，不免过誉，但说明了这四首诗在梅村诗中的地位及其影响。而这种影响又不仅仅在于诗本身的成就，而且还因为“吴梅村《清凉山赞佛诗》四首，为前清诗中一疑案”（《石遗室诗话》卷十一）。这四首诗的可疑之处包括两点：一是传说此诗是为董鄂妃而作，非为顺治而作，所以文廷式把这四首诗与白居易《长恨歌》相比较；二是此诗处处暗示顺治出家，吴伟业因此遭人指责，却又写得扑朔迷离，很难让人得出顺治确实出家了的结论。

① 参看本丛书《先唐篇·倾城倾国》。

究竟应该怎样解释这四首诗？事实究竟怎样？就成了近代文学家、史学家聚讼纷纭的疑案了。

历史学家陈垣先生说：“顺治出家，为自来一种传说，彼据《清凉山赞佛诗》等模糊影响之词，谓顺治果已出家者固非，然谓绝无其事者，亦未为的论。《续指月录·玉林传》注，明谓森首座为上净发，汤若望[1]《回忆录》亦谓董妃薨后，皇帝把头发削去，则顺治实曾落发。”（《语录与顺治宫廷》）采集严谨的大型专著《清诗纪事》，在顺治朝卷也把顺治《西山天太山慈善寺题壁诗》赫然编入卷首，又在吴伟业条下，用二十九页篇幅罗列资料为《清凉山赞佛诗》作注，可见后世对顺治出家这一特殊历史现象和吴伟业诗的重视，这之中包含着太多令人深思的东西。

【参考资料】

《清诗纪事·顺治朝卷》
《梦苕庵诗话》
《梦苕庵专著二种》

① 汤若望，德国传教士，通中文，懂科学，入清在朝中做官，为钦天监监正，深受顺治宠幸。

说柳如是

江苏常熟，坐落在长江三角洲的虞山脚下，在一望无际的平原上，虞山孤耸，显得特别峭拔雄峙，山上林木葱郁，山下碧溪环绕，常熟城傍山依水，自古就有“七溪流水皆通海，十里青山半入城”的美誉。城里有一条幽深的小巷，叫舍晖阁，小巷的尽头，有一处院落叫半野堂，它的主人就是明朝末年名倾朝野的钱谦益。

明崇祯十三年（1640 年）冬十一月的一天下午，钱谦益正在书房看书，应门童子走了进来，说：“老爷，有客人来访。”说完，就递上名贴，钱谦益一看，上面写着：“晚生柳儒士叩拜钱学士。”“这柳儒士是谁呢？好像素无交往，自称‘晚生’，想必是慕名而来的。”钱谦益这样沉吟后，便像平日接待来访者一样，平静地说了一声“请客人在客厅等候！”

当钱谦益走进客厅，见一位相公正在专注地观赏墙上的字画。钱谦益没有出声，先打量起面前这位正背对着他的相公来，只见他穿一袭蓝缎儒服，青丝方巾束发，俏拔洒脱，未见人面，已有一股英气逼人。那相公仿佛感到有人在凝视他，便转过身来，见是主人，连忙施礼一拜，说：“晚生冒昧前来，多有打扰，望钱老先生见谅！”

钱谦益面对相公，看他皮肤白皙，眉目俏丽，气宇俊爽，举止娴雅，在心中暗自惊叫起来：“呀，好英俊的青年！”可再看他的双脚，却穿一双弯翘的“弓鞋”，纤小恰似三寸金莲，钱谦益又不禁暗自惊叫：“呀，好奇怪，这分明是个女子嘛！”他再上下仔细打量眼前的客人，身材娇小，苗条婀娜，清秀有余而阳刚不足，俊俏中透出几分娇艳，只是一身男装，更显得神情潇洒，大有魏晋时代谢家才女谢道蕴的“林下风（女子闲雅飘逸的风采）”（程家燧赞柳如是语）。

来客看出主人的疑惑，说：“怎么，钱大人不认识晚生了！”

钱谦益说："老夫似不曾有缘与相公相识。"

来客也不自报姓名，就在书房里行吟起来：

草衣家住断桥东，好句清如湖上风。
近日西陵夸柳隐，桃花得气美人中。

钱谦益当时已年近花甲，听到这几句诗，顿时像个年轻人一样，手舞足蹈，向来客一揖，连声说："失敬！失敬！原来是才女柳隐大驾光临！快请上坐！"说完，就叫家人上香茶。

原来，这位女扮男装的来客，就是名满江南的柳如是。柳如是，本姓杨，大约出生于嘉兴一个书香门第，长到十岁左右，家庭遭不幸，父母相继亡故，被人拐卖到离苏州五十里的盛泽镇归家院，沦为妓女，改姓柳，初名隐雯，后名是，字如是。归家院的主人徐佛见她长得娇小玲珑，聪明伶俐，就把她视为养女，悉心教她诗书、字画、琴棋、歌舞，她生性敏慧，琴棋书画很快就引起了人们的注意。她十四岁那年，被辞官闲居在家的宰相周道登买去，成了周道登的小妾，后因周的妻妾嫉妒，不及一年，被赶出了周家。柳如是不得已又回到归家院，但从此柳如是以"相府下堂妾"的身份再入风尘，无意间身价倍增，徐佛单给柳如是买了一条彩船，任柳如是以船为家，往来于苏杭之间。柳如是从小我行我素，追求自由独立，此时十五六岁，出落得如花似玉，诗书字画，已不同凡响，二十一岁即有《戊寅草》诗集问世，因此与她结交的多是当时的显宦名士。这期间，柳如是一直希望能找到自己心爱的人，经过几次爱情挫折，终不能如愿。崇祯十二年（1639 年），柳如是到了杭州西湖，去拜访家住断桥的名妓王微，王微已皈依禅佛，自号草衣道人。柳如是在这里写了著名的《西湖八绝句》，其一如下：

垂杨小院绣帘东，莺阁残枝未思逢。
大抵西冷寒食路，桃花得气美人中。

这首诗本是柳如是对自己一段刻骨铭心爱情的回忆，第一、二句即是当年与情人相聚的地方，如今却劳燕分飞各东西，已不得重逢了。第三、四句写眼前，西冷即指西湖，“桃花得气美人中”一句，用了唐代诗人崔护“人面桃花相映红”[①]的意境，这里是说，桃花得美人气韵，更显娇媚动人；美人得桃花气韵，而益发光艳照人。而诗人真正想说的是今年在“人面桃花相映红”时，“人面不知何处去”了，无言中寄托了诗人对心爱情人的一片思念愁怀。

柳如是写完《西湖八绝句》之后，拜别了王微，回到了自己的船上。恰在这时，钱谦益来到王微家，在客厅里，无意中看见了这组清丽淡雅的诗，赞不绝口，再看那字，奇气满纸，更是激赏叫绝，不禁脱口而出：“好诗！好字！请问道人，这是哪位才子的大作？”

草衣道人说：“是漂泊江湖名妓柳如是所作。”

钱谦益说：“啊，原来是她，天下风流佳丽，老夫早闻大名，只是未能谋面。”

“怎么，大人又起了怜香惜玉之心？这还不容易，她现在就在西湖的船上，不如明日约她来一聚？”

“那就有劳道人了。”

第二天，钱、柳如约来到草衣道人王微的家。柳如是也是久仰钱谦益的文名，钱谦益洒脱，柳如是任情，一老一少，不妨从心所欲，纵情言笑，畅游西湖。钱谦益兴致勃发，为了表达对柳如是的仰慕之情，在畅游中一口气吟了十六首绝句，其中之一就是前面柳如是在钱谦益客厅吟的那一首“草衣家住断桥东……”钱谦益听到柳如是吟这首诗，立即想起来他们初次相会的情景，没想到柳如是今日女扮男装来访他，因此感到格外惊喜，连连说：“‘桃花得气美人中’，那是柳女士的佳句，好友程家燧激赏不已，我也是心中仰慕，自愧不能，所以诗中做贼，全句偷来！”

柳如是说：“老先生过谦了！先生诗文，托旨遥深，蕴蓄宏富，情真而体婉，力厚而思沉，音雅而节和，味浓而色丽，当今文坛泰斗，如是瞻仰高山，倾心拜服，所以这次冒昧造访。”

钱、柳二人这次重逢，在这样彼此充满仰慕深情的寒暄之后，才坐下

---

① 参看本丛书《唐代篇·人面桃花》。

无拘无束地谈起来。从江南风物谈到诗词书画，从人生追求谈到朝政时局，从东林名士谈到佛学禅理。柳如是说："我知道先生志向高远，以天下为己任，负匡时济世之才，可惜时不我遇，虽然几次入朝，几乎官至丞相，但屡遭权奸诬陷，甚至身陷囹圄，罢官还乡。但如是以为，沧海横流，方显出英雄本色，先生是东林魁首，决不会自甘消沉，终有大展宏图之日！"

柳如是这番话，说得钱谦益感动万分，他说："是啊，知我者，如是君也！"他说完这话，沉默了好一会儿，然后自顾自地吟诵起来：

风声，雨声，读书声，声声入耳
家事，国事，天下事，事事关心

柳如是看着钱谦益，没有言语，仿佛是在同他一起品味书写在东林书院大门上的这副对联[①]，又仿佛是在品味钱谦益此时几分奋进、几分无奈、几分壮烈、几分悲凉的复杂心情。

钱、柳这次相聚，彼此的感情上都发生了微妙的变化。钱谦益热情邀请柳如是在半野堂多住一些日子，柳如是答应了，白天来访，晚上仍回自己的船上住宿。临走，钱谦益乞诗，柳如欣然留下诗一首，《庚辰仲冬，访牧斋于半野堂，奉赠长句》，诗如下：

声名真似汉扶风，妙理玄规更不同。
一室茶香开淡黯，千行墨妙破溟濛。
竺西瓶拂因缘在，江左风流物论雄。
今日沾沾诚御李，东山葱岭莫辞从。

扶风，今陕西凤翔一带，是秦汉时代的京畿之地，多慷慨豪迈之士，

① 东林书院，故址在今江苏无锡，明朝末年，顾宪成在宋代遗留下来的东林书院，会同李攀龙等发起东林大会，从事讲学活动，并在书院大门上书写了这副有名的对联。东林党人始终把读书同关心国家天下大事联系在一起，以诗文气节相尚，以天下为己任，成为明末一个重要政治派别，历时万历、天启、崇祯三朝，长达半个世纪。钱谦益与东林名士关系很深，被视为党魁。以后大批党人受到迫害，一些重要的东林党人先后被杀。

晋代刘琨就有悲壮激昂的乐府歌辞《扶风歌》，抒发诗人的忧危忠愤；唐代李白有《扶风豪士歌》，其中有“扶风豪士天下奇，意气相倾山可移”诗句。柳如是诗的首联即对钱谦益大半生仕途经历，作了准确概括和高度赞扬，虽然多坎坷，却很豪迈壮烈。第二联写眼前，钱谦益的茶香使她神清气爽，他的丰富著作使她一扫愚昧懵懂，这两句是赞扬钱谦益的风雅与才学。墨妙，即形容文章书画精妙。第三联，竺西，指西方古印度佛教；瓶，即瓶钵，僧人出行携带的饮食用具；拂，即拂尘，亦僧人常用之物。物论，即社会舆论。这是赞钱谦益与佛有缘，洞悉佛理，而且是江浙一带公认的风流名士。结联也用了两个典故，把钱谦益比作东晋宰相谢安和东汉宰相李膺。李膺与太学生结交，反对宦官专权，被宦官诬为结党诽谤朝廷，被捕入狱，后得释放，监禁终身。李膺的人品令人敬佩，荀爽以能为李膺驾车而自豪。东山，即谢安，东晋重臣[①]，早年曾隐居会稽（今浙江绍兴）东山。谢安在做宰相时，曾与支道林、王羲之等人乘船出海，遇大风浪，众人惊惧万状，惟谢安神情自若，吟啸不止。支道林是一代高僧，与谢安交往颇密。“葱岭”是古代传说中的分水岭，水从此岭分流，西流入海，东即黄河之源头。谢安在东山，养有擅吹竹弹丝、能歌善舞的妓女，每出必相随。柳如是在结联用这几个典故，一方面称扬钱谦益有谢安、李膺的宰相之才，慨叹他遭党禁之祸的不幸，另一方面以荀爽、东山妓自比，表达了她将追随钱谦益的心愿。柳如是的这首诗，四韵八句，概括了钱谦益品行、学识、气度、名望和大半生遭遇，用典虽多，却意思准确贴切，意节和谐，文字流畅，“语特庄雅”，充分展示了她的才情和诗歌艺术成就。

钱谦益读了这首诗，特别是从诗中看到了柳如是的心愿，觉得自己今日真正得到了一位红颜知己，欣喜万分，立即拿起笔，和了一首诗，作为回报。《柳如是过访山堂，枉诗见赠，语特庄雅，辄次来韵，奉告》，诗如下：

文君放诞想风流，脸标眉间讶许同。

---

① 参看本丛书《先唐篇·谢家才女》。

枉自梦刀思燕婉[1]，还将抟土问鸿濛。
沾花丈室何曾染，折柳章台也自雄[2]。
但似王昌消息好，履箱擎了便相从。

诗一开头即把柳如是比为西汉的卓文君，“放诞风流”（《西京杂记》语），敢于大胆追求爱情，同司马相如私奔。又以“梦刀”典故，把柳如是比作唐代蜀中女校书薛涛。抟土，我国传说中的始祖女娲抟土造人。鸿濛，就是传说中开天辟地的混沌时代；又《庄子·在宥》，记云将与鸿濛的对话，鸿濛教云将修养心境、治理人民、养育万物的道理。诗意说，在柳如是的一生中，有不少追求者，但其中多是庸俗下愚之辈，枉自作了“燕婉”（夫妻和美）梦，而只有他才是如鸿濛保持天真心境的上智之人，可合柳如是心愿。第三联赞柳如是出污泥而不染，虽经多少挫折，仍保持着高尚节操；结联用古乐府《河东之水歌》诗意[3]，说如能得到柳如是心许，他将如“平头奴子（不戴冠巾的奴仆）擎履箱”一样服侍她，为她提鞋提箱子。钱谦益这首诗把对柳如是的追求表达得更坦率、更明白。这两首赠答诗，实际是钱、柳二人身心相许的爱情诗。

从这天起，钱、柳日日相聚，或同在半野堂论诗作画，或联袂出行，登虞山，访姑苏，雪中赏梅，泛舟垂钓。钱谦益还在十天里筑成一座精美典雅的小楼，因为自己倾心爱慕的人名“如是”，就用《金刚经》中“如是我闻”四字，为小楼取名“我闻室”。小楼落成后，钱谦益把柳如是迎进“我闻室”住，柳如是从此结束了在小船上十年漂泊江湖的生活。钱、柳二人虽然已经相爱，但柳如是并不肯苟合，她有独立的人格和自尊，她始终追求的是真心相爱而且是明媒正娶的真实婚姻。但她自幼沦落烟花，有妓女名声，而钱谦益是名门望族、仕宦世家；钱谦益的原配正室陈夫人健在，那时的男人，虽可娶多房小妾，正室夫人却只能有一个，钱谦益要明媒正娶柳如是为夫人，同陈氏平起平坐，钱氏家族和社会舆论都

---

①《晋书·王濬传》，王濬夜梦悬三刀于屋梁上，后又益（增加）一刀，濬惊醒，问主簿李毅，李毅恭贺说，三刀为州字，增一刀为益，即益州（今四川成都），大人要升迁了。

② 参看本丛书《唐代篇·离合悲欢》。

③ 参看本丛书《先唐篇·几多莫愁》。

《宋词画谱》 （明）汪氏 编

是不允许的。当时，柳如是才二十四岁，而钱谦益已六十岁，老翁少妇，也必然遭来非议。但是，钱、柳二人生死不渝的爱情，终于使他们作出惊世骇俗之举，冲破巨大的年龄差距、森严的门第观念和顽固的世俗偏见等种种障碍，喜结良缘，而且，他们举行了一个既浪漫又特别的婚礼。钱谦益用一只宽敞华丽的芙蓉彩船去迎娶柳如是，彩船上披红挂绿，喜灯高挑，彩旗飘飘，彩船内香烟袅袅，鼓乐丝竹齐鸣，丰盛的婚宴，香气袭人，前来道贺的亲朋挚友，把婚庆仪式闹得喜气洋洋。迎亲彩船在松江上缓缓划行，引来无数百姓夹岸观看。那些顽固的道学者们则以为，钱谦益娶柳如是乃“亵朝廷之名器，伤士大夫之体统”，群起而攻之，叫嚷着要上船痛打钱某，石块瓦片像雨点般飞向彩船，面对这种气势汹汹的攻击，钱谦益泰然自若，喜乐之色不稍减，柳如是见钱谦益如此，万分感动，夫妻二人与众宾客谈笑风生，诗酒唱酬，愈加从容畅怀，等他们回到家时，已是满船瓦砾。婚后，钱谦益又在半野堂之后为新夫人柳如是修建了绛云楼，楼高三层，楼形如芙蓉彩船，雕梁画栋，精巧宠丽，匾额“绛云楼”三字为柳如是亲笔所书。绛云楼一层为卧室、客厅，二、三层藏书，江南藏书之家，无过此楼。夫妻二人在绛云楼的文字诗书之乐，远胜于李清照和赵明诚[①]。

清康熙三年（1664 年）五月二十四日，钱谦益以八十三岁的高龄病故，尸骨未寒，钱氏家族为抢夺钱财，强逼柳如是交出白银三千两。六月二十八日，柳如是不堪其辱，悬梁自尽，时年四十七岁。

【参考资料】

《柳如是别传》
《柳如是新传》
《柳如是诗词评注》
《牧斋初学集》

① 参看本丛书《宋代篇·瘦比黄花》。

贰臣之耻

清顺治三年（1646 年）五月，在清廷做了半年礼部侍郎的钱谦益称病辞官，回到故乡常熟。

闲居无事，钱谦益决定偕次妻柳如是到苏杭一游。一天他们乘船到了松江（今上海松江）白龙潭。钱谦益六十多岁，早已诗名满天下，松江名士听说钱谦益来了，纷纷到江边迎接。

“学士光临敝乡，草木增辉，吾辈三生有幸！”

“钱夫人与学士在闺房之内，诗酒相娱，情韵无限，已传为佳话，恐怕只有李清照与赵明诚那样的伉俪情深，诗心相印，才可与你们媲美！”

松江名士们的这类欢迎词，自然使钱谦益和柳如是笑逐颜开。

钱谦益表示谢意之后，说：“此地东皋诗社有金天石先生，诗名传闻远近，不知诸位中谁是？”

众人回答说：“天石先生今日未来谒见，不知何故。”

“喔，没有关系，老夫亲自去拜访就是。”钱谦益说。

钱谦益是当代文豪，柳如是本是江南名妓，色冠群芳，诗画超绝。众人同钱谦益夫妇在船上坐了半日，不外谈论些琴棋诗画之类，也就一齐告辞了。

众人走后，钱谦益想起金天石，便对柳如是说：“我们何不这就去拜访东皋社主？”

柳如是笑着说：“刚到松江，先去观观景，然后再去访名士，也不迟嘛，看你性急的！”嘴上这么说，却已站起身来扶着钱谦益往船舱外走。

经人指引，钱谦益夫妇来到金天石宅外。这是一座幽静的小院子，四周丛竹密林环抱，齐腰的篱笆上，爬满了青藤野花，萋萋芳草，掩没了门前的石径小路。

一个童子出来应门，问：“老先生，你来找谁？”

钱谦益说明了来意。

童子仔细打量了一眼钱氏夫妇，便说："老先生请稍候，待小的进去通报。"

童子回到里屋，向金天石报告钱谦益夫妇来访。金天石从书本上抬起头来，冷冷地说："前朝礼部尚书大人，屈驾来拜访我这亡明的小小诸生①，真是新鲜！去告诉钱大人，就说我不在家！"

"这……"童子迟疑地说。

"这什么？"金天石反问。

"先生不见，怕有些失礼吧！"

"哼！对这种人，何礼之有？"金天石有几分愠怒。

童子只好出来，抱歉地说："钱先生，实在对不起。我家夫人说，先生一早就出门去了。待先生回来，一定让先生亲自去府上回拜！"

钱谦益乘兴而来，竟被拒之门外，顿时心情沮丧。柳如是宽慰他说："这正好，松江名胜很多，还是先到各处去看看风景吧！"

钱谦益无奈，也只好随柳如是往回走。钱谦益同柳如是游了半日名园古刹，回到船上，船家交给他一封信，上面用楷书赫然写着"江南华亭金是瀛拜上"九个字。"啊，是金天石来过了。"钱谦益连忙拆开信，抽出一纸素笺，别无他语，只有一首七言绝句《贻钱牧斋诗》：

画船清溪载酒行，山川满目不胜情。
汉宫一闭千官散，无复尚书旧履声。

钱谦益拿着诗笺，沉默了。柳如是见他的样子，立即接过诗笺，低声吟了一遍，又无言地把诗笺交还丈夫。

这时，钱谦益感到老脸在一阵阵发热，脸色变得阴暗和哀伤。"唉，我这是自讨没趣啊！我为什么如今还要去结交天下名士呢？我甚至早就该深居简出，连这吟赏山水的事也不该作了！"他这样自悔自责之后，

① 钱谦益曾任南明王朝礼部尚书。南明亡，降清，授礼部侍郎、修撰《明史》副总裁，不久即辞官还乡。诸生，经考试进入州、县学府的学生，即习惯上称呼的秀才。

又转身拉着柳如是的手，说："悔不该当年没听夫人的话啊！"

顺治元年（1644年）清军占领北京后，大举挥师南下，直逼南明王朝，礼部尚书钱谦益积极抗清，柳如是也身着戎装，披半篷，穿马靴，插花翎，骑一匹枣红高头大马，飒爽英姿，威风凛凛，日夜巡视江防。但史可法死战扬州失守，南明王朝君臣纷纷逃走，钱谦益困守南京孤城，为南京一城军民免遭涂炭，决定开城迎降军。当时，柳如是规劝丈夫保持名节，为国殉难。柳如是说："院中这一池清水，犹如汨罗，妾愿与夫君同效屈子（屈原），投身池中，死而无憾！"钱谦益不听，柳如是感到万分失望，纵身要跳入池中，钱谦益拼力抱住。顺治二年五月十五日，钱谦益率留守的三十一名朝臣，出城迎降。以后还当了清朝的官，说是为了修撰《明史》。柳如是虽然劝阻无效，痛心失望，却也渐渐理解了丈夫的一片苦心。钱谦益做官以后，时遭非议，有人甚至登门投诗，加以嘲讽。柳如是对丈夫的体贴于是更胜于往日。

柳如是这时见金天石的赠诗又一次刺痛丈夫：便无限温存地劝慰说："你也不必这样伤怀，我看金天石的诗，并没有什么恶意。"

"唉，你不要这样宽慰我！"钱谦益忧郁地说："这首诗虽然写得简净含蓄，诗意却十分明显。诗的第三、四句是说大明一亡，满朝文武官吏如鸟兽散，我这个礼部尚书也不再眷恋这旧时朝堂。到哪里去了呢？诗中虽然没明说，还不是在骂我变节投敌了吗？而诗的第一、二句，指斥我甚至已经忘却亡国之恨、变节之耻，终日陶醉于山水声色，淫乐无度。人而不知廉耻，不是连禽兽都不如吗？……"

柳如是看丈夫说得这样痛心，立即打断他的话说："一首小诗，哪来这么多意思，都是你为自己一失足成千古恨而终日痛悔，读了这首诗，又不禁伤怀罢了。只要你的著作流传下去，后人是会谅解你的。"

钱谦益连连摇头说："我怕不能啊！"

这一夜，悔恨与羞愧，使钱谦益彻夜坐卧不安。第二天天一亮，他就吩咐船家开船，急忙回常熟去了。

钱谦益身为大明重臣，临难不能殉国，又更事新主，同当时坚持抗清复明的史可法、郑成功、张煌言及江南广大百姓相比，自然难逃当时和后世的谴责。

清乾隆三十四年（1769 年），钱谦益去世已百余年，乾隆皇帝还下诏谕说："钱谦益本一有才无行之人，大节有亏，实不足齿于人类。"还说，如果钱谦益能为明朝守节不变，以笔墨诋谤本朝，这是情理中事，而既为本朝臣仆，却又狺狺狂吠，"其意不过欲借此以掩其失节之羞，尤为可鄙可耻。"（《国史·贰臣传》）三十五年，乾隆见到钱谦益的诗文集，甚至还写了一首《题钱谦益初学集》诗：

平生谈节义，两姓事君王。
进退都无据，文章哪有光。
真堪覆酒瓮，屡见咏香囊。
末路逃禅去，原为孟八郎[①]。

乾隆这首诗说，钱谦益一生讲节义，可最终做了两朝君王的臣子；进退没有人格操守，他的文章还有什么光彩！西汉扬雄给他的门生讲授《太玄》、《法言》时，刘歆曾对扬雄说，你这是白受累，今天的士子只知追名逐利，连《易经》都不懂，怎能懂你的《太玄》、《法言》呢？我怕后人要拿你的大作去盖酱坛子。现在钱谦益的诗文著作也只配做这种用场，此外也就是一些歌咏女人香囊、脂粉气熏人的诗篇了；在明末，钱谦益是"东林"名士，曾经与"八郎"们一起激烈地议论朝政、指陈时病，到了晚年，他连这点锐气也没有了，消极避世，逃入禅佛里去了。乾隆这首诗连钱谦益的人品诗文都一并彻底否定了。钱谦益后来投靠的新主子正是大清国，新主子都认为"不足齿于人类"，实在是变节者的莫大悲剧。

不过，钱谦益在做了清朝的高官之后，在夫人柳如是的劝说和鼓励下，暗中积极参与和支持了郑成功等的抗清复明活动，夫人柳如是甚至不惜变卖了她所有的首饰家产，表现出高尚的民族气节和爱国热情，成为明末清初名动江南的女诗人、奇女子和巾帼英雄。

北京大学教授邓之诚先生说，钱谦益"反复无端，方苞诋之曰其秽在

① 八郎，即明朝末年顾宪成、顾允成、高攀龙、安希范、刘元珍、钱一本、薛敷教、叶茂才八人，曾讲学于东林书院，时称"八君子"。

骨，不得谓苛。”不过，邓先生又说：“谦益诗早年局度精整，沧海之后，善能造哀。文宏肆奇恣，经史百家，旁及佛乘，悉借驰使，是以一时推为文宗。”这段话说明，钱谦益在明亡之后，诗歌内容和风格都有了很大变化。确实，钱谦益入清后的作品，不乏记录抗清活动、激扬民族气节、感叹兴亡、自惭自悔自责的篇什。邓先生的评论，没有因人废言，充分肯定了钱谦益在明末清初文坛的地位。

【参考资料】

《清诗纪事初编》申编上
《清涛纪事·顺治朝卷》

华姜之恋

广东东莞黎姓家有个女儿，名静卿，字绿眉，善弹琴，工书画，五言诗七言诗尤其清丽精妙。静卿早已到了出嫁年龄，下聘求婚的也不知来了多少，她都一一谢绝了。她自己多才，又爱才，一心要找一个多情才子，婚事就一天天拖了下来。父母苦口婆心地规劝，总是没用。

静卿的父母发现女儿日渐消瘦，憔悴萎靡，不禁十分焦虑。一天，母亲黎氏问她："儿呀，你是不是病了？"

"娘，儿没病！"静卿说。

"有什么不顺心的事儿吗？"

"没有。"

"那是为什么呢？"

"娘，儿是为读诗伤心！"静卿叹息说。

"嗨，真是为死人掉泪，替古人担忧，看你把自己折磨成什么样子了！"黎氏有些抱怨地说。

"娘，不是古人。"静卿说着，转身就从床头拿起一卷诗稿给母亲，然后接着说："这屈大均，是离我们不远的番禺人，娘读读他写的《哀内子王华姜》五言十二首和《哭华姜》七绝一百首，你也会掉泪的。"

黎氏接过诗稿，说："那就值得你哭得如此伤心，瘦损你的身子？为娘回房去细细读吧。儿呀，听为娘的话，好诗读了自然会掉泪，但也犯不着为它要死要活的。"

"娘啊，为它去死了，也是值得的！"静卿像故意同母亲犯拧似的，说，"娘啊，你不知道屈大均同王华姜的事，多让儿又感伤又羡慕啊！"

"那你就说给为娘的听听。"黎氏想弄明白女儿的心事，就坐下来静心听女儿讲。

静卿像是讲述她亲身经历的往事，深情地说起来：

几年前，屈大均北游秦陇雁代（今陕西、山西一带），结识了当地名士王无异、李天生。他们曾一起去游华山。屈大均作了《华岳》百韵长篇五言古诗，浩气充溢，一泻千里，令一向恃才傲物的李天生倾心折服，逢人便赞不绝口。

大明朝陕西榆林有一名将军，明亡不降，遇难。他的女儿王华姜在姑姑侯氏家长大，端庄娴雅，文事武功，吟诗绘画，围棋跑马，样样都精，尤其喜欢在月下坐在帐篷里，调弄琵琶，弹奏凉州曲。李天生是侯家常客，一天他又来到侯家，把屈大均的《华岳》诗吟诵给王华姜听，王华姜赞叹不已，说："这是一位无愧于小女先父的君子！"李天生悟到王华姜爱慕屈大均，便从中撮合，成就了他们的婚事。两人生活十分幸福，屈大均后来在《哀内子王华姜》里这样回忆说：

我生苦伶仃，以妇为骨肉。
况是窈窕姿，恩情日以笃。
三载客将军，欢乐亦云足。
朝进紫驼羹，暮听秦筝曲。
卿家歌舞多，富贵非所欲。
携手还丘园，殷勤耕且读。

这首诗说，华姜美貌窈窕，善良贤惠，夫妻恩爱一天比一天深厚。婚后，屈大均夫妻大约又在秦中住了两年，虽然有紫驼羹这样的美味佳肴，有歌舞琴瑟娱乐，但这并不是屈大均所想要的，他思念家乡，想同妻子过一种男耕女织的简朴生活，所以就带着妻子王华姜南归。出雁门，历云中，至京师，下吴越而回到番禺。一路上夫妻流连风景，吟诗唱和，恩爱无比。再听听这首《从塞上偕内子南还赋赠》诗：

一声鸡唱整衣裳，眉黛沾残子夜霜。
行到白门春色满，梅花为尔点新妆。

白门，就是南京。这是写夫妻俩在南归途中，一天清早起来梳洗，丈夫发现妻子眉毛上画的黛绿像是被一路风尘寒霜浸洗坏了，怕妻子平添离乡远行的羁旅惆怅，立即安慰说，待行到白门，就会春色满园，那时我为你画一个梅花妆，同百花争艳，你一定比百花还美。女的娇媚，男的温存，一首小诗，写尽了夫妻生活情趣和恩爱。这首诗，也是写景抒情之作。夫妻头年九月出云中，一路岁寒，颇多辛苦。行到白门，仿佛雄鸡一唱，风物尽变，眼前已是梅花吐艳、春色满园了。一片喜悦之情，堪慰夫妻旅途劳顿。

谁知皇天无情，不许多情眷属白头偕老！王华姜跟屈大均到了广东番禺，水土不服，没一年就病逝了。这突如其来的打击，使屈大均痛不欲生，他终日号啕恸哭："呜呼我昊天，降祸一何酷！""凶变在须臾，人理一何促？哀叫天不闻，有身宁可赎！"屈大均就是这样问天问地，他要用自己的死去赎回华姜，可天地都不回答；他问人情事理，为什么就这样逼人，凶变转眼就降落在好人身上。就是在这时，屈大均用血和泪写了《哀内子王华姜》五言古诗十二首，《哭华姜》七言绝句一百首。听听屈大均的《哭华姜》吧：

哀蝉落叶满高秋，银烛随风泪尽流。
梦里哭声惊阿母，频令白发抱深愁。

相寻日向墓林来，同穴无期更可哀。
卿若见怜人寂寂，殷勤一为把棺开。

才人命薄古来然，消得香闺几日怜。
一代文章今已矣，更无知己似卿贤。

行行泪滴楚天西，谁与狂歌玉手携。
佳丽世间应不少，冰清那得接舆妻。

屈大均这十二篇五古，一百章七绝，字字是血，声声是泪，句句堪悲，篇篇不忍卒读。自古以来，诗人写了不少悼念亡妻之作，有谁像屈大均这么多情、重情！又有谁像他这样“双泪已如潮有信，一心还似柳多丝”（《哭王华姜》），“多丝”就是“多思”，悼亡诗篇，一发而不可止，竟至百篇之多！论情，论诗，就是才情奔放的李太白也不能比啊！自从西晋的潘岳写了《悼亡诗》后[①]，“悼亡”一词就不再是悼念死者的一般用语，而是悼念亡妻的专用语了。潘岳以后，历代都不乏悼亡诗佳作，可有谁像屈大均这样铭心刻骨怀念妻子，写了一百首悼亡诗？屈大均把他悼念王华姜的诗，辑成一卷，名曰《悼丽集》，为王华姜写诔文的远近名流有四十余人。王华姜命薄，但王华姜的命不苦。她有这样一位愿意同生死、没齿不忘的知己，在九泉之下也会高兴的！

黎静卿一口气讲完屈大均同王华姜的卿卿我我、生生死死，早已哭得泪人儿似的，她的母亲黎氏也是泪流满面。过了好一会儿，黎氏才拭去眼角泪珠，叹息说：“唉！难怪我儿为他们这么动情，这么伤心！才子淑女，邂逅非易，求得一位声气相投的知己，就更难了啊！”

“娘啊，如今王华姜已故，屈君积忧成疾，实令儿挂怀，儿若能得侍羹汤一日，也不枉来人世一遭了！”

黎氏疼爱地抚摩着女儿，说：“为娘懂了。儿宽心些，我这就同你爹爹商量去。”

黎氏找到丈夫，先把屈大均和华姜的事说了一遍，他拿过屈大均的《哭华姜》诗，轻声吟诵着，说：“看来屈大均确实痛断肝肠，这第一首，他就像汉武帝刘彻思念李夫人一样，吟唱着《落叶哀蝉曲》[②]，以至于在梦里也禁不住哭泣。他殷勤期待华姜的坟裂棺开，他要追随华姜而去，可这种期待遥遥无期，他的心更加悲哀；华姜才华出众，可惜命薄，英年玉陨香消，一代文章，从此绝嗣，屈大均痛惜再也找不到华姜这样的知己；这最后一首，屈大均以春秋时的隐士楚狂人接舆自比，以为人世间佳丽无数，但冰清玉洁、愿随他归隐、不慕荣华富贵如华姜者，世间却找不到。难怪女儿在屈大均一百首《哭华姜》绝句中，特别为这几首诗动情了，屈大均确实是一个有情有义的男人！”

---

① 参看本丛书《先唐篇·诗悼亡妻》。
② 参看本丛书《先唐篇·倾城倾国》。

黎氏听了丈夫这番话，就把女儿的心事告诉了丈夫。

过了几天，黎氏走进女儿的闺房，说："儿呀，你爹求人去番禺拜访了屈大均，他确实是个堪托终身的君子，你爹这就托媒人去议婚。"

不久，黎静卿果然同屈大均成婚了。屈大均因为一直在秘密从事抗清复明活动，常年奔波在外。他曾有《高廉雷三郡旅中寄怀道香楼内子》五言律诗五首，写他在旅途中对妻子静卿的思念之情。后来，清政府派人来家搜捕屈大均，静卿扶老携幼，带着全家十口，东躲西藏，朝夕奔走。一家大小平安，她却劳累病死。她同屈大均结为伉俪五年，朝夕相守仅有二十三个月。静卿作了第二个王华姜，屈大均再次痛失知己，结恨九泉！

【参考资料】

《清诗纪事·明遗民卷》
《池北偶谈》卷十一

鉴湖扬波

清顺治十七年（1660年）九月，屈大均从白下（今江苏南京）到槜（zuì）李（今浙江嘉兴西南），去拜访朱彝尊。三年前，朱彝尊游广东，与粤中诗人屈大均相识，诗酒唱酬，结为知交。不久屈大均游吴越，寓居浙江义士祁班孙的山阴梅墅（今浙江绍兴西四十里），从此二人过从十分密切。

朱彝尊见屈大均来了，十分高兴，说："屈兄今日又从哪里来？"

"白下。"屈大均说，"愚兄今日特来约你去游山阴。"

朱彝尊十分敏感，有些激动地问："又欲何为？"

屈大均神情严肃地说："去年五月，我们联络郑成功、张煌言率大军入长江，破镇江，兵临江宁（今江苏南京）城下，威震清廷，大江南北，一片欢腾，以为抗清复明的胜利指日可待。愚兄记得你当时有《杂诗》三首。"

"是的。"朱彝尊得意地吟诵起来：

滔滔东流水，中有西上鱼。
素鳍扬洪涛，腾决势有余。
云雾生晦冥，川岳助吹嘘。
白龙未变服，胡然愁豫且①？
亮无图南志，终返北溟居②。

① 据《说苑》载，传说白龙变成一条鱼，被渔父豫且射中眼睛，白龙就告到天帝那里。天帝说，你不变成鱼，豫且怎么会射中你呢？此处诗意是说抗清复明的力量还没被摧毁，为什么要惧怕清军。

② 此用《庄子·逍遥游》中北海大鹏击水九万里，徙居南海的故事。此处诗意是郑成功等抗清失败，只好返回海上，以待机会。

"是啊，天降精灵，击水扬波，云奔风吼，搅得天昏地暗，山川也鼓舞助威，那是何等气象！你这诗也写得气势宏大，声调高朗，振奋人心。不料江宁城下，一战失败，郑成功退回海上，张煌言避走天台（今浙江天台）。抗清复明大事几乎毁于一旦，令人闻讯无不痛哭流涕。但是如白龙何惧豫且，抗清志士并不气馁，日前郑成功、张煌言又派人来联络，意欲海上内地联合，再举大事。愚兄这次前来，就是同你商议，约请诸友往山阴梅墅聚议。"屈大均言语之间流露出慷慨激昂之情。

"好，抗清复明大业未竟，忠臣义士壮志难泯！我们明日就可动身去山阴。"朱彝尊兴奋地说："不过，既然来了，还得有诗！"

"对。别忘了，愚兄曾扬言是在祁氏梅墅读书，五月不下楼的书虫！不吟诗，怎能掩人耳目！"屈大均风趣地说。

于是，两人走进书房，展纸挥毫，各成诗一首。

屈大均先成《自白下至槜李与诸子约游山阴》：

最恨秦淮柳，长条复短条。
秋风吹落叶，依依别南朝。
范蠡湖边客，相将荡画桡。
言寻大禹穴，直渡浙江潮。

朱彝尊诗《屈五来自白下期作山阴之游》：

楚调闻高唱，吴航下旧京。
凉秋入九月，招我固陵城。
射的仙人去[①]，笼鹅道士迎[②]。
明湖凡几曲，携手镜中行。

---

① 射的，山名，在山阴县南十五里。李白《送纪秀才游越》诗："仙人居射的，道士住山阴。"

②《黄庭经》：道教经书名，全称《太上黄庭内景经》、《太上黄庭外景经》。因有晋代书法家王羲之写本而闻名。今流传的只是《黄庭外景经》。据说山阴（今浙江绍兴）有一个道士，养了一群白鹅，王羲之十分喜欢，想买一只，可道士不卖，说王羲之如能为他写《黄庭经》，愿把一群鹅都送给王羲之。王羲之欣然写毕，笼鹅而去。

两人写毕，交换一看，不禁指点诗稿，相视大笑，同声说："真是两篇绝妙的闲情赋！"

屈大均说："你这'射的仙人去，笼鹅道士迎'两句，最能障人耳目。千百年来，晋人王羲之写《黄庭经》换白鹅的故事，早已是家喻户晓了。我们如果到了山阴，不仅有明净如镜的鉴湖，去体验王羲之那种'山阴道上行，如在镜中游'的感受，又有养鹅道士来迎接，我们也可以效法王羲之，写一部《黄庭经》去交换。等到我们笼鹅而去，那快乐也当不减于王羲之！"说罢，哈哈大笑起来。

"不过，屈兄这首诗，虽然也说是到山阴去访大禹遗迹，观赏钱塘江潮，煞有介事地在游山玩水，但借吟旧都秦淮柳抒发伤今吊古之情，悱恻哀怨，很容易让人想起杜牧的《泊秦淮》，喟叹'商女不知亡国恨，隔江犹唱后庭花'，这一叹还不足，你竟再叹'依依别南朝'（南明王朝），此行目的，还不昭然吗？读诗论人，可就很容易被人罗织罪名了。"朱彝尊说。

"不怕，不怕，我的诗后两联有埋伏。范蠡虽然曾经立身朝廷，灭吴兴越，但以后即功成身退，浪迹江湖，谁能说清楚他的志向在哪里？"屈大均辩解说。

朱彝尊笑着说："问题就在这灭吴兴越。范蠡毕竟是在吴国灭亡越国之后，辅助越王卧薪尝胆，发愤图强，十年生聚，十年教训，终于成了灭吴复越的功臣。屈兄用这个典故，恐怕难掉三寸不烂之舌啊！"

两人同日写下的这两首诗，都流传下来，屈大均一首尤其令后人节击称赏。清沈德潜说，此诗"一气赴题，有神无迹，在唐人中亦不多见。"（《明诗别裁》卷十二）清梁绍壬说："《约游山阴》五律一首，一片神行，有不可攫拿之势。"（《两般秋雨庵随笔》卷八）这都是说屈大均这首诗一气贯注，不可遏制，自然流畅，不着痕迹，堪与唐诗中的神品绝唱媲美。

屈大均与朱彝尊一起到山阴祁班孙家。祁家梅墅寓山园是当时一批抗清志士常常聚会的地方。这一次，除了祁氏兄弟祁理孙、祁班孙和屈大均、朱彝尊以外，还有魏耕、陈三岛、钱霍等人。一年前，郑成功、张煌言等震撼江南半壁河山的抗清行动，用的就是魏耕的计谋。魏耕还亲自参加战斗。兵败之后，郑成功撤军出海，魏耕又拦马坚留张煌言退守焦湖（安徽巢湖），以图再举。这批百折不挠的志士以凭吊山阴遗迹、游赏鉴湖风

月为掩护，重新聚在一处，精心谋划，企图从鉴湖再一次掀起滔天巨浪。后来被人告密，事情败露，清政府大兴“通海”案，魏耕、钱霍在杭州被杀，祁班孙流放宁古塔（今黑龙江宁安县），屈大均潜逃天涯，朱彝尊远走海隅。一场眼看就要燃烧起来的抗清复明烈火，就这样熄灭了。清政府知道屈大均在江南反清斗争中的作用，直到乾隆四十三年（1778 年），屈大均已去世八十余年，还在追究屈大均的罪责，拟议刨坟戮尸。而“乾隆一朝禁书，以翁山（屈大均的字）为最严。”（《清诗纪事初编》卷二）屈大均的著作，在雍正、乾隆时代，成为控制紧严的禁书，他的挚友朱彝尊也因清政府大兴文字狱，在编辑卷帙浩繁的巨著《明诗综》时，只字不提屈大均的这段经历。屈大均最终因抗清复明的壮志未酬，忧愤成疾，郁郁而死。

【参考资料】

《清诗纪事·明遗民卷》
《清诗纪事初编》卷二

醉答提督

清朝初年，依照明制，京师分为皇城、内城和外城，皇城以外是内城，周长四十里，上有九门[①]。九门提督官统领兵士，日夜巡逻警戒，保卫着皇城的安全。

一天深夜，整座京城都已沉入梦乡，朦胧的月光下，高高低低、错杂零乱的房屋树木，只留下黑影幢幢。静寂的夜空中，偶尔响起几声木柝声，瞬息即复归沉寂，给这森严肃穆的京城更添几分神秘。

突然，一个黑影在晃动。黑影慢慢大起来，近了，清晰了，原来是一个醉汉。他步伐错乱，晃晃悠悠，跌跌撞撞，口中还不停地哼哼叽叽。

“站住！”一声断喝，夜空仿佛都在震颤。“什么人？干什么的？”

醉汉浑身一激灵，猛地钉在原地。半晌没有回答，不知是酒没醒，还是给这突然的一声断喝吓呆了。

“你是什么人？从哪里来？”又是一声斥问。

醉汉抬起双眼，环视了一下站在他左右的人，含含糊糊地回答说：“才到京师日已西，故人邀我泛金卮[②]。

“哈……哈！”一阵哄笑。

“这醉鬼还咬文嚼字！”

“他说的是什么呀！”士兵们问提督官。

提督说：“他说，今天太阳快落了他才到京城，就被老朋友拉去喝酒了！”

士兵们一阵七嘴八舌地嘲笑议论。

---

① 九门：北京的正阳门、崇文门、宣武门、朝阳门、东直门、阜成门、西直门、德胜门、安定门。提督是九门的军务总兵官。

② 卮（zhī），古代一种盛酒器。

提督又问："为什么喝酒喝到深更半夜？"

醉汉回答说："因谈《赤壁》两篇赋，不觉黄昏半夜时。"

问的人，声色俱厉，答的人，摇头晃脑。一个唱快板，一个唱慢板，实在滑稽可笑。提督手下那些士卒，又忍不住笑开了锅。

一个士兵问提督："大人，什么是《赤壁》两篇赋？"

提督还没有来得及回答，那醉汉就摇晃着脑袋，悠悠然、陶陶然地说："北宋大学士苏东坡谪居黄州，在一年里的七月和十月，两游赤壁，写下两篇千古奇文，就是前、后《赤壁赋》。前篇记七月十六日泛舟游赤壁。白露横江，水光接天，纵一叶之扁舟，凌万顷之茫然，浩浩乎乘风升空，不知飘往何处；飘飘然如绝尘遗世，仿佛羽化成仙。啊，啊，人生如比……"醉汉抑扬顿挫、拿腔作调吟唱到这里，真的飘飘然起来，摇摇晃晃，仿佛要飞升而去。

提督见醉汉的样子，忍不住打断说："算了！算了！你喝多了酒，只管疯话连篇，就不知道半夜还在街上行走，违犯夜禁条例吗？"

醉汉故意咬文嚼字说："塞北将军原有令，江南下士本无知。"说着，向提督官施了一礼，像是表示谢罪。

提督见他那又正经又滑稽的样子，忍不住咧开嘴笑了，说："原来是位江南秀才，难怪你出口成章，我问了三问，你倒对了三联诗。现在，我再问一句，你也得用一联诗回答本官，倘若回答不上来，就送衙门问罪。"

醉汉说："大人请问！"

"你到底是干什么的？叫什么名字？"提督问。

醉汉应声回答："贤侯若问真消息，久有芳名在凤池。"

提督一听，马上变得卑恭起来，连忙施了一个大礼，说："啊，原来是程大人，下官有眼不识泰山，该死！该死！"

醉汉这时像完全醒了，也一本正经地说："老夫正是程芳朝，将军不拿老夫问罪了？"

提督又连声说："多有冒犯！多有冒犯！"

"哈……是老夫犯禁，该罚，该罚！"

"岂敢！岂敢！"

周围的士兵见到这种场面，一时都莫名其妙，正要问个明白，一队人

《唐诗画谱》　　（明）黄凤池 编

马从远处奔来。大家不约而同地回过头去。一会儿，那队人马已到，原来是程太常家的仆人，挑着灯笼，赶着车子来接太常回府。程芳朝登上车，一拱手，笑着说：“那么，老夫就告辞了！”

“明日，下官到府上负荆请罪！”提督又施一礼说。

程芳朝的车队渐渐远去了，提督的随从士卒立即围住他问：“将军，你怎么知道他是程大人？”

提督说：“你们没有听懂他最后一句诗吗？‘久有芳名在凤池’，这句中藏有一个‘芳’字，‘凤池’是朝廷的机要部门，这又隐藏了一个‘朝’字。当朝太常寺卿就是内阁要员兼任的，程芳朝的大名早已如雷贯耳，前不久，他奉旨去外地督学，想是今日回来了。大人既然说，‘久有芳名在凤池’，本将军怎能不知呢？”

“啊，难怪他出口就是诗啊！”士兵们都如梦初醒。

提督回味着说：不只是诗，而且是一首好诗啊！

才到京师日已西，故人邀我泛金卮。
因谈《赤壁》两篇赋，不觉黄昏夜半时。
塞北将军原有令，江南下士本无知。
贤侯若问真消息，久有芳名在凤池。

提督吟完，仍赞不绝口，说：“啊，仓促之间，出口成章，非是学问深厚、老于辞章的大手笔，是断然不能的。”

这首诗题为《遇九门提督夜巡诗》，叙事简明，机敏风趣，尤其是颔联用“赤壁赋”，极经济妥帖，颇见当晚那特定的时间和情景中，诗人的身份、醉酒情怀和神态。

第二天，九门提督果然到程府去请罪。程芳朝说，他身为朝官，犯了夜禁，应当受罚，提督忠于职守，不仅没有过错，而且应该受到嘉奖。据说，经此一事，彼此都敬重对方为人，交往日深，竟成莫逆之交。

【参考资料】

《清诗纪事·顺治朝卷》

秋柳诗社

顺治十四年（1657年）八月，在山东省，正在举行秋试，主考的、应考的，一时云集省城济南。二十四岁的王士禛，也客游于此。一天，在城北大明湖水面亭，会集诸名士，创秋柳诗社。邱石常、柳涛和杨通久三兄弟以及孙宝侗辈，都相约入社。八月的大明湖已染上秋色，水面亭下的十余株杨柳，千缕低垂，披拂水面，翠叶微黄，飘摇欲落。年轻多情的王士禛，不禁感落叶而兴悲，攀长条而垂泪，一时寄情杨柳，赋诗四章。其一如下：

秋来何处最销魂？残照西风白下门。
他年差池春燕影，祗今憔悴晚烟痕。
愁生陌上黄骢曲，梦远江南乌夜村。
莫听临风三弄笛，玉关哀怨总难论。

其四如下：

桃根桃叶镇相怜，眺尽平芜欲化烟。
秋色向人犹旖旎，春闺曾与致缠绵。
新愁帝子悲今日，旧事公孙忆往年。
记否青门珠络鼓，松枝相映夕阳边。

王士禛，因避雍正（胤禛）的讳，后奉诏改名士祯，顺治十二年进士，因公事往来于白门（今南京）吴下（今苏州），始号渔洋山人。这四首《秋柳》诗，现在读起来，很有些困难，我们首先从字面上作些粗浅的解释。其一说，秋天来了，最让人伤怀的是，使诗人想起了西风残照中的“白下门”（今江苏南京）；曾是春意盎然的地方，如今满目憔悴；当年唐太宗骑黄骢马定中原，后征辽，黄骢马死，太宗伤心不已，命乐工作黄骢曲，寄托他的哀思；南朝宋刘义康贬谪豫章（今江西南昌），刘义庆在江州（今江西九江），二人相见，抱头痛哭，妓妾夜闻乌啼，说明日应有大赦，后作《乌夜啼》曲；三弄笛，即古曲《梅花三弄》，原是笛子曲，主旋律反复出现三次，故名三弄。玉关，即玉门关，古代我国西部边关，许多写玉门关的诗，都是写边塞艰苦生活和戍边将士思乡之情；后两联用四个典故，都是抒发诗人的幽怨愁怀。

其四借东晋王献之的爱妾桃根、桃叶起兴。王献之是王羲之的第七个儿子，他有两个爱妾，姐名桃叶，妹名桃根，据说缘于笃爱，王献之曾作《桃叶歌》三首，其三是这样的："桃叶复桃叶，桃树连桃根；相怜两乐事，独使我殷勤"；在南京秦淮河畔有王献之送别桃叶桃根的"桃叶渡"。"帝子"，尧的女儿娥皇、女英，楚辞《湘夫人》有"帝子降兮北渚，目眇眇兮愁予"；帝子，又泛指帝王之子，帝子、王孙相对举并提。青门，古长安城东门，东门外有霸桥，是汉唐时折柳送别的地方，后用东门泛指游冶、送别处，宋赵令畤《清平乐》有"去年紫陌青门，今宵雨魂云魂"。王士祯的这首诗像一首爱情诗，大意是说，"我"与桃叶、桃根长（镇）相怜爱，曾经在"春闺"情意绵绵，如今尽管秋色依然旖旎，可我望断烟雾茫茫的平川，只能追忆往事，料想她也是无限忧伤，不知她是否还记得，当年东门游冶、送别的情景。

王士祯的诗，用典很多，虽然要完全读懂他的真实寓意很难，但当时在场的人，就有十人依韵唱和，以后"诗传四方，和者数百人"（王士祯自撰《年谱》）。还有人说，和者竟至千余家（郑鸿《渔洋山人秋柳诗笺注析解》）。可知当时曾打动过许多人的心，秋柳诗社曾盛况空前。计发鱼甚至说："王渔洋《秋柳》四首，百年来脍炙人口。"（《计轩诗话》）

在众多的唱和诗中，王士祯本人认为，以徐夜的和诗最好。徐诗其四如下：

摇落江天倍黯然，隋堤鸦乱夕阳边。
谁家楼角当霜杵？几处关程送晓蝉？

为计使人西去日，不堪流涕北征年。
孤生所寄今如此，苏武魂销汉使前。

王士祯在徐夜的四首和诗后加跋语说："余少时在明湖赋《秋柳》，属和殆数百家，推东痴（徐夜的字）为擅场。"于榕章也评论说：徐东痴的和诗"低徊掩抑，淋漓悲慨，可于言外求之，与原作真如骖靳（驾辕的两马）并驾，山钟更奏也。"（《紫荆山馆诗话》）

与王士祯同时期的冒襄也有和诗四首，今录两首如下：

南浦西风合断魂，数枝清影立朱门。
可知春去浑无迹，忽地霜来渐有痕。
家世凄凉灵武殿，腰肢憔悴莫愁村。
曲中旧侣如相忆，急管哀筝与细论。

台城隋苑总相怜，忆昔萦堤并拂烟。
金屋流萤俱寂寞，玉关羁雁苦缠绵。
十围种就知何代？千缕垂时已隔年。
最恨健儿偏欲折，凉秋闻道又临边。

当代清诗研究专家钱仲联先生说："巢民（冒襄的字）四首，寓感兴亡，略同原唱，神韵亦无多让。"这是说，王诗和冒襄诗不仅寓相同，诗的韵味也一样。"渔洋亟推徐夜和作，实逊冒作。"（《梦苕庵诗话》）

我们读了王士祯原唱与徐、冒二人的和诗，觉得王诗的确"风调凄清"（汪琬《说铃》），容易使人销魂伤怀。但王士祯原唱用了很多典故，而且这些典故又与咏柳无多关涉，诗人究竟有什么寄托，就成了千古难解的谜了。

古今诗家，多以为王士祯《秋柳》四首是凭吊明亡之作。第一首追忆朱元璋创业艰难，伤后人不能继承他的事业，所以第二句即点出"白下门"，白下即明初首都金陵（今江苏南京）；第二首是写明亡以后，南明王朝君臣昏庸，一派衰颓气象；第三首是写明朝遗老或隐遁山林，或归顺新朝，

或抗清殉难，大有沧桑之感、亡国之痛；第四首专吟南明弘光帝妃及太子事，叹国家有难，皇亲贵胄亦不相顾。但这些解释，只是就四首诗的基调讲的。王士祯的同乡郑鸿说，他曾亲自听王士祯后裔超峰先生讲解这四首诗，“为公吊明亡之作。某首指某人，某句指某事，先生口讲指画，缕析条分，言之凿凿。”（《渔洋山人秋柳诗笺注析解》）事实上，各家对王士祯四首《秋柳》诗中用典的注释，分歧很多，很难“言之凿凿”。不少诗家认为，这四首诗根本不是凭吊明亡之作。有的说作者因为大国的公主有下嫁民间者感兴而作，有的说是为弘光帝的歌妓郑妥娘而作。这些疑案，至今也难了断。

清康熙六年（1667 年），某官僚以为王诗是凭吊亡明，对新朝不满，曾摘取《秋柳》诗中的“语疵”，上奏清廷，请求毁禁。王士祯险些遇祸。监察御史管世铭认为“语意均无违碍”（陈融《颙园诗话》），极力为王士祯辩白，王士祯才得幸免。后来，管世铭写了《追忆旧事》诗两首，其一如下：

诗无达诂最宜详，咏物怀人取断章。
穿凿一篇《秋柳》注，几令耳食祸渔洋。

看来，管世铭只把《秋柳》诗看作寻常的咏物怀人诗，认为不必像许多注家一样，穿凿附会，断章取义，这样反而弄巧成拙，成了某些捕猎者的诱饵，殃及作者。王士祯诗本以神韵取胜，宗蚺说“四诗佳处全在情味胜人”，“若斤斤绳墨以求之，恐非作者本意矣。”（《带经堂诗话》卷八）这就是说，一定要说这四首《秋柳》诗是吊明亡而作，就难免“支离附会，转失生韵”了！（方恒泰《橡坪诗话》）

王士祯论诗作诗，均继承南宋诗人严羽的“兴会”、“妙悟”和“言有尽而意无穷”（《沧浪诗话》），力主神韵。当代学者钱钟书先生曾论述过王士祯的诗风，他说：“渔洋天赋不厚，才力颇薄，乃遁而言神韵妙悟，以自掩饰。”“余尝谓渔洋诗病在误解沧浪，而所以误解沧浪，亦正为文饰才薄。将意在言外，认为言中不必有意，将弦外余音，认为弦上无音，将有话不说，认为无话可说。”这样，他作诗时，就“非依傍故事成句不能下笔。”这些有些尖刻，但指出了王士祯诗典故多且诗意难解的原因。但钱钟书先生又说：连袁枚也认为，王士祯虽不是绝色仙女，使人一见心惊魄动，却也是“一良家女，五官端正，吐属清雅”（《随园诗话》卷三），所以，“读者只爱其清雅，而不甚觉其饾饤（堆砌词藻典故），此渔洋之本领也。要之，渔洋谈艺四字‘典，远，谐，则’，所作诗皆可几及，已非易事。”（《谈艺录》二十七节）这又指出了王士祯诗的长处，打一个比方，就像我们许多人听西方古典交响乐，虽然听不懂，但会有一个总的感受，就是觉得很美、很好听，听后身心都得到某种净化和愉悦。王士祯所以能主盟清初诗坛几十年，王诗所以得以传世，决不是偶然的。钱钟书先生的论述，可以帮助我们去理解王士祯《秋柳》诗的风格、价值及其影响。

【参考资料】

《带经堂诗话》卷五、卷八

《清诗纪事·乾隆朝卷》

钱钟书《谈艺录》

塞外秋笳

顺治丁酉十四年(1657年)八月,按例举行乡试,就是在州府考选举人。江南考场的主考官是左必蕃,副主考官是赵普。榜发,舆论哗然。原来,中举的人大都是向考官行贿的考生。考生们愤怒了,群集贡院[①]前。

“左大人出来!”

“什么左大人?左瞎子!快滚出来!”

“对,左瞎子滚出来!”

考生们哄闹着,怒骂着。这时几个考生用力往前挤,叫喊着,“让让,让让,我们写了一副对联,大家帮着贴贴。”

于是,众人七手八脚把一副大红对联贴在了贡院大门两边:

赵子龙一身是胆[②]

左丘明有眼无珠[③]

“好!写得好!”考生们欢呼起来。

“还有横批呢!”

“别忙!”只见一个考生搬了梯子,爬到大门上方,那儿原来高悬着一块匾额,大书“贡院”二字。那考生用大笔浓墨,先把“贡”字改写成“卖”字,然后用纸贴去“院”字的左偏旁,剩下“完”字。

---

① 贡院,清代举行乡试、会试的场所。

② 赵子龙,三国时蜀将,建安二十三年秋七月,率三千人马与二十万曹军战于汉中,大获全胜,刘备称赞赵子龙“一身都是胆”。

③ 左丘明,春秋时鲁国太史官,双目失明。有《春秋左氏传》传世。

梯子下的考生们一看这高悬的金匾，“贡院”二字变成了“卖完”，便又齐声哄笑起来。

“太妙了，太妙了！”

“这些贪官，徇私舞弊，收受贿赂，卖官鬻爵，胆大包天似赵子龙，有眼无珠如左丘明，正该送这副对联给他们！”

“骂得痛快！什么为国家选拔人才的贡院，干的全是卖官鬻爵、中饱私囊的勾当！把那些狗官们都拖出来！”

“拖出来！拖出来！”考生们愤怒地呐喊着。

考官是拖不出来的。考生们出过一口恶气，只好渐渐散去。

这就是清初著名的丁酉科考案的缘起。

江南考场的严重作弊，引起社会舆论的广泛抨击。谏官上奏，顺治下诏，所有中榜举人，全部到京再考，由顺治亲自主持。次年三月，考试那天，考场戒备森严，每个考生左右都站立着手持兵器的卫士，虎视眈眈，凛若严霜。考生们战战兢兢，头不敢抬，连大气都不敢出，哪里还能执笔书写；也有的考生，以为此等考试是莫大侮辱，义愤填胸，拒绝写一个字。其中，考生吴兆骞“惊才绝艳，江南名士”（刘禺生《世载堂杂忆》），竟也交了白卷。考试结果，九十八人获准做举人，另有十余名被取消举人资格。顺治经过甄别，对江南考场案做出处理，正主考左必蕃处斩，副主考赵普革职，考生吴兆骞被发往宁古塔（今黑龙江宁安县）服役。

戊戌（1658 年）三月九日，吴兆骞被捕赴刑部。这突如其来的事件如晴天霹雳，使吴兆骞感到既震惊又冤屈。天呀，被流放宁古塔，他有什么罪啊！因为他行贿作弊吗？那是有人故意陷害！因为他交了白卷吗？可那是一种什么考试啊！自以为满腹文章，可以报效君王，如今却身陷罗网，肝摧肠断！那宁古塔又是什么地方啊，它虽是本朝皇族发祥地，却仍是荒寒不毛之区，八月雪，春多风，食无盐，病无医。那是人住的地方吗？难道他也要像苏武吞毡饮雪，老死穷荒吗？！吴兆骞无比悲愤，不能自禁，悲歌当哭，大声吟唱起来：

仓黄荷索出春宫，扑目风沙掩泪看。

自许文章堪报主，那知罗网已摧肝。

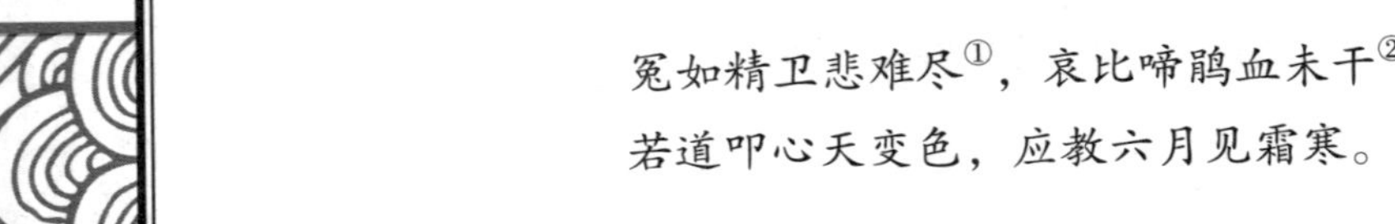

冤如精卫悲难尽[1]，哀比啼鹃血未干[2]。

若道叩心天变色，应教六月见霜寒。

诗题为《戊戌三月九日自礼部被逮赴刑部口占二律》，此其一。吴兆骞说，他身怀报主之才，却被罗织罪名，流放穷荒，他如精卫鸟含冤悲难尽，比杜鹃啼血还哀伤，他叩心（捶胸）泣血，悲号问天，天若有知，当为之变色，“天呀，你若知道我的冤屈，你就应该在六月降雪，用灾祸来惩罚这世界，来洗雪我的冤屈！”这首诗，惊天动地地倾泻出诗人无罪含冤的痛苦与悲愤！

吴兆骞被押解上路了，后面跟着一辆牛车，载书万卷，这是他万里投荒的惟一伴侣。一路北行，眼看要到渔阳（今天津蓟县）。他南望故乡，已在天外，想父母年迈，少妇无依，又不禁伤感起来。他在驿馆土墙上，托名金陵女子王倩娘，题了这样两首诗：

忆昔雕窗锁玉人，盘龙明镜画眉新。

如今流落关山道，红粉空娇塞上春。

毡帐沈沈夜气寒，满庭霜月浸阑干。

明朝又向渔阳去，白草黄沙马上看。

吴兆骞自比红粉娇娘，本以为盘龙明镜，画眉时新，会博得知音赏识，谁知如今流落荒塞，肠断黄沙，无限凄凉。两首《驿壁题诗》情辞苍凉，凄婉恻艳，令许多人同悲唱和。

吴兆骞到了山海关，眺望关外，山石嶙峋，阴云蔽天，残雪遍野，星星点点的绿色惨淡枯瘦，没有一点春的生气；往来不绝的驿骑，奔突叫嚣，带来荒塞绝域的阵阵恐怖。回首来路，目断重关，他哪敢期望生还故乡，

① 《山海经·北山经》传说，炎帝少女女娃，游于东海，溺而不返，化为精卫鸟，衔西山之木石，以填东海。因此，精卫鸟又名鸟誓、冤禽。后多用以喻有冤仇怨恨而发誓必报，或不畏艰难、奋斗不懈的人。

② 传说古蜀国国王杜宇死后化为杜鹃鸟，春末夏初，昼夜悲鸣，其声哀切，至血出乃止。

《唐诗画谱》 （明）黄凤池 编

他惟一不安的是自己的不幸，拖累了衰老的双亲；情寄千里，故乡之恋，亲人之思，一齐奔赴胸中，他又写成《出关》诗：

边楼回望削嶙峋，筚篥喧喧驿骑尘[1]。
敢望余生还故国，独怜多难累衰亲。
云阴不散黄龙雪，柳色初开紫塞春[2]。

① 筚篥，古代管乐器，竹做管，芦苇做嘴。汉代从西域传入。
② 黄龙、紫塞，皆地名，此泛指塞外。

姜女石前频驻马[1]，傍关犹是汉家人。

吴兆骞流放宁古塔，一去二十年。在二十年中，他创作了大量诗歌，合为《秋笳集》八卷。为什么取名《秋笳集》呢？吴兆骞是有感于这二十年，白草黄沙，冰天雪窖，较之李陵、苏武还要悲苦难捱。他每每“触目愁来，愤抑侘傺[2]，登临凭吊，俯仰伤怀，于是发为诗歌，以鸣其不平，虽蔡女之《十八拍》[3]，不足喻其凄怆，此《秋笳》所由名也。”（吴振臣《秋笳集》跋）沈德潜《国朝诗别裁集》卷一说，吴兆骞“极人世之苦，然不如此，无《秋笳》一集，其人恐不传，天之厄之，正所以传之也。”社会的灾难，个人的坎坷，往往会铸就举世瞩目的杰出诗人。他们的诗歌因为吟唱了世事沧桑而变得有意义，又因为饱经人间悲欢而变得诗情充溢，也因此流芳千古。这就是所谓“天之厄之，正所以传也。”

【参考资料】

《清诗纪事·顺治朝卷》

① 姜女石，山海关前有孟姜女望夫石。

② 侘傺（chà chì），失意的样子。

③ 蔡女，蔡文姬。《十八拍》即《胡笳十八拍》，参见本丛书《先唐篇·胡笳十八》。

雨后梨花

清顺治十六年（1659 年），施闰章在山东任学政，掌管学校政令和科举考试。他心中一直惦念着发生在四十年前的一段悲伤故事，一日得闲，便决心去寻访遗踪。

施闰章来到滋阳县（今山东兖州）北的新嘉驿。他一走进驿馆就向后院奔去。他顺着土墙来回察看，不见任何传闻中的痕迹，土墙前有座碑亭，也与他记忆中的往事毫不相干。他有些失望，正想折回前院，迎面走来一位须发尽白的老人，看穿着打扮，像是这驿馆的役卒。

施闰章迎上前去，一拱手，说："老丈，你好啊！"

"好，好，有劳大人问候。大人来此有什么事吗？"老人连忙回礼说。

施闰章说："本官记得，这新嘉驿后院土墙上，有一会稽（今浙江绍兴）女子的题诗，你知道在哪儿吗？"

老人说："大人你看，老小儿今年整整七十岁了，在这驿馆供役几十年，驿馆里的事情，无论大小，老小儿没有不知的。大人说的这会稽女子的题诗，我不仅知道，至今还能吟诵呢。"

"啊，这就太好了。这会稽女子的题壁诗，早已传遍士林。本官每诵其诗，都不禁伤怀落泪。今日公暇，特来凭吊。"施闰章深情地说。

"走，我们边走边说吧，我带你去找。唉，不只是她的诗感人肺腑，她的身世更让人伤心掉泪啊！"老人说着，泪光闪闪。他叹息着，陷入了沉思，然后慢慢地讲述起来：

"四十年前，明神宗四十七年（1619 年）早春，一天，一位将军携带家眷路过这里，暂住驿馆。将军的妻妾仆从数十百口，小小驿馆，一时变得杂乱拥挤起来。老小儿当时正是壮年，跑前跑后，尽心侍候。上路那天，还没大亮，将军把老小儿叫去，说是他的一个小妾不见了，还少了一支银制蜡烛台。我听这话，还了得？赶紧在前带路，领着将军，满驿馆搜寻，可哪儿也没找到。后来走到后院，见土墙前面的大石碑上放着银烛台，蜡烛还点着。将军走近土墙，借着烛光一看，见满墙是新写的墨痕。”

“哦，写的是什么？”施闰章问。

“余生长会稽，幼攻书史，年方及笄，适于燕客。嗟林下之风致，事腹负之将军。加以河东狮子[①]，日吼数声……”

“啊，这就是她那篇诗序，是说她刚成年，就嫁给了一位燕客，她嗟叹自己空有闲雅的林下风范，服侍大腹便便、胸无点墨的草莽将军，加之将军妻子嫉妒、凶暴如狮子，天天要怒吼发威。真可怜啊！”施闰章感叹说。

“是啊，将军看着看着，顿时暴怒，破口大骂，转身带着全家走了，也不再问那走失的小妾是死是活。老小儿送走了将军一家，急忙走到后院，再来仔细看土墙上的题字。我也禁不住叹息，唉，可怜这将军的小妾，自幼熟读经史百家，刚成年就嫁给一个十足的草莽武夫。可怜一个如花似玉的书香闺秀，既无知己，又逢悍妇，白天多受凌辱，夜晚常伴孤灯。将军一家临行前一天又遭悍妇一顿毒打。她再也不能忍受，决心一死了之，但她一转念，就这样默默死去，虽可泄愤于冥府，却不能鸣冤于人世，于是乘夜深人静，来到后院，以泪和墨，借着烛光，写了一篇长序，序后题了三首绝句，希望今后能遇知音，读诗传事，为她雪恨。”

施闰章听了，无限感伤。他双眼凝视着那灰暗的土墙，像要穿透厚厚的泥土，重睹会稽女子的字迹。过了许久，他用低沉的声音吟诵起来，仿佛土墙上那会稽女子的自序和题诗还墨迹未干，赫然在目。

“……余笼中人耳，死何足惜！但恐委身草莽，湮没无闻。故忍死须臾（短暂时间），候诸妮子睡熟，潜步后亭，以泪和墨，题三绝于壁。庶（希望）知音读之，悲余生之不辰（不逢时），则余死且不朽！

银红衫子半蒙尘，一盏孤灯伴此身。

---

① 《容斋随笔·三笔·陈季常》载，陈慥，字季常，自号“龙丘先生”，好宾客，其妻河东柳氏特凶暴嫉妒，常在客人来访时也吼叫不休，故苏轼有诗云：“龙丘居士亦可怜，谈空说有夜不眠；忽闻河东狮子吼，拄杖落手心茫然。”狮子吼，佛家以喻威严，陈慥爱谈禅，故苏轼借佛家语跟他开玩笑。

恰似梨花经雨后，可怜零落旧时春。

终日如同虎豹游，含情默坐恨悠悠。
老天生妾非无意，留与风流作话头。

万种忧愁诉与谁？对人强笑背人悲。
此诗莫作寻常看，一句诗成千泪垂。”

老人听着，不禁直抹眼泪，还断断续续与施闰章同声吟诵。三首诗吟完，老人说：“大人，你真是个好人，一定是太可怜这会稽女子了，所以事隔四十年，你还来凭吊，把她的诗序、诗文还记诵得一字不差！”

施闰章无限感叹地说：“是啊，‘此诗莫作寻常看，一句诗成千泪垂’，这不是墨写的诗，是血泪凝成的恨！‘玉容寂寞泪阑干，梨花一枝春带雨’（白居易《长恨歌》），她一定是个倾城倾国的美人儿，可她不遇知音，还要与虎豹同行，在人前强颜欢笑，背人暗自垂泪，她受的苦难太多，饮恨吞声太久了！她有‘万种忧愁’无处诉说，但她不肯屈服，她在诗中的愤怒呐喊和不平，将博得世世代代的同情，她那凄婉冷艳的诗章，将永垂千古！她说‘庶知音读之，悲余生之不辰，则余死且不朽。’是啊，人们读其诗，一定会想到她的遭遇，诗将传诵不绝，这女子也会流芳千古！”施闰章说得很激动，就像感情上遭了一场暴风骤雨袭击，几乎不能自已。慢慢地，他的心情平静下来，问驿卒：“老丈，那女子的题诗处在哪儿呢？我察看了半天，也没有找到。”

老人说：“噢，大人有所不知。当年，那草莽将军没有看完女子的题诗就怒气冲冲地走了。后来，题诗和诗序都传了出去，这武夫才知道有碍他的名声，就又派人回来把字迹刮得一干二净了。”

“啊，原来是这样！”施闰章沉默了。他来回走了几步，然后对驿卒说，“老丈，本官今晚就留宿馆里。明日，你去找一个刻石工匠来，本官要把这女子的题诗和诗序，都刻在这驿亭的石碑上！”

“如此，大人真是功德无量啊，那小女子地下有知，会保佑大人的。”老人感激地说。

第二天，刻石工匠来了。施闰章把他亲自书写的会稽女子诗序诗文的手迹交给工匠，要工匠精心镂刻在碑石正面。事情已经过了四十年，施闰章终于了却这段心愿。他还用原韵和作了三首绝句和一首五言律诗，抒发感慨与情怀，也一并刻在会稽女子诗石碑的背面。诗如下：

美人零落泣风尘，不惜明珠掌上身。
泪入邮亭千尺土，莫教杨柳更生春。

环佩魂归何处游？若耶溪畔路悠悠。
生前不作鸳鸯梦，定化孤鸿叫陇头。

借问萧郎是阿谁？笑啼不解坐生悲。
可怜一夕魂销尽，博得千年客泪垂。

蔓草荒台合，危桥曲沼分。
庭沾春过雨，树老昼成阴。
疲马何时歇？啼莺不可闻。
美人题字处，肠断对斜曛。

施闰章这三首七言绝句，第一首说，会稽女子虽然悲惨地死了，但她洒下的血泪，已浸透新嘉驿的千尺泥土，使这里再也没有了春天，在纪实中，寄托了诗人对会稽女子的深切同情。第二首借王昭君故事，怀念会稽女子。唐代诗人杜甫有《咏怀古迹五首》，其三是专咏王昭君的，其中有“环佩空归月夜魂”句，意思是说，王昭君死在塞外，不得生还故乡，人们只听见她魂魄月夜归来时环佩叮当的声音。若耶溪，西施浣纱处，此指王昭君家乡的香溪，因为昭君入宫前，常在溪中浣洗，致使溪水芳香四溢，故名香溪。施闰章的第二首绝句，第一、二句一问一答，说会稽女子魂归家乡，可家乡归路悠悠；第三、四句是说会稽女子生前没有幸福的婚姻，死后定然化为孤鸿在陇头（塞外）鸣冤。第三首，萧郎是对钟情男子的泛称，会稽女子没有找到自己的心上人，可怜玉殒魂销，博得千古同情。

最后一首五言古诗概括地表达了上面三首绝句的意思，可谓再叹之不足，复又叹之。

施闰章，字尚白，号愚山，是清朝初年的著名诗人，与王士祯、朱彝尊、赵执信、查慎行、宋琬被誉为清初六大家，而王士祯还说，“康熙以来的诗人，无出南施北宋之右。”（《池北偶谈》卷十一）施即施闰章，宋即宋琬。陈文述甚至说：“国朝人诗，当以施愚山为第一，为其神骨俱清，气息穆静，非寻常嘲风弄月比也。”（《书施愚山诗钞后》）这些评价说明，施闰章确实是清朝颇有影响的一位大家，是继钱谦益、吴伟业之后主盟诗坛的人物。王士祯曾以“惊心动魄，一字千金”八个字赞誉他的五言诗，他的七言诗亦多“警拔”之语（康发祥《伯山诗话》）。施闰章的这几首次韵会稽女子诗，感情淋漓，凄厉悱恻，令人荡气回肠，悲吟掩泣，尽情地表达了诗人对一个平凡弱女子的同情和悼惜，而又写得珠圆玉润，含蓄婉曲，不浅露，不浮躁。几首诗都如“肠断对斜曛”，情景交融，意境清远，令人遐思，确实表现出“施以温柔敦厚胜”（《清诗别裁》卷三）的诗风。

【参考资料】

《清诗话·蠖斋诗话》
《带经堂诗话》卷九

鸭鹅争鸣

浙江萧山人毛奇龄，是清初的经学大师，又喜欢写诗填词。他治经，力诋宋儒，对朱熹尤其不恭，曾亲手捆扎一个朱熹的模拟草人，置于身旁，每读朱熹书，就用鞭子敲打草人，诘问说："可如此讲吗？"他论诗，则专主盛唐，力排宋诗，对苏轼尤多责难。毛奇龄一生，著作等身，多有创见，也常失之偏颇，后人论他，不免毁誉参半。

毛奇龄蛰居家乡时，有矮屋三间。左为书房，满藏各类书籍，右为卧室，供夫人陈氏起居，中间是客厅，四周往往站满门生好友，听他讲经论诗。

一天，江都（今江苏扬州）人汪懋麟往访。二人坐在客厅论诗，又你来我往地争论开了。毛奇龄词锋尖利，口诛苏轼不休。他说："苏东坡倡言以理为诗，以文为诗，可谓谬种流传，败坏了一代诗风。诗言理，不主情，去风骚意趣何止十万八千里！他不通音律，作诗填词，往往不合辙押韵，反堂而皇之曰：'以文为诗'，可见又是个极不老实的人！"

汪懋麟弦外有音地说："愚弟也听说，苏子以才情为诗，以学问为诗。而兄长作诗亦以速为工，以博为贵，文笔恣肆，才情横溢，非发泄无遗而不止，所以有人说，兄长相貌似苏轼，才情亦似苏轼，不愧是苏轼后身……"

毛奇龄顿时变色，仿佛受了侮辱，打断汪懋麟的话，说："无知小儿以老夫比苏轼，老夫以为是奇耻大辱，贤弟为何也跟在后面信口雌黄？"

这时，从右边卧室传来陈夫人的声音："汪蛟门，你说得对。你没看见他的书房里，到处摊着书？他每次作七言八句，必定要先考证一番，然后才铺纸疾书，那不是以学问为诗又是什么？他整天说学唐诗，真快跟唐朝诗人李商隐一样，要成一只祭鱼獭了[①]！我看他也是架不住人家苏

---

① 参见本丛书《唐代篇·锦瑟争讼》。

轼的雄风，在家暗中使劲呢！”

汪懋麟听了，忍不住哈哈大笑起来。

毛奇龄隔墙呵斥说：“泼妇，知道什么？还不闭嘴！”原来，陈夫人因为毛奇龄宠爱小妾曼珠，所以常常在客人面前借机泄恨，毛奇龄除了忍不住时喝呵她几句，也别无他法。客人们司空见惯，总是一笑置之，后来有人开玩笑说：“曼殊不擅专房宠，谁识君诗獭祭成”（《郎潜纪闻初集》卷十二）。毛奇龄吼完之后，见隔墙再没言语，便转换口气，对汪懋麟说：“李商隐虽有祭鱼獭的恶名，他的诗却是真真的情诗，缠绵绮丽，凄婉动人，西河（毛奇龄的号）学唐诗，便是学的这一点。苏东坡的诗，率意而作，浅露质直，词繁意尽，毫无弦外之音，这样的文字岂能算诗？怎可把我同他相提并论？”

汪懋麟想了想，突然问：“苏东坡有这样的诗句，‘竹外桃花三两枝，春江水暖鸭先知’，是不是好诗呢？”

毛奇龄一听，不知哪来的一股火，愤然反驳说：“什么好诗？春江水暖，就一定该鸭先知道，鹅就不知道吗？苏子独尊水鸭，是何道理？”

汪懋麟先一怔，继而放声大笑，说：“高论，高论。据老兄高论，苏子另外两句诗‘蒌蒿满地芦芽短，正是河豚欲上时’，也全是浑话！难道就只有‘河豚’欲上水，别的鱼就不想上水吗？苏子为什么独尊河豚？”说罢，竟双手捧腹，笑得前仰后合[①]！

毛奇龄见汪懋麟这样，一时莫名其妙，竟也跟着嗤嗤地笑起来。汪懋麟不再说什么，起身告辞，大笑而去。

不久，毛奇龄这鸭鹅争鸣便成为士林笑柄。同时人王士桢的《渔洋诗话》首录其事。稍后的袁枚《随园诗话》，不仅记其事，而且批驳说，照毛奇龄的迂论，那么《诗经》三百篇，句句都有问题。《诗经》第一篇第一句是“关关雎鸠，在河之洲”，难道只有“雎鸠”才能“在河之洲”，别的鸟就不能“在河之洲”吗？《诗经》的第二篇《葛覃》的首章是“葛之覃兮，施于中谷，维叶萋萋，黄鸟于飞，集于灌木，其鸣喈喈。”这大意是说山谷中长满了葛草，黄鹂鸟在谷中草木间穿飞和鸣。难道只有

① 参看本丛书《宋代篇·河豚诗话》。

黄鹂鸟才能栖息在山谷中，别的什么黑鸟、白鸟就不能吗？可见毛奇龄对苏轼诗的贬斥是太无道理了。

当代学者钱钟书先生认为，毛奇龄并没有读懂苏轼诗。汪懋麟举的苏轼诗题作《惠崇春江晚景二首》，其一如下：

竹外桃花三两枝，春江水暖鸭先知。
蒌蒿满地芦芽短，正是河豚欲上时。

惠崇是宋初名僧，能诗善画，尤其工画鹅、鸭雁、鹭鸶，善为寒汀远渚、潇洒虚旷之景。从苏轼诗题可知，这正是一首题惠崇画诗。

惠崇原画，今已不存，但从苏轼这首题画诗可以想象其画。在青青翠竹丛外，点缀着三两枝艳丽的桃花，蒌蒿、芦荻冒出了新芽，染绿了江岸，碧波融融的春江上，洁白的水鸭在欢快地漫游、嬉戏，竹翠桃红，江碧鸭白，画面色彩淡雅而明丽，漫游嬉戏的水鸭，又使画面静中有动，春意盎然，可见这是一幅生动的江南春江鸭戏图。但所有这些，都是惠崇画上所有的，也是诗人苏轼观画时所见的。如果苏轼的题画诗仅仅停留于此，就只能算是图解，还不是一首具有独立艺术生命的佳作。苏轼的杰出之处就在于，他既不脱离画面，又能跳出画面，既能再现原画意境，又能开拓原画意境。

钱钟书先生说："东坡此首前后半分言所画风物，错落有致，关合生情。然鸭在画中，而河豚乃在东坡意中；'水暖先知'是设身处地之体会，即实推虚，画中禽欲活而羽衣拍拍；'河豚欲上'则见景生情之联想，凭空生有，画外人如馋而口角津津。诗与画亦即亦离，机趣灵妙。"（《谈艺录》）

苏轼由画面上栩栩如生的水鸭扇翅拍水情景，推想水鸭一定是感知江水逢春转暖，"水暖"和"鸭知"，都是从画上"看"不出来的，而苏轼写出来了，这是"即实推虚"。苏轼见沿江两岸"蒌蒿满地芦芽短"，立即想到这"正是河豚欲上时"。当暮春，岸柳飘絮，芦荻发芽时，河豚尤其肥大，梅尧臣有诗说"春洲生荻芽，春岸飞杨花。河豚当此时，贵不数鱼虾。"（《范饶州坐中客语食河豚鱼》）可知正是吃河豚的好时候。又据说，河豚性易怒，常伏水底，触之则奋怒而上。苏轼酷嗜河豚，熟悉河豚习性，从“蒌蒿满地芦芽短”的画中景，自然会联想到河豚鱼正肥，联想到梅尧臣的诗，想到正是吃河豚解馋的好时候，所以说“正是河豚欲上时”。这是“凭空生有”，是“见景生情之联想”。苏轼题惠崇画，正是这样“亦即亦离”。在观赏画图时，除了用视觉，甚至还调动触觉、味觉和联想，使一首小诗，画外见意，“机趣灵妙”，成为脍炙人口的名篇。毛奇龄论诗尊唐抑宋，走到极端，以至迂腐不通，贻笑大方。

【参考资料】

《带经堂诗话》卷二十七
《随园诗话》卷三
钱钟书《谈艺录》

西湖竹枝

清顺治十八年（1661 年）夏，朱彝尊游杭州，住西湖昭庆寺僧舍。恰巧钱谦益、曹洁躬、诸九鼎、王猷定、周元亮、施闰章等人也来杭州，大家不期而遇，自然都格外高兴，立即买酒要菜，畅饮抒怀。当时，钱谦益已是八十老翁，年最长，他晚年投身复明抗清活动，人格诗品都为士人景仰，大家就请他坐上首[①]。

席间，一个杭州青年拿出元人《西湖竹枝》诗集，请钱谦益评品高下。钱谦益接过诗集，也不翻看，却慢慢地大谈起掌故来。他说："当年杨铁崖[②]是个风流浪子，终日沉溺声色。一天，在友人家饮酒，铁崖竟让席间一名缠足歌妓脱下鞋子，把酒杯放在鞋子里，让大家传饮，还美其名曰'金莲杯'，仅此一事，可见杨铁崖放荡荒唐到何等地步。怪就怪在他那些游宴诗居然声价腾飞，风靡当时。其实剪红刻翠，绮靡纤巧，佳处甚少。后来，闲居西湖，清新秀丽的山光水色，净化了他的性灵，一洗先前秾丽妖冶的脂粉气，这才有歌咏湖山之胜、人情之美的西湖《竹枝》词。杨铁崖首倡，随之唱和者不下数百家，其中确有不少可赏可咏的诗。不过，各位要老朽席间评定高下，未免仓促，老朽确实力难胜任了。"

那呈献诗集求教的年轻人说："钱先生刚才一席话，已对杨铁崖的《竹枝》词作了评定，只是先生以为这数百家唱和者，谁的更好呢？晚生还恳请先生一言！"

钱谦益捋着长长的银白胡须，思考了一会儿，说："唱和者虽多，终究还是不如老铁的原唱。老夫记得其中有这样一首：

---

① 参看本书《说柳如是》和《贰臣之耻》。钱谦益在南明灭亡时出城迎降，入清廷做官，受当时人和后世指责，但确实又有材料说他只作了六个月的官，就称病归隐了。晚年在柳如是的鼓舞下，积极投身抗清复明活动。他的学术文章，也为当时和后世推崇。这是一个复杂的历史人物。

② 杨维桢，号铁崖。参看本书《老客妇谣》。

劝郎莫上南高峰，劝侬莫上北高峰。
南高峰云北高雨，云雨相催愁杀侬①。

明人李东阳《麓堂诗话》曾说，‘诗贵意，意贵远不贵近，贵淡不贵浓’，他以为这首诗话虽浅近，意却悠远，万千景象，无限情思，蕴含其中，令人遐想，可谓达到了这种境界。这种境界，只可与知者道，难与俗人言。除了铁崖原唱，老朽就不知其余了。”

曹洁躬举起酒杯，说：“钱先生已推杨铁崖原唱为压卷，洁躬十分赞同。其余唱和之作，先生虽然不屑再议，但也认为有佳作可诵。今日西湖雅集，我等不当就此收场。洁躬提议，在座诸公不妨各按自己评价，举出一首唱和者中最好的《竹枝》诗，推举不当，罚酒一杯。诸公以为如何？”

众人立即附和，席间顿时活跃起来。

王猷定说：“我最爱严恭的一首：

湖中女儿不解愁，三五荡桨百花洲。
贪看花间双蛱蝶，不知飞上玉搔头。

这首诗写西湖女子春日荡舟，贪看花间蝴蝶。蝴蝶恋花，人恋蝴蝶，蝶痴人醉，两两忘情，把一个不知忧愁、酷爱美景的年轻姑娘写得十分天真可爱。尤其是最后一句，从姑娘头上的首饰玉搔头联想开去，姑娘贪看蝴蝶采花，殊不知她就是一朵招惹蝴蝶的鲜花，所以蝴蝶才误以为姑娘是鲜花，飞到了姑娘头上，真是妙趣横生，自然……”

王猷定的话还没说完，曹洁躬就笑着打断他的话，说：“够了，够了，这首诗本来写得含蓄婉曲，耐人玩味，经你这么一赏析，把什么都说尽，反而浅易乏味了，而且这首诗也艳丽了些，还是听下一位的吧！”

诸九鼎说：“各位，那就请听马琬的一首：

湖头女儿二十多，春山两点明秋波。
自从湖上送郎去，至今不唱江南歌。

① 在杭州西湖西面有南高峰、北高峰，两峰对峙，峰顶薄雾轻岚，飘浮缭绕，望之如双峰插云，是杭州旅游胜地之一。

“不好，不好！”

“什么‘春山’、‘秋波’，如此形容女子眉目，太俗套了！”

“虽然诗浅近似民谣，也有《竹枝》词风调，但字句过分粘皮着肉，毫无句外情趣！”

大家七嘴八舌，批评起这首诗来。

曹洁躬说：“诸公评判得很对，骏男（诸九鼎的字）兄推举失当，该罚酒一杯！”

诸九鼎见众口一词，无话可说，只得举起酒杯，说：“认罚，认罚！”

接下去，周元亮、施闰章等都各举一诗，或当或否，各有千秋。最后，朱彝尊说：“刚才诸公所举，大多可属当之无愧的佳作，但竹垞（朱彝尊的号）以为，都不如吴兴人沈性的一首，我念出来，请诸公品评。如果竹垞推举得当，各位均得受罚。”

众人大笑说：“好，好，如果不当，我们每人罚你一杯！”

钱谦益说：“老朽愿侧耳静听，但力不胜酒，乞免受罚！”

那杭州青年说：“如果竹垞先生所评令举座诚服，学生愿代钱老受罚！”

朱彝尊站起身来，做了个手势，示意大家安静，然后如咏如歌地吟唱起来：

> 侬住西湖日日愁，郎船只在东江头。
> 凭谁移得湖山去，湖水江波一处流。

朱彝尊吟完就坐下了，一言不发。席间顿时悄然无声，好像大家都沉浸在一种清淡悠远的意境里，谁也不肯惊破那遐思神游的宁静。过了好一会儿，大家不约而同地问朱彝尊：“请问此诗何以该推为第一？”

朱彝尊说：“此诗写一个女子家住西湖，她的情郎船泊钱塘江东，日日难得见，日日相思愁。她想有谁能为她把西湖的湖呀山呀都移到钱塘江边去，让湖水和江水一处流，这是企盼两情能相依相融在一起。诸公请看，诗的第一、二句起得平常，如民间女子口头语；第三、四句却着想新奇而出语自然，可谓语浅情浓，寄兴遥深，含蓄婉致，且又有《竹枝》词余音绕梁、缥缈无尽之妙。杨铁崖辑的《西湖竹枝词》集中，恐怕没有能超过这一首的。”

众人听了，连连点头。曹洁躬听了也欣然定案说：“看来诸公对竹垞所举，无一异词。那么就以竹垞推举的沈性诗为唱和诸诗的压卷，在座诸公，人人得罚酒一杯！”

这时，大家一齐举起酒杯，接受处罚。朱彝尊也饮一满杯，说：“诸公是饮罚酒，竹垞是饮敬酒，酒味可大不一样啰！”

他的话音一落，众人都笑起来，正要举杯受罚。钱谦益说：“且慢，老夫尚未尽兴。刚才众位都在谈论别人的诗，竹垞名重海内，诗文有‘南朱北王（士祯）’之誉，岂可只诵他人的诗，何不请竹垞也和一首？”

众人又兴奋起来，说：“好，好，我等洗耳恭听今日真正压卷之作！”

朱彝尊没有推辞，略一思索，便缓缓吟道：

湖面莼丝寸寸长，为郎情好作羹汤。
朝云吹散峰头雨，日出团团鸡子黄。

朱彝尊吟完，一拱手，说：“见笑，见笑！”

施闰章说：“竹枝词本是民歌民谣，西湖竹枝，当然要有西湖风情；竹枝又多是情歌，民间情歌，情感真挚如肺腑中流出，既大胆直率，又委婉含蓄，语言婉丽清新，如情人对语，有此等内容和风格，方是竹枝佳作。竹垞此词，果然堪称今日压卷！莼菜，西湖特产，莼菜鲈鱼脍，乃西湖佳肴；女子的情思，如莼丝绵长，送与情郎，莼菜作羹汤，情爱暖心房；峰头雨散，满天彩霞，朝日初升，恰似蛋黄。两联四句，由景起兴，化情入景，以景作结，那雨散日出的情景，正是女子心中美好的祝愿和企盼，言有尽而意不穷，耐人寻味。”

众人听了施闰章一番话，都举起了酒杯，要敬朱彝尊一杯酒，朱彝尊连连拱手说：“得，得，我已经出了力，费了神，还是有劳诸位吧！”

最后，大家高高兴兴同饮了一杯，尽欢而散。

【参考资料】

《明诗综》卷七
《元诗选·初集》
《西湖竹枝集》

四娘鬼诗

清康熙二年（1663年）腊月间，青州道（今山东益都）府衙内，佥事陈宝钥正在灯下读书。这夜特别寒冷，天地似乎都要冻结了，黑沉沉的，寂静得有些可怕，陈宝钥直了直腰，像是为自己鼓气壮胆。忽然，"吱溜"一声，门开了，进来一个十四五岁的小丫环，向陈宝钥施礼说："西邻林四娘求见。"陈宝钥吓了一跳，还在愣神，不及回答，一个年轻女子已步入室内。

"大人万福，奴婢这厢有礼了！"林四娘上前给陈宝钥施礼说。

"娘子免礼！"陈宝钥慌忙说。这时，他才定睛打量起林四娘来，只见她二十来岁，绰约多姿，袅袅婷婷，仙骨逸韵，奇香四溢。陈宝钥心中暗暗叫道："呀，好一个国色丽人！"他在这儿为官多日，并不曾听说西邻有此林四娘，寒冬夜深，一个柔弱女子怎么进了他这道台府衙。陈宝钥好生奇怪，满心狐疑全露在了脸上。

陈宝钥正疑神疑鬼，林四娘像已猜到，她莞尔一笑说："奴婢知道大人喜爱风雅，就借大人古琴，弹唱一曲，为大人寒夜解闷。"说罢，坐到琴台边低头舒手，按弦节击，弹唱起来。她弹唱的是唐代伊州（今新疆哈密）、凉州（今甘肃武威）等地的歌曲。这些地方都曾被吐蕃所破，所以歌声情韵，凄恻哀婉，苍凉悲苦。陈宝钥听着不觉酸心，早打消了心中的狐疑，反而安慰林四娘说："何苦这样伤怀呢？还是弹唱一首快活一点的吧！"

林四娘说："古人说，言为心声，伤心人不能唱出快乐的歌，就像快活的人不会说出伤心的话。"

"如此说，四娘有什么不幸吗？"陈宝钥关切地问。

林四娘说："大人刚见我时，是不是疑心奴婢是鬼狐？"

"啊，不，不。只是娘子在这酷寒深夜到来，本官有些奇怪就是了。"

"奴婢生长在金陵，衡王以千金聘妾入宫，宠爱倍加。不幸没有几年，大明国破，衡王投降清廷。顺治元年十月，闯王李自成的部将率军到青州，攻破青州城，杀了清廷守将，拥戴衡王登基，恢复大明。清廷闻讯，立即派重兵镇压。李自成的部将被赶尽杀绝，衡王被诛，妾也遇难，至今十七年了。妾在阴间，心怀故国之思，无处倾诉，知大人高义，又娴诗赋，特借尸还魂，来晤大人，一诉衷肠。"说着，早已泣不成声。

陈宝钥听着，不禁潸然泪下，说："啊，原来是这样。"

林四娘说"大人现在知道奴婢是孤魂野鬼，恐怕要赶奴婢出门了吧？"

"啊，不。难得四娘如此忠义，我怎忍心让你长做孤鬼游魂？你就在这里住下吧。"

林四娘屈身谢过。陈宝钥拿来酒菜，二人相与痛饮，共叙往事，通宵达旦，不觉东方泛白，雄鸡高唱。林四娘站起身来，面露忧戚，说："大人，妾要去了。蒙大人相留，使妾沉年淤积稍得排遣。妾有小诗一首，临别相赠，望君勿忘，为妾洗耻雪恨。"说罢，便一字百转、哽哽咽咽地吟诵道：

静锁深宫十七年，谁将故国问青天？
闲看殿宇封乔木，泣望君王化杜鹃。
海国波涛斜夕照，汉家箫鼓静烽烟。
红颜力弱难为厉，蕙质心悲只问禅。
日诵菩提千百句，闲看贝叶两三篇[①]。
高唱梨园歌代哭，请君独听亦潸然。

诗的大意说：四娘被沉埋黄泉十七年了，还有谁像她一样，时时起故国之思？旧时宫殿已长满荆棘乔木，君王已像古蜀国王化为杜鹃，大明旧臣郑成功逃到台湾坚持抗清，如今也已兵败如夕阳残照，汉家天下已是声歌停歇、烽烟静熄，我一个红颜女子又有什么能力，只好求神参禅，

① 菩提、贝叶，都指佛教经书。菩提达摩是中国佛教禅宗的创始者。贝叶是印度贝多罗树的叶子，用水沤后可以代纸，古印度人用以写佛经，后因此称佛经为"贝叶经"。

从伤心痛苦中解脱出来。今天，我像梨园弟子，长歌当哭，抒泄情怀，惹得大人你也热泪潸然。

林四娘吟完，啜泣说：“奴婢此时心悲意乱，不能推敲，乖音错节，不成腔调，只为从此长别，以歌当哭，泄尽心中积怨，望大人慎勿示人。”说罢，转身出门，便消逝在黑夜中。

林四娘来无迹去无踪，陈宝钥愣愣地站在屋里，像做了一夜噩梦。以后，每当夜深人静，他总是情不自禁地想起林四娘，低低地吟诵林四娘临别相赠的那首鬼诗。康熙六年（1667 年），陈宝钥向同乡好友林云铭详细讲述了林四娘夜访的始末，并嘱咐他把这事记录下来。于是，林云铭写了《林四娘记》。

林四娘的故事发生在明末清初，包含着明显的亡国之痛、故国之思和抗清复明的民族意识。因此，从清初以至清中叶，流传极广。几乎与林云铭《林四娘记》同时，蒲松龄作《聊斋志异》，也写了一篇《林四娘》。蒲松龄是山东人，对发生在青州的事自然特别感怀，一腔激情，溢于笔端。王士祯《池北偶谈》卷二十一也有《林四娘》一则，记其事，也记其诗。诗有小异，照录如下，以供读者比较。

静锁深宫忆往年，楼台箫鼓遍烽烟。
红颜力弱难为厉，黑海心悲只学禅。
细读莲花千百偈，闲看贝叶两三篇。
梨园高唱升平曲，君试听之亦惘然。

陈宝钥所记是六韵十二句，王士祯所记只有四韵八句，两诗一些主要词语相同，但王士祯记的诗似更深沉哀怨，是站在现实的立场上，抚今追昔。想当年林四娘锁在深宫时，正是遍地烽烟，她无力救国，成了孤鬼，只能在冥冥中学道参禅，可如今又是梨园高歌升平曲，再也没有人还有故国之思、亡国之痛，陈宝钥大人听了，想必也会惘然若失的吧！这实在是在警戒着现实的人。

稍后，曹雪芹著《红楼梦》，也用了林四娘故事，通过贾政和幕僚们之口，赞誉：“千古佳谈，‘风流隽逸，忠义感慨’八字皆备。”当然，所谈林四娘事，与前几家也是同中有异，但更强调了“忠义”。故事中说，因为林四娘“姿色既佳，且武艺更精”，衡王呼她“姽婳（guǐ huà）将军”。原来古人把安闲幽静称为“姽”，兼能勇武奔驰称为“婳”。众幕僚听贾政说到这里，齐声叫绝说：“妙极神奇！竟以‘姽婳’下加‘将军’二字，反更觉妩媚风流。”就催着贾政快快讲故事，大意说，“恒王（即衡王）好武兼好色，遂教美女习骑射”，其中林四娘色艺出众，恒王就让四娘统领诸姬，称四娘“姽婳将军”，后来在明朝末年的战乱中，恒王和林四娘先后战死。当时贾宝玉兄弟正好在场，贾政讲完故事，就要宝玉、贾环、贾兰都做一首诗，“以志其忠义”。小说人物的诗赋，毕竟都出于作者之心，书于作者之手，因此也录于后，以见曹雪芹的志趣。

贾兰《姽婳词》如下：

姽婳将军林四娘，玉为肌骨铁为肠。
捐躯自报恒王后，此日青州土尚香。

贾环《姽婳词》如下：

红粉不知愁，将军意未休。
掩啼离绣幕，抱恨出青州。
自谓酬王德，谁能复寇仇？
好题忠义墓，千古独风流！

贾宝玉作了一篇七言歌行《姽婳词》，一篇数换韵，详细叙述了林四娘的身世，写得悱恻凄艳，“布置，叙事，词藻，无不尽美”，表达了多情种贾宝玉一贯睥睨浊物、怜香惜玉的深情，因篇幅比较长，仅录其结尾几句如下：

贼势猖狂不可敌，柳折花残血凝碧。
马践胭脂骨髓香，魂依城郭家乡隔。
星驰时报入京师，谁家女儿不伤悲！

天子惊慌愁失守，此时文武皆垂首。
何事文武立朝纲，不及闺中林四娘？
我为四娘长叹息，歌成余意尚彷徨！

贾宝玉离开父亲之后，林四娘的事仍使他无限哀伤、郁郁不乐。回到大观园，见池上芙蓉，猛然想起刚刚惨死的晴雯，一时触动情怀，不禁激情汹涌，把有感于林四娘而淤积于胸的悲苦一齐倾泻出来，转而写成悼祭晴雯的长篇韵文《芙蓉女儿诔》，为《红楼梦》增添了光彩的一笔。

【参考资料】

《池北偶谈》卷二十一
《聊斋志异》卷三
《红楼梦》第七十八回

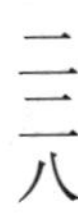

血染桃花

康熙三十九年（1700 年）正月七日，一场大风雪终于停了。早晨起来，白雪映门，银光照眼，红日临窗，暖阳盈室。孔尚任不禁精神大振，豪兴满怀。“来人呀，快拿帖子去把各位好友请来！”

几个家僮闻声来到孔尚任跟前。“你们去送请帖！”“你们去把庭院路径的积雪扫了！”“你们去准备酒菜瓜果！”孔尚任兴奋地吩咐着，随后与家僮一齐布置起前厅来。

孔尚任，字聘之，又字季重，号东塘，别号岸堂，康熙二十九年，入京任国子监博士，住宣武门外海波寺巷。但他讨厌“海波”二字，因为这两字容易触动他的湖海漂泊之感。大诗人王士祯便为他题名“岸堂”（《孔尚任年谱》）。每年开春，孔尚任都约请诸友好到岸堂试笔，至今已十个年头了。三天前本已与诸友约定试笔之事，不料因昨日大风雪受阻。今日雪霁，他迫不及待要与诗友相聚。

不一会儿，桌上摆满黄柑、煎饼和各色小菜，特意从西山采来的柏枝，放在煮酒的火炉边，巨大的翠色酒瓮贮满了易州（今河北易县）名酒，笔床插满大小湖笔，端砚蓄满浓墨，朵朵绢花，新巧鲜艳，盛放在金丝盒里，各色物件，尽从风俗，应有尽有。

孔尚任刚布置停当，诸友纷纷来到。

“嗬，来得好快。请进，请进！”孔尚任在门口迎着，来一个客人，献上一朵绢花。

“东塘兄盛约雅集，小弟盼望多日，一听招呼，恨不能一步临门呢！”李鼐公高兴地说，接过绢花插在自己的帽沿上。

没多久，就到了十八位。李鼐公长兄李彦绳也到了，兄弟两人是已故大学士李蔚的孙子、孔尚任三年以前结识的新知。还有与孔尚任过从甚

密的故友金德纯、徐芝仙以及余鸿客、浦副工等诗社诸友。

孔尚任兴奋地说："诸位新知老友，今日新春开笔，在分韵赋诗之前，东塘要增添丝竹一部，先为诸友上演新作《桃花扇》传奇，请诸友赐教。"

孔尚任话没说完，众人就欢呼起来。

"孔兄早已在我等面前炫耀，有《桃花扇》传奇一部，尚秘之枕中，今日终于拿出来公示了。"

"我等有幸，可先睹为快！"

"我已听过其中一些词曲，确是绝妙好辞！"

众人未见真佛，已先顶礼膜拜起来。孔尚任请大家入座，待安静下来，轻轻一击掌，等在内室的乐工就走了出来，

演出开始了，大厅里响起锣鼓笛箫声。一个老生走上场，毡巾，道袍，白须。一支《满庭芳》词，概括了故事本末，唱得铿锵激越。余音未落，侯公子已经登场，《桃花扇》演出正式开始。这部戏长达四十余出，"乃故明弘光（南明第一个皇帝福王的年号）朝君臣将相之实事，其中经东京才子侯朝宗方域、南京名妓李香君为一部针线，而南朝兴亡遂系之桃花扇底。"（《巾箱说》）待戏演毕，先是长时间的沉默与叹息，随即人声喧腾，像炸了锅。

"这本《桃花扇》传奇，实在太好了，堪称当代杰作，千秋绝唱！"

"借男女离合之情，写国家兴亡之叹，是史不拘史，多情不伤情，最实在，最奇幻，最直接，最迂曲，可谓极尽词曲家之能事！"

"李香君为抗逼婚，撞地头破，血污定情折扇，杨龙友借扇上血痕，点染作艳丽桃花，此真千古新奇事。闻《桃花扇》传奇之名，羡其最淫艳最风韵，殊不知最伤心最惨目。南明一代离合兴亡，尽在这鲜血数点之中啊！"

孔尚任听着这些赞誉慨叹，十分感动，说："《桃花扇》一剧，写南明新事，朝政得失，文人聚散，皆确考时地，全无假借。至于钟情儿女，宾客解嘲，虽稍有点染，亦非乌有子虚。李香君面血溅扇，杨龙友画笔点染，乃龙友书童亲口所言。《桃花扇》一剧感此而作，南明兴亡遂系之桃花扇底。今见诸公如此理解与感怀，东塘深感欣慰，不负三易其稿，为它一字一句呕心沥血十余年！"孔尚任说完，走到书桌前，提起笔来，

纵情抒发他内心的感慨与喜悦，即席成诗两首，其一如下：

几片残梅满院风，寂寥书掩岸堂中。
才挥桃扇春无限，更响银筝趣不同。
柏酒斟来西岭翠，彩花开出上林红。
十年人日题诗客，才尽江郎已老翁。

孔尚任在这两首题为《庚辰人日雪霁，岸堂试笔分韵》诗下有一篇长长的诗序，记述了这天的经过，诗序和诗都洋溢着从未有过的兴奋与喜悦。“才尽江郎已老翁”，并不是说他人老才尽，而是他呕心沥血完成了一部文学巨著、自足自慰的心理反映。孔尚任题诗后，在场诸友人也都有作。

从这以后，孔尚任的《桃花扇》被王公缙绅广为传抄，一时洛阳纸贵。京城戏班，连台上演，岁无虚日。不久康熙皇帝也要看，且索要甚急，孔尚任连夜寻得一缮本送入内府，由合肥著名戏班“金斗”演出，君臣名流咸集。由是，孔尚任名声大噪。“康熙时，《桃花扇》、《长生殿》先后脱稿，时有南洪北孔之称。”（《词余丛话》卷二）“今日勾栏都以《桃花扇》与《长生殿》并行，罕有不习洪孔两家之传奇者，三十余年矣！”（《不下带编》卷二）洪，即洪昇，清代戏曲家，著有《长生殿》传奇。

孔尚任的好友金埴说：“予过岸堂，索观《桃花扇》本，至香君寄扇一折，借血点作桃花，红雨著于便面，真千古新奇之事，所谓‘全秉巧心，独抒妙手’，关、马[①]能不下拜耶！予一读一击节，东塘亦自读自击节。当是时也，不觉秋爽侵人，坠叶响于阶矣。忆洪君昉思（昇）谱《长生殿》成，以本示予，与予每醉辄歌之。今两家并盛行矣，因题二绝句于《桃花扇》后：

潭水深深柳乍垂，香君楼上好风吹。
不知京兆当年笔[②]，曾染桃花向画眉。

---

① 关，指关汉卿；马，指马致远，都是元代杂剧大家。关汉卿有《窦娥冤》、《望江亭》、《拜月亭》、《救风尘》等六十余部杂剧，现尚存十三种；马致远有《汉宫秋》、《陈抟高卧》等十五种杂剧，现尚存七种。

② 《桃花扇》剧中的侯方域，是中州归德（今河南商丘）人，客游南京，遇李香君，故以京兆代指侯方域。这首诗即咏《桃花扇》中画扇一折。

两家乐府盛康熙，进御均叨天子知。
纵使元人多院本，勾栏争唱孔洪词。”

金埴在所著《巾箱说》中的这篇记和两首诗，记述了他是如何被《桃花扇》和《长生殿》所陶醉，而孔、洪二人是如何的自我欣赏，同时记录了这两出剧在当时的地位与影响。孔尚任自己也曾说，读《桃花扇》者，有题词，有跋语，有眉批，有尾批，纵横满纸，大都能“忖度予心，百不失一”，“至于投诗赠歌，充盈箧笥，美且不胜收矣”（《桃花扇本末》）。至今，《桃花扇》和《长生殿》，仍是最享盛誉的古典名著之一，是我国戏剧舞台久演不衰的优秀剧目。

【参考资料】

王季思、苏寰中合注《桃花扇》
袁世硕《孔尚任年谱》
刘叶秋《孔尚任诗和桃花扇》
《不下带编》卷二

慎交择游

康熙五十五年（1716年），金埴客游苕溪（今浙江吴兴）。一天，他去拜访世伯某某，因为偶然遇到的一件事，使这位世伯名誉扫地，所以金埴不愿说出他的姓名。金埴穿过市区向某某府上走去，一路随意观赏着市容民俗。

路旁摆有一个小孩卖饼的摊位。一个竹箩上，放着笸箩，里面是家常烧饼。另一个竹箩反扣着，小孩坐在上面。

“烧饼，卖烧饼！”小孩不停地叫卖，不时有人走向小孩，或买两个，或买三个，不多交谈，买完就静静离去。金埴有些奇怪，便驻足观察起来。

这小孩不过十来岁，虽然衣衫破烂，面黄肌瘦，看那神情举止，却不像是出身贫寒之家。于是，他瞅了一个空儿，走上前去，问小孩：“小兄弟，你叫什么名字？”

小孩看了看金埴，没有回答他的询问，只是礼貌地说：“相公，你是第一次来买烧饼吧？”

“噢，我不买烧饼。我是想知道你……”

小孩打断金埴的话，说：“相公不买烧饼，就恕小辈失敬了！”说罢，又大声吆喝起来：“买烧饼，快来买热烧饼！”

金埴只好退到一边。没过一会儿，见一个山民打扮的青年，挑着一担柴禾向小孩走来，远远就叫开了：“小兄弟，今日生意可好？这几日没柴烧了吧？我这给你送一担来了！”

小孩立即站起身，迎了几步，高兴地说：“王大哥，多谢你，又给我们送柴禾来了。我娘说不知该怎样谢你呢！”

“嗨，说什么谢，你同你娘，孤儿寡母，日子过得够艰难的了，送点柴禾，给你们省点力，也是应该的。”

说着，青年已放下柴禾。小孩拿起几个烧饼塞给青年，可是青年把烧饼放回筐箩，转身就走了。

小孩在身后直叫："王大哥！王大哥！"

金埴更是看得莫名其妙了，放开大步，追上那青年，问："王大哥，请等一等。你好像同那小孩很熟，我看他不是普通人家的孩子，为什么在这里卖烧饼呢？"

"喔，相公眼力不错。这孩子可怜啊！你知道本城的某某吗？"青年说。

"知道。他是当朝进士，贵郡一大豪绅。"金埴没说出某某与他家有世代相交之谊。

"就是他。这小孩的娘是某某的亲生女儿，小孩是某某的亲外孙。当初某某把女儿嫁给本郡一个秀才，这秀才的祖父也是进士，作过郡丞，也算得官宦世家了。不想这孩子父亲早丧，家道败落，豪绅某某正是荣华富贵，嫌弃女儿贫穷，再也不准他们母子上门。孤儿寡母，无依无靠，邻里们凑了点钱，给母子作本钱，娘在家做饼，儿在街头叫卖，这样才勉强有口饭吃。我见他母子可怜，也就隔三差五给他们送担柴禾，反正我有力气，多往山里跑一趟就是了。"

这个青年说着，身边渐渐围了些人，大家也都七嘴八舌地说起来。

"相公，你不是本城人吧，本城的男女老少，没有不知道这母子俩的。"

"亲生骨肉，挨饥受冻，当父亲的，连家门口都不容她母子站一站，真是绝情啊！"

"为富者不仁，还说什么情、什么爱！"

"古人说，无恻隐之心，非人也。某某，简直就不是人！"

"说得对，他连禽兽都不如，禽兽还知道抱雏养子！"

众人异口同声，无不痛骂某某爱富弃贫，绝情寡恩。金埴再也听不下去了，脑子里嗡嗡直响。这位世伯原来是这样一个势利鬼，满城的人都唾弃他，我居然还要去拜访他！他再也听不下去，谢了青年，转身就往回走。这时他想起唐代贾岛的一首诗《送沈秀才下第东归》诗：

曲言恶者谁，悦耳如弹丝。
直言好者谁，刺耳如长锥。

沈生才俊秀，心肠无邪欺。
君子忌苟合，择交如求师。
毁出疾夫口，腾入礼部闱。
下弟子不耻，遗才人耻之。
东归家室远，掉辔时参差。
浙云近吴见，汴柳接楚垂。
明年春光别，回首不复疑。

这位沈秀才就是沈亚之，吴兴（今浙江湖州）人，所以诗中言“东归”、“浙云”。李贺有《送沈亚之歌》，称他是“吴兴才子”，极赞其文才，他是中唐重要传奇作家，鲁迅先生在《中国小说史略》中也极推崇沈亚之的作品。就是这样一位才子，因为“心肠无邪欺”，不愿与小人“苟合”，更不会曲意逢迎，说话无顾忌，常常刺到某些人的痛处，所以遭人忌恨。从贾岛这首诗看，沈亚之得罪的人，恰恰曾是他的“朋友”，所以贾岛一方面称赞沈亚之的人品，安慰他不要把这次考进士落第当作耻辱，另一方面，贾岛也从中看透了世事：有谁会厌恶曲意逢迎的话呢？这种话听起来，就像听音乐一样悦耳；又有谁愿意听直言呢？直言听起来就像锥子一样刺耳！就是你的“好朋友”，也是只愿听好听的话啊。所以，贾岛也从沈亚之的遭遇中得出一个教训，就是要慎交，居必择乡，游必就士，“择友如择师”，“师”之好坏，必定要影响自己的一生。

金埴想到这些，既知某某如此薄行，炎而附，寒而弃，如再与他交往，岂不形同苟合小人了！金埴离开人群，又走向那卖烧饼的小孩，心中升起无限的同情。他下意识地把手伸向怀中，可什么也没有摸到。“噢，可恨来此客游，没有随身钱物，竟然不能稍稍周济一点这孤苦的孩子！”金埴长长地叹息了一声，这样深深地自责。他停住脚步，没有再走近孩子。他还能对孩子说些什么呢？

金埴回到寓所，写了《卖饼童》小诗一首：

卖饼童，茗人悯之通国中，
母家拒绝畏外翁，外翁贵官嫌女穷。

市来三十卖三十，茕茕母子那得食！

诗写得朴拙简短，却倾注一片真情。尤其结尾一联，说母子卖饼，买来多少就卖多少，不得一点自食，留无限之意于言外，令人掩卷沉思。金埴还自注说，此诗用了后汉人赵岐的故事。赵岐因得罪权贵，家属宗亲尽被杀害，赵岐改姓易名，潜逃四方，以卖饼为生，被孙嵩识破，孙嵩私下问赵岐："视子非卖饼者，不有重怨，即亡命乎？"（《后汉书·赵岐传》）金埴用这个典故，显然更有深意，他为自己只能"叹息作诗"（《巾箱说》），而不能给卖饼童任何实际帮助而遗恨，也因此鄙视某某的薄行，而与"有世谊"的世伯某某绝交。一件小事，表现出诗人可贵的正义感与同情心。

【参考资料】

《清诗纪事·康熙朝卷》
《巾箱说》

维民所止

雍正四年（1726 年），礼部侍郎查嗣庭任江西乡试主考官，出的一道考题是“维民所止”。这个题目取自《诗经·商颂·玄鸟》篇，“邦畿千里，维民所止，肇域彼四海”，意思是商王直辖的土地只不过方圆千里，他的臣民就居住在这里，但商王开拓的封疆远达四海。这诗本是歌颂商汤立国的。查嗣庭出这个题目，让考生阐释经义，目的正在歌颂当朝皇帝。

但是，江西考试刚收场，就有人上书朝廷，说查嗣庭出的考题“维民所止”四字中，“维”、“止”二字正是“雍”、“正”二字去掉上半部，这是暗示要砍掉雍正皇帝的头。这个罪名还了得！那还不是灭九族的弥天大罪！雍正皇帝看了奏折，果然顿时怒不可遏，立即下诏逮捕查嗣庭及全家，抄没家产。次年五月，查嗣庭即死于狱中。雍正皇帝仍不解气，下诏戮尸枭首。查嗣庭的儿子也被处斩，他的哥哥查嗣琛和女儿查蕙纕都流放边塞。查嗣庭没有想到，一个歌颂当朝皇上的试题，竟招来了杀身灭族之祸！

查蕙纕随同家属被流放，千里风尘，渐出塞外，虽然已是六月，边塞天气却不同于江南。阵阵冷风卷起黄沙，挟着飞花，扑打在她的脸上，洒落在呜咽的河水上。她临水照影，只见自己形容憔悴，满身黄尘。她觉得这不是初夏，这是暮秋，触目惟有一片凄凉衰飒！她站在一座驿亭外，凝眉南望，吟诵着父亲的遗诗，不禁热泪滚滚。她愤恨世道昏暗，致使父亲含冤惨死；她悲叹自己命薄如落花，横遭摧残，任随流水漂逝；她徒羡水边沙鸥，奋翅高翔，能自由搏击长空。她有无限的伤心和怨恨，想借一曲琵琶倾诉，让天下人都起共鸣。她走进驿亭，挥笔在粉壁上写起来：

薄命飞花水上游，翠娥双锁对沙鸥。
塞垣草没三韩水[1]，野戍风凄六月秋。
口读父书心未死，目悬家难泪空流[2]。
伤神漫谱琵琶曲，罗袖香销土满头。

查蕙纕的父亲和叔父查慎行、查嗣瑮，为“同胞三翰林，皆以诗文名于世。”（《巾箱说》）查蕙纕受浓郁家风的熏陶，自幼工诗。梁启超曾论及这首《驿亭题壁》说，诗品、人格都“不愧名父之子”，“至今言民族主义者哀而敬之。”（《饮冰室诗话》

近人邓之诚认为，查嗣庭“维民所止”案，“实齐东野人之语”，不足信。查嗣庭获罪的真正原因是他代皇子寿某人作的一首诗：

柳色花香正满枝，宫庭长日爱追随。
韶华最是三春好，为近龙楼献寿时。

“柳色花香正满枝”，正是春天最好的时光，即所谓“韶华”，这是吟景，却也是在吟人，正因为是最好的年华，所以在宫中，长（常）有“爱”相伴。邓之诚说，皇子与所寿者，俱不知是谁，但从“宫庭长日爱追随”一句来看，“非椒房即内侍”，椒房是华贵的宫寝，内侍是指后宫侍从，只有住椒房的人和内侍，才会知道宫中的事。而查嗣庭写出这样的诗，显然有“交通宫禁诸王”之嫌，这在清朝是不允许的，因此“岂能免于雍正之时”（《清诗纪事初编》卷七）。

“维民所止”案，不论是否是“齐东野语”，却并没有以查氏一家蒙难而结束。五十余年后，江苏东台（今江苏东台）举人徐述夔，因为对清朝统治不满，诗文中时含讥刺，被取消参加会试的资格。这以后，他更

① 三韩，汉时，朝鲜南部分为东、西、南三国，合称三韩。此处指荒远的东北塞外。清王室远祖起于东北，因此朝廷犯臣，常流放东北。

② 此两句另作“渤海频潮思母泪，连山不断背乡愁”。汪沆璓有次韵诗：“弱息怜教绝域游，魂飞何只似惊鸥。覆巢卵在漂流际，薄命人丁琐尾秋。绮阁低迷空昔梦，边笳凄切咽新愁。伶仃历尽崎岖苦，尽尔青春也白头。”（《清稗类钞·文学类》）

是牢骚满腹，有触即发。他在自己住的厅堂里挂一块大匾，大书“维止”二字，也是“隐取雍正二字而去其首，师查嗣庭之故智也。”（柴萼《梵天庐丛录》）他建楼又取名“一柱”，借佛教三炷香之说①表示对查嗣庭的敬慕。楼建成后，他绘了一幅《紫牡丹》，挂在楼壁，并请人题咏。当时著名诗人沈德潜也应邀题咏，诗中有“夺朱非正色，异种亦称王”的句子。

乾隆四十三年（1778年），徐述夔早已去世，他的孙子徐食田卷入一场田产争讼案。次年四月二十一日，东台县令坐堂，传争产案当事人徐食田、蔡嘉树过堂。

县令问：“原告，你家的田地既已卖给徐家，现在为什么又要赎回呢？”

蔡嘉树说：“回禀老爷，卖掉的地里有我家祖坟，我的堂弟没得到我的同意就卖了。我们日后如何扫墓祭祖？所以要赎回土地。”

“嗯，扫墓祭祖是为人子应尽的孝道，赎回土地是应该的。”县令表示赞同说。然后问徐食田：“你应该成全他的孝心才是，为什么又不肯呢？”

徐食田说：“这些土地是我家用两千四百两银子买来的，现在蔡家想用九百六十两银子赎回，岂有如此便宜的事？再说，这些土地是我父亲置的产业，我若不能守成，岂不也是败家的不孝子吗？请老爷明鉴。”

县令沉思了半晌，说：“嗯，你也说得有理。此案，老爷难断，就送江宁布政使衙门吧。”

县令正要说退堂，蔡嘉树说：“老爷，小民还有事要禀告。”说着，从怀里拿出一卷纸。

县令不解，接过纸，问：“这是什么？”

蔡嘉树说：“老爷早已布告全县，查缴违碍书籍。这是小人抄得的徐家祖父徐述夔的《一柱楼诗》，其中有很多毁谤当朝的诗句，小人已一一标出，请老爷明察。”

县令展纸仔细看那些标出的诗句：

明朝期振翮，一举去清都。

大明天子重相见，且把壶儿搁半边。

毁我衣冠真恨事，捣除巢穴在明朝。

---

① 三炷香，参看本丛书《宋代篇·灵香一瓣》。

《宋词画谱》　（明）汪氏 编

县令看完，用惊堂木一拍案，说：“这还了得？徐食田，你为何违抗本县命令不交禁书？限你三日之内，全部交出，如再隐匿，必定严惩不贷！”

这样一来，这桩田产纠纷案，一下变成了政治案件，几经审理，直打到朝廷。十月，乾隆下诏说：“其诗有‘明朝期振翮，一举去清都’之句，借朝夕之‘朝’，作朝代之‘朝’，且不言‘到清都’，而言‘去清都’，‘去’者，除掉也，显然有兴明朝去本朝之意。其余悖逆之句，不可枚举，实为罪大恶极。”（徐珂《清稗类钞·狱讼类》）徐述夔那个“维止堂”和“一柱楼”的命名，自然也是罪状。结果，徐述夔和儿子徐怀祖被剖棺锉尸，两个孙子以及江宁（今江苏南京）布政使的幕僚陆琰等，都判秋后处决，东台县令、江宁布政使被革职，其余有关人等判以杖击、流放、徒刑等。沈德潜本来深受乾隆帝礼遇，逝世后，赠“太子太师”，谥“文悫”，祀贤良祠。一柱楼诗案发，乾隆见沈德潜为一柱楼诗作的序文中竟称道徐述夔“品行文章皆可法”，很不高兴，也下诏，“夺德潜赠官，罢祠削谥，仆其墓碑。”（《清史稿·沈德潜传》）沈德潜仅免于剖棺锉尸。

清代大兴文字狱，达到了登峰造极的地步，而康熙、雍正、乾隆三朝变本加厉，愈演愈烈。仅乾隆三十九年至四十八年的十年间，就有近五十起文字狱。据统计，在清代文字狱中，全毁和抽毁的书籍近三千种，被杀头、遭流放的则难以计数。文字狱的起因有多种，其中确有复明灭清的案例，为当时及后代的民族主义者所崇敬。而另有一些则是统治阶级的内讧，借刀杀人，殃及无辜。清代文字狱充满了血污与冤案，所以鲁迅先生曾在《病后杂谈》中这样写道：清朝“脍炙人口的虐政是文字狱。”（《且介亭杂文》）“虐政”而称之为“脍炙人口”，可谓无情的辛辣讽刺。

【参考资料】

《清诗纪事·康熙朝卷》
《清诗纪事·乾隆朝卷》
《清稗类钞·狱讼类》
郭则坛《十朝诗乘》

二娘治砚

清康熙、雍正年间，吴门（今江苏苏州）专诸巷有个镌凿砚台的能工巧匠，叫顾德麟，他把手艺传给儿子，儿子不幸早死，媳妇邹氏继承事业，学得一身绝技，人称顾二娘。二娘治砚，定要端溪老坑上等石料，否则不肯下刀。她镌凿的端溪砚，古雅华美，举世无双。由于做工精细，一生治砚不过百十方。

一天，十砚老人黄任登门求见。

“先生光临寒舍，有什么事吗？”顾二娘见黄任长髯秀目，风神爽朗，便恭敬地问道。

“莘田（黄任的字）听说二娘治砚精妙异常，特携石料一块，求二娘镌凿，不知二娘肯赐惠否？”黄任开门见山地说。

“先生，你弄错了，贫妇哪里会治什么砚？你还是另请高明吧！”顾二娘立即推辞。

“哈……”黄任先自大笑起来，说：“二娘何必拒我于千里之外？莘田是有名的砚癖，竭平生之力，购得稀世古砚十方，筑十砚轩藏之，自号十砚老人，又有幸在端州（今广东肇庆）做官，自号端溪长吏。莘田不爱权势，不爱钱财，爱的就是这端溪砚。罢官归家，行囊中别无长物，惟有端溪石数枚。二娘你想，以莘田的为人癖好，还能不知天下何人是治砚高手吗？莘田还知二娘有‘顾小脚’的美称，以三寸金莲点石，便知石料的瑕瑜美恶，这也不假吧？莘田今日也想瞻观二娘小脚，哈，哈，哈……”黄任口若悬河，谈笑风生，说着又是一阵开怀大笑。

顾二娘见黄任如此诙谐开朗，又把她的底细弄得这么一清二楚，便不再推辞，改口说：“只是贫妇非端溪老坑佳石，是不肯下刀的。”

黄任说："这我知道，怕坏了二娘你的美名嘛！"

"那倒不是。"顾二娘说："凿工固然要紧，但石料也不能不讲究。美石质地坚硬润湿，以笔试之，其声柔静，不伤笔颖；磨墨时，干处、腻处、薄处、重处，墨脚都匀净光洁；如石质粗劣，墨难磨，也伤笔，用恶石治砚，岂不白费心力！"

黄任听着，从怀中取出一块石料来，递给二娘，说："二娘看这块石料如何？"

顾二娘接过石料一看，惊叹说："嗬，好一块端溪青花石！"说着，用玉指一叩，果然石音清亮，"这端溪砚石，分上、中、下三岩石；下岩有泉，虽旱而不干涸，石在水中，石色青，中岩石色紫，上岩石以猪肝色为佳。你这方石，定是从下岩水中采得的。尤其难得的是这石上的碧色眼，散布如撒花，是一方真正的青花石！"

"好一个顾二娘，果然名不虚传！莘田得此石，如获至宝，不敢送平凡匠人镌刻，出入怀袖已十年，今日果然物得其主了！"黄任击掌大笑，由衷赞叹说。

顾二娘拿着黄任的青花石，爱不释手，技痒难耐，当即答应为黄任治砚，说："砚是一块石料琢成，必须圆活肥润，方见镌琢之妙，如果呆板瘦硬，仍是石头的本来面目，不如不琢磨了。先生有如此宝石，二娘也当尽心磨治。"

几日后，黄任去取砚台，见新砚取势造形，天然混成，刀法流畅，圆熟工巧，图案简洁，精美绝伦，堪称精心得意杰作。他为二娘一片诚意和高超技艺深深感动，连声感叹说："啊，得此绝代珍宝，莘田三生有幸，千秋之后，若得传存世间，莘田将与二娘美名并传了！为表莘田寸心，今为二娘赋诗一首。"下面就是他当时赋的一首诗：

一寸干将切紫泥，专诸门巷日初西。
如何轧轧鸣机手，割遍端州十里溪。

干将，古代吴人，能铸造宝剑，世人珍贵，后转为宝剑名。这首诗中，

干将代指刻刀。诗意说，顾二娘住在专诸巷故里，镌刻石砚，如运干将宝剑削切紫泥，得心应手，轻巧灵活。诗人没有看见顾二娘如何治砚，但从石砚镂刻的精美流畅，可以想见她运用刻刀的娴熟巧妙。一联叙事中，已富称赞。后一联说顾二娘是个女子，本该是"纤纤擢素手，扎扎弄机杼"（《古诗十九首·迢迢牵牛星》）的织布能手，可她竟然"割遍端州十里溪"。这里又暗用唐代诗人李贺《杨生青花紫石砚歌》诗意："端州石工巧如神，踏天磨刀割紫云。"因为是从水中取石，水中有天，石为紫色，赞扬顾二娘鬼斧神工，故曰踏天割紫云，极生动形象。这样，后一联一个感叹句，加上用典，称赞和惊讶的诗情就更浓重了！

黄任吟完这首《赠顾二娘》，又书写成条幅交给二娘。黄任的书法当时颇有名气，二娘得诗书二美，十分高兴，就立刻操刀把这首赠诗镌刻在砚台的底面，更为砚台增色。诗与砚因此并传。

后来，顾二娘逝世，黄任睹物思人，写了《题林涪云陶舫砚铭册后》诗，表达了对顾二娘的深切纪念。诗如下：

古款微凹积墨香，纤纤女手切干将。
谁倾几滴梨花雨，一洒泉台顾二娘。

这首诗说，微凹的砚心中积存的墨，散发着馨香，这是谁在砚中洒下的梨花泪呢？啊，是已赴泉台的顾二娘！白居易描写杨贵妃诗句有"梨花一枝春带雨"（《长恨歌》），原是形容杨贵妃泣下如雨的样子，如欧阳修《渔家傲》词有"三月芳菲看欲暮，胭脂泪洒梨花雨"，后用来形容女子的娇艳。黄任诗用这样既美丽又凄恻的典故，对二娘表达了深情的怀念。

钱塘陈兆仑见到这首诗，即和作一首：

淡淡梨花黯黯香，芳名谁遣勒词场？
明珠七字端溪吏，乐府千秋顾二娘。

陈兆仑在诗后的跋语说："'谁倾几滴梨花雨，一洒泉台顾二娘。'莘田句也。感均顽艳，能移我情，故作断句美之。"（徐柞永《田游诗话》）沈涛也曾说："黄莘田绝句凄入脾肝，哀感顽艳者，不一而足。"（《瓠庐诗话》）所谓"哀感顽艳"或"感均顽艳"，都是指诗歌的缠绵悱恻，凄楚动人。陈兆仑和沈涛分用了四个字来评价黄任的绝句，可见黄任绝句的风格和艺术力量。陈兆仑还称赞黄任的诗，字字似"明珠"，而且说他的"乐府"诗和顾二娘的芳名，将千秋万代为世人传唱。是的，诗歌与芳名不朽，这是对一个普通治砚工人的最好纪念。

【参考资料】

《随园诗话》卷十二

时文八股

科举制度，是我国封建时代设科取士、选拔官吏的考试制度。这个制度始于隋唐，经宋、元、明，清，历代相袭，至清末废止。读书人把它当作进身出仕的阶梯，统治者把它作为笼络人才的诱饵，唐太宗李世民在端门上见新科进士鱼贯而出，曾得意地说，“天下英雄入吾彀（gòu）中矣！”（《唐摭言·述进士上》）所谓“彀中”，其实就是牢笼、圈套。李世民见天下俊杰都入了他的牢笼和圈套，所以情不自禁地道出了统治者的内心秘密。在那个时代，不少读书人为了求取功名出身，用破一生心，熬白少年头，以至困死场屋而无恨。唐时就有诗讽刺说：“太宗皇帝真长策，赚得英雄尽白头”（《唐摭言·散序进士》）。

科举制度到明、清两代，进入极盛期，比历朝都更完备和严酷。以时文取士，是明清科举制度最重要的手段。时文，又称“制义”、“制艺”、“八股文”。“其文略仿宋经义，然代古人语气为之，体用排偶，谓之八股，通谓之制义。”（《明史·选举志》）这是说，这种考试明确规定考试内容是宋代经学家注疏的四书五经，考试答卷时，必须根据朱熹的《四书集注》，揣摩古人口气，代替古代圣贤说话，不许自由发挥，不能越过雷池半步。文章又有固定程式，必须按八股文依样画葫芦。所谓八股，就是一篇文章由破题、承题、起讲、入手、虚比、中比、后比、大结八部分组成。虚比、中比、后比、大结，又称起股、中股、后股、束股，每股又由两段排比对偶组成，合称八股，这是全篇的正文；中股两段，是全文的重心，全文字数必须在四百五十字至六百字之间，多了少了都不合格。显而易见，这种八股文，从内容到形式都是僵死的，对考生的束缚极严，统治者的目的是要严格禁锢人民的思想，而士子们也明知这不过是块敲门砖，门一旦敲开，就再也不需写八股文，敲门砖也就废而不用了。

陈兰甫有这样一首《读书》诗：

《论语》二十篇，束发即受读。
古人读半部，谓治天下足。
今人谁不读，读者谁不熟？
非读圣贤语，读试场题目。

因为考试题目都取自四书，首题《论语》，则次题为《中庸》；首题为《大学》，则次题为《论语》，三题为《孟子》，此定例也（《冷庐杂识》卷八）。考试内容不出朱熹的一部《四书集注》，明清两代都把朱注四书当作举子正业，富贵根子，传家衣钵，甚至试场题目，而把《四书》以外的一切书籍、学问，都视为外学、杂览，如学诗，则尤是中了“魔道”（蒲松龄《聊斋文集》卷三），只配散置破簏，饱蠹鱼腹，就是只配放在破箱子里遭虫子咬。这种科举考试导向，带来了前所未有的弊病。

康熙朝太仆寺卿陈兆仑，生平作时文自成一家，被士大夫奉为文章宗匠。他曾教授时文，严禁学生泛览外学。一天，他桌子上一部《昭明文选》突然不见了，他立即板起面孔，责问学生：“是谁不得允许，胆敢妄为？”

“是周公子拿了。”学生异口同声回答。

这周公子就是他的表弟周让谷。周让谷无法抵赖，只好乖乖地把书交出来。

陈兆仑很生气，愤怒地骂道：“我不叫看这种书，是因为时候还没到，等到学好时文，博得一官半职再看不迟，你为什么不听我的话？”说完，他停了停，按了按性子，就现身说法，大讲一通读时文的道理。

康熙时的著名诗人宋琬，年方弱冠即名扬海内，后成为清初著名诗人，有南施（闰章）北宋之誉。他幼年在私塾读书时，一天来了位老人，仪容举止俨然饱学之士。

老人走到宋琬跟前，问：“小儿，读什么书啊？”

宋琬想，老人一定是考他的学问，就恭谨地回答：“《史记》。”

“什么人作的啊？”

“太史公司马迁。”

老人瞑目想了想，又问："太史公是哪一科进士啊？老夫怎么不知道他呢？"

宋琬一听，愣住了，心想老人大约是故意在考他，就说："太史公司马迁，是西汉武帝史官，不是当朝进士。"

老人有些尴尬，用颤抖的手从桌子上拿起一册《史记》，翻阅起来，但没读几行，就扔回桌上，说："这种书有什么用处，读它何用？"说完，昂首出去了。宋琬这才明白，这老人果然没有读过《史记》，不知司马迁何许人也。

老人一出门，塾中童子都齐声问老师："这老头是什么人？"

老师说："是本朝一位老进士！"

学生们哗然了，都嗤嗤嘲笑说："堂堂进士，竟不知太史公为何人，《史记》为何书，可笑，可笑！"

这决不是一个编造出来的笑话。董东亭太史的《潮东皋杂钞》还记述了这样一件事：周清原，在康熙己未（1679 年）进士及第，授鸿学博士，一天当值，康熙忽然问"增广生员"四字出自何处？周清原竟不能回答。康熙很不高兴，说："《四书》都没读完，算什么博学？"周清原回来后连夜苦读，才从朱熹四书《论语·子路》的夹注中，发现是唐太宗在国家富庶时，为了尊师重教，采取了"大召名儒，增广生员"的措施。所谓增广生员，犹如今日大学的"扩招"，因国家给学校拨款有定额，"增生"不能享受学校住食方面的优惠待遇，但有了受教育读书的权利。孔子和唐太宗的话，意思都不错，但朱熹的小字注在夹缝里，要学者能烂熟于心，有问必答，实在不是易事。为了科考，"士子习《四子书》，皆恪遵《集注》而往往不能全读"（《冷庐杂识》卷一），更何况其他！

康有为曾在请求废除八股文上皇帝书中说："翰苑清才（才能卓越、品德高尚的人），而竟有不知司马迁、范仲淹为何代人，汉祖、唐宗为何朝帝者，若问以亚非之舆地、欧美之政学，张口瞪目，不知何语矣。"知识贫乏，人才平庸，可见到了何等程度。在 20 世纪中叶以前，中国一二百年科学文化严重落后，八股时文为害实深，所以康有为在这篇《请废八股试帖楷法改用策论摺》中，请求废除八股，改用"策论"，就是就当前政治总势加以论说，提出对策，从而为国家选拔真正有用之才。

康熙、乾隆朝，吴江（今江苏吴江）人徐大椿，从小聪明过人，入县学读书，他参加三年一次的岁试时，在试卷后题了这样两句诗："徐郎不是池中物，肯共凡鳞逐队游？"徐大椿不屑于作"池中物"，受统治者牢笼，更不肯与"凡鳞"为伍，一起追名逐利，表现了一个正直，清醒的知识分子的品质，在那个时代自然要受到惩罚。他因此绝了仕进的路，而以布衣终身。但徐大椿决不是不学无术之辈。据《清史稿》本传，徐大椿无学不通，尤精医术，是一代名医，不仅可以临床治病，而且有很深的理论造诣。他著有《难经经释》、《伤寒类方》、《神农本草百种录》。他的《医学源流记》尤其受到历代医家重视。同时，他工诗文，精音律。他有诗歌《洄溪道情》三十余首，"情境音词，处处动人。"（陆以湉《冷庐杂识》）其中，《刺时文》篇，淋漓痛快，为当时后世激赏：

读书人，最不齐，烂时文，烂如泥。国家本为求才计，谁知道，变做了欺人技！三句承题，两句破题，摆尾摇头，便道是圣门高弟。可知道《三通》、《四史》[①]，是何等文章？汉祖、唐宗，是哪一朝皇帝？案头放高头讲章，店里买新科利器[②]，读得来肩背高低，口角嘘唏。甘蔗渣儿嚼了又嚼，有何滋味？辜负光阴，白白昏迷一世，就叫他骗得高官，也是百姓朝廷的晦气！

这首诗，是当时读书人的一幅生动写照，他们为求取功名，嚼着别人咀嚼过的甘蔗渣，没日没夜，结果弄得耸肩驼背，口起白沫，读了点烂时文，做了几篇八股，就以为成了"圣门高弟"，其实是什么也不懂。连一些最重要、最常见的史书，最基本的历史常识都不知道，实在是辜负了光阴，迷糊了一世，害了自己，也误了国家和百姓，实在可悲！可悯！同时，这首诗也深刻揭露了八股时文的弊病，名为"求才"，其实不过是"欺人技！"

---

① 《三通》，即《通典》、《通志》和《文献通考》，合称《三通》。《通典》，唐代杜祐撰，记载历代典章制度沿革。《通志》，南宋郑樵撰，是综合历代史料而成的通史。《文献通考》，宋元人马端临撰，亦记历代典章制度沿革，资料较《通典》详备。《四史》，是《史记》、《汉书》、《后汉书》和《三国志》的合称。

② 利器，指供参加科考者的时文范本。

可谓一语中的，沉着痛快！这首诗用的是“道情”体，一种可唱的曲艺形式，在宋代可用渔鼓和简板伴奏演唱，在明、清更揉进了民间歌谣的成分，因此，整首诗，纯用口语，明白晓畅，幽默风趣，音节流转，如诉如歌，对八股文窒息生机、摧残人才的弊病进行了辛辣的嘲讽。袁牧为这首诗拍案叫绝，把它载入诗话。

“时文”这种应试教育和考试，流毒极深极广，其中的教训，实在非常深刻。

【参考资料】

《清朝野史大观》卷九
《随园诗话》卷十二
《清稗类钞选·文学》

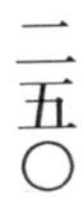

书生落难

浙江余杭县的凤凰桥，人来人往，络绎不绝。桥边有一个字摊，卖字人看上去只有三十来岁，衣衫虽然破旧，神情却清奇健爽。摊前围着不少人，有买诗文的，也有看热闹的。

这天，走来两个纨绔子弟。

甲说："喂，卖字的，本公子赏你几文钱，给我写首诗看看。"说着，把几枚钱扔在桌子上。

"公子就请命题。"卖字人说。

"就以这凤凰桥为题吧，要用'齐'字韵。"

"公子稍等片刻。"卖字人说罢，展开一幅小笺，提笔便写，眨眼工夫，成《凤凰桥》小诗一绝：

也不飞来也不啼，让他野鹜与山鸡。
自从五色填成后，要待才人彩笔题。

这纨绔子弟拿起诗笺，看了半天，像是读懂了，突然放肆地大笑："哈……这桥名为凤凰，却不能飞，也不能啼，真是脱毛的凤凰不如鸡啊！"

"对！对！这不如鸡的凤凰倒有些像这个落难书生。"纨绔乙接着话茬，刻薄地说，笑得更加粗野放荡。

卖字人听了这一递一搭，心中好不气闷，正想发作，但一转念，自己何尝不是如此，虽然自幼读书，满腹学问，诗也会吟，时文也会作，就是因为自恃才高，不肯受那僵死的四书经义束缚，以致至今还只是一名生员①，不得不靠卖文糊口。

① 明、清时最低一级考试合格者称为"生员"，可以入府、县学读书。读书人取得"生员"资格，才可以正式参加科举考试。

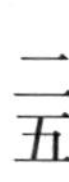

“唉，真是落难的凤凰不如鸡啊！”他这样暗自叹息。“不过，凤凰毕竟是凤凰，又何必同眼前这些什么都不懂的野鹜山鸡计较！”他这样暗暗安慰自己，气也就平了。

纨绔甲看卖字的沉吟半晌，不知他在想些什么，以为他好欺，便想再花几文臭钱，捉弄他一回。于是又说：“喂，卖字的，再给本公子写一首。”

“公子这回是什么题？”

“就咏老少年一枝吧！”纨绔甲显然是故意刁难。

“什么是‘老少年’？”卖字人又问。

“哈……真是个穷乞丐，果然没见过世面！‘老少年’者，雁来红也。这雁来红，又名后庭花，茎、叶状似鸡冠，有黄、红、紫、绿不同颜色，叶下开小花，一经秋霜，颜色更加艳丽，故又名‘老少年’，王侯府衙，富家庭院，都种这种花，供人观赏。难怪你一个穷秀才，没这个福分！”纨绔甲洋洋得意，冷嘲热讽地挖苦说。

“你怎么还同这个乞丐费唇舌，他连什么是‘老少年’都不知道，还叫他吟什么诗。走吧，走吧！”纨绔乙有些不耐烦了。

“别忙。刚才的题《凤凰桥》诗还不算数，他终日在这凤凰桥边卖字，焉知不是预先作好的。本公子要看看他到底有几分能耐！”纨绔甲不屑地说。

卖字人听了这些，只是冷冷地看了看这两个纨绔子弟一眼，就奋笔怒书，成《老少年一枝咏》绝句：

霜前雪后见丰姿，小圃秋容又一时。
似尔无情能不老？阿侬怎免鬓添丝！

诗的前两句吟“老少年”，后二句由“老少年”想到自己，颇多慨叹，诗人不像无情物“老少年”，到了肃杀季节，难免不“鬓添丝”，美好年华尽逝，走向满头白发的暮年。

纨绔甲拿起诗笺，念了一遍，鼻子里“哼”了一声，说：“果然只能写一点歪诗，并无一点才华。既是吟物诗，就要像宋朝人王维点评的苏东坡诗一样，诗中见画，毫发逼真，让人想见物之形与色。你这首歪诗，连‘老少年’花是什么色、叶是什么形都没写出来，可见诗不切题了。”

纨绔乙帮腔说：“我早说了，这等乞丐最无耻，吟几句歪诗，骗人家钱财。如果真有几分薄才，何不去求取功名，博个官位俸禄，何至于在此作乞丐卖字？走吧，走吧，你我与人相约在青楼赏曲，人家怕已等候多时了。”说罢，拉着纨绔甲就走。

卖字人望着两个纨绔子弟的背影，摇摇头，长长地叹了口气，自言自语地说：“唉，当年杜陵野老（甫）读书万卷，下笔有神，谁料旅居长安十三年，朝叩富儿门，暮随肥马尘，讨得一口残杯冷炙，差不多也是过着这乞丐似的生活。他也曾哀怨地叹道‘纨绔不饿死，儒冠多误身[①]’。不过像你们这两个纨绔子，不仅不懂什么是诗，咏物诗以何为贵，就连王维、苏东坡是哪一朝人都不知道[②]，又能有什么好下场呢？不定哪一天，你们连诗也没得卖，还不如我之今日呢？”说罢，他站起身来，卷好纸张，收拾笔砚，就郁郁地离开了凤凰桥。

不知过了多少年，有人在南通州（今江苏南通）的大路边，发现一具乞丐尸体，身边扔着一根破竹杖和一只讨饭篮子。官府来验尸，从死者破衣中搜得《绝命诗》一首：

生性原来似野牛，闲扶竹杖到江头。
饭篮带雨留残月，歌板临风唱晚秋。
两脚踏翻尘世界，一身历尽古今愁。
从今不傍人门户，猘犬何劳吠不休[③]。

从这首绝命诗看，死者“生性”桀骜不驯，不被当世所容，他一生坎坷，沿门乞讨，历尽古今忧患，终遭残害。但他并不甘心沉沦，他提着讨饭篮子餐风露宿，敲着简板行吟放歌，抒发胸中不平，甚至还怀着“踏翻尘世界”

---

① 杜甫《奉赠韦左丞丈二十二韵》开头两句。意思是，纨绔们终日美酒膏粱，活得逍遥自在，而学习儒业的，竟终身萧条寂寞，不被明君知遇，白白耽误了一生。

② 王维，唐代诗人、画家。苏东坡，北宋诗人，曾评王维诗画说“诗中有画”，“画中有诗”，参看本丛书《唐代篇·辋川诗画》。

③ 猘（zhì）犬，疯狗。

的壮烈情怀。当然，他是那样的无力，不仅终不免被那黑暗的现实所吞没，而且连姓名也没有留下。结尾一联，写他临死之前，庆幸自己将从此得到解脱，同时心中仍充满愤懑与不平，因为那些疯狗们还在冲他狂吠不休！

有人说："读此诗结语，殆避仇而逃者耶？"（徐经《雅歌堂诗话》）有人说，"玩其词意，盖亦可怜生也。"（《清朝野史大观》卷十）还有的说："丐向（从前）为诸生（已入学的生员），有名。屡试失意，盖有托而为丐者。"南通州有诗丐墓，墓前竖一短小碑石，上面刻着这首绝命诗，算是对乞丐的纪念。（徐珂《清稗类钞选·文学》）

在封建时代，由科举考试爬到统治阶级上层的幸运儿是少数，大多数的读书人都免不了穷愁潦倒、蹭蹬颠扑一世，甚至如本文写的乞丐儿，无声无息地倒毙在大路旁。

【参考资料】

《清朝野史大观》卷十
《清稗类钞选·文学》
《清诗纪事·乾隆朝卷》

鹬蚌联句

鹬蚌相争，渔人坐收其利，是《战国策·燕策二》中一个非常有名的故事。故事说，赵国将攻燕国，苏代作为燕国使者去说服赵惠王。苏代说，臣来的时候，在易水边，见一只蚌刚张开蚌壳晒太阳，一只鹬（yù，鹭鸶一类水鸟）飞来，一嘴叼住了蚌肉，蚌壳立即合上，死死夹住了鹬的嘴。鹬说“今日不下雨，明日不下雨，必有死蚌。”蚌说“今日你的嘴出不去，明日出不去，必有死鹬”，两者不肯相舍。一个渔父来了，把鹬和蚌都拣了回去。最后，苏代说，现在赵攻燕国，赵燕相持不让，恐怕秦国就是渔父了。这虽是一则寓言，在现实生活中，却常常见到类似的现象。

清雍正朝，某县县令一日坐堂，两个年轻人拉拉扯扯，上堂告状。

县令问：“堂下何人？所告何事？”

“秀才朱……”

“秀才顾……”

“啪！”县官拿起惊堂木，往案上一击，说：“不许啰唣！一个一个说来。”随后指着跪在右边的一人：“你先讲！”

“是，老爷。”跪在右边的青年说：“小人姓顾，今日与朱秀才同去饮酒，相约联句，谁拙于词章，罚谁饮酒三杯，并在墙壁上刻画三道为记，最后谁受罚最多，谁付酒钱。不料朱秀才不守君子之约，借机毁约赖账。”

“我以为什么事儿，原来拿这桩子鸡毛蒜皮来烦我，大概是看老爷我闲得慌了！”县令听了，在肚里骂道，脸上却不动声色，问跪在左边的青年：“你就是朱秀才吧！他说的可是实情？”

“罚酒就罚酒，可顾秀才端起大杯，强按住我的头，把酒全洒在我身上，弄脏了我这件崭新的锦缎衣裳。一连三杯，杯杯如此，动作粗野，哪里像个谦谦君子？既非君子，岂有君子之约？”

县令听到这里，忍不住哈哈大笑起来："哈……好你两个秀才！饮酒赋诗，何等风流文雅，偶失杯酒之欢，就相讼公堂，气度又何等狭小？《庄子·天下篇》说：'君子不为苛察'，就是说要心怀宽恕；两位秀才终日读圣贤书，就不记得了？你们都不要计较对方过失，回去吧！"

"老爷，付点酒钱事小，衣衫污损也不值什么，可君子名声事大，顾秀才在酒楼上当众诬我言而无信，毁约赖账。他应该给我赔礼道歉！"朱秀才显然不服调解。

"老爷，朱秀才辱骂我动作粗野，全无教养。堂堂君子，岂可受这种侮辱！他应该给我赔礼道歉！"顾秀才也不示弱。

"该你给我赔礼道歉！"

"该你给我赔礼道歉！"

两个秀才竟在公堂上对吵起来。

县令大人高坐堂上，看看朱秀才，又看看顾秀才，觉得好不滑稽。"君子，君子，如此君子！"他差点没有笑出来。看了一阵，心中好不厌恶，又把惊堂木一拍，有些冷嘲热讽地说："哦嗬，两位秀才都挺爱君子的脸面啊，不肯相让是不是？"

"今日之事，如鹬蚌相持，虽欲自释，也不可得了。"朱、顾二人同声说。

"哦，真不可得？"县令反问。

"实不可得！"两秀才又说。

"好，来呀！一人五十大板，赶出公堂！"县令突然一声令下。

"慢！老爷，为何要打我五十大板？"两位秀才见势，吓了一大跳，急忙高声喊叫。

县令又掉头看看朱、顾两秀才，突然"噗嗤"一声，嘲笑说："你两人不是说今日之事，如鹬蚌相争，不能自释吗？那本老爷就来坐收渔人之利了！"

两秀才相互对视了一下，又看了看县令大人，齐声求饶说："求老爷免去这顿板子吧，我两人自己和解就是了。"

"不要君子名声了？"

"要，要。挨顿板子，就更失体面了！"

《唐诗画谱》　　（明）黄凤池 编

“哈……你们这回倒是长了见识！好吧，本老爷就不打你们了。”

“谢老爷！”朱、顾两秀才各自连连叩了三个响头，站起身就要走。

“慢！”县令说，“事还未了呢！两位秀才去酒楼饮酒赋诗，刚开了头就口角起来，雅兴未尽。刚才你二人说，今日之事，如鹬蚌相争。本老爷想试试你两人的才学，就以此为题，联句成七律一首，如果是好诗，本老爷有赏，替你们偿还酒钱，如果不好，照打五十大板！”

事已至此，两个秀才也无奈，只好在公堂上，慢慢踱着步子，摇头晃脑地行吟起来。公堂两厢的差役，看着他们那种酸溜溜的斯文样子，都忍不住掩口发笑。

朱秀才：“老蚌亲旸出浅滩，”

顾秀才："野禽何事妄相干？"

朱秀才："身离海底珠胎损，"

顾秀才："脚傍溪头翠羽残。"

朱秀才："开口不如缄口稳，"

顾秀才："入头方见出头难。"

朱秀才："早知尽落渔翁手，"

顾秀才："云水飞潜各自安。"

"好，好！"县令连声称赞说："是一首不错的禽言诗，前二联，写鹬蚌相持相争，互相指责嘲笑，口吻情态，惟妙惟肖，十分简练得体。最后二联，写鹬蚌觉悟，后悔不该'开口'、'入头'，终于自释，潜水凌云，各得其所，复归自然，寓意深长隽永，尤其难能可贵。自古联句难得好诗，两位秀才果然不凡。今后不要再为末节小事争胜，要多多相互砥砺切磋，才能有君子之名，具君子之实。诗作得不错，老爷我替你二人还了酒钱，都回去吧！"

朱、顾二人领了赏钱，高高兴兴地携手走出县衙门。

其实，在康、雍、乾三朝大兴文字狱的时代，朱、顾两位秀才饮酒失欢的故事，很可能也是一个别有深意的寓言，细细品味联句诗的后两联，便不难知晓。

【参考资料】

《清诗纪事·雍正朝卷》

乾隆玩诗

清乾隆皇帝喜欢诗书画，诗是常课，日必数首，每一年成一本，高寸许。仅据《四库全书总目提要》记载，乾隆在四十八年间作诗三百七十二卷，三万余首，均已刊刻传播。而徐世昌《晚晴簃诗汇》记乾隆有诗四百三十四卷，四万余首，篇章繁富，自古帝王无出其右。昭梿的《啸亭杂录》甚至说，乾隆有"《御制诗》五集，至十万余首，虽自古诗人词客，未有如是之多者。"不止是历代帝王，就是我国文学史上，也没有任何一个诗人，写过他这么多诗，真可谓独步天下！

乾隆作诗，"天机所到，造化生心，如云霞之丽天，变化不穷，而形容意态，无一相复，如江河之纪地，流行不息，而波澜湍折，无一相同"，所以他的诗作"文采焕于星汉，包涵富于山海。"（《四库全书总目》卷一七三）《四库全书》是从清乾隆三十七年开始，用了十年时间、花费大批人力物力编辑成的，《总目提要》也同时撰修完成，总纂官就是今天我国人民家喻户晓的纪昀纪晓岚。《总目提要》的加工润色，也以他的力量最多。无论《四库全书总目提要》这部巨著治学怎样严谨、公正，对别人及其著作可以做到，但对当朝皇帝就不能不歌功颂德。《总目提要》对乾隆诗歌成就的评语，显然属溢美之辞，但乾隆诗作确是丰富，且多有可采。乾隆一生，喜欢到处巡游，每到一地，每遇一事，总要题咏，乾隆题诗题字，几乎遍全国，乾隆的诗书传世之多，流传之广，为后人喜闻乐道，在我国历代帝王中首屈一指，也是事实。

舞文弄墨，自古都被视为小道。所谓雕虫小技，壮夫不为也，何况帝王？传统观念以为帝王热衷吟诗作赋，绘景言情，不仅荒废政事，而且影响世风，导致举国上下文恬武嬉，夸奢斗靡，孱弱不振。有这样的帝王，就一定有骨鲠直臣出来犯颜谏阻，希望帝王改掉“恶习”，专心国事。

乾隆作诗，有一个习惯，先用朱笔写草稿，然后交付军机处大臣楷书誊清，谓之“诗片”（赵翼《檐曝杂记》）。诗中如果用了典故，大臣们还要查找注明，乾隆是故意炫耀学问，大臣们却往往伤透脑筋，翻遍群书，数日不得。这就更引起一些谏臣的焦虑，认为有碍国事。

一天，乾隆带着一大帮文武大臣去朝拜孔庙，走着走着，突然指着神道旁的一座石人问：“这是谁？”

乾隆身边的一个翰林脱口而出，说：“这是仲翁！”

乾隆听了，侧过身子，双目注视着那个翰林，意味深长地一笑，反问：“哦，仲翁？”

“是，皇上。”翰林恭谨地回答说。

乾隆像没有听见，转身径直往前走去。

第二天，乾隆就传出一张诗片，上有《绝句》一首：

翁仲如何说仲翁，十年窗下欠夫工。
从今不许为林翰，贬尔江南作判通。

相传秦始皇时有阮翁仲者，身高五丈，足大六尺，是个异乎寻常的巨人。翁仲奉命出征匈奴，战绩赫赫，他死后，秦始皇在咸阳宫司马门外为他铸一尊铜像，表示对他的尊崇和纪念。以后，人们就称铜像、石像为“翁仲”。《史记·陈涉世家》就有关于翁仲的记载。这位翰林先生把“翁仲”说成“仲翁”，可见他连《史记》也没有认真读过，真是枉为堂堂翰林！所以，乾隆把这位翰林贬为通判，一个州府的副官，而且乾隆写这首《绝句》诗，故意把每一句的后两个字都弄颠倒，“工夫”成了“夫工”，“翰林”成了“林翰”，“通判”成了“判通”，极尽挖苦嘲讽之能事。诗一传出，满朝文武，无不捧腹，而这名翰林自然哭笑不得，无地自容。十年寒窗苦，方为人上人，谁知“欠”了这点“夫工”，便丢了丑，倒了霉，从一名赫赫朝官，贬为一个州县小吏。

这件事成为一时笑谈，也引起一些人的腹诽，就是对当朝皇帝不敢骂出口，却禁不住在肚子里非议。有人认为，乾隆的诗虽然雅谑可诵，待人

却未免感情用事，过于苛刻，况且以天子之尊，舞文弄墨，同臣子矜夸典故，也是不识大体。

于是，一天朝会，乾隆刚临朝，一个文臣就出班启奏，说：“臣近日听到一些传言，不敢不上奏皇上。”

“哦，是什么传言？”乾隆问。

“是关于皇上赐给翰林的《绝句》诗的。”

“怎么？有什么不妥吗？”乾隆又问。

“臣不敢以为不妥。臣只是日见皇上诗片数纸，不免心怀忧惧，今冒不韪，恳请皇上勿以诗为能。”

乾隆说：“朕从未视吟诗作赋为一己之能事，只是在勤民临政之余，别无嗜好，聊借诗赋悦性怡情而已。”

“臣以为皇上在日理万机之余，宜读史讲经，精熟王霸之术，明鉴兴亡之理。皇上如酷嗜诗赋，游戏翰墨，臣恐玩物丧志，贻误国家大事！”

乾隆见这个大臣如此絮叨，有些不高兴了，语调揶揄地说：“是何渺小丈夫？竟敢如此说话！”

原来，这个奏事大臣长得身材短小，相貌丑陋，人称“短李”，向以刚直著称。他立即回答说：“臣李慎修面丑而心善，虽然渺小，却时有大丈夫之举！”

乾隆一听，禁不住放声大笑，说：“好一个大丈夫，确有点敢做敢当、不可屈挠的气概！有此直臣，是朕之幸。其实李卿所言，朕也知道是对的。只是在公余饮宴之时，用什么来消遣呢？况且积习难改啊！”乾隆说到这里，停了停，然后接着说：“嗯，为了嘉奖群臣敢于直谏，不负卿的一片诚心，朕赋诗一首，题目就叫《李慎修奏对，劝勿以诗为能，甚韪其言，而结习未忘焉，因题以志吾过》。”乾隆略作沉思便当朝吟诵起来：

慎修劝我莫为诗，我亦知诗不可为。
但是几余清宴际，却将何事遣闲时。

乾隆吟完，提起朱笔，伏在龙案上把诗写出来，把诗稿交给军机大臣，就宣告退朝了。

军机大臣自然照例楷书誊清，于是又多了一张“诗片”。乾隆虽然作诗记过，却终生积习不改，所以留下数百卷诗稿。

雕虫小技，壮夫不为，然则何代壮夫不为？汉高祖、汉武帝、曹操、唐太宗、唐玄宗、明太祖、康熙，皆伟伟大丈夫，谁不为诗？为又何妨？

【参考资料】

《清诗纪事·乾隆朝卷》

打油诗话

某年冬月，连着下了几场大雪。这天，雪后初晴，乾隆一时兴起，带了几个太监，径直向御花园走去。他一边走一边观赏着四周的雪景。“啊，好大的雪！这金碧辉煌的皇苑，竟成了粉妆玉砌的水晶宫了！”乾隆赞赏着，诗兴勃发，就边走边吟起诗来。

乾隆独自吟了几首诗，兴犹未尽，转身对随从太监说：“众位公公，今日瑞雪呈祥，朕赏雪抒怀，兴致正浓，你们也都一人吟一首诗，凑凑热闹。”

“奴才们哪里懂得诗？皇上还是饶了奴才们吧！”

“没关系，你们就随意联句也可以，佳者有赏，不通的给予小小的处罚。”乾隆仍然和蔼地说。

几个太监凑在一堆儿，低声议论起来。

“唉，我是翻肠倒肚，也挤不出一滴墨水哩，就等着皇上罚吧！”

“被罚事小，败了皇上雅兴可怎么办？”

“咱们没法儿，不管什么诗不诗的，就对着主子出个丑，逗主子乐乐吧！”

“怎么个出丑法儿，你就起个头吧！”

乾隆在一旁看得明白，听得清楚，心里早觉好笑，就指着一个年长的太监说：“你说第一句好了！”

太监甲说了声：“喳！”就低头想起来。想了半天，突然抬头吟道：“黄狗身上白。”

太监乙一听，倒来得快，立即续道：“白狗身上肿。”

话音未落，乾隆早笑出声来，然后一脸嗔怒，直摇头，说：“俗不可耐！俗不可耐！”

两个太监连忙下跪，说："奴才该死！奴才该死！"

乾隆转怒为喜，笑着说："无罪！无罪！谁接着联下去，联下去！"说罢，转身把目光投向片片雪景。

太监丙像受到了启发，立即也吟道："回头看起来。"

这句诗一出，却又没声了。原来，大雪中，黄狗落了一身雪，变成了白狗，白狗身上积了雪，自然显得更臃肿，这些都是生活中随处可见的实事。这第三句，就没有头两句这么实在，几个太监一时都哑了，面面相觑，谁也吐不出一个字来。

乾隆等了半天，也没听到下句，就回头催促说："怎么了？谁接下去呀？"

这时，一个年轻小太监跪在乾隆跟前，说："奴才有一句在这儿，主子瞅是不是好！"

乾隆语气平和地说："说出来吧！"

小太监吟道："江山一笼统。"

"江山一笼统。"乾隆重吟了一遍，高兴地看着眼前这个小太监，连声说："好，好，起来吧。几个人联句，你这句诗最好！天降瑞雪，九州同沐恩泽，山川尽为银装素裹，天威无边，普天一统。是吟雪，却有深意。看你小小年纪，倒是极聪明伶俐。奖！"

小太监听了，又连忙下跪拜谢："谢皇上恩典！"

最后是小太监得奖，甲、乙两太监诗句粗俗，小罚，太监丙诗句平易，免议。据说那个小太监因善于歌功颂德，讨主子欢心，从此日益受到乾隆宠爱，终于拔升总管。这自然是后话了。

乾隆赏雪，命太监联句，一时传遍了京城朝野。后来被有声有色地记录在李伯元的《庄谐诗话》里。但据明人杨慎的《升庵诗话》卷十一，唐代张打油早就有一首《雪诗》：

江山一笼统，井上黑窟窿。
黄狗身上白，白狗身上肿。

这首诗也是写一场大雪后，江山尽白，黄狗成白狗，白狗浑身虚肿，只有井口留下一个大黑窟窿。这首诗，全用俚俗语，一无诗味，惟有滑稽可笑，以致传为笑谈。但诗借人传，人以诗名，因为这首诗的作者叫张打油，以后类似张打油这种信口诌成的俚俗滑稽诗，就被称之为“打油诗”了。“打油诗”，作为一种诗体，就流行起来。《辞海》、《辞源》都立有“打油诗”条目，说“打油诗”内容和词语通俗易懂，多用俚俗语，不拘古诗的平仄韵律，诙谐幽默，有时暗含讥刺，这种诗体的开山祖就是这位张打油。

关于张打油，明代李开先的《一笑散》记有这样一段故事。

一天，一个参政见他的议政厅粉墙上写了一首吟雪诗：

> 六出飘飘降九霄，街前街后尽琼瑶。
> 有朝一日天晴了，使扫帚的使扫帚，
> 使锹的使锹。

参政看了，顿时大怒。“来人呀，是谁竟敢写这种狗屁不如的东西来弄脏本老爷的粉壁？”

一个属官回答说：“是张打油写的。”

“立即把这个胆大的张打油给我抓来！”参政命令说。

张打油被抓来了，他不慌不忙地说：“参政大人息怒。学生虽然不才，但也还懂得作诗，哪会如此胡诌？这粉墙上的诗决不是学生手笔，大人不信，就请面试。”

参政心想，也许是弄错人了，当面试试也好。当时，南阳（今河南南阳）军情正急，守备差人来京请派禁卫军救援。参政就命张打油以此为题赋诗一首。张打油果然才思敏捷，脱口而出：

> 天兵百万下南阳，

“嗯，不错，有些气魄，看来粉墙上的胡话不是你写的！”

张打油没等参政话音落地，又接着吟道：

也无救兵也无粮。
有朝一日城破了，
哭爷的哭爷，哭娘的哭娘。

参政听完头一句，本来正后悔自己错怪了人，不料下面几句又显出本相。他顿时一扫后悔心情，竟捧腹大笑起来，上气不接下气地连声说："好！好！你的'诗才'，我已领教了，果然不像粉墙上的'诗'一样胡诌！"他说着，仍笑个不止。一边挥手，示意把张打油放了。

乾隆命太监吟雪联句是否真有其事，现在很难断定。但太监的联句诗，显然是从张打油诗演化而来的，或者说因张打油诗广泛流传，太监们早已熟悉了，这时有意加以编排来逗乾隆一笑。至于李开先记的民间传说，是说明张打油一直活在民间，他的诗不仅机警，也往往含有讽刺。参政事后回味起来，大概就要笑不出来了。

"打油诗"不是文人学子高情雅趣的宣泄，却也往往反映出下里巴人的机智和聪慧，提供一种雅俗共赏的愉悦。"打油诗"不仅没有因为"俗不可耐"而消失，而且流传至今，我们在报刊上常常可以看到一些漫画诗、讽刺诗，大都属这种"打油诗体"。这里举两例以飨读者：

梁漱溟在"文革"中写有一首《咏臭老九》诗：

九儒十丐古已有，而今又有臭老九。
古之老九犹如人，今之老九不如狗。
专政全凭知识无，反动皆因文化有。
假如马列生今世，也要揪出满街走。

在我国改革开放初期，报载一首歌颂打破吃"大锅饭"的诗：

众人都搞包干去，此地空余旧锅头。
混食一去不复返，大锅朝天空悠悠。

这首诗显然是套仿唐代诗人崔颢《黄鹤楼》诗的前四句："昔人已乘

黄鹤去，此地空余黄鹤楼；黄鹤一去不复返，白云千载空悠悠。”梁漱溟诗和这首佚名诗，虽也是“打油诗”，内容却十分严肃，它记录了一个时代的重大事件，梁诗在诙谐中含着巨大的伤痛，而佚名诗则在幽默中洋溢着对改革开放的歌颂和无限的欢乐。

“打油诗”，可以是一种赏心开怀的轻音乐，也可以是一种惩恶扬善的轻武器，作为一种诗体，恐怕会长存不衰。

【参考资料】

《清诗纪事·乾隆朝卷》
《升庵诗话》卷十一
《一笑散》

杀妻烹子

乾隆二年（1737 年）闰九月的一天，钱塘（今浙江杭州）鸳鸯书院的主席教授桑调元，刚把学生放走，浙派诗坛的领袖厉鹗就迈进书院大门。二人年龄相仿，同样才气纵横、学富天下，都在博得功名不久后就辞归乡里，生平志趣如此相契合，自然成为过从密切的好友。

桑调元一见厉鹗，就高兴地说："樊榭兄来得正好，我有一部好书给你看。"

厉鹗说："看你兴奋的，是什么好书？"

桑调元也不回答，转身向书房走去。进了书房，从书柜里取出一部书来，递给厉鹗，厉鹗一看，笑着说："老弟又同我开玩笑，明知我十余年来，夜以继日辑撰《宋诗纪事》，惟恐一朝归天，事业未竟，遗恨九泉，你却给我这部《元人百家诗》。这部书，我如今既不急用，也没闲工夫去玩赏，你还是收着吧！"说着，就要把书还给桑调元。

"嗨，慢！"桑调元立即拦住，说："这部书，可有些奇处，你翻翻这书的最后一页！"

厉鹗见桑调元那一脸庄严的神情，不解地翻到书的最后一页。原来，那上面贴着一幅小笺，上面有一首七律《题元百家诗》。他便轻声地念起来：

典及琴书事可知，又从案上检元诗。
先人手泽飘零尽，世族生涯落魄悲。
此去鸡林求易得，他年邺架借应痴。
亦知长别无由见，珍重寒闺伴我时。

这首诗写得实在凄苦悲凉。厉鹗念到这里，不禁黯然神伤，问："你

这是从哪儿弄来的？”

桑调元没有直接回答，只是说：“你再往下看吧。”

厉鹗再看那幅小笺，在诗后还有几行小字跋文：

丁巳又九月九日，厨下乏米，手检《元人百家诗》付卖，以供饘[①]粥之费。手不忍释，因赋一律媵[②]之。

陈氏坤维题

“啊，原来是这样！”厉鹗深深地叹息了一声，说：“陈氏原本是一个世族大家的闺秀，家道败落，以至饥寒交迫，不得不靠变卖家中衣物维持生计。想是日子长了，家中财物已变卖一空，终于连她最珍贵的字画琴书也保不住了，所以第一句诗就悲吟“典及琴书事可知’。一个爱书如命的人，不是走投无路，万般无奈，是不肯典卖藏书的。何况是在重阳佳节，又是伴过她寒闺孤独的书呢？”

“是啊，这陈氏女生活景况的艰难和心情的悲苦，不是一般人能想象的。当年李清照和赵明诚，因为无钱购买徐熙的折枝牡丹图，在归来堂，夫妻相对坐叹多日的凄惨情景，也不过如此吧[③]！”桑调元说。

“啊，不，陈坤维典卖琴书的情景，更让我想起李清照在靖康之难时，只身南逃的情景。她多么想把尽平生财力心血收藏的金石字画书籍都带走啊，但是，实在太多了，充栋盈室，她怎么能都带走？于是先去其书之重大者，又去画之多幅者，又去古器之无题识者，又去画之平常者、器之重大者。凡屡减去，尚载书十五车。当时，李清照每减去一书一石，就不啻是剜去她的心上一块肉，那是何等的痛苦不堪！这陈氏女子，检卖琴书的情景，也恰是这样，实令人不忍听闻！”

厉鹗是一个多情善感的人，他的诗以抒情见长，所以他说得极动感情。

桑调元被深深地打动了，也激动地说：“难怪古人说，读书人落到典

① 饘（zhān），稠粥。

② 媵（yìng），古时指随嫁或随嫁的人。

③ 参看本丛书《宋代篇·瘦比黄花》。

卖书籍的地步，就像是遭到杀妻烹子之祸！世间还有什么比这更惨的？”

“说得对，这就如杀妻烹子！所以陈氏女子的诗，虽然写得十分含蓄委婉，却仍然不能掩饰她内心那种类似经历杀妻烹子之灾的极度痛苦。当年天下争传白居易诗，鸡林贾（古朝鲜商人）把白诗卖给国相，动辄一篇千金。但陈氏叹喟说，就是这样，要去鸡林赎回白诗，也是容易的。可见她是多么珍爱、多么不忍典卖她的书籍！而她卖出去的书籍，日后想再赎回，如去天涯海角的鸡林市寻觅，就难上难了。唐代李泌家藏书丰富，插架三万轴，四方学子都登门求读，而陈氏家的藏书本来也如唐之李泌，今日把自己的藏书典卖无余，以后想读，反而需向他人借阅，岂不是很可悲！可是，悲叹也好，自责也好，能够救急疗饥吗？不卖不行，卖又不忍，她只能抱书痛哭，悲怆叮咛，‘去吧，我知道，从此永诀！从此永诀！但愿珍重寒闺伴我时刻！’这哪里是卖书，这确实如杀妻烹子，生离死别啊！”厉鹗说到这里，戛然而止，不能再说出一句话来。

厉鹗和桑调元，面对那部《元人百家诗》，久久地沉默了。

终于，桑调元对厉鹗说，“樊榭兄，我们来和陈氏一首诗吧，寄托我们的同情和感伤。”

厉鹗说：“好的，我们还应该把这事告诉诸好友，请他们也各自唱和一首。”说罢，厉鹗坐在书桌前，写下一个长长的诗题：《桑弢甫水部买得〈元人百家诗〉，后有小笺黏陈氏坤维诗，盖故家才妇，以贫鬻书者，惜不知其里居颠末尔。读之有感，次韵一首，并征好事者和焉》。诗如下：

姓字深闺岂易知，偶传纸尾卖书诗。
难追写韵仙家事，应共牵萝绝代悲[1]。
彤管更添高士传[2]，墨卿别注有情痴。
回肠似共缣缃往，惆怅令人展卷时。

这首诗说，陈氏坤维身居深闺中，人们不知道她是什么地方的人，也

① 牵萝，是“牵萝补屋”的省用，杜甫《佳人》诗有“侍女卖珠回，牵萝补茅屋”。以后用为“牵萝莫补”，即无法弥补。

② 彤管，赤管笔，古代女史以彤管记事，后因此用来指女子文墨之事。

不知道她的生平事迹，只是偶然中得到她的诗，才知道她的名字；现在很难追叙她的身世，她“以（因）贫鬻书”的绝代悲苦也无法弥补；但从此女史典籍中，多了一位志向高洁的女子，文人笔下又有了一位情痴；看到她用缣缃（素绢）写就的诗卷，真让人荡气回肠，惆怅伤心。

陈氏坤维的遭遇，令千古之人同悲，尤其是那些清贫如洗、艰难度日的读书人，更有“杀妻烹子”的同感与共鸣。

【参考资料】

《清诗纪事·康熙朝卷》
《清诗纪事·列女释道卷）

卖画扬州

郑板桥出身于一个破落地主家庭，他的母亲早逝，三十岁时，父亲又死了，家庭几乎陷入绝境，只剩下空床、破帐、漏屋、断墙，灶里没柴，锅里没米，一家大小，啼饥号寒，告求无门。郑板桥被生活逼得没有办法，只好离开老家兴化（今江苏兴化），到两百里外的扬州去卖画谋生。他在扬州一住就是十年。

扬州自古就是繁华胜地，纵横的河道，弯弯曲曲，沿河鳞次栉比的青楼乐户，彻夜传出令人沉醉的弦歌；画舫、花光、月影和残脂剩粉，都流动在粼粼的水面上；清秀的瘦西湖，画艇穿花柳，鬓影杂粉香，曾令多少公子王孙、墨客骚人征歌买醉，乐不思归。扬州地处大运河和长江的交汇处，“包淮海之形胜，当吴越之要冲”（唐代蒋伸《授李珏扬州节度使制》），历来是全国最大的盐业集散地，富甲天下，少数盐商富可敌国。盐商官绅，竞相奢华，更催化出一个畸形繁华的淮左名都。俗话说：“腰缠十万贯，骑鹤上扬州”（王十朋注苏轼《于潜憎绿筠轩》引李厚注），晚唐诗人张祜也有《纵游淮南》诗：

十里长街市井连，月明桥上看神仙。
人生只合扬州死，禅智山光好墓田。

活要活在扬州，死也要死在扬州，这就是隋唐以至明清时代的人对扬州的向往和迷恋。

这样一座扬州城，该是郑板桥卖画谋生的好地方。文人士大夫云集，不难求得知音；达官富商，为了炫耀财富，附庸风雅，肯出大价钱的，也不乏其人。但郑板桥所得到的是什么呢？他看见的是富人荒淫，穷人悲惨，历史陈迹，现代繁华，以及没有骨气的文人的堕落。他本出身贫寒，生性狂放不羁，现在经历与感受着这一切，他的内心常常充满了激愤与不平，苦闷与焦灼，忍不住和少数同好日日“放言高谈，臧否（褒贬、批评）人物”，因此而得“狂名”（《清史列传·郑燮传》）。他在扬州十年，创作了大量诗、书、画，作品风格一天比一天狂傲怪诞，惊世骇俗。不合时宜，自然也就难卖。到雍正九年（1731 年），夫人徐氏病故，他的生活就更艰难了。除夕之夜，他只能供上一瓶白水辞岁祭祖，初一清晨，他也只能凝望窗外怒放的梅花充饥当餐。“落拓扬州一敝裘（破皮袄）”（《大中丞尹年伯赠帛》），郑板桥在穷途末路艰难挣扎。

雍正十三年（1735 年）二月，“千家养女先教曲，十里栽花算种田”（《扬州》）的扬州，又到春暖花开时节。郑板桥清晨起来，由傍花村过虹桥，一直向雷塘和玉钩斜走去。雷塘有隋炀帝杨广墓，玉钩斜是隋朝埋葬宫女的地方。郑板桥去那里凭吊遗踪，想借一支挽歌抒泄胸中块垒。走出十来里路，树木繁茂，居民渐少，远远望见一株高大的文杏树下，有竹树围墙。郑板桥走上前去叩门，一位老妇迎出。

“先生从哪里来？何事光临寒舍？”老妇人恭敬地问。

郑板桥说：“今日春暖，我出城来散心，走到这里，见四周静谧，风景幽雅，不禁叩门相扰，多有冒昧。”

“先生不必客气，就请进吧！”老妇人说罢，在前引路，请客人在院中茅亭小坐。

郑板桥步入茅亭，不禁一惊，原来四壁贴的都是他的诗画。郑板桥问老妇人：“这些都是郑燮的诗画，你认识郑燮吗？”

老妇人说：“我一个乡村老婆子，哪里有缘认识郑大人呢？不过，我知道他，大家都叫他郑板桥。他的诗、书、画都极好，为人又有骨气，有钱人求他的字画，他就是不给；穷人要他的字画，他拿起笔就作，没二话，所以民间流传他的诗画不知其数呢，要不，我哪来这些珍宝！不少人都嫌他怪，我们老百姓却觉着他亲哩！”

郑板桥听老妇人说得这么真诚，万分感动，立即向老妇人施一大礼，说：“晚辈就是郑板桥。”

“啊？你就是郑板桥！”老妇人惊叫起来，她忍不住上下打量眼前这

个中年汉子，只见他四十开外，相貌丑陋，身材短小，形容憔悴。“你真是郑板桥？”老妇人一边问还一边不住地审视。

“晚辈确实是郑板桥。”

“小女子，快出来呀，郑板桥先生来了！”老妇人转而大喜，颠颠地跑着，叫喊着。喊罢女儿，撂下客人，径自到厨房生火做饭去了。

这时，一个女子从里屋走出来，十七八岁，红艳的裙子像闪动着一团火，乌亮的青丝似飘来的一片云，那样俏丽、轻盈，郑板桥眼前不觉一亮。

女子走到郑板桥面前，深深地施一礼，说：“小女子不知先生来了，没有出迎，望先生恕罪！”

“哪里，哪里！我这是不请自来，多有打扰，岂敢怪罪！”郑板桥诚恳地说。

女子再次施礼拜谢，然后大方地说：“小女子久闻先生大名，爱慕先生诗、书、画三绝珠联璧合，日思夜想得到先生一诗一画，只是没有这个缘分。”

郑板桥听了，十分高兴，快活地说：“这好办。有纸笔墨砚吗？我这就给你作一幅字画。”

“小女子就先谢过先生了。近几年来，先生的《道情》十首，都市乡村已传唱遍了，小女子也能唱得其中的‘老渔翁，一钓竿，靠山崖，傍水湾’，先生就为小女子写这《道情》十首吧。”

“好，好，就写《道情》十首。”郑板桥眉飞色舞，挽袖擦掌，快活得在茅亭里转着圈子。

女子拿出淞江蜜色花笺，湖颖笔，紫端石砚，在桌旁为郑板桥磨墨。郑板桥拿起笔，蘸饱墨，凝视一下彩笺，便大大小小、正正斜斜、长长短短地挥洒起来：

枫叶芦花并客舟，烟波江上使人愁，劝君更饮一杯酒，昨日少年今白头。自家板桥道人是也。我先世元和公公，流落人间，教歌度曲。我如今也谱得道情十首，无非唤醒痴聋，消除烦恼。每到山青水绿之处，聊以自遣自歌。若遇争名夺利之场，正好觉人觉世。这也是风流世业，措大生涯。不免将来请教诸公，以当一笑。

老渔翁，一钓竿，靠山崖，傍水湾，扁舟来往无牵绊。沙鸥点点轻波远，荻港萧萧白昼寒，高歌一曲斜阳晚。一霎时波摇金影，蓦抬头月上东山。

风流家世元和老，旧曲翻新调，扯碎状元袍，脱却乌纱帽，俺唱这道情儿归山去了！

郑板桥一气把十首《道情》都写出来了，我们在这里只录了《道情》的序曲、第一首和尾声。序曲，是道情说唱的开场白，开头四句借用了白居易《琵琶行》和王维《阳关曲》诗意，接着自报家门，然后说他唱这《道情》十首的用意，无非是惩恶扬善，愉悦听众。第一首，写老渔翁悠然自得的生活及江边景色。尾声，“元和”是唐宪宗的年号，此时盛行白居易、元稹开创的“元和诗体”，“元和诗”通俗浅近，易于传唱，且多长篇叙事诗。郑板桥以“元和老”自况，说他这《道情》是旧曲新唱，唱罢就归山，做他的渔樵老去！

傅抱石先生说：“今天五十岁上下年纪的人，小学时期，大概不少唱过‘老渔翁（略）’这首《道情》曲的”，“一个刚从私塾里跑出来进‘洋学堂’的孩子，对一天到晚板起面孔的冬烘先生是不怀好感的”。《道情》中有一首诗：“老书生，白屋中，说黄虞（黄帝和舜），道古风，许多后辈高科中。门前仆从雄如虎，陌上旌旗去似龙，一朝势落成春梦。倒不如蓬门僻巷，教几个小小蒙童”，这个孩子“尽管那时词意还不十分了了，却也把它当作嘲笑先生的武器了。”（《郑板桥集》前言）可见，《道情》十首，的确传唱很广。傅抱石先生说，现在扬州扬剧团的老艺人还能唱《道情》的曲调。

郑板桥一边写，还一边哼唱。女子在一旁看着，眼中闪动着无限深情的爱的火花。郑板桥刚一收笔，她就情不自禁地赞叹说：“啊，真是十首好鼓儿词，怪不得到处都在敲着渔鼓简板传唱！词儿雅，景儿美，情儿真，读起来有风味，唱起来又上口，真叫人爱煞！人人都说先生的字怪，果然似楷似草，似篆似隶，不类古人字，也不同今人书，真也是怪到家了！”

“哈……”郑板桥高兴得大笑起来，豪爽地说：“姑娘有眼力，有眼力！板桥作字，徒矜奇异，创为真隶相参之法，杂以行草，自号六分半书，歪脖子跷腿，醉步踉跄，世人惊怪，我却敝帚自珍也！”

女子听了，也忍不住“咯咯”地笑起来，说：“小女子就多谢先生这‘歪脖子跷腿，醉步踉跄’的《道情》宝墨了！”

这时，老妇人早已备办好饭菜，请郑板桥用饭。席间，郑板桥说：“在府上叨扰了半天，还没有请教尊姓大名，真是失礼了。”

老妇人说：“我家姓饶，有五个女儿，四个已经出嫁，只留这个小女儿在身边养老，邻里都叫她五姑娘。”

“敢问五姑娘芳龄？”

“十七岁了。”老妇人说：“先生家室也都在本地吗？”

“噢，不。六年前，爱妻已去世了，我孤身一人卖画扬州。”

“原来是这样。”老妇人说了一句，沉吟片刻，又说：“板桥先生，老妇有一言，不知当说不当说，我家五姑娘平日仰慕先生为人，又酷爱先生诗、书、画，得到只字片纸，无不尽心珍藏。今日小女向板桥先生求书，更是一片痴情，先生既已失偶，老妇愿让小女为先生奉箕帚，侍汤饭，不知先生肯收纳否？”

郑板桥慌忙放下筷子，连连摇手说：“不行，不行！我一落魄寒士，何德何能，配伴此妙龄丽人！”

“也是小女同先生有缘，先生只要不嫌弃，亲事就这样定了吧！”

郑板桥辞谢不成，只好答应，说：“今年乙卯（1735年），来年丙辰，板桥要进京赶考，若中进士，后年丁巳，板桥一定回来完婚，能等我吗？”

老妇连声说：“能，能。”五姑娘也在一旁含羞点头。

乾隆元年丙辰，郑板桥果然中了进士。次年衣锦还乡，娶五姑娘饶氏。郑板桥是在逆境困顿中遇上五姑娘的，因而也特别珍惜彼此的感情。郑板桥常常以十分多情甜美的笔触，描写他们美满幸福的婚后生活。有《细君》诗为证：

为折桃花屋角枝，红裙飘惹绿杨丝。
无端又坐青莎上，远远张机捕雀儿。

《细君》，即少妻饶氏。少妻为折桃花，鲜红的裙子上沾满了雪白的丝丝柳絮；没一会儿，又坐在了绿茵茵的草地上，张设罗网捕鸟了。诗人用画家的彩笔，画出了少妻天真动人的可爱形象，字里行间洋溢着诗人满腔喜悦之情。

【参考资料】

《郑板桥扬州杂记卷》
《郑板桥全集》

衙斋听竹

山东潍县（今山东潍坊市）在渤海南岸不过百里。清乾隆十一年（1746年）七月十九日一次大海潮，把潍县以北的万顷良田变成一片汪洋。以后又是八个月无雨，举目四望，赤地千里，寸草不生。

次年，郑板桥从范县（今河南范县）调任潍县县令，没有排衙喝道，也没有坐轿摆威风，只用三头毛驴就上任了。一头自己骑着，一头驮着两夹板书和一张阮咸琴，一头由小童骑着在前面引路。郑板桥一路走，一路察看，到处是破败的村落、逃荒的难民，野有饿殍，路有弃婴，卖儿卖女，呼爹叫娘。郑板桥目睹这惨绝人寰的景象，如万箭穿心，泪如雨下。他几次跳下毛驴，走到难民中间，问这问那，发誓要与潍县百姓同甘共苦，战胜灾害，解民倒悬。他说，百姓不得安宁，他死不瞑目。

郑板桥上任后，一面立即上书朝廷，请求放赈救灾，一面查封奸商囤积的粮食，严惩哄抬粮价行为，责令他们按平价卖粮给百姓。他还到处奔走，劝说富裕人家开设粥厂，煮粥施舍无钱无粮的灾民。

时间挨过了一天又一天，潍县的百姓挣扎在死亡线上。郑板桥上奏朝廷要求开仓救灾的折子，一次，两次，三次，都石沉大海，没有回音。郑板桥心急如焚，度过了一个又一个不眠之夜。

这天晚上，夜又深了，屋里黑洞洞的，可是郑板桥躺在床上，还是直瞪瞪地睁着双眼，怎么也睡不着。啊，是谁在窗外呜咽、抽泣，时断时续，时高时低，多么悲凉！多么哀伤！唉，那一定是灾民们的痛苦呻吟！他把眼睛睁得更大了，凝神屏气，谛听着窗外。

窗外，惟有海风阵阵，竹声沙沙，并无人声！

郑板桥的心不禁一阵痛楚。原来，这潍县百姓的悲惨，使天也悲，地也悲，万物也哭泣啊！

郑板桥再也躺不住了。他披衣下床，走到漆黑的窗前，注视着沉沉的夜空，思绪飞向潍县城乡，飞向受苦受难的灾民。

这时，他突然想起了年伯包括曾向他索要一幅墨竹，便走向书案，铺纸泼墨，在灯下画起来。四竿清瘦墨竹，两高两低，须臾跃然纸上。高者孤立，低者纤弱，焦枯稀落的竹叶迎风俯仰，纷乱摇曳，仿佛在呻吟泣诉。郑板桥画完，意犹未尽，又在画的右下角题小诗一首：

衙斋卧听萧萧竹，疑是民间疾苦声。
些小吾曹州县吏，一枝一叶总关情。

这首诗在《郑板桥集》中题作《潍县署中画竹呈年伯包大中丞括》。什么是语短情长？这就是！寥寥四句，深情无限。民间的一呼一吸，一言一语，都牵动着他郑板桥这个州县小吏的心，使他有切肤之痛！他像被什么推动着，鞭打着。他不能再循规蹈矩了，不管明天能不能得到上司的批复，他都要开仓放粮了。作为一幅诗画，这也是郑板桥的一幅代表作，画竹咏竹，都不同于常见的孤高劲节、自怜自赏的主题，而别有深意。

第二天，郑板桥坐堂发令，要衙役都去帮助开仓分粮。一个衙吏说："老爷，按当朝规矩，开仓放赈，一定要先奏明朝廷，得到批准，如今批复未到，私自放赈，必招罪名，望老爷耐心等待。"

"等待！等待！等待到何时？潍县的百姓已经人食人，再辗转申报，等待到批复，老百姓恐怕就要死绝了！"郑板桥愤怒而痛心地说。他停了停，极力控制住自己的感情，口气变得缓和了些，说："你们都去吧，如果朝廷降罪，我一人承担！"

这一天，潍县的官仓大开。全县数十万百姓，这才免于饿死，度过饥荒。

乾隆十二年（1747 年）秋天，潍县终于迎来灾后的第一个丰收，逃荒的难民陆续返回家园。郑板桥高兴得不得了，天天到乡下视察。百姓们见县太爷来了，纷纷拦道，要请老爷到家吃顿丰收饭。郑板桥走到央子村，一个村民端来一碗面条。

"老爷，我们知道你不准百姓用酒菜招待你。可你出来察看民情，总不能饿着肚子，就吃我们一碗面吧！"村民真诚地央求说。他的身后，

《唐诗画谱》 （明）黄凤池 编

是无数双恳求的眼睛。

郑板桥看着这一群穷苦的百姓，不忍再拒绝，他接过碗，连声说："谢谢乡亲父老了，我吃！我吃！"

"老爷，这面有个说法，叫百户三鲜面。"一个村民看着郑板桥吃得那样香，笑得合不拢嘴，在一旁高兴地说。

"噢，怎么叫百户三鲜面？"郑板桥问。

"老爷几次到我们村勘灾赈民，是我们的救命恩人，乡亲们感恩戴德，无法报答。今秋丰收，我们全村家家户户凑了大虾、蟹黄、银鱼、小麦，一齐磨成粉，做了这碗面，表达我们对老爷的报答之情。"村民解释说。

郑板桥一听，热泪不禁夺眶而出，说："啊，我郑板桥何德何能，当此乡亲父老的如此厚爱？"说着，他的热泪就簌簌滚落在面碗里。他叫书童取出纸笔，依着驴身，万分激动地写成《吃红面条》诗：

三碗红面胜大宴，黎民丹心犹可见。
留得包拯正义在，泽加于民刻心田。

郑板桥曾经说过："我想天地间第一等人，只有农夫。"正是他们"苦其身，勤其力，耕种收获，以养天下之人。使天下无农夫，举世皆饿死矣。"（《范县署中寄舍弟墨第四书》）是百姓养活了做官的，可是做官的还口口声声说什么自己是"父母官"、"视民如子"，好像是当官的养育了百姓；他们为百姓做了点事，反倒要百姓感恩戴德，是什么时候把事情弄颠倒的呢？我郑板桥当之有愧啊！他下定决心，永远做一个刚正廉洁的清官，把造福于民的志愿深深刻在心上。

郑板桥就是这样，在潍县做了七年县令。因为要做一个刚正廉洁的官，为民兴利除弊，不免触忤上司，终于在乾隆十八年（1753 年）罢官还乡。郑板桥离开潍县那天，倾城百姓夹道相送，不少人送出百里之外。潍县百姓都爱郑板桥的书画，纷纷拿出团扇、纸绢，请求题画。

"老爷，给我画一幅吧，让我们留个念想！"

"老爷，给我写几行草书吧，我要把它放在家里神龛上，日日为老爷祝祷！"

郑板桥激动万分，笔不停挥，满足一个又一个老乡的愿望。在为潍县绅士、百姓画的一幅竹子上，郑板桥题了这样一首诗：

乌纱掷去不为官，囊橐萧萧两袖寒。
写取一枝清瘦竹，秋风江上作渔竿。

在《郑板桥集》中此诗题作《予告归里，画竹别潍县绅士民》。这首小诗，有些自豪，也有些悲凉。在"三年清知府，十万雪花银"的年代，郑板桥在潍县七年，时时关心着百姓的疾苦，清正廉洁，秋毫不取，所以

离任时“囊橐”（行李）空空，他对得起潍县的百姓！但是世道终于不能容忍他这样的清官，他也无所惋惜，毅然掷去，退隐归田，去与秋风明月、江鱼野凫为伍，以诗画自娱，保持自己如青青翠竹一样的高风亮节和林泉隐者超迈脱俗的情怀。

郑板桥是一位杰出的画家，而杰出画家的作品，必然是诗、书、画三绝的完美融合。郑板桥自己正是这样追求的。他从潍县离任后，就曾得到这样一副赠联：“三绝诗书画，一官归去来”（见《梁章钜《楹联丛话》）恰是他当时的纪实。郑板桥画作极丰，至今已遍布全世界，但他一生只画竹、兰、石、菊几样。“梅、兰、竹、菊”，从南宋以来被称为“四君子”，寄托着画家、诗人清高、幽洁、虚心、超逸等特定的情怀。郑板桥画竹，无论是大幅还是小幅，都有一种不可压抑的蓬勃生机和兀傲清劲的品格，而画上题诗，往往使他的这种画上情趣得到更高的升华。

郑板桥走了，仍然是三头毛驴，一头自己骑着，一头驮着两夹板书和一张阮咸琴，一头由小童骑着在前面引路。

【参考资料】

《郑板桥全集》
《郑板桥轶事》

重返扬州

乾隆十八年（1753 年），郑板桥罢官回到扬州，仍然住在扬州城北的旧居李氏小园。一别扬州，前后竟二十年了，他仍然是家徒四壁，两袖清风，只得重操旧业，以卖画为生。

一天，郑板桥请来旧时一些朋友相聚。故友重逢，共道契阔相思之情。大家百感交集，正谈论间，家僮走进堂来。

“先生，有位叫李啸村的老爷送来一副贺联。”家僮说。

“噢，啸村雅士，必有妙语，快拿来大家共赏。”郑板桥又添了几分喜悦，接过对联，首先展开上联。这上联是：

三绝诗书画

“好一句‘三绝诗书画’，这只有板桥兄受之无愧！”

“是的，是的。板桥兄一生爱画兰、竹、石、菊，而尤其爱画竹，善画竹。板桥兄笔下的竹，可谓千姿百态，新竹翠色葱茏，老竹古色斑驳，晴竹浏亮映日，雨竹含烟迷濛，风竹醉步摇曳，雪竹挺拔高洁。板桥先生画兰，也是秀叶疏花，风姿绰约，再加上丑而雄、丑而秀的千古不变之石，一幅画中，一竹一兰一石，有节有香有骨，哪位贤人君子得到，挂在墙上，可谓一屋而居四美了！”

“你这还只说到板桥兄的画，我看板桥兄的诗和六分半书就更胜于画了。”

“好了，好了。诸位大概是见板桥落拓还乡，不免可怜，便用这些好听的话来哄我开心，还是言归正传，一起来欣赏啸村的对联吧。”郑板桥打断众朋友的议论，风趣地说。

“慢！且别忙看啸村的对联，我们大家一起来对下联，谁对得快对得切，大家就敬他一杯酒！”

郑板桥说：“这个主意不错。当年契丹使者出了一个上联‘三才天地人’求对，众多饱学之士，有的搜索枯肠，竟无以对；有的勉强对出，却不相称，只有苏东坡对以‘四诗风雅颂’，才被世人称为绝对。今天这‘三绝诗书画’，我看也难对得很。大家要是对不出，我这一顿请客酒宴，就自家吃了！”

郑板桥这么一说，逗得大家都笑了。于是个个都掉头吟哦，搜求佳对。可是时间过了很久，还是没有求得一联大家称赏的对句。郑板桥笑着说：“看来我已老朽，诸位也才拙，还是看看啸村的原对吧！”说着，启开纸封，大家一看，原来是：

一官归去来

“好！好！妙！妙！这才真正是前无古人、后无来者的绝对！”

“这‘一官归去来’，不仅与‘三绝诗书画’对得切、对得稳、对得巧，而且也正合板桥兄辞官还乡之事。”

“不只事切，而且意也切。这‘三绝诗书画，一官归去来’恰是板桥兄一生的经历，一生的成就。坎坷潦倒，艰辛一生，领异标新，狂怪一世，尘俗既不容板桥，板桥又何恋尘俗？终于追步陶潜，要长吟‘归去来’了。这一副对联，其中多少辛酸，多少愤懑，多少解嘲，多少超脱！”

众人七嘴八舌，赞赏不已，也感叹不已。

郑板桥万分感激李啸村和朋友们的真诚理解，不禁深情地说：“我郑板桥一生心怀立功天地、字养生民的宏愿，但是我这个康熙秀才，雍正举人，乾隆进士，身历三朝，直到五十岁才谋得一个七品芝麻官。作宰十数年，无功于国，无德于民，得到的是什么呢？

十年盖破黄绸被，尽历遍，官滋味。雨过槐厅天似水，正宜泼茗，正宜开酿，又是文书累。　　坐曹一片吆呼碎，衙子催人妆傀儡，束吏平情然也未？酒阑烛跋，漏寒风起，多少雄心退。

郑板桥这首《青玉案·宦况》词，从题目可知，是吟他的为官生活的。他说，十年来，他尝尽了做官的滋味，遇到好天气，本来是可以悠闲地品杯茶、饮盅酒的，可又官府文书压身。一坐堂断案，衙役喊威，看起来威风八面，其实只是一个傀儡，案子断得公与不公（平情），恐怕只有天知道。下堂回到后衙，夜深人静，酒喝够了，蜡烛将燃尽了，我也心灰意冷，多少英雄豪气也都磨尽了！

郑板桥吟完，又接着说："我屡思乞休，顷又徘徊，如今终因触忤大吏而解职，又回到这魂牵梦萦的扬州。旧诗书是我有缘物，新见闻是我最乐事。高朋满座，能为破愁城之兵；绿竹横窗，可作入诗囊之料。以此永日，不知乌兔（日月）升沉；借此怡年，亦任燕鸿来往。身居陋巷，卖画谋生，再作一个二十年前旧板桥！"

郑板桥这一首词、一席话，可谓百感交集，五味俱全，令在座的故友新知，莫不唏嘘慨叹不已。

这时，一个朋友举起酒杯，大声说："诸位，今日相聚，本是为板桥兄重返扬州洗尘，刚才李啸村一副对联，虽是佳作，却也大煞风景。现在大家不要再说它了，我们举酒，为板桥兄接风干杯！"

大家举起酒杯，共道一声"干！"便都一饮而尽。

郑板桥饮了一杯酒，心情似乎平静了许多，又转而兴奋地说："诸位，板桥回到扬州，还没有执笔作画。今日高朋聚会，愿奉献诸位板桥初返扬州的第一幅墨竹。"说着，走向画案，众人也随着围了过去。郑板桥铺好一幅纸，执笔凝视片刻，便泼墨挥洒，但见疏疏密密，浓浓淡淡，干干湿湿，无不随心所欲，出神入化，瘦而腴，秀而拔，以少少许，胜多多许，清光拂面，潇洒逼人。片时画完，又题小诗一首：

二十年前载酒瓶，春风倚醉竹西亭。
而今再种扬州竹，依旧淮南一片青。

这首诗在《郑板桥集》中题作《初返扬州画竹第一幅》。从这首题诗，我们可以看出，郑板桥这幅墨竹，显然别有深意。二十年来，他尽管如扬州竹一样，经历了许多风霜雨雪、沧桑劫难，但如今仍然是郁郁葱葱、

欣欣向荣的一片青青翠竹，表现出画家、诗人郑板桥桀骜不驯、超迈高洁的品格。

郑板桥题画完搁笔后，众人观赏品评，赞不绝口，都说郑板桥的墨竹画，深得添枝减叶之法，如删繁就简三秋树，削尽繁冗，独留清瘦，更加苍劲简洁，超尘脱俗了！

从此，郑板桥又开始了在扬州的卖画生涯，直到去世。

【参考资料】

《郑板桥全集》
《楹联丛话》卷十二

板桥受骗

郑板桥重返扬州，同二十年前大不相同，他的画名、书名、诗名、科（举）名、官（声）名、狂名，早已传扬远近。因此，扬州的人，无论贫富、文野、老少，都另眼看待他。但是郑板桥虽然曾自书“难得糊涂”的匾额自警，却始终不能变得世故、圆滑、糊涂与痴愚，仍然是一味嫌富爱贫。穷人要他字画，无不慨然允诺，富人要他字画，或开个大价钱，或给个硬钉子，总之是一点面子也不给。后来，他干脆赫然挂出一副笔榜：

大幅六两，中幅四两，小幅二两。条幅对联一两。扇子斗方五钱。凡送礼物食物，总不如白银为妙。公之所送，未必弟之所好也。送现银，则中心喜乐，书画皆佳。礼物既属纠缠，赊欠尤为赖账，年老神倦，亦不能陪诸君子作无益语言也。

画竹多于买竹钱，纸高六尺价三千。
任渠话旧论交接，只当秋风过耳边。

乾隆己卯，拙公和尚属书谢客 板桥郑燮

乾隆己卯是1759年，郑板桥已六十七岁。他采纳拙公和尚的建议，定下这份润笔标准，也就是今天所说的“稿酬”。郑板桥曾说过：“凡吾画兰、画竹、画石，用以慰天下之劳人，非以供天下之安享人也！”（《“恬然自适”印跋》）这就是说，他的书画，是为老百姓而作，一些恶吏以笔墨供玩赏，实不过是附庸风雅、矫情自饰的丑行，是地地道道熏满铜

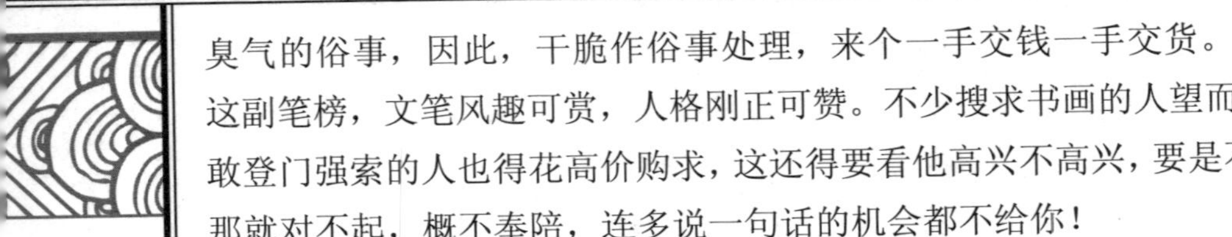

臭气的俗事，因此，干脆作俗事处理，来个一手交钱一手交货。郑板桥这副笔榜，文笔风趣可赏，人格刚正可赞。不少搜求书画的人望而却步，敢登门强索的人也得花高价购求，这还得要看他高兴不高兴，要是不高兴，那就对不起，概不奉陪，连多说一句话的机会都不给你！

这样一来，郑板桥少了许多烦心事，终日熙熙攘攘的郑宅门庭，从此清静了许多。

郑板桥在家闷了几日，这天决定到郊外去散散心。他让一名小书僮背着诗囊，信步走出东郊。渐渐人烟稀少，越走越觉幽僻清冷。荒坟乱岗，野草杂树，迎面而来。突然，有琴声传来，举目四望，在一片青藤古树的背后，飘浮着丝丝炊烟。郑板桥心中一喜，对小书僮说：“此间莫非有隐君子？我们去看看！”郑板桥循着琴声向树林深处走去。草渐深，树渐密，路渐窄，板桥好不容易走到一座小院前，只见茅屋数间，四周寥寥，是一座孤院。门上有一副对联：

月白风清，此处更容谁卜宅
磷阴焰聚，平生喜与鬼为邻

横额：富儿绝迹

郑板桥连念了几遍，说：“有些意思。看来，此间主人不俗。”说着便推门走进院子。院里花草杂生，竹柳掩映，盆鱼笼鸟，各乐其乐。郑板桥走进堂屋，见一老人，须眉尽白，端坐鼓琴。郑板桥也不打断老人琴声，便自找了一张凳子坐下，待老人琴声停后，郑板桥才站起来，拱手施礼说：“不速之客，搅了高士雅兴，多有得罪了！”

老人上下打量来人，然后连声说：“无妨！无妨！山野老叟，绝交息游多年了，先生光临，正好可以闲话。”说罢，一边让座沏茶，一边问：“先生从何处来此？”

郑板桥说：“就从扬州城来，不期在这远郊荒野，幸逢高士。”郑板桥停了停，像突然想起什么，问：“刚才进院时，见高士院门上有对联横额‘富儿绝迹’，不知是什么意思？”

《唐诗画谱》　　（明）黄凤池 编

老人呵呵一笑说："噢，说也有趣。扬州城里富商巨贾钱多得发烧，便竞相仿效风雅，听说老朽这儿有些奇花异草，便都来窥视。谁知这种人满身金银气，一到我这冷僻幽境，不是失足掉进河里，就是被花草划破衣裳，或是被鸟粪污了俊俏脸蛋。有一天，一个富儿刚坐下，一只老鼠从屋顶跑过，我这茅草屋顶上掉下一块破瓦片，正打在富儿头上，鲜血淋漓。从此，富儿互相告诫，不敢再来我这儿。因此我就写了这么一块横额。我看先生一定是个清贫之士，要是富人，也怕有不利哩！"

郑板桥听了，也忍不住笑起来，说："原来是这样！我确实贫寒一世，

平生最恨的，也就是那些吮人膏血的富人。”

两人说得投机，老人问：“先生能饮酒吗？”

“能。”郑板桥说。

“好，我们饮几杯！”老人高兴地转身抱来一瓮酒，但有些为难地说：“可惜，荒村野宅，没有好的下酒菜。锅里倒是炖有狗肉，只是不好拿来款待高贤！”

郑板桥一听，两拳击掌，一脸兴奋，嘴里飞出了唾沫。“好，好，我最爱吃的就是狗肉！百味之中，惟有狗肉味最好，快去拿来，你我一醉方休！”

老人见郑板桥这样，竟慢条斯理、絮絮叨叨地说：“狗肉实在不是款待贵客的佳肴，失敬，失敬！得罪，得罪！”

郑板桥却耐不住性子，一迭声催促，说：“不碍，不碍。快去拿来！”

老人果然从后屋端出一大盘狗肉来，真是异色诱人，奇香扑鼻。两人对坐，大块嚼肉，大碗饮酒，把个郑板桥乐得忘乎所以。

郑板桥见四面粉墙，没有一幅字画，就问：“高士居处幽雅，性乐琴书，怎么徒有素壁？”

老人说：“没有什么好字画。扬州倒是有个叫郑板桥的，听说他的诗、书、画、印皆绝，也不知是不是真的？老朽也无缘与他相交。别的，我也没见什么好字画，就只好徒有四壁了。”

郑板桥笑着说：“我就是扬州郑板桥，今日你我有缘，就为你画几幅补壁。”

老人一脸惊讶，说：“高贤就是郑板桥？你真愿为我作画？老朽听说，郑板桥的字画可不轻易给人。”

“是的。索我画，偏不画；不索我画，偏要画。终日作字画，不得休息，便要骂人。三日不动笔，又想有一幅纸来，以发泄胸中闷气，此亦吾曹之贱相也。何况今日兴浓技痒，正好泼墨挥毫！”郑板桥快人快语，好不爽快热情。

“如此，老朽就先谢过了！”老人立即起座施礼说，“不过还是先饮酒吃狗肉，过会儿再画不迟。”

“不，现在酒兴正浓，正好作画吟诗，完事之后，我们可以接着痛饮大嚼！”郑板桥说着就站起身来。

老人拿来纸笔墨砚，像是早已准备好了的。不多工夫，几箭兰，几根竹，几片石，便已跃然纸上，劲节，虚心，幽洁，清雄，风骨凛然，脱尽时俗。郑板桥画完，落款钤印，自我欣赏了一番，便搓搓手要离开画案。

老人说：“今日得板桥先生宝墨，实是老朽三生有幸。老朽本是西川人，姓甄名小泉，还望先生赐呼，使小泉与先生之画同存不朽！”

郑板桥听了这话，不禁一惊，问：“什么？你说你叫甄小泉，怎么与扬州城里的一个贱商同名同姓呢？”

“哦？有这等事？他今年多大年纪？”老人惊讶地问。

“他今年大约五十来岁吧！”郑板桥说。

“哈……”老人大笑起来。“老朽取此名时，那商人还没出世呢。世上同名同姓的很多，这有何妨？清者自清，浊者自浊嘛！”老人说得十分坦然。

“这也是。”郑板桥说。于是，便又提笔把十余帧画，一一题上“小泉补壁”的字样。

这时，老人真是眉开眼笑，无法掩饰自己的喜悦，说：“先生宝墨，价值连城，高悬净室，蓬荜增辉，老朽当终生珍藏，不辱惠赐。扬州城的那位同名同姓商人，先生望勿告诉，以免他来豪夺强取，徒损先生清名！”

郑板桥说：“扬州城巨商甄小泉秉性卑鄙，劣迹昭彰，是我平生最讨厌的人，他多次用重金要买我的字画，都被我断然拒绝，他自顾室中没有我的一字片纸，总觉华堂无光，多次施用诡计，也都被我识破。今日高贤如早道姓名，我也许就不吃你这顿狗肉了。你该不是受商人甄小泉之命，巧用这场狗肉计吧！”

“哪里，哪里！先生切莫多疑，我们还是再去饮酒吃狗肉吧！”老人说着，拉郑板桥重新坐下畅饮。这一天，郑板桥直到入夜二更，才回到扬州城内的李氏小园。

第二天，一个朋友匆匆跑来告诉郑板桥，扬州城里的巨商甄小泉正在家中大宴宾客，说是庆贺他昨日得到先生十余帧书画。先生书画挂满了客厅，甄小泉向客人夸富斗奇，好不风光得意。

郑板桥一听，“哎呀”一声，差点气晕过去。他勃然大怒，骂道：“无

耻狡狯商人，竟仿肖翼故事赚我书画[①]！”骂完，郑板桥又长长地叹了口气，说：“唉，也是我嘴馋贪杯，才中了他的狗肉计，真是后悔莫及啊！七十老夫，你为何做事如此不慎，自污清名呢？”

郑板桥这样自叹自责，无限懊恼与凄楚。他慢慢走到画案前，铺好一张纸，提笔写了一首《戒己诗》：

贪杯辱身，理当受责。
停画百日，戒酒三春[②]。

据说，从这一天起，郑板桥果然一百天没有作画，三春没有饮酒。

【参考资料】

《清朝野史大观》卷寸
《夜雨秋灯录》
《郑板桥轶事》

① 参看本丛书《先唐篇·智赚兰亭》。
② 三春，即一、二、三月，总计一百日。

纪昀巧对

纪昀，字晓岚，我国老百姓家喻户晓、妇孺皆知的这位纪晓岚纪大人，有三大奇处，令当时人赞不绝口，令今人津津乐道。

奇处之一：他有一根大烟袋，这根烟袋的烟锅，一次可装烟丝数两，一锅烟，从他家住的虎坊桥，可一直吸到圆明园，所以人称纪晓岚纪大烟袋。

奇处之二：博学。正史称“昀学问渊通。撰《四库全书提要》，进退百家，钩深摘隐，各得其要旨，始终条理，蔚为巨观。”（《清史稿·纪昀传》）野史称“北方之士罕以博雅称者，唯晓岚宗伯无书不读。所著《四库全书总目》，汇三千年典籍，持论简明，殊不可及。”（《清朝野史大观》）张培仁称纪晓岚为“一代儒宗，千古绝学。”（《妙香室丛话》）纪晓岚所以博学，一是他有绝代聪明，二是他勤奋好学。他曾说：“余自四岁至今，无一日离笔砚”（《槐西杂志》）他还曾自题一挽联：“浮沈宦海如鸥鸟，生死书丛似鱼蠹”。“鱼蠹”，虫名，即俗语的书虫子。纪晓岚说，书就是他的生死之所（《郎潜纪闻》卷八）。纪晓岚活了八十二岁，他的长寿秘诀是四个字：俭则寿，勤则寿，静则寿，慈则寿。（《纪晓岚师八十序》）而这四字，尤其是“勤、静”二字，便得益于他是个书虫子。他青年时代就十分自负。一天，母亲问他：“你自称无书不读，可曾读过皇历？”这可真问住了，他还真没读过。于是，他找来一本万年历，认认真真读了一遍。中进士后，乾隆听说此事，想试试他是不是真的无书不读、过目不忘，就要他当即背诵六十年的皇历，纪晓岚竟背得一字不差。以后，在皇帝身边，在翰林院，在四库馆，无论皇帝还是同僚，纪晓岚是有问必答，敏捷机巧，无不令人叹服。

奇处之三：诙谐善谑，纪晓岚几乎无时无事不开玩笑。有一个流传很广的笑话。一天，某词林太夫人大寿，纪晓岚前往贺寿。这是一个严肃喜庆的场合，纪晓岚更想逗众人乐一乐。在寿宴上词林请纪晓岚作一首贺寿诗，纪晓岚即席吟出的第一句竟是："这个婆娘不是人"，话一出，举座大惊；稍停，纪晓岚从容吟出第二句："九天神女下凡尘"，众人一听，笑声四起；纪晓岚却不动声色，吟出第三句："生下儿子去作贼"，四座再次愕然，不料纪晓岚转出第四句："偷得蟠桃寿母亲"。真是一波三折，语惊四座，一时传为佳话。（《清朝野史大观》）

纪晓岚是直隶河间府献县（今河北献县）人。一天，他向乾隆告假回家省亲，乾隆笑着说："朕出个对儿，你要对上了，朕就恩准你回家。"纪晓岚说："请皇上出对。"乾隆说："思父思母思妻子。"纪晓岚一听，倒头就拜，说："谢主隆恩。"乾隆说："你还没对呢，怎么就谢恩了？"纪晓岚说："谢天谢地谢君王！""哈……爱卿真是个奇才，朕恩准你回家省亲。"（朱惠民搜集整理《民间传说》）

纪晓岚在开玩笑时，处处显示出他的机敏、学识和人格，因此当听者一笑置之后，又往往别有所悟。他开玩笑，其实有时就是他的一种武器，或者为保护自己，或者为捉弄和回击对手。纪晓岚从小就显示出这方面的性格和才能。

纪晓岚小时候是一个聪明调皮的孩子，在家塾念书时，尽管管束很严，他还是贪玩。一次，他爬上树掏雀，逮了一只小鸟，喜欢得不得了，但又不敢拿回家，就在家塾的墙角挖了个洞养起来，喂完食，再用砖堵上。不久被老师石先生发现，石先生怕学生玩物丧志，荒疏了学业，就把小鸟杀死在洞中。第二天上课，石先生教对句，故意出了一个上对："细羽家禽砖后死"；纪晓岚痛恨石先生杀了自己心爱的小鸟，就脱口而出："粗毛野兽石先生。"石先生听了，十分生气，斥责他为什么如此谩骂老师。纪晓岚立即说："老师教我们对对子，说要对得工整妥帖才是好对，所以学生用粗对细，毛对羽，野对家，兽对禽，石对砖，先对后，生对死。没想到触犯了先生，可不这么对，又怎么对呢？"石先生仔细一想，这副对子的上下句，可不是对得极工整嘛！顿时没了脾气。（朱惠民搜集整理《民间传说》）

乾隆年间，工部衙门失火，皇上命大司空金简督办修建，有人出了一副对子的上联：“水部火灾，金司空大兴土木。”一天入朝，有中书某（电视剧《铁齿铜牙纪晓岚》记在了和珅头上）壮貌魁梧，一向以“南人北相”自负，即集南方人和北方人的优点于一身，要纪晓岚出对，而且故意挑衅说：“这上联中可含有金、木、水、火、土五行啰！”纪晓岚不屑地说：“这有何难对，只恐怕要委屈足下。”中书某说：“无妨！无妨！”纪晓岚即出对说：“南人北相，中书君什么东西！我这里可有东、西、南、北、中天地五方位，对仗可工整？”骂得如此痛快，纪晓岚自己禁不住哈哈大笑，弄得中书某哭笑不得，京城一时哄传。（独逸窝退士《笑笑录》卷五）

和珅为尚书时，纪晓岚为侍郎，两人同以才辩闻名于世。因为人品心术大异，所以意见相左，时时明争暗斗，而几乎每次都是和珅仗势欺人，挑起事端，结果却往往搬起石头砸了自己的脚。

一次，两人一起赴同僚家饮酒。席间，和珅见同僚墙上挂着一幅画，画面上有一只小犬蹲伏在牵牛花下，和珅想当着众客人辱骂纪晓岚，就指着画面上的小犬，问纪晓岚：“是狼还是狗？”南方人发音，“s”、“sh”不分，“是狼”和“侍郎”谐音，纪晓岚一听，就知道和珅在骂他，纪晓岚不动声色地反击说：“和大人有所不知，尾巴下垂者是狼，尾巴上竖者是狗。”纪晓岚用的也是谐音，“上竖”者，“尚书”也！众宾客一听，前仰后合，捧腹大笑，再看和珅，一脸尴尬。（朱惠民搜集整理《民间传说》）

和珅在沧州修建了一座花园，穷极奢华。花园建成后，和珅请纪晓岚题匾。纪晓岚对和珅飞扬跋扈、贪赃枉法一向深恶痛绝，但因和珅是乾隆的宠臣，又不便得罪他，于是不得不为和珅题匾。纪晓岚想了想，就题了斗大两个字：“竹苞”。

和珅平时假充斯文，好卖弄才学，其实没什么学问，见纪晓岚题了这么两个字，想了半天，也不明白是什么意思，担心纪晓岚又在暗中骂他，就说：“和某才疏学浅，还请纪大人赐教。”

纪晓岚说：“《诗经·小雅》有《斯干》一篇，和大人读过吗？”

和珅装腔作势地说：“嗯，一时想不起来了。”

纪晓岚说：“第一章是这样的：

秩秩斯干，幽幽南山。
如竹苞矣，如松茂矣。
兄及弟矣，式相好矣，
无相犹矣。

这首诗是在周宣王新宫殿落成时唱的一首颂歌，意思是说，这宫殿前临一条小溪（斯干，干是河岸）水流潺潺，面对终南山蓊郁幽深；竹丛松林，繁荣茂密，兄弟之间，要像这松竹，相好相亲，永不相欺诈。”

和珅听了，高兴地说：“好！好！这‘竹苞’二字，原来概括了这么多意思。”

纪晓岚颇为得意，却笑而不语。

后来，和珅为讨乾隆的欢心，请乾隆到他新落成的花园游赏。乾隆看到“竹苞”这块题匾就问是谁题的，和珅回答说是纪晓岚。乾隆马上笑了，说：“你又挨纪晓岚骂了！”

和珅说：“纪大人怎么骂奴才了？”

乾隆说：“后人引用这个出典，是从‘竹苞松茂’四字各取一义，‘竹苞’谓翠竹丛生而盘根坚固，‘松茂’谓经风霜寒暑而不凋，四字合起来用作新落成宅院的颂词，有恭贺主人家根基坚固、繁荣昌盛的意思。可纪晓岚只写了‘竹苞’二字，就失去了原意，剩下的就只是‘个个草包’了！还不是在骂你①？”

经乾隆这么一说，和珅一想，把“竹苞”二字一拆开，可不就是“个个草包”吗！和珅挨纪晓岚的骂，不止一两次，因为才学不敌纪晓岚，常常是哑巴吃黄连，有口说不出，和珅只能怀恨在心，伺机报复。乾隆三十三年（1768 年），和珅终于抓到了机会。

纪晓岚的儿女亲家卢雅雨一向爱惜人才，在任两淮盐运使时，四方之士慕名而来，卢雅雨都盛情款待，对贫寒者多所接济，一时竟弄得入不敷出，挪用了官府库银。事闻朝廷，正拟议抄没其家。纪晓岚在当值时，

① 揭开“竹苞”谜底的人是谁，有两说，《纪晓岚文集·纪晓岚年谱》记此事系在乾隆三十三年，《清朝野史大观》卷六亦记为乾隆；而朱惠民搜集整理《民间传说》则说是刘墉。

风闻此事，回府即私下派人火速去卢家报信。但他没写一字，也没给报信人说一语，只让报信人送去一个小盒子，外用面糊加盐封固。卢雅雨接到小盒子，打开一看，里面只有少许茶叶。卢雅雨琢磨了半天，终于明白了纪晓岚的用意，原来其中隐含“盐案亏空查抄六字也！”卢雅雨得报，立即作了相应准备，查抄自然没有什么结果。和珅怀疑是纪晓岚作了手脚，便暗中侦察，结果不出所料，就在乾隆面前狠狠参了纪晓岚一本。乾隆召见纪晓岚，严责泄露机密。纪晓岚极力辩解说，他终日追随皇上左右，与卢大人无任何过往，也未写一字与卢大人。乾隆说：“人证确凿，你不用掩饰，朕只想问你用了何种瞒天过海、暗渡陈仓术？”纪晓岚知道瞒不过去了，只好老实交代，认罪说：“皇上严于执法，合乎天理之大公；臣惓惓私情，犹蹈人伦之陋习。”乾隆听了，竟转怒为喜，哈哈一笑，说：“好你个纪晓岚，如此大罪，还玩文字游戏，一语之中，公私兼顾，上下对仗，亦庄亦谐。朕喜欢你才思敏捷，言语得体，就从轻发落，到乌鲁木齐去效力赎罪吧！”于是，纪晓岚革职戍边。冬十月，在赴乌鲁木齐途中，作《杂诗三首》，其二如下：

蝮蛇一螫手，断腕乃不疑。
一体本自爱，势迫当如斯。
世途多险阻，弃置复何辞？
恻恻《谷风》诗，无忘安乐时。

《诗经·邶风·谷风》，朱熹注：“妇人为夫所弃，故作此诗，以叙其悲怨之情。”余冠英先生解释说：“这是弃妇的诗，诉述故夫的无情和自己的痴情。”《谷风》篇共六章，余冠英先生解释前三章说，第一章对丈夫委婉地说理，希望免于弃逐。第二章，既已被弃，迟迟不肯离去；想到丈夫新婚之乐，感受无限痛苦。第三章，想到新人把自己挤走，鹊巢鸠占，种种不甘心。（《诗经选》）纪晓岚在赴乌鲁木齐途中，吟诵《谷风》诗，可知他当时的心情和思绪，他的这首《杂诗》也就明白易懂了。他说，谁不爱自己，可他被毒蛇（和珅之流）咬了，形势所迫，只好断腕；官场太险恶，被弃逐是必然的，他怎能不接受这个事实？表面上他显得旷达，实际上他很不甘心，所以他吟起了《谷风》诗。

乾隆三十六年六月，乾隆下诏开四库全书馆，纪晓岚才遇赦还京。

【参考资料】

《纪晓岚文集·纪晓岚年谱》
《纪晓岚文集·谱余》

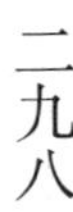

纪昀砚铭

纪晓岚一生有三大奇处，已见前篇。他还有三大嗜好。

嗜好之一：嗜烟，除了睡觉，他的大烟袋顷刻不能离手。《清朝野史大观》卷六记他一件轶事。一日在朝当值，正吸烟，忽听皇上来了，仓促中把烟袋插入靴筒里，皇上看在眼里，想捉弄纪晓岚，就故意闲聊，时间长了，烟火烧着了袜子，痛得他呜咽流涕。皇上却故作关切地问怎么回事儿，他只好说："臣靴筒走水了！"北方人管失火叫走水。等到出朝把靴子脱下来，"则烟焰蓬勃，肌肤焦灼矣。"纪晓岚走路本来有神行太保之誉，遭此厄运，很长一段时间一瘸一拐，于是从此有了李铁拐的谥号。

嗜好之二：嗜肉食。据说，他一生不吃粮食，面食偶尔吃一点，但决不吃米饭；吃饭时只要猪肉十盘，茶一壶。纪晓岚嗜肉食，但又决不吃鸭，《听松庐诗话》说："纪文达不食鸭，自言虽良庖为之（好厨师烹调的）亦觉腥秽不下咽，且赋诗云'灵均滋芳草，乃不及梅树。海棠倾国姿，杜陵不一赋。'以梅花海棠为比，虽不食鸭，而鸭之幸固多矣。"这段话的意思是，纪晓岚的诗说，屈原（字灵均）一生爱种植芳草，如蕙兰之类，但不种梅花；海棠有倾城倾国的姿色，但杜甫（号杜陵）一生未作一首海棠诗[①]。纪晓岚虽然不吃鸭，但用梅花、海棠比鸭，鸭也算幸运多多了。纪晓岚这首《解嘲》诗共六韵，紧接上引两韵之后，纪晓岚说："馨香良所怀，弃取各有故。嗜好关性情，微渺孰能喻。"这意思是说，谁都嗜好馨香的东西，但或取或舍，都有自己的缘故，这是人的不同性情决定的，这个问题很微妙，很难说得清楚。

嗜好之三：嗜砚。纪晓岚说他不善书法，但一生嗜砚。人们不知他收藏了多少方砚台，但他曾以"九十九砚"作为书斋名，有砚必有铭，他

① 参看本丛书《宋代篇·不赋海棠》。

现存的砚铭和题砚诗超过百首。

自古以来，我国文房四宝中，惟有治砚、集砚的故事最多、最脍炙人口。究其原因，不外有三：砚的石质和磨治，有天壤之别；砚台的源流传承，蕴含着丰富的人文历史佳话；砚铭中有汲取不尽的精神营养，从中可以窥见砚台持有者的人品、性情、修养乃至对文史和人生的见解。

乾隆三十六年（1771年），纪晓岚从乌鲁木齐赐还，从新疆带回北京一方砚台，他题了这样一首诗：

枯砚无嫌似铁顽，相随曾去玉门关。
龙沙万里交游少，只尔多情共往还。

从这首诗可知，纪晓岚被放逐新疆（事见前篇），是这方砚始终陪伴着他。别看这方"枯砚"，像铁一样冥顽不通人性，但在谪居生活中，就它"多情"。其实，砚之"多情"，缘自人之多情，是纪晓岚对砚的"多情"；所谓"交游少"，并不只是因为他身陷"龙沙万里"，更因为世态的炎凉和人情的冷暖。他回京后，跟随他多年的厨师，竟也因为向他索要高薪不成而离去，其他故交就可想而知了。从寥寥数语中我们可知，这方砚与纪晓岚是怎样朝夕相伴，纪晓岚从这方砚台得到多少安慰、寄托了多少感慨！

同年十月，纪晓岚重入翰林院，他又在日常所用的一方玉井砚背题了一首诗：

万里从军鬓欲斑，归来重复上蓬山。
自怜诗思如枯井，犹自崎岖一砚间。

这年，纪晓岚才四十八岁，已经在悲叹人老了，才思枯竭了，但他仍然艰难地在崎岖的砚山上爬行，离不开笔砚。自然，他的叹老嗟卑是暂时的，但他对砚的痴情却是永久的。

乾隆四十七年（1782年），《四库全书》已修成，作为总纂官的纪晓岚又在一方砚台上镌了一首《自题校勘四库全书砚》诗：

检校牙签十余万，濡毫滴渴玉蟾蜍。
汗青头白休相笑，曾读人间未见书。

牙签，是旧时藏书者系在书卷上作为标志的一种牙骨签牌，便于翻捡，故用“牙签”代书籍。苏轼《书轩》诗“雨昏石砚寒云色，风动牙签乱叶声”，就是说书架上悬的牙签太多，风一吹，如树叶竹叶响。玉蟾蜍，玉雕，蟾蜍形，贮水器，书房中“濡毫”用品。汗青，竹简，亦指书籍。这首诗说，在四库馆时，纪晓岚终日埋头在书堆里，整理、撰写总目提要，书与白头老翁两看相不厌，贮水的玉蟾蜍也常常滴干了水，在修书的近十年中，这方砚伴他读遍了人间难寻的孤本书。这首题砚诗，记录了纪晓岚在四库馆的重要经历和乐趣。

嘉庆元年（1796 年）春，纪晓岚以礼部尚书任会试正考官。同事绎堂，与他一起在聚奎堂阅卷，有一方砚台不俗，纪晓岚一见，二话不说，上去夺过来，返身就走。这方砚台却是绎堂的宝物，他哪肯割爱！见纪晓岚夺砚，立即起身追了上去；二人你争我夺，相持不下。纪晓岚终于说：“怎么？你也有心疼的时候？那好，把我的砚还我，以砚易砚，如何？这才公平嘛！”

原来，乾隆五十六年（1791 年）正月，刘墉为左都御史，不久调纪晓岚为左都御史，刘墉为礼部尚书。次年二月，纪晓岚见刘墉有一方瓛文砚，反复展玩，爱不释手，刘墉见状，就把这方瓛文砚赠送给了纪晓岚。刘墉，号石庵，是当朝大名鼎鼎的书法家，其书用墨浓重，貌丰骨劲，尤长小楷，他还为这方砚书铭文曰：“石理缜密石骨刚，赠都御史写奏章，此翁此砚真相当。壬子二月，石庵。”这则砚铭用“缜密”和“骨刚”来称许纪晓岚，说砚与人品性“相当”，可见刘墉所赠的不只是一方石砚。当时，兵部主事蒋师爚为此砚题了一首诗：

城南多少贵人居，歌舞繁华锦不如。
谁见空斋评砚史，白头相对两尚书。

诗中的“两尚书”即指刘墉和纪晓岚，当年纪晓岚已六十九岁，刘墉比他长四岁，已年过古稀，所以说“白头相对”；二人当时都住城南虎坊桥附近，本来就志同道合，加之一个书法家，一个砚痴，交往自然不同于追逐“歌舞繁华”者流。

书法家桂馥也以诗铭此砚：

刘公清苦得院僧，纪公冷峭空潭冰。
两公棐几许女登，女实外朴中藏棱。

“棐（fěi）几”，棐木做的几桌，此指书案。《晋书·王羲之传》说，一次，王羲之去一个门生家，见棐几滑净，就很高兴地为门生写了一幅字，真（楷书）草（草书）相半。“女”，即“汝”，此处指代刘墉所赠歙文砚。这首诗说，刘墉生活清苦如僧人，纪晓岚性格冷峭如潭冰，而歙文砚从外形看很朴拙，实际刚毅有棱角，而这样的砚，正配放在清雅如王羲之的纪晓岚书案上。这联诗正与刘墉砚铭“石理缜密石骨刚”、“此翁此砚真相当”意同。这首诗既赞刘墉和纪晓岚人品，也赞歙文砚砚品。

从以上可知，刘墉所赠歙文砚，不只砚台珍贵，且有如此难得的铭文和题诗，理所当然被纪晓岚视为镇室之宝，岂肯轻易让人夺去？绎堂强夺之后，纪晓岚一直耿耿于怀，决心伺机夺回来。这次会试，一起在聚奎堂阅卷，终于找到了机会，见绎堂用的一方砚台至佳，就强夺在手。绎堂一听纪晓岚说要以砚易砚，一时没了话说，只好答应，谁教他夺人所爱在先呢？纪晓岚这才笑着说：“阁下可知，螳螂捕蝉，黄雀在后也？”

绎堂回到家，只好找出歙文砚，让人给纪晓岚送去。纪晓岚当即吟了一首诗，戏为答谢：

机心一动生诸缘，扰扰黄雀螳螂蝉。
楚人失弓楚人得，何妨作是平等观。
因君忽忆老米癫，王略一帖轻据船。
玉蟾蜍滴相思泪，却自区区爱砚山。

《王略帖》，是王羲之名帖，只有二十八字，米芾许为“天下第一”，他为了从蔡襄那儿得到这张帖，曾急得以跳河自杀相求[1]，他之所以这样，完全是因为"爱砚山"的缘故。《孔子家语·好生》说："楚王失弓，楚人得之，又何求之？"纪晓岚这话自然是说给绎堂听的，那意思是说，你得而复失，我失而复得，就不妨看作是一报还一报，彼此平等了吧！你让我想起了米癫，我也像米癫一样，也只因为"爱砚山"才这样做，你就多多包涵吧！这首诗是戏作，确实写得轻松幽默，在失而复得中，表现出纪晓岚乐观豁达的人生态度和幽默风趣的性格。

纪晓岚砚铭之精彩，不能尽述，现录几则如下，以飨读者：

竹节砚铭：

介如石，直如竹。史氏笔，挠不屈。
笋不两歧，竿无曲枝。孤直如斯，亦莫抑之。
其断简欤？乃坚多节。略似此君，风规自别。

荷叶砚铭：

荷盘承露，滴滴皆圆。可譬文心，妙造自然。

白菜砚铭：

菜根之味，膏粱弗识。对此砚也，其念蓬门之所食。

松花石砚铭：

似出自然，而实雕镌，吾以知人工之巧。幻态万千，赏鉴者慎旃。

【参考资料】

《纪晓岚文集》
《纪晓岚年谱》

---

① 参看本丛书《宋代篇·米癫诗书》。

蓝出于青

乾隆二十七年（1762年），大学士梁诗正主持顺天（今北京大兴）乡试，纪昀充同考官。这年乡试发榜，已是九月秋凉。一天，奉天（今辽宁沈阳）新科举人朱孝纯求见。

朱孝纯一见纪昀，便深深施礼说："本科乡试，若非大人抬举，学生定然名落孙山了。"

纪昀连忙回礼说："子颍不必如此客气，快请坐！"

朱孝纯仍然恭敬地说："不是学生客气，学生试卷若不拨入大人房中，何缘得遇恩师？"

纪昀说："这确是我们有缘。按我朝科考法规，乡试考卷要分房评阅，每房录取有定额，但分拨的试卷优劣不同，为不埋没人才，所以才有拨房之制。本来已经在写榜，临时驳落一卷，才把你的考卷按例由别房拨给我。"

"学生三生有幸，所以对大人感激不尽！"

"翰墨因缘，岂非偶然？那是子颍的诗作得好。当时，梁公把你的试卷给我，要我先阅，我读到第六联'素娥寒对影，顾兔夜眠香'，已惊喜它的秀逸，读第七联'倚树想吴质，吟诗忆许棠'，我不禁欣然雀跃，连声赞叹说，'此举子学识渊博，诗情瑰伟，是个难得的人才！'这样才引起梁公注意，梁公接过去仔细读过，才决定录取你的试卷。"纪昀说得十分真挚动情。

朱孝纯坐不住了，连忙起身愧谢说："大人如此夸奖，学生实不敢当！"

"子颍不要以为我在虚辞溢美。晚唐李贺的《李凭箜篌引》有'吴质不眠倚桂树，露脚斜飞湿寒兔'。选本都不选录此诗，没有读过李贺诗集的人是不知的[①]，华州府试《月中桂》，举许棠为第一人，而许棠诗今不传，

① 清人王琦《李长吉歌诗汇解》卷一首篇结联，言赏音者听李凭弹箜篌而忘倦，至露降月冷，夜景深沉，尚倚树而不眠。

不是读过《唐摭言》和《唐诗纪事》的人[1]，怎会有‘吟诗忆许棠’之句？可见你平日博览群书，谙熟于心，临纸落笔，自然左右逢源了。”

朱孝纯工诗善画，英气勃发，被人呼为“小李白”（《雨村诗话》），纪昀当时虽然才三十八九岁，朱孝纯对他却谨执门生之礼，在一阵寒暄之后，就以诗为贽，恭谨地呈给纪昀，请求纪昀赐教。

纪昀接过诗稿，认真地读起来。读着读着，他停住了，“咦，这首诗好熟！我曾在哪里见过？”他惊叹着，极力回忆着。“嗯，想起来了。那是在丙子年（乾隆二十一年）秋，我跟随皇上赴热河，至古北口（长城要塞，今北京密云东北），见旅舍墙上一首诗，残剥过半，只有第三、四句可以辨认，我最爱其中‘一水涨喧人语外，万山青到马蹄前’两句，以为明代人浦源的‘云中路绕巴山色，树里河流汉水声’（《送人之荆门》），也不能超过它，只可惜不知作者是谁，不料今日在子颍的诗卷中见到。你我神交相知，已在六七年前了！”

纪昀这一席话，好像完全抹去了师生的界限，两人如同世交故友，相对慨叹不已。

纪昀接着说：“你这‘一水涨喧人语外，万山青到马蹄前’，确是好诗。‘一水’，‘万山’，何其幽僻宁静；水喧，人语，马嘶，何其热闹喧腾；一动一静，相得益彰，盈盈春意，充溢满纸，人欢马叫，音犹在耳。前一句显得空灵新巧，不落俗套，后一句不言骏马奔腾，而言万重青山奔赴马前，尤其显得气势雄健，想落天外。浦源的两句诗虽然传为名句，但与你这两句相比，构思奇巧或可相当，若论才雄气豪，则就不如了。”

这次见面以后，两人过从渐密。一天，两人又相见，纪昀兴致勃勃地说：“子颍，有几首诗给你看看。”说罢，便递过诗稿。

朱孝纯接过诗稿一看，是《富春至严陵山水甚佳》四首。

第二首是：

浓似春云淡似烟，参差绿到大江边。

---

① 中华书局《全唐诗》有许棠诗二卷，计有功《唐诗纪事》卷七十记许棠事，二书并无《月中桂》诗。王定保《唐摭言》卷十，载其事并诗。

斜阳流水推篷坐，处处随人欲上船。

“好一句‘处处随人欲上船’！”朱孝纯读完，兴奋地赞叹说，“富春山水尽是绿色，浓如堆云，淡似飘烟，轻轻重重，深深浅浅，远远近近，团团散散，船在绿中走，绿傍人身行；是人迎着绿，还是绿恋着人？真是多情的诗人，多情的绿色！”

“好一个子颍，这诗仿佛就是你作的，解得如此有滋有味。”纪昀笑着说。

“唉，也亏了这位诗人能想得出，把一个只可感知、不可触摸的绿色都写活了，这绿色仿佛就是一个轻灵透明的少女，她是如此依恋着人，好像时时刻刻就要跳上船来，而且写得如此清新俊雅，毫不费力，自然天成，学生竭平生学力才情，也写不出这样的诗啊！”朱孝纯由衷地感叹说。

纪昀禁不住大笑起来，说：“实不相瞒，我这首诗，正是从你的‘万山青到马蹄前’夺胎而来！”

朱孝纯一听，又拿起诗稿诵读了一遍，然后诚恳地说，“大人过谦了。即使是夺胎而出，也是点铁成金了！”

纪昀说：“一样！一样！点铁成金，也须先要有铁。荀子在《劝学篇》中说，‘青，取之于蓝，而青于蓝’，今日竟是蓝出于青，而蓝于青了！”说罢，开怀大笑起来。

后来，纪昀在《阅微草堂笔纪》卷二十二中记述此事时说“子颍虽逊谢，意似默可。此亦诗坛之嘉话。”但公平地说，纪昀的这首诗，不独后两句，整首诗浑然天成，充满了诗情画意，前两句酿足了绿色，第三句人坐船头，船行绿中，船与人都已尽染绿色，同四围天地，已是融为一体；但诗人此时并未失去自我，他的心还在感受着天地的绿色。所以他才感到，天地之绿一齐跳上船来，奔赴他的心中，诗人的感觉实在太奇妙了，诗人的表达也堪称奇绝。我们常说，要了解一种事物，就得身临其境，但身临其境，有人麻木无所知，多数人的感知也很平凡，有特殊感知又能述诸语言，就更不容易。纪昀这首诗，在这三个层面上都达到了很高的境界。

乾隆三十八年（1773年），开四库全书馆，纪昀为总纂官，校理秘籍七万余卷，“撰《四库全书提要》，进退百家，钩深摘隐，各得其要指，始终条理，蔚为巨观”（《清史稿·纪昀传》）。陈鹤《纪文达公遗集序》说，纪昀尝语人“自校理秘书，纵观古今著述，知作者固已大备。后之人，竭其心思才力，要不出古人之范围，其自谓过之者，皆不知量之甚者也。”纪昀学问渊博，才学宏富，以文章名世，凡四十余年，诗仅为余事。他愈是胸罗千秋，愈是虚怀若谷，谦恭待人，学人之长，蓄己之厚，如大海不拒涓滴，泰山不让尘壤。他与朱孝纯的一段诗坛佳话，当传诵千古。

【参考资料】

《阅微草堂笔记》卷二十二《滦阳续录四》
《清诗纪事·乾隆朝卷》

天作之合

乾隆十年（1745年），袁枚任江宁（今江苏南京南郊）县令。五月十日，本来骄阳似火，风息树静，突然天色骤变，漆黑不辨远近，随后狂风大作，飞沙走石，掀翻屋顶，拔起大树，大有天塌地陷、在劫难逃之势，人们惊恐万状，呼爹叫娘，相抱号哭。

不知过了多久，终于风停了，云散了，天放晴了。在离江宁城九十里的铜井村，经过这场飓风的洗劫，到处是残枝败叶，颓垣断壁，一片不堪触目的惨景。村民们在清理废墟时，发现一个陌生女子，十七八岁，眉目清秀，衣着雅丽，一副名门闺秀装扮，人们从没见地本村有这样一位天仙，都奇怪地围拢过来。

一位白发老人上前问道："姑娘，我在村里活到这把年纪，怎么不认识你呀，你从哪儿来呀？"

那女子说："我是江宁城里的人，姓韩。"

"这么个鬼天，你怎么到了这儿？"老人关切地问。

对话间，老少二人身边围上的村民越来越多。

"今天突然起了大风，开始我吓得满屋子乱跑，后来风越刮越大，我想站也站不住，被风吹出了屋子，先还知道，自己被风推着飞跑，再往后，我就完全不知道是怎么回事了！"女子迷惘地回忆着说。

"天呀！你是说，你是被风吹来的？"

"这儿离江宁城九十里呢，怎么会呢？"

"你真是被大风吹来的？啧，啧，稀奇！真稀奇！"

"姑娘，你真是命大，凭空落到地上，那可就像天上仙女儿下凡哩！"

围观的人，都感叹不已，七嘴八舌地议论着。

那位白发老人听了，对女子说："姑娘，我们爷儿俩算是有缘，你就到我家住一宿吧，明天，我送你回江宁去。”

“那就多谢老伯了！”姑娘深深地施了一礼。姑娘跟老人走了，人们渐渐散去，一路走还一路惊叹不已。

谁知，这韩姑娘被送回城后，却起了风波。

原来，这女子已经许配给东城李秀才家。李秀才听说这事，以为是天大的奇闻，哪有风把人吹到九十里以外的事儿，竟疑心韩姑娘忽然失踪，是与什么人幽会通奸，所以才编出这么个离奇的故事，掩人耳目，欺骗翁家。李秀才越想越觉得一定是这档蹊跷事，便写了份状子，到江宁县衙去告官退婚。

县令袁枚坐堂，问了案情，不禁哈哈大笑，然后对李、韩两人说："李秀才，你告韩氏不守妇道，与人私奔。韩氏，你说绝无此事，是被风吹落天外。李秀才，你空口无凭。韩氏，你人证尽在。如此，本官断案如下。”袁枚说得简洁干脆，了了分明。说完，提笔就在李秀才的状子上写起来。

袁枚写完，就把状子投给李秀才，说："念！”

李秀才拿起状子一看，是一首《天赐夫人词》[①]，他迷惑地望望县令，见大人稳坐高堂，意味深长地含笑而视，他只好念起来：

八月十五双星会，佳妇佳儿好婚对。
玉波冷浸芙蓉城，花月摇光照金翠。
黑风当筵灭红烛，一朵仙桃降天外。
梁家有子是新郎，芊氏忽从钟建背。
负来灯下惊鬼物，云鬟欹斜倒冠佩。
四肢红玉软无力，梦断春闺半酣醉。
须臾举目视旁人，衣服不同言语异。
自说成都五千里，恍惚不知来此际。
玉容寂寞小山颦，俯首无言两行泪。
甘心与作梁家妇，诏起高门榜天赐。

① 顾嗣立《元诗选·初集·陵川集》与袁枚《随园诗话》卷四均载此诗，但详略有不同。此文中取《陵川集》所载。

几年夫婿作相公，满眼儿孙尽朝贵。
须知伉俪有缘分，富者莫求贫莫弃。
望夫山头更赋《白头吟》，要作夫妻岂天意。
君看符氏与薄姬，关系数朝天子事。

这首诗的第一、二联，写八月十五新婚之夜。第三至第九联，叙述新娘的来历。钟建，古代神话中的山名，地处极北，终年寒风怒吼，此用以指飓风；据说芊氏女子本是吴门（今江苏苏州一带）女子，被飓风吹到了五千里（一说六千里）以外的成都，如一朵仙桃从天而降。降临时，云鬟散乱，衣衫不整，四肢无力，神情恍惚，惊魂不定，环视左右，穿着、语言迥异，禁不住小山似的黛眉紧蹙，珠泪滚滚；但有幸的是遇到梁家公子，喜得佳偶。结尾五联，记芊氏女与梁公子的婚后生活，伉俪情笃，夫荣妻贵，儿孙满堂，诗人因此感慨，夫妻有缘分，如果无缘，富者莫强求；如果有缘，贫者莫相弃；"望夫山"我国各处多有，最著名的有孟姜女望夫化而为石，在今河北秦皇岛市山海关，后用"望夫山"比喻女子思念丈夫的真挚感情；《白头吟》，是叙述司马相如和卓文君故事的，司马相如在婚后有了二心，卓文君赋《白头吟》表示决绝[①]；诗人一句中用两个典故，是说女子无论怎样钟情男子，但二人最终也可能分手，这也是"天意"。

李秀才念完县太爷给的这首长诗，虽懂诗意，却不解县令大人的用心，便斗胆地问："大人此词如何断的案子？小人实是不解，请大人明示！"

袁枚笑笑说："好个无知秀才，枉读了几十年诗书，连元朝郝文公郝经的《陵川集》也没有读过。郝文公这首《天赐夫人词》讲得明白，吴门女子芊氏被风吹至五千里外的成都，与梁家公子结成伉俪。几年后，梁公子作了当朝宰相，从此夫荣妻贵，儿孙满堂。"

李秀才听了，仍讷讷自语："郝公大作之意，小人也明白，只是天下真有这种奇事？"

袁枚怫然变色说："郝文忠公是一代忠臣，生平大节，照耀千古，当时后世，无不仰慕他的为人。他的诗，神思深秀，骨气挺拔，这首七言古风，

① 参看本丛书《先唐篇》中的《孟姜哀歌》和《归凤求凰》篇。

尤其奇崛豪宕，古风郁勃，他岂肯在诗中写些诓人的鬼话？以古证今，吴门女子芊氏尚能被风吹至五千里之外的成都，韩氏女子被大风吹到九十里以外的铜井村，有何奇怪？你一个知书识礼的人，没有此等福分也就罢了，何以竟如此随心猜疑，玷污清白女子名声？”

李秀才连忙叩头，说：“是小人一时气狭识浅，请大人宽恕。”

“你还告韩氏不贞洁吗？”袁枚反问。

“小人知错了，不告了！”李秀才连声回答。

“好，杖责四十，为日后惩戒，当堂向韩氏赔礼谢罪，以修姻亲之好！”袁枚判决说。

可怜这死啃书本、不通事理的迂秀才，含羞忍痛，乖乖地撤回了诉讼，回家准备婚娶之事。

【参考资料】

《随园诗话》卷四
《陵川集》
《冷庐杂识》卷五

侠胆诗才

袁枚任江宁县令时，一天，得到山阳（今江苏淮安）县令关文，请求捉拿逃犯张宛玉归案。公差搜捕，不几日，便捕得张宛玉。次日，袁枚坐堂。

“下跪犯女，可是张宛玉？”袁枚问。

“是。”

“抬起头来！”

张宛玉抬起头，明眸如珠，看着县令毫无惧色。袁枚一看，团团的脸庞，洁白的肌肤，丰姿美韵，柔媚中露几分英迈之气。袁枚不禁暗暗一惊，问：“看你也不是一般女流，为什么席卷程家银两，私自逃走，潜踪来本县？”

张宛玉不慌不忙地说：“民女知道大人是当今才子，诗名遍江南，又知大人任溧水、江浦、沭阳县令，勤政不苟，秉公严法，百姓都称道不已，大人离任，万民争送，依依难舍，民女被逼无奈，奔走无门，所以慕大人美名，潜逃至此。民女有诗一首呈大人，想来大人能明断。”

袁枚曾写过一首《沭阳移知江宁别吏民于黄河岸上》，记述父老胥吏“五步一杯酒，十步一折柳”，涕泣送别的情景，觉得这女子刚才说的确是实话，但此时此地，张宛玉不正面回答问题，而说些题外的话，岂不让公堂上的吏卒说她拍马屁？

正想喝断她的话，却听说有诗呈献，便说：“吟给本县听！”

张宛玉说：“大人既许民女吟诗，诗人无下跪之理。”

“说得好！但你是不是诗人，得先吟出诗来，本县方可定论。”袁枚说。

张宛玉便直了直腰，吟诵起来：

五湖深处素馨花，误入淮西估客家。
得遇江州白司马[①]，敢将幽怨诉琵琶。

① 白司马，唐代诗人白居易。参看本丛书《唐代篇·司马垂泪》。

袁枚一听，竟抑制不住满心喜悦，笑着说："快起来，快起来，果然是诗人！当年长安歌妓沦落天涯，嫁作商人妇，偶遇江州司马白居易，用一曲琵琶倾诉了她心中的幽怨。你也是一良家闺秀，误落淮安巨富盐商之手。想来是夫妇不谐，冒死逃走，也在情理之中。你用这个典故，确实用得极工稳。他人用，只为作诗；你用，正好抒写性情，自诉身世；可谓用事切，词情苦。"说罢，命衙卒："给张氏打开枷锁。"

待张宛玉在一旁站定，袁枚正要问讯她逃匿的详情，突然一转念，说："张宛玉，你刚才吟的诗凄清哀艳，婉转动人，确是一首难得的好诗。是你自己写的吗？"

张宛玉说："如此，就请大人当堂面试。"

"好，本县出一题目，你立即吟来，若吟不出好诗来，你还得跪在堂前。"袁枚说完，想了想，就指着堂前一棵枯树说："就吟这枯树吧。"

张宛玉倚着茶几，下笔疾书，片刻即成一绝：

独立空庭久，朝朝向太阳。
何人能手植，移作后庭芳①？

袁枚接过诗笺一看，见这首诗又不同于前作。明白如话，自然流利。后两句也切合身世，不只把袁枚当作白司马，对他倾诉自己的哀怨，而且又暗用"玉树芝兰"的典故，希望袁枚能把她看作绝世佳人，从此改变她的处境和地位。话却说得十分委婉含蓄，不失大家身份。袁枚这样想过，顿时起了爱才之心，暗自叹道："有才如此，男子不易得，女子尤不易得。我常常慨叹古时闺秀能诗者多，何至今日杳然不见？眼前既有如此女子，怎可让她明珠投暗？"袁枚也不再问案情，便说："张宛玉，你的案子该由山阳县令讯问，我这就写封关文，把你押交过去，你就放心去吧。"

过了些日子，山阳县令冯某来江宁，拜访同年好友袁枚。一阵寒暄之后，袁枚问："张宛玉的案子，后来如何审理了？"

---

① 南唐李后主有《玉树后庭花》词曲，又神话传说中有一种树叫玉树，《世说新语·言语》有"譬如芝兰玉树，欲使其生于阶庭耳。"后世即因此用"芝兰玉树"比喻优秀子弟。

《宋词画谱》　（明）汪氏 编

冯县令说：“她本是文敏公张照的族人①。父亲受淮安富商程某的欺骗，议定婚嫁。她过了门，才知不是正室，而是作妾。一个大家闺秀，知书识礼，又极有才华，岂肯给一个满身铜臭的俗商作妾？她一气之下潜逃，程家便告到官府。”

“如此说，这女子敢作敢为，实有些奇处。”袁枚说。

“这张氏同程某的婚姻，按旧礼，不好判离。但才女嫁俗商，也不般配。我就干脆判了个张氏潜逃无罪，把她当堂释放了。”冯县令说。

① 张照，康熙朝进士，雍正间官至刑部尚书，精音律，工书法，卒谥文敏。

“释放了？你这释放是什么意思？是宣布婚姻无效、张氏从此自由了，还是把案子悬起来了？是让她回程家，还是让她回娘家？还是让她继续逃亡？”袁枚不解地问。

“这……本官就不管啰！”说罢，狡黠地笑起来。

“好一个‘不管’！你这糊涂案判得好，判得好！”袁枚若有所悟，很欣赏冯县令的处理，说：“嗯，冯兄刚才说，张宛玉极有才华，你是怎么知道的？”

冯县令吟道：“哈……袁兄怎么健忘，你的关文中不是说她当堂写诗，如何敏捷，如何人才难得吗？”冯县令说：“我在问案时，她也当堂献诗一首。”

“喔，快吟给我听听！”

冯县令吟道：

泣请神明宰，容奴返故乡。
他时化蜀鸟，衔结到君旁[①]。

袁枚一听，哈哈大笑起来，说：“冯兄，你把张宛玉释放了，原来是想她衔环结草报答你啊！”

“那是她说的，我可没说！”冯县令说罢，两人相视大笑。

据史料记载，张宛玉是在吴敬梓家被捉拿归案的。当时吴敬梓住在南京秦淮河畔东水关的大中桥。张宛玉从程家逃到南京后，在秦淮河畔租了一处房子，挂出招牌，称精工刺绣，兼写扇作诗。秦淮河畔多秦楼楚馆，有些宅院挂块“某寓”牌子，其实是坐家妓女。张宛玉的挂牌很特别，所以很快传闻遐迩。吴敬梓慕其名，与朋友相约往访，一见果然不凡，便相邀至家，与母亲及妻子相见。恰巧这时江宁县衙捕手到，吴敬梓十分尴尬：

① 衔结，即“衔环结草”。东汉人杨宝救了一只黄雀，某夜，一黄衣童子以白玉环相报。战国时，魏武子的儿子魏颗，没有遵父遗嘱，用父亲的爱妾殉葬，而是把她嫁了人。后来在一次战争中，女子父亲的亡魂结草相助，绊倒敌人，魏颗大胜。后即用“衔环结草’比喻受人深恩，虽死犹相报答。山阳县令冯某是四川人，所以用“蜀鸟”自比。

让捕手把人带走，好像是他私通官府；不让带走，又好像是他有意窝藏。正在左右为难时，张宛玉拂衣而起，竟无惧色，自己去县衙投案。吴敬梓一家万分感动。吴敬梓有这段经历，又同袁枚是朋友，后来审案情况，自然详知。于是，他在《儒林外史》的第四十、四十一两回中，塑造了一个既温柔娇美又敢作敢为、勇于冲决封建罗网、追求自由的艺术形象，只是名字叫沈琼枝。

袁枚是诗人，他把张宛玉其人其诗，收进了《随园诗话》卷四，他所重视的是诗和诗才；吴敬梓是小说家，他塑造了一个艺术典型，赞赏的是她敢于冲决封建罗网、追求自由的精神。

张宛玉经过江宁、山阳两堂审判后，被山阳县令释放，以后她又去了哪儿，就不得而知了。

【参考资料】

《随园诗话》卷四
《吴敬梓年谱》
《儒林外史人物本事考略》

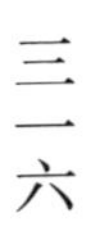

温州婚俗

我国的封建礼教十分森严，对女子的约束尤其酷烈。什么“男女不杂坐”，“叔嫂不通问”（《札记·曲礼》），“男女授受不亲”（男女不用手亲相授受）（《孟子·离娄》），“清静自守，无好戏笑”（《后汉书·列女传》），“妇女之行，不出于闺门”（《明史·列女传》）等，不一而足。但是，在男婚女嫁时，神圣不可侵犯的封建礼教也受到某种冲击。在民间，有闹洞房的婚仪，有新婚三日无大小的习俗。亲戚朋友，不论男女、老少、尊卑、长幼，在新房里群饮喧呼，纵情谐谑，甚至以恶作剧的形式拿新婚夫妻取笑逗乐，以表示喜庆。在这个时候，拘束就减少了许多。这个传统一直保留到今天。不过，闹洞房也有粗俗与高雅、文明与野蛮之分。袁枚《随园诗话》卷二十中，就有一则温州婚俗的有趣记载。

袁枚很早就听说温州新婚有坐筵之礼。就是某家娶亲，要在家中设东西两筵（两铺竹席），把当地最漂亮的年轻女子都请来，列坐两筵上，院门大开，任客人进出，虽素不相识，却可大胆直视堂中女子。遇有心慕美女，可以径直上前敬酒，如能得到女子拜谢酬答，那会当作一种无上荣光。

乾隆四十七年（1782年）四月，年近古稀的袁枚，由弟子刘霞裳陪同游天台、雁荡、永嘉（在今浙江境）。十九日到永嘉（今浙江温州），二十日，正巧有王家娶亲。袁枚同刘霞裳兴致勃勃，提了一份贺礼，就到王家去观看坐筵婚俗。

“嗬，好热闹！”袁枚和刘霞裳刚走到王宅院外，就听见鼓乐震天，笑语喧哗。袁枚向主人贺过喜后，直奔堂屋。堂屋里，喜气洋洋，灯红酒绿，飞霞溢彩，热气腾腾，让人眼花目眩，心荡神摇。

“霞裳，你看，真是名不虚传！”袁枚兴奋地用手指点着，要弟子看个仔细。“那坐北朝南、一身红装的，定是新娘子，她的两侧坐席上，必定是本地姿色最出众的女郎了。姿色不美的，决不敢来。”

刘霞裳也兴奋地说：“先生说得对。看东向坐的一席，年纪都较大，像是已婚少妇；西向坐的，年纪都较轻，像是未婚闺娃。这些少妇闺娃，确实个个容赛牡丹，貌胜嫦娥，若不是今日坐筵，哪里能看到如此争艳群芳！”

“噢，你看，有人向女子敬酒去了。”袁枚同弟子正说着，堂屋里已爆发出一阵欢笑声。

一个男子，体魄魁伟，气度豪爽，大步走到一个女子面前，长吟高歌：

将进酒，杯莫停，与君歌一曲，请君为我侧耳听。

这男子唱着，就把一杯酒送到一个女子面前，那女子见壮汉粗豪癫狂的样子，忍不住笑得前仰后合，说：“你唱呀，我知道你唱的是唐代大诗人李白的《将进酒》，你接着唱完呀，我正洗耳恭听呢！你要唱得好，唱得完，我多敬你几大海碗酒！”

那壮汉果然用洪钟般的声音唱起来，却不再唱《将进酒》了，唱的是自家词：

谁家嫁杏闹春风，珠翠长筵笑语中。
小队霓裳人第一，玉妃扶醉海棠红。

这首《观坐筵》词，先借宋代诗人宋祁“红杏枝头春意闹”的诗意，把女子比作闹春红杏①，在群芳笑语中，一枝独秀；后用杨贵妃故事，醉舞霓裳羽衣曲，像一朵绽开的红艳海棠。

壮汉唱罢，举起杯大声说：“请进酒，杯莫停，干！干！”

女子毫不推辞，接过酒喝完，立即换用大碗给壮汉满满倒了一碗酒，挑衅地看着壮汉。壮汉神采飞扬，手捧大碗，一饮而尽。堂屋里响起一阵欢呼。

① 参看本丛书《宋代篇·红杏闹春》。

恰在这时，堂屋外传来喊声："太守郑大人到！"

堂屋里只安静了片刻，又立即热闹起来。

"霞裳，你也去给一个女子敬杯酒。"袁枚怂恿弟子说。

"还是先生去吧！这喜酒，先生还没喝，弟子怎能先喝？"刘霞裳有些拘礼地说。

"你没看见，敬酒的人都用小杯，而女子回敬用的却是大碗。我平生最不喜饮酒，更无量，怎敢上前？万一女子调皮，拿老夫取笑，岂不大煞风景！"袁枚风趣地说。

"好，弟子遵命了。"刘霞裳说完，就端了一杯酒向前走去。

刘霞裳是个年轻秀才，聪明过人，姿容出众，望之若处子，十分英俊清秀。他举目看了看东西两班的女子，见向西坐的第三个女子容貌最美，便走到她面前施礼说："学生冒昧，敢敬小娘子一杯？"

女子赶快从坐席上站起来，还了一礼，接过酒杯饮尽，又是一个曲拜，然后斟了一碗酒，端起来，要回敬刘霞裳。当酒碗刚要送出，女子目视刘霞裳一身风流，不禁愣住了。"哈，哈……"东西两席上的女子，一时哄笑起来。那女子一惊，猛醒过来，举起酒碗就喝。

"错了，错了，这是敬客的酒！"众女子齐声喊叫起来。

那女子又是一怔，一看手中捧的竟是大酒碗，更加惊慌，顿时满脸飞红，羞怯地把酒碗递给刘霞裳。刘霞裳接过酒碗，如痴似醉地说："这碗酒是美人刚才喝过的，学生得沾美人余沥，乃平生大幸！"说罢，举碗仰面，一饮而尽，风流潇洒，博得满堂喝彩。

"不像话！不成体统！"在一片欢声笑语中，出现了怪叫声。原来，太守郑大人看不下去了。

袁枚就在太守身旁，看得明，听得清，转身对太守说："太守大人，老朽袁枚，字子才，人称随园先生。今日有幸，在此一睹大人风采。刚才听大人之言，似对治下的婚俗有些微词？"

郑太守愤愤地说："岂止微词！你瞧，男女杂坐，恣意嬉笑，亲相授受，不知羞耻，悖礼乱伦，伤风败俗。本太守回府要立即布告全郡，禁止此等下流婚俗！"

袁枚听了，哈哈一笑，把满堂屋的注意力都吸引过来了。

袁枚说："大人言重了！古圣人孟子曾说，男女授受不亲，虽然是礼，但如果嫂子落水，而不出手拉一把，就不是人，而是豺狼；嫂溺，授之以手，权也。权，就是违反经义而作出的权宜善举。婚姻大喜之日，怎能不有变通？拘守礼法，哪里还有喜庆气氛？谁又能高兴得起来呢？"

郑太守说："依你之言，婚姻喜事，就不要礼法了？"

袁枚说："老朽以为，礼从宜，事从俗，这也是一种无礼之礼；说'无礼'，是无迂腐陈旧之礼；说有礼，是有便民成事之礼。大人以为如何？"

郑太守嘲讽说："随园先生怜香惜玉，果然风流，离经叛道，也是无可指责的了！"

袁枚不动声色地回敬说："老朽平生最恨的是假道学，最崇尚的是真性情，最不忍心的是眼看着僵死的礼法扼杀人间生气。婚姻大喜，应该人人得而共享嘛！"袁枚说到这里，显得异常兴奋。"嗯，大人，老朽无礼，也来凑凑兴，有几首竹枝词，想唱给大人和众宾客听听。"

"喔，那就请唱！"郑太守无可奈何地说。

"就叫《温州坐筵词》吧！"袁枚说罢，就抑扬顿挫地唱起来，满堂屋的男女，顿时鸦雀无声。只听袁枚唱道：

一家女儿迎新郎，千家女儿对镜光。
明朝坐筵谁去得？大家采伴同商量。

坐中翠珠两行排，扶出新人冉冉来。
好似百花齐吐艳，护他一朵牡丹开。

笙歌迢递出云端，洞启重门到夜阑。
不是月宫无界限，嫦娥原许万人看。

钗光灯影两相交，就里瑶台孰最高？
径上前歌《将进酒》，不嫌生客太粗豪。

袁枚这组《温州坐筵词》，有长序，共六首，本文只录了前四首。第一首，写温州坐筵婚俗，一女出嫁，众女子陪伴喜堂；第二首，极言新娘和众女子的美艳，群芳如烘云托月，围绕着娇艳富贵的新娘；第三首，写新郎家重门洞天，宾客云集，笙歌喧天，直至夜阑，诗人把新娘比作嫦娥，说如果不是有坐筵婚俗，像月宫没有了界限，怎么会让万人同看嫦娥天仙；第四首，写闹房情景，红灯的光辉和女子的簪钗交相辉映，其中姿色最出众的，就是男宾们追逐钟情的对象。袁枚作诗，主张“性灵说”，即主张诗歌要抒写诗人自己的情怀，自己的遭遇，反对堆砌典故，反对“错把抄书当作诗”（袁枚仿元好问《论诗绝句》第三十八首），即使李商隐诗中“稍多典故，然皆用（因）才情驱使”（《随园诗话》卷五》）。所以袁枚诗，多写自己身边事，都是亲身经历，写得语言平易，真情感人，清如流水，情趣骀荡。

袁枚唱完，堂屋里响起一阵热烈的掌声和欢笑声。郑太守像被众人嘲弄了一般，一脸尴尬，苦笑着对袁枚说：“就留此陋习，作先生的诗料吧！”说完，转身走出堂屋。

堂屋里重新热闹起来，袁枚和刘霞裳成了女儿家的贵宾。

【参考资料】

《随园诗话》卷十二

闺阁弟子

金陵人韩廷秀有一首《题刘霞裳两粤游草》诗：

随园弟子半天下，提笔人人讲性情。
读到君诗忽惊绝，每逢佳处见先生。
经年共领江山趣，一点真传法乳清。
努力更成三百首，小仓集定不单行。

这首诗说，随园先生袁枚的弟子半天下，人人都是性灵派诗人[①]。刘霞裳是袁枚众多弟子中的一个，他得到先生的真传，这真传就如佛家教义中乳汁哺育众生的佛法，所以能同先生一起领略江山情趣，他的诗也颇有先生诗的清雅风格，令人惊讶叫绝。希望他能写出如《诗三百》一样的佳作，就可以同先生的著作《小仓山房文集》并传后世了。

“随园弟子半天下”，其中不乏刘霞裳一样的知名诗人，这里单说闺中女弟子。

乾隆五十五年（1790 年），袁枚七十五岁了。暮春日，他回杭州扫墓祭祖，住在西湖宝石山庄。他的女弟子们都带着自己写的诗，从江浙各地陆续来到山庄授业。袁枚每天登坛讲诗，弟子列坐，颇得师友讲习切磋之乐。

三月的一天，十四五名女弟子大会于湖楼。袁枚看着身边这么多女弟子，高兴地说：“自古以来，都说女子无才便是德，不准女子读书识字，更不准女子吟诗作赋。这实在是迂腐荒谬至极！《关雎》、《葛覃》、《卷

① 参看本书前篇。

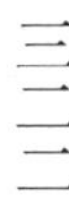

耳》冠于《诗经》之首，都是女子的诗。谁说女子不宜作诗？老夫年过古稀，得女弟子二十余人，今天在这里的，如严蕊珠之博雅，金纤纤之敏悟，席佩兰之清妙，都是本朝不可多得的才女。其余各位弟子也都是年轻貌美，聪明绝世，才华出众。老夫不信世俗之论，所以才有今日的湖楼盛事！”

严蕊珠说：“先生说得极是。《易经》中有兑卦，为少女，圣人解释说，‘兑’就是说、谈论，意指朋友相遇相悦讲习。又有离卦，是中女，‘离’就是丽，意指绝顶聪明而富于才情。女子多才，可以同男子相生相长，这是自古不变的天道！”

湖楼主人孙令宜的两个女儿云凤、云鹤笑着说：“先生刚才称赞蕊珠博雅，果然不假，一部《易经》也讲得这么头头是道，今天可领教了！”

严蕊珠有些不好意思地说：“不要拿我寻开心嘛，这是先生讲学时讲过的，我只是记住了。先生的称赞，是先生偏爱自己的学生，其实我哪里敢当！”

坐在琴台后面的席佩兰站起身来，走到袁枚身边，故意娇嗔地说：“笼统地说先生偏爱学生，那可不对，先生偏爱的是蕊珠，对我却是不满意呢！”

袁枚瞪了席佩兰一眼说：“你又调皮了！”

“当初，我拿着自己的诗稿去拜先生为师，先生以为我没有诗才，怀疑诗稿是请人代作的。先生，你说有没有这事？”

袁枚看看席佩兰，虽是已婚的女子，却还那么一身稚气、一脸娇态，忍不住用手抚摩着她的头，笑着说：“好了，别委屈，别委屈。先生是始而疑，既而信，后而夸，此人之常情嘛！”

“先生，你快说说是怎么回事儿？”众弟子快活地追问。

“佩兰诗才清妙，我曾怀疑是她夫君孙子潇代作的。后来我去虞山（今江苏常熟）访她。当时佩兰的一个姑姑去世了，她一身洁白的素衣，容貌娴雅，正与文才相称，我的疑虑释去大半。她拿出一张小照要我题诗，我放在袖中，就拉她的夫君外出饮酒去了。天快黑时，佩兰让人送来三首诗。我对孙子潇说：读了佩兰诗，方信徐淑果然胜秦嘉啊[①]！”

① 参看本丛书《先唐篇·夫妻叙别》。

“先生，快把佩兰的诗讲给大家听听！”众弟子七嘴八舌地催促着。

“嗯，先让佩兰自己吟诵给大家听听吧。”袁枚说。

席佩兰很得意，就有声有色地吟诵起来：

慕公名字读公诗，海内人人望见迟。
青眼独来幽阁里，缟衣无奈浣妆时。
蓬门昨夜文星照，嘉客先期喜鹊知。
愿买杭州丝五色，丝丝亲自绣袁丝[①]。

席佩兰这首诗说，袁枚的诗名早已满天下，人人都恨相见太迟，她也是久慕老师大名，常读老师的诗；这次老师亲自来访，不巧自己刚洗漱完毕，穿着素衣，有失礼仪；老师来了，如文星高照，蓬荜生辉；喜鹊也知贵客临门，早早就喳喳报喜；我真想有五色丝线，如用五色笔，为老师写一首赞美诗。这首诗充满了热情和对老师的崇敬。

席佩兰吟完，袁枚说：“作诗最要紧的是要有真情，得天趣，自然，本色。东风剪柳虽然巧，不到天然不是春。这首诗，虽是常见的应酬之作，却写得清新细润，风光流转，字字句句如家常口语，正合了这个诗理，所以在众多应酬诗中，称得上是能以真情动人心目的好诗。我记得佩兰还有一首《惜琴》诗：

十树花开九树空，一番疏雨一番风。
蜘蛛也解留春住，宛转抽丝网落红。”

袁枚的话音未落，聪颖善悟的女弟子金纤纤就抢着说：“佩兰的诗，确实如先生所说，只要是寻常事，眼前景，行止坐卧，说得着，道得出，便是好诗。这首诗的后一联，蜘蛛抽丝网住一片片飘落的花瓣，就写得很别致，前人无此着想，佩兰却从偶然中得到，所以又清新、又鲜活、又真切，

① 袁盎（爰盎），字丝，西汉大臣。《汉书·爰盎晁错传》称他因“仁心为质，引义慷慨”，而“名重朝廷”。这里是借袁丝喻袁枚。

只有女孩儿才有这样的细心观察和体验情愫。难怪先生要这么夸佩兰了。”

“好，先生夸，纤纤也夸，佩兰小妹还委屈吗？”孙云凤打趣地对席佩兰说。

席佩兰调皮地冲孙云凤作了一个鬼脸，说：“我是故意逗先生开心的。其实，我知道先生最看重我们女子了，先生的《诗话》，采集、褒扬女子诗不遗余力。我还记得这么一件事呢。”席佩兰故意卖关子，不说了，慢悠悠地走回琴台，坐下，举起双手，像要抚琴。

“嗨，佩兰，怎么不说了？”几个性急的催促起来。

“先生有一颗闲章，刻的是唐人韩翃《送王少甫归杭》诗中一句‘钱塘苏小是乡亲’。”席佩兰拿腔作调地说：“一天，一位尚书大人过金陵，索要先生的诗集，先生就取了一部书，加盖了这颗闲章送他。不料这位尚书大人把先生狠狠呵斥了一通。先生不客气地说：‘大人以为我这颗印用错了吗？在今天看来，大人是一品贵官，苏小小是风尘贱人。我怕百年以后，人们只知道苏小小，而不再知道你这位达官显贵呢！’看，先生说得多痛快！”

席佩兰刚说完，举座哗然。女弟子严蕊珠说：“是啊，南齐和南宋都有苏小小，也都是钱塘名妓，她们虽是妓女，却心地善良，姿容俊丽，南宋苏小小还工诗文。所以，古乐府就有‘我乘油壁车，郎乘青骢马；何处结同心？西陵松柏下’，是个很钟情的女子。以后历代都有歌唱两个苏小小的诗文，大诗人白居易就有‘苏家小女旧知名，杨柳风前别有情’的诗句（《杨柳枝词》）。钱塘有苏小小墓，元代人张元弼有题墓诗‘好花好月年年在，潮落潮生更可怜’，诗人深深悲叹两个女子的命运。正如先生所说，历代大诗人的诗歌不灭，苏小小的芳名就会永存。”

云凤取笑说：“蕊珠又在引经据典了！”

袁枚看着身边这些女弟子有说有笑，也显得特别快活，说：“其实，诗言情，情愈痴，诗就愈妙，人必先有芬芳悱恻之怀，而后有沈郁顿挫之作。自三百篇至今，凡传世的诗，都是抒写性灵的，无一例外。而最能动人情的，首先要推男女夫妇之情。这是艳诗之祖。情在心中，事在身边，只要笔写性灵，就能出好诗，何得分男子、女子？”

金纤纤连声称赞说：“先生说得很对。孔子说‘诗三百，一言以蔽之，曰思无邪’，我读先生诗集就有一个心得，也可以一言以蔽之，曰：‘必以情’。先生的诗，可以说篇篇言情，字字言情。古人说，情长，寿亦长。先生的诗定会流传千古的。”

袁枚听到金纤纤的话，既满意又感动。满意的是，他的这些女弟子确实得到了他的诗学真传，感动的是女弟子们这样一片天真地推崇他一生的追求和业绩。袁枚感叹地说：“蕊珠、纤纤和佩兰是我的闺中三大知己，我死而无憾了！”

说着，他站起来，走到书案前，挥笔写下《庚戌（1790 年）春暮寓西湖孙氏宝石山庄临行赋诗纪事》十二首。其一如下：

红妆也爱鲁灵光①，问字争来宝石庄。
压倒三千桃杏树，星娥月姊在门墙。

袁枚从三十七岁辞官以后，再也没有进入仕途，隐居随园，主盟诗坛，桃李遍天下。像他那样对女弟子垂爱、培养、褒扬的，自古以来，闻所未闻，见所未见。因此，遭到世俗的多方非难。攻击最激烈的要算被后世公认为思想家、史学家的章学诚，他几乎是用秽言谩骂说：“近有无耻妄人，以风流自命，蛊惑士女。”“大江以南，名门大家闺阁，多为所诱。征诗刻稿，标榜声名，无复男女之嫌，殆忘其身之雌矣。此等闺娃，妇学不修，岂有真才可取？而为邪人播弄，浸成风俗，人心世道，大可忧也。”（《丁巳札记》）不须多加一字，读者便可嗅出，章学诚满口都是封建伦理道德的酸腐臭气。比起章学诚来，袁枚就要可亲可爱得多了！他不仅满腔热情地肯定了描写男女之情的“艳诗”（《再与沈大宗伯书》），女弟子有诗文集行世的，都为她们写序跋，而且还写了《随园闺秀诗话》，为培养妇女人才，发展妇女文学，作出了可贵的贡献。

以后有客为袁枚画了一幅《随园十三女弟子湖楼请业图》，袁枚在图后写了一篇很长的跋，详细记述了十三个女弟子的名字、家庭和在授业时

① 鲁灵光，汉代宫殿名，为景帝鲁恭王所建。后来，汉代的著名宫殿未央宫、建章宫先后在战乱中毁坏，惟灵光殿岿然独存。后人因此借称知交零落、硕果仅存的老人。

站的位置。比如在柳下偕行者，是西湖宝石山庄的主人孙令宜的两个女儿云凤、云鹤；正坐抚琴者，是经魁孙子潇之妻席佩兰；执笔题芭蕉者，汪秋御明经之女汪绅；执团扇者，是金纤纤，吴下陈竹士秀才之妻；持钓竿而山遮其身者，京江鲍雅堂郎中之妹鲍蕙；凭几拈毫、若有所思者，松江廖明府之女廖云锦等。画上人物，历历可数，形象鲜活，是一幅十分生动的授业图。从图和跋文，我们可知袁枚和众多女弟子的亲切关系，他为自己的女弟子而自豪，也为自己感到欣慰。三年后，众女弟子再聚湖楼，可惜金纤纤、徐裕馨已病逝，袁枚为自己的女弟子伤心了很久。

【参考资料】

《随园诗话》卷一
《小仓山房诗文集》卷三十二
《清诗纪事·乾隆朝卷》
《郎潜纪闻二笔》卷二

自索挽辞

乾隆五十五年（1790 年）除夕之夜，江宁城（今江苏南京）家家都在忙着过年，街头巷尾，爆竹声声，夜空中弥漫着诱人的酒菜香。袁枚合家团坐，正在热热闹闹吃年夜饭。刚十二岁的儿子阿迟为袁枚斟了一杯酒，送到袁枚手里说："今天是爹爹七十六岁大寿，孩儿敬爹爹一杯酒，祝爹爹长寿万福。"

白发老妻王夫人也提起酒壶，在一旁笑着说："你一生不爱唱曲，不喜饮酒，今天是你的古稀大寿，孩子一片孝心，你就喝了吧，我也陪你喝一杯！"说着也给自己斟了一杯。

八十三岁的老姐姐在一旁看着，眉开眼笑，本来就睁不大的老眼，更眯细得成了一条缝。

小儿子阿迟，是袁枚六十三岁时才出生的。晚年得子，且懂孝道，善言辞，眼看就要成人了，袁枚能不高兴？他接过儿子的酒杯，说："三十年前，相士胡文炳给我算命，说我六十三岁得子，七十六寿终。老夫果然六十三岁生阿迟，所言之期，丝毫不差。他又预言我的大限在今年。去年秋后，我得了恶痢，久治不愈，以为相士之言又要应验，便早早作了自挽诗，邀请亲朋好友同作，不限体，不限韵。如今，诸公挽诗不来，除夕又到，难道阎王还不要我？这屠苏酒倒成了续命酒了！"说罢，哈哈大笑，举杯一饮而尽。

老妻嗔怪他说："大过年的，看你说到哪里去了，难道要扫大家的兴致不成？"

"唉，你错了，我这样说，大家更该高兴才是，你们说，对不对？"说着，环视满座，目光中充满了风趣与快活，然后接着说："人生如过客，有来必有去，其来既无端，其去亦无故。老夫年近八十，身体尚如此健朗。

近两三年，遨游两万余里，东南名山大川，几被我这麻鞋踏遍。相士虽预言大限已至，可阎罗王还不收，这还不是高兴事！”

袁枚说得兴奋，突然大叫：“给我拿纸笔来，我要写几首诗！”儿女们听说父亲要写诗，立即快活起来，争先恐后，拿来纸笔墨砚，顷刻间，袁枚在饭桌上写下《除夕告存，戏作七绝句》，现选录三首如下：

八十三龄阿姊扶，白头内子笑提壶。
倘非造化丹青手，谁写随园家庆图？

手种梅花四十春，暗香疏影尽缠绵。
花神似向诸天奏，还乞林逋管数年[①]。

生圹司空久造成，家家生挽和渊明。
如何竟失阎罗信，唱杀阳关马不行[②]。

第一首写合家为袁枚祝寿的喜庆场面，技艺很高的丹青手也能画。第二首，说自己如北宋人林逋，一生喜爱梅花，与明辨是暗香疏影情意缠绵，乞花神多让他管领几年；这表达了自己延年益寿的愿望。第三首，说尽管自己效法晋代陶渊明写了自挽词，可到如今阎罗王还不想要他，所以唱尽了《阳关曲》，马儿还是不肯上道，墓穴早就造好了，也只好空着。

袁枚写完，继续说：“千古以来，都是活人为死鬼作祭文，唱挽歌，只有东晋陶渊明才看透了生死荣辱，识运知命，无哀无恨，他惟一的遗恨是在世时没有喝够酒。所以，他十一月辞别逆旅，命归本宅（去世），九月就为自己写好了三首《挽歌诗》和一篇《自祭文》，时年六十三岁。我比陶渊明已多活了十三年，一生又不像他嗜酒，至死更无遗恨。所以，我更可以高高兴兴作几首诗了。”

袁枚说到这里，停了停，突然转头问大家：“你们说，我是不是该改

① 参看本丛书《宋代篇·梅妻鹤子》。
② 参看本丛书《唐代篇·阳关三迭》。

个名字？”大家互相望望，都有些迷惑不解。

袁枚说：“是叫更生好呢，还是叫延年好呢？更生者，死而复生也；延年者，多福多寿也。以老夫今日多得了十三年阳寿，又得合家欢庆，岂不该用更生、延年为名吗？”

袁枚说得这样爽豪、豁达、快活，逗得全家大小都笑起来，除夕的家宴充满了融融的欢乐气氛。

七首《除夕告存，戏作七绝句》后来送给了所有亲友。

新的一年开始了，袁枚的痢疾渐渐好起来，又可以扬帆打桨、漫游吴越山水了。但他念念不忘的是曾为亲戚朋友们送去的自作挽歌和除夕告存诗，竟无回音，没有一个人送来唱和挽歌。于是他像债主一样，一家家去敲门索债了。

袁枚来到扬州，敲开赵翼的大门。乾隆诗坛上，称袁枚、蒋士铨、赵翼为鼎足三大家。三人诗文交谊颇深。袁枚见到赵翼，劈头就兴师问罪：“我把自作挽歌寄给你，邀你唱和，你怎么不理不睬呢？”

赵翼哈哈一笑，说：“嗬，看你如此气盛，是该作挽歌的时候吗？”

袁枚立即口号一诗：

久住人间去已迟，行期将近自家知。
老夫未肯空归去，处处敲门索挽诗。

赵翼打趣地说：“看你这脾气，你不是常说人老莫作诗吗？还嘲笑白居易和陆放翁，七八十岁了还咻咻不停，如老莺调舌，你怎么也自打耳光！”

袁枚毫不理会，又口号一诗：

挽诗最好是生存，读罢犹能饮一樽。
莫学当年痴宋玉，九天九地乱招魂[①]。

① 宋玉，战国时楚国人，相传是屈原的弟子，著名辞赋家。《招魂》篇，王逸《楚辞章句》以为是他的作品，但后世学者以为是屈原作。

赵翼忍不住笑了，说“你真是好诗如好色，至死恋情不减，不肯学宋玉，到人死了再写《招魂》曲，而想活着的时候就得到挽诗，当痛饮的下酒菜！”

袁枚说：“是啊，那时再唱‘魂兮归来’，说什么东方不能去，西方不能去，天上不能去，九泉不能去，还有什么用？‘目极千里兮，伤春心；魂兮归来，哀江南’，死人不知，不是白白伤心吗？还不如现在唱给我听，你要唱得伤心，我会感激你，到了阎王爷那儿，也好多为你说几句好话，让他多宽限你几年！”说罢，哈哈大笑起来。

赵翼也笑着说：“好，我就给你唱两首挽歌。”赵翼走了几步，稍一沉吟，便为面前仍然虎虎有生气的袁枚唱起挽歌来：

眊笔阎罗未及勾[①]，遂叫人网漏吞舟。
笑他袍笏风流宰，换作人间夜不收。
年是新年人是陈，过年只算再来人。
便将来世连今世，省得轮回又换身。

赵翼一连唱了四首，袁枚听了，连连击掌叫好：“阎罗王不肯勾掉我的名字，让我这吞舟之鱼漏网了，使我这穿过官服、拿过手笏的风流官儿成了野鬼，这倒也好，把来世和今世连着一块儿过，省了轮回转世的麻烦。真知我者，赵瓯北（赵翼的号）也！”

两位诗友，相对大笑。

袁枚就这样，作歌自挽，又邀同好预挽，和作者多达三十余人，同时代的大文豪、大诗人如姚鼐、洪亮吉、钱大昕等都赠有挽歌，竟成一时盛事。

乾隆五十七年（1792年），袁枚又健康地度过一年。他乘兴到苏州游览，一天在虎丘遇见几个人，正供着一块灵位，焚化纸钱，放声悲号，齐唱挽歌：

名满人间六十年，忽闻骑鹤上青天。
骚坛痛失袁临汝，仙界争迎葛稚川[②]。

① 眊（mào），眼昏花。
② 袁临汝、葛稚川，均指袁枚。葛稚川，即东晋著名的神仙葛洪。

著作自垂青史后，彭殇早悟黑头先[①]。
望风不敢吞声哭，但祝迟郎继后贤[②]。

挽歌引起他的注意，一看供的竟是他的灵位。袁枚等众人唱完，上前拱手施礼，说："敢问几位尊姓大名？"

其中一人给他一一介绍，他们是徐朗斋、王西林、林远峰。

袁枚又问："你们可知，你们祭奠的这人是谁吗？"

"当然知道，是主盟东南的真才人随园先生，著作如山，名满天下已六十年，上自朝廷公卿，下至市井百姓，得先生一诗一文，无不如获至宝，海外官民也来高价搜求。可惜，随园先生已骑鹤仙逝了，诗坛为失去袁随园而悲痛，仙界听说大仙袁随园到了都争着出迎呢！但愿后贤阿迟能继承随园先生的伟业和美名。"

袁枚听了十分感动，笑着说："老朽便是袁随园，当年范蜀公误哭东坡，有泪无诗，今日诸君误哭随园，有诗无泪。然而，眼泪易干，诗留千古，此诸君之大幸，随园之大幸！"

众人一听是随园先生驾临，惊讶之余，竟破涕为笑！

这以后数年，袁枚诗情和游兴都不减昔日，直到嘉庆二年（1797 年）十一月，溘然长逝，享年八十二岁。有人曾问清文学家李调元，袁枚何许人？李调元咏白居易的《偶吟自慰兼呈梦得》诗作答："已为海内有名客，又占世间长命人。"他的诗名和享年都是令人羡慕的。

【参考资料】

《随园诗活补遗》卷六、卷九
《清诗纪事·乾隆朝卷》

---

① 彭殇，彭，即彭祖，古代传说中的人物，据说他善养身，活到八百多岁。殇，早夭。《庄子·齐物论》说："天下莫大于秋毫之末，而大山为小；莫寿于殇子，而彭祖为夭。"这意思是说，天下没有比秋毫（飞禽秋天长出的细毛）更大的东西，而泰山却是微小的；没有比夭折了婴儿更长寿的，而活了八百岁的彭祖却是短命的。庄子这段话包含了朴素的辩证法，他告诉我们不要局限于从感官认识上去比较事物表面上的数量差别，而要通过抽象思维去认识一切空间的大小都是相对的。

② 迟郎，即袁枚之子阿迟。

情种泣红

这是一则有关《红楼梦》的故事。

乾隆三十三年（1768 年）的一天，敦敏、敦诚和墨香三人一同来到永忠的家。永忠见三人同来，特别高兴，说："你们叔侄三人一起光临，难得，难得，快请进！"

敦敏、敦诚是努尔哈赤之子阿济格的五世孙。墨香名额尔赫宜，是敦氏兄弟的幼叔，只有二十三四岁的青年武士。当时，敦诚和永忠年龄相仿，三十出头，敦敏年最长，也不出四十。因为身世、环境、年龄接近，几人意气相投，在一起时无拘无束。

永忠待三人落座，就迫不及待地问："墨香小弟，我上次给你的诗带来没有？"

墨香哈哈一笑，说："看你着急的，'性命所关'，我能当儿戏吗？带来了，带来了！"他加重语气强调说。

敦诚问："什么'性命所关'？说得这么耸人听闻！"

墨香说："我给两位弟兄看一样东西，自然就明白了。"说着，从袖笼中取出一张便笺，交给敦氏兄弟。

敦氏兄弟展开一看，是这样几句："再无副本，人亦未见，幸速见还，若致遗失，性命所关也[①]！"

敦敏嘲笑说："啊哈，你准是又赖着永忠的情诗不还，所以永忠才写这张催债单了！"

永忠说："墨香少年风流，爱读情文情诗，又偏遇我这情种，有什么办法，有诗只好给他读，读而不还，又如同索我命，我也只好无情逼债了！"

① 《延芬室集残稿》戊子稿，永忠致额尔赫宜便笺。

说着，大家相视大笑一回。

敦敏突然说："喔，我等只管说笑，几乎忘了我等来此的要紧事，墨香还不快拿出来。"

永忠一听，便催促说："什么稀罕物儿，快拿出来看看。"

这时，墨香不慌不忙，小心翼翼地从怀中取出一个布包，里三层外三层，打开一看，原来是一部手抄秘本《红楼梦》。

墨香风趣地说："你是情种，这书中的贾宝玉也是一位情种，人说你痴时极痴，慧时极慧，世人也说这书的作者曹雪芹极痴极慧。你们三位，正好同病相怜呢！"

永忠接过《红楼梦》，一边翻书，一边说："你们几位，对我多次谈起雪芹，谈起他的传世绝唱《红楼梦》，可惜他已去世五年多了，只恨我与他同时而不相识！"

敦敏说："现在给你带来《红楼梦》，文如其人，读其书，知其人，亦可稍慰平生了。"

墨香走过来，指着《红楼梦》第一回说："你看雪芹这部书开头的这首题诗：

满纸荒唐言，一把辛酸泪！
都云作者痴，谁解其中味？

永忠兄，我相信雪芹是有知音的。你就慢慢读吧！"

永忠随着墨香的指点，目光落在二十字绝句上，不禁若有所思，反复吟诵。等他抬起头来，三人早已不在屋里了。

永忠从头仔细阅读起来，当他读到第一回的《好了歌》和注释时，心中便起了共鸣：

陋室空堂，当年笏满床，
衰草枯杨，曾为歌舞场，
蛛丝儿结满雕梁，绿纱今又在蓬窗上。
说什么脂正浓，粉正香，如何两鬓又成霜？

昨日黄土陇头埋白骨，今宵红绡帐底卧鸳鸯。
金满箱，银满箱，转眼乞丐人皆谤，
正叹他人命不长，哪知自己归来丧？
训有方，保不定日后作强梁。
择膏粱，谁承望流落在烟花巷！
因嫌纱帽小，致使枷锁扛；
昨怜破袄寒，今嫌紫蟒长；
乱烘烘你方唱罢我登场，反认他乡是故乡；
甚荒唐，到头来都是为他人作嫁衣裳。

永忠不禁拍案叫道："写得好，写得好啊！人世沧桑，瞬息剧变，祸兮福兮，反复无常。真是'荒唐'啊，'乱烘烘你方唱罢我登场'！只有曹公才看得这样透，道得这样明啊！"这时，永忠似乎不是在读小说，而是像被拉回到自己曾经生活过的岁月，他看到了自己的影子，也仿佛看到了曹雪芹的影子，体验到这《好了歌》注释的无限辛酸与嘲弄……

永忠的祖父，就是那位备受康熙皇帝宠爱、赫赫有名的皇十四阿哥允禵。清王朝从建国至康熙、雍正朝，围绕皇位传继的苦斗，一直十分尖锐、残酷。康熙帝玄烨在位六十一年，排了行的皇子有二十四个。经过长久而痛苦的抉择，康熙终于下决心把皇位传给十四阿哥允禵。出人意料，康熙驾崩，四阿哥胤禛以迅雷不及掩耳之势，一举夺得皇位，做了雍正皇帝。一个颇具传奇色彩的记载是胤禛玩了偷改康熙遗诏的阴谋，把"传位十四子"改为"传位于四子"。众皇子和满朝文武不敢抗命，只得俯首称臣。

雍正登极后，为了巩固自己的统治，便对政敌大加迫害杀伐。八阿哥、九阿哥先后丧生。十四阿哥允禵奉旨谪守皇陵，虽免一死，却失去了权力和自由，形同囚犯，直到乾隆继位才获释。这时，他已年过半百，万念俱灰，只求用禅、道来消磨余生了。永忠一家就这样从帝王的顶峰跌落。而曹雪芹一家也曾是钟鸣鼎食的百年望族，雪芹的祖父曾是康熙帝倚重的内务府大臣，雪芹的姑母是平郡王爱新觉罗纳尔苏的王妃。这纳尔苏正是永忠祖父允禵的左右手。雍正夺得皇位，要惩治政敌允禵，自然要株连到纳尔苏和曹家，曹家也就这样由极盛而败落。永忠家与雪芹家的荣枯悲欢，不只差不多，甚至是丝丝相连。他读到曹雪芹这些醒世之言，能不感到惊心动魄吗？能不感到那字字句句都带着呛人的血腥味吗？

永忠这样读着《红楼梦》，完全忘了自己，以为自己就是那书中的一员，他目睹着书中四大家族“一损俱损，一荣俱荣”（《红楼梦》第四回）的兴败盛衰；他静心聆听着黛玉、宝玉两情痴的欢声笑语，悲叹啜泣；他同凤姐一样，面对“忽喇喇似大厦倾，昏惨惨似灯将尽”（《红横梦》第五回）的腐朽社会，发出诅咒，唱着挽歌；他同宝玉一样，眼见天陷东南，徒一顽石，无力补天而绝望，而痛苦。书中的种种荣枯盛衰，兴废成败，悲欢离合，冷暖炎凉，都是他眼中所见、心底所有而笔下所无的。他惊叹曹雪芹那三寸柔毫，写尽了世情，那传神文笔，足传千古！“满纸荒唐言，一把辛酸泪！都云作者痴，谁解其中味？”曹公啊曹公，我理解你那“满纸荒唐言”的背后是利刃和匕首，剥尽了人世间的虚伪；你那“一把辛酸泪”，是人间血泪化作的一腔苦水。不要说没有人理解你的痴情，我永忠正是你当之无愧的知己！遗恨啊遗恨，我们生在同时却不相识，你已离我而去，我为你而痛哭！我多么想把你从冥冥中叫醒，与你同洒辛酸泪，同销万古愁！

永忠就这样痛感至深，千怨交集，几回掩卷，几回痛哭，在感情的燃烧中，写下了吊祭曹侯三绝句：

传神文笔足千秋，不是情人不泪流。
可恨同时不相识，几回掩卷哭曹侯！

颦颦宝玉两情痴，儿女闺房语笑私。
三寸柔毫能写尽，欲呼才鬼一中之[①]。

都来眼底复心头，辛苦才人用意搜。
混沌一时七窍凿[②]，争教天不赋穷愁？

---

① 中（zhòng），中酒，饮酒而醉。

②《庄子·应帝王》中故事。中央帝浑沌待倏与忽甚好，倏与忽想报答浑沌的恩情，说：“每个人都有七窍，以便视、听、吃、呼吸等，而浑沌独无，我们就帮他凿开七窍。”于是，每日凿一窍，凿了七天，七窍都开了，浑沌也死了。这里的意思说曹雪芹聪明绝顶，看透世事，怎能不穷愁而死呢？

这组诗，题为《因墨香得观〈红楼梦〉小说，吊雪芹三绝句》。在这三首诗的上端，有永忠的堂叔，也就是乾隆皇帝的堂兄弟弘旿的评语：“此三章诗极妙。第《红楼梦》非传世小说，余闻之久矣，而终不欲一见，恐其中有碍语也。”（《延芬室集残稿》戊子稿）这几句评语告诉我们，这三章诗的艺术成就很高，因为它把永忠读过《红楼梦》后的澎湃激情抒发得酣畅淋漓，真挚炽热，所以说“极妙”，此其一。其二，弘旿早就听说过曹雪芹写的《红楼梦》，但不敢读，是恐怕其中有“碍语”。什么是“碍语”呢？就是书中有大逆不道的话，用今天的话说，就是书中表现出的那种强烈的反封建的战斗精神。与弘旿相反，永忠认为《红楼梦》不只是作者的自传体小说，而且是那个时代的社会缩影，是作者从自己当时所经历的广阔而复杂的社会生活中，从“眼底心头”“用意搜求”而创作出来的，因此，只要是“情人”，也就是“情种”或局中知情人，都会引起共鸣而“泪流”。曹雪芹不只有这样的生活与思想，更有能写尽世态人生的“传神文笔”，因此，这部伟大著作足传千秋！永忠对曹雪芹充满了敬意和热爱，他想把这位“才鬼”呼唤回来，共同举杯，一醉方休！

曹雪芹不是在《红楼梦》一开篇就痛心而感慨地发问“谁解其中味”吗？永忠的诗就这样给雪芹以回答、以安慰！不只是永忠一人，能“解其中味”的大有人在。何其芳《论〈红楼梦〉》开篇就说：“伟大的不朽的作品《红楼梦》，是我国小说艺术成就的最高峰。”雪芹死后，直至现在，不只在中国，而且在全世界，《红楼梦》几乎家喻户晓、妇孺皆知；研究《红楼梦》的“红学”，成了范围最广、影响最深、成果最丰的热门学问。从古至今，世界上没有一部著作，能够形成这样的壮观奇景。这是曹雪芹的骄傲，也是我们中国人的骄傲！

【参考资料】

《延芬室集残稿》戊子稿

《红楼梦研究参考资料选辑》第四集

《明清诗文研究资料集》第二集

笔砚姻缘

“佩环！佩环！”张问陶兴冲冲地跑回卧室，大声叫着妻子林佩环。

“唉，我在这儿呢！”妻子迎了出来。

“佩环，今天我在岳丈书房看见一件宝物。”

林佩环笑着说：“看你高兴的，是什么稀世珍宝？”

“一方绿端砚。”

“哦，我说是什么呢，我家端砚也有几方，这绿端砚有什么稀罕？”

“你可不知。这原是我家高祖父赴千叟宴时，仁庙康熙皇帝亲赐的。高祖父在砚匣上镌刻有十六个字：‘赐自大君，藏之渠（大）厦，子孙宝之，传有德者。’后来被不肖子孙偷去卖了，不料今日在岳父书房中重见。你说稀罕不稀罕？”

“啊，竟有这么巧的事！”林佩环听了，也觉得好稀奇，就拉着丈夫，立即去找父亲大人。

林佩环一见父亲，就问：“爹爹，你这方绿端砚，是从哪里得来的？”

林老先生不解地问女儿：“你问这干什么？”

“你先说说是从哪里来的嘛！”女儿成婚不久，见了父亲，反比从前更撒娇了。

“喔，那是二十年前，我初任成都盐茶道时，有人拿来一方古砚求售，砚匣上有玉符、铭文，末尾还刻有十六个字。绿端砚本不易得，又是皇上赐物，我就买下珍藏至今，不是至亲挚友，我是不肯拿出来给人看的。”

“爹爹，可知这是谁家宝物吗？”女儿又追问一句。

“这我就不知道了。当初我也问过，卖的人却不肯说。”

“这是你新招女婿的传家宝！”女儿盘问父亲以后，用夸张的语调说着，像是宣布重大消息，那样子又正经又滑稽又得意。

“啊！”林老先生惊叫了一声，问：“这可是真的？”

这时，张问陶才把事情的本末说了一遍。

"原来是张老相国文端公鹏翮[1]所得的赐物！"林老先生听了，顿时兴奋不已，连声说："这就太巧了！太巧了！当初我读爱婿的诗篇，爱你的才华，所以把女儿许配给你。哪里料到二十年前你家就拿这传家珍宝作了聘婚财礼？现在，爱婿既已入赘我家，这方端砚就交还给你珍藏，也是一样了。"说罢，转身把端砚交给女婿。

张问陶手捧端砚，不禁一阵欣喜。他神情庄重地抚摩端砚，好一会儿，说："高祖文端公说'子孙宝之，传有德者'。小婿无德无才，承继此砚，多多有愧啊。还是存在岳丈大人身边吧！"

"唉！"林老先生说："得失有数，婚姻有缘，这也是一段奇事。爱婿既如此谦逊，就不妨以这段奇缘作几首诗，证明爱婿才德，足以相称，也不负我和佩环一片爱才之心。"

张问陶沉吟了一下，说："那就谨遵岳丈大人之命！"张问陶在岳丈书桌边坐下，佩环立即为他展开一张长幅，打开砚匣，细细地磨起墨来。张问陶不待墨浓，就挥笔写出《砚缘诗四首》，现录第二、三两首如下：

伤心祖砚忍重开，手泽依然浣麝煤。
拜受遗铭惭有德，留书信史恨无才。
一官偶藉凌云颂，八口全居避债台[2]。
故物刚能传片石，那堪又历转轮来。

十年简对嫁黔娄[3]，一卷新诗当蹇修[4]。
惟我佳人能得解，还君故物更何求？
学书且喜从吾好，觅句犹堪与妇谋。
研到香螺狂不减？画眉家世本风流[5]。

四首《砚缘诗》，前两首写张问陶承继先祖遗物的心情，后两首写他

---

① 张鹏翮，字运青，号宽宇，四川遂宁人，康熙九年（1670年）进士，官至大学士，赠少保，谥文端，时称贤相，张问陶是他的玄孙。

② 避债台，古代宫中别馆，为周景王所筑，后因周赧王负债，债主逼之，无以还，逃债于此。

③ 黔娄，战国时齐国隐士，不肯为官，妻子和他一样安贫乐道。

④ 蹇修，伏羲氏之臣，屈原《离骚》曾说要请他为媒。故后用"蹇修"代指媒人。

⑤ 参看本丛书《唐代篇·"闺意"传名》。

和新妇相知相爱的生活。第三首的大意说，今天重新打开先祖留下的砚台，先祖的“手泽（手上的汗渍）”仿佛还在，现在又用“麝煤”（墨）污染（涴wò）了，睹物思人，不禁伤怀；当年先祖名在凌烟阁，官位显赫，这方砚台本来是要传给有德有才的子孙的，可后来债台高筑，被不肖子孙偷去卖了，现在不料百年轮回，又回到我的手中。第四首诗的大意是，我的一卷诗，成了喜结良缘的聘礼；夫妻开砚学书，吟诗觅句，用香螺酒杯斟美酒，添雅兴心醉欲狂，更有夫妻闺中画眉，柔情万种，无限风流。

这四首诗虽然都用了典故，但用得贴切，诗意明白晓畅。尤其后两首，很有张问陶诗的特色。张诗学袁枚，力主性灵，追求天籁人情。他在《论诗绝句》中曾说：“天籁自鸣天趣足，好诗不过近人情。”他的言情诗，更是淋漓酣畅，自有一段真情激荡。

早在二十年前，张问陶与林佩环即因笔砚而结缘，二十年后成婚，亦以笔砚为闺房乐事。张问陶不仅诗好，而且也精书画。冬日无事，他为妻子画了一张像，极为传神，妻子十分高兴，就用心在像上题了一首小诗：

爱君笔底有烟霞，自拔金钗付酒家。
修到人间才子妇，不辞清瘦似梅花。

林佩环借用北宋诗人林逋梅妻鹤子的典故，以清瘦的梅花自喻，梅花品性高洁，不与群芳争富斗妍，而安于清贫寂寞，倾诉了自己对丈夫的爱慕和相知。张问陶读了妻子的诗，立即和了一首，也题在画像上：

妻梅许我癖烟霞，仿佛孤山处士家[①]。
画意诗情两清绝，夜窗同梦笔生花[②]。

张问陶在《砚缘诗》四首的第四首，有“林下犹逢谢才女”句[③]，可见他对妻子杰出才华的倾倒。这里，他又用西窗剪烛、笔下生花等句来描写一对才子、才女的闺房之乐，其高情雅趣、温馨缠绵，可谓远在声妓犬马、

① 参看本丛书《宋代篇·梅妻鹤子》。

② 夜窗剪烛，李商隐《夜雨寄北》有“何当共剪西窗烛，却话巴山夜雨时”。梦笔生花，参看本丛书《先唐篇·江郎才尽》。

③ 参看本丛书《先唐篇·谢家才女》。

膏粱粉黛之上！

张问陶和林佩环的笔砚奇缘，又引出一段更奇的佳话。当时，秀水（今浙江嘉兴）人金筠泉一天突然对家里人说，我愿化作绝代佳人，嫁给张船山（张问陶的字）为妻，替他铺床叠被，奉汤执帚。无锡的马云题也给张问陶寄诗说："我愿来生作君妇，只愁清不到梅花。"因为林佩环题画像诗有"不辞清瘦到梅花"句，所以马云题借此抒情，还担心自己无才，没有林佩环的"福分"，不能"修到人间才子妇"，来生也不配做张问陶的妻妾。

这金筠泉和马云题，堂堂须眉男子，竟存如此心愿，其爱才而钟情，可谓古今无有；对张氏夫妇的情爱缱绻，诗书之乐，可谓一往情深。

金筠泉和马云题的倾心与钟情，深深地打动了张问陶。张问陶写了《戏作二律，以谢两君》诗，开玩笑兼表谢忱。其一如下：

飞来绮语太缠绵，不独青娥爱少年。
人尽愿为夫子妾，天教多结再生缘。
累他名士皆求死，引我痴情欲放颠。
为告山妻须料理，典衣早蓄买花钱。

张问陶为一代名家，他在康熙、乾隆年间，于袁枚、蒋士铨、赵翼三大家之外，独辟蹊径，自成一格。他的诗或沉郁雄放，或清丽峭拔，或激宕感愤，或空灵婉曲，但无论是哪一种格调，又都追求天趣与真情。这首《戏作》诗说，金、马二人的话太缠绵动人了，看来不只是妙龄女郎爱英俊少年，多情男子也爱，叫贫寒妻子赶快去典当衣物，准备迎接"新妇"进门，真是轻松俏皮，令人忍俊不禁！近代徐世昌《晚晴簃诗汇》中说："有清二百余年，蜀中诗人无出其右者。"袁枚早闻张问陶诗名，而不见其诗，写信给友人说："吾年近八十，可以死，所以不死者，以足下所云张君诗犹未见耳。"（引自张问陶一长篇诗题）这也足见袁枚爱才之心和张问陶诗名之盛。因此，像金筠泉、马云题等人的痴情痴愿，也就不足为奇了。

【参考资料】

《随园诗话补遗》卷五、卷六
《船山诗草》

汤鹏铁画

清乾隆年间，芜湖（今安徽芜湖）有个贫苦铁匠，姓汤名鹏，字天池，租借黄钺先曾祖房子一间为作坊和铺面，炼铁，铸造工艺品，什么花、鸟、鱼、虫，不过是些小玩意儿，技不奇，艺不精，因此生意也不太好，常常付不起房租，只好用些铸铁小玩意儿抵当租金。黄家拿到后，或变卖，或送人，也不甚珍惜。

一天，汤鹏正在鼓风炼铁，准备作画，一个头戴黄冠、身穿羽衣的道士摇摇摆摆走来，对汤鹏说："师傅，贫道要去烧饭，借个火种，不碍事吧？"

汤鹏和气地说："不碍事，不碍事，你就接吧！"汤鹏说着，又用力拉了两下风箱，炉火烧得更旺了。道士手中的点火棍刚伸进炉膛，熊熊炉火，"噗"的一声熄灭了。汤鹏觉得好生奇怪，问："道士，你怎么把我的炉火弄灭了？这下可好，一炉铁水就废了，我这一个来月吃啥呀！"

道士轻松地笑笑，说："无妨，无妨！我还你炉火就是了。"说着，捋了捋宽大的衣袖，伸出肥厚的手掌，突然向炉身击了一掌，炉膛里顿时满膛烈火，呼呼作响。沸腾的铁水，火星四溅。汤鹏简直惊呆了，好一阵才回过神来，要问这道士一个究竟。可是等他转过身寻道士时，道士早已飘然不知去向了。

汤鹏思前想后，也想不出个道理，只好作罢，专心作起画来。说也奇怪，他竟觉得今日有些异样。心灵了，手巧了，铁水也更柔了，想用铁水画个什么，随物赋形，心手相应，无不维妙维肖。左一个，右一个，个个如意，件件精美。"好啊，我的铁画得到神助了，今后再也不愁没人买了！"汤鹏欣喜若狂，惊动了左邻右舍。

乾隆十七年（1752年），钱塘（今浙江杭州）进士梁同书，观赏了汤鹏铁画，作前、后《铁画歌》，大加赞赏。前《铁画歌》有几联是这样的：

石炭千年鬼斧截，阳炉夜锻飞星裂。
谁教化作绕指柔，巧夺江南钩锁笔。
花枝婀娜花璁珑，并州快剪生春风。
茭丛蓼穗各有志，络丝细卷金须重。

这首诗说，汤鹏把坚硬的铁熔化，变成可以绕指的柔软铁丝，如巧夺天工的妙笔，钩连出美妙图案；古代并州（今河北保定、山西太原一带）的剪刀很有名，杜甫《戏题画山水图歌》有“焉得并州快剪刀，剪取吴松半江水”；贺知章《咏柳》有“不知细叶谁剪出，二月春风似剪刀”，汤鹏的铁画，也如并州的剪刀，所以“花枝婀娜花璁珑”。这几联诗，都极赞汤鹏画的精妙。

《后铁画歌》中又有这样几句：

君不见芜湖有汤鹏，一生不晓画家画，
但能驱使铁汁镂铁英。
从来顽物出神妙，妙处只在炉锤精。
意匠直欲貌水墨，人间不许夸丹青。

梁同书不仅工诗，而且以书法闻名海内。他的诗风古淡典雅，书学颜真卿、柳公权，因此，他能评赏汤鹏的画，又能以诗极尽描摹之能事。我们读梁同书的诗，便觉得汤鹏铁画那婀娜的花枝，玲珑剔透的花朵以及那姿态各异的茭丛、蓼穗，都栩栩如生，摇曳焕彩于目前。

汤鹏比以前更有名了。他的花卉鱼虫铁画，总是被争购一空。一幅尺许铁画，价值数金，且不易得。人们买来，或者配个精美的木框，挂在粉墙上，或者做个四方灯架，把铁画嵌在灯框上。前者黑白争辉，相映成趣；后者虚实相生，空灵剔透，观赏起来，各有一番情味。

不过，这时的汤鹏对自己的技艺还不满意，因为他还不能作大幅山水铁画。“更思山水堪卧游，法无从得心烦忧”（黄钺《汤鹏铁画歌》），他为不懂画山水的技法而日夜烦恼。梁同书也说：“可惜扬锤柳下人，不见模山与范水。”（《铁画》）魏晋时人嵇康敢于蔑视权贵，亲近贫贱，曾在柳下扬锤打铁，所以此处以“扬锤柳下人”指汤鹏。模山范水，就是描绘山水。梁同书也为他深深遗憾。

说来也巧，黄家有一个邻居叫萧尺木，善画山水，世人比他为沈周。沈周与唐寅、文征明、仇英齐名，并称为明代四大名画家。汤鹏平日并未在意，一天正为无技作山水铁画发愁，突然一拍脑门，“嗨，我怎么把他给忘了！”于是，熄了炉火，铁画也不作了，天天往萧尺木屋里钻，静立一旁，看萧尺木作画。萧尺木知道他既会铁画，自然也该懂些画法，便给他讲怎么用笔，怎么布局，怎么用虚，怎么画实。汤鹏有问，萧尺木必详细解答。汤鹏虽经道士击炉，开了点儿窍，但终究是“一生不晓画家画”，有时不免懵懵懂懂。萧尺木嫌他悟性太差，忍不住呵责说：“回去作你的铁匠！”骂归骂，却并不赶汤鹏走。这样，也不知过了多久，汤鹏终于大有进益，从画家用丹青画笔作山水画领悟到用铁水作大幅山水画的技法。有时，他以萧尺木的山水画作蓝本，有时干脆自己作山水画，然后制成铁画。黄钺的《汤鹏铁画歌》，这样来记述一位民间工匠和一位画家的交往与成就：

萧君隐德如沈周，寄情诗画娱清修。
汤亟造请遂所求，皴为减笔林不稠。
寒山古寺宜深秋，间有衰柳维扁舟。
请看真本铁笔道，果与萧画无别不。

这首诗写萧尺木教汤鹏如何作山水画和汤鹏把学习心得如何用于自己的铁画。“皴”，是中国山水画的一种技法。诗的大意说，画面要简洁，要有虚实，有空白，林木不能画得太稠密，画面上点缀寒山、古寺、衰柳，柳下最好再系一叶扁舟，这样布局得当，疏密有致，就有了深秋的情趣。

由于萧尺木的精心指导和热情帮助，汤鹏的大幅山水铁画日臻精妙，连萧尺木也由衷叹服。中外人士，更是交口称誉。仁和（今浙江杭州）人朱文藻，在《汤鹏铁画歌》中用清雅俊秀的诗笔重现了汤鹏山水铁画的意境：

乍看似墨泼绢素，山水人物皆空嵌。
风飘秀色动兰竹，雪拥老干撑松杉。
华轩逼人有寒气，盛暑亦欲添衣衫。
最宜华烛烧春夜，千枝万蕊发翠崖。

这几句诗，不仅状物逼真，而且气韵逼人，可谓有声之画，足见汤鹏山水铁画的艺术造诣。

一个民间铁匠，经过自己的刻苦努力，终于成了一名蜚声中外的手工艺人。他的铁画，神州宝爱，外邦人士也重金购求。梁同书作前后《铁画歌》，一时和者甚众。道士击炉的神话，并不说明人们对自己能力的怀疑，而是为汤鹏铁画笼罩上更神秘的色彩，表明了对汤鹏铁画的赞誉和不可思议。萧尺木教汤鹏字画，一个名画家和一个民间手工艺人的合作，更是一段值得世代传颂的艺坛佳话。

【参考资料】

《清诗纪事·乾隆朝卷》
《清朝野史大观》卷十

泪洒边陲

清道光十八年（1838 年）十一月，林则徐作为清廷钦差大臣，赴广东查禁鸦片烟。他和两广总督邓廷桢大刀阔斧，雷厉风行，收缴英商鸦片两万多箱，共一百多万公斤，堆积虎门，公开焚毁。英国侵略者气急败坏，动用兵舰大炮，疯狂武装入侵。道光二十年九月，道光下诏，说林则徐禁烟办理不善，糜饷劳师，将林则徐革职查办，以琦善代任两广总督。次年五月，林则徐与邓廷桢又同被贬谪，遣戍新疆伊犁，限期启程。

林则徐的妻子为他饯行。妻子说："伊犁离家数万里，你只身一人前去，将不堪其苦，为妻在家也难以度日，倒不如当年李白流放夜郎，拙妻龙剑许随行，日子再苦，夫妻也可相濡以沫，同生同死。"

林则徐讲了一番为禁烟虽死不辞的话，又笑着说："今日遣戍万里去，不过断送老头皮，我没有当年李太白之幸，你可有杨朴妻之贤嘛①！"

妻子说："夫君一向豁达，不以生死荣辱萦怀，虽然赴难，仍坦荡洒脱，不改初衷。为妻就吟杨朴妻的诗，以为赠行吧！"说完，就一字一腔地吟诵起来，她的声调显得那样平和从容，但林则徐听得出，她的心中无限酸楚。待她吟完，林则徐深情地拉着妻子的手说："谢谢贤妻！我也吟两首诗，以纪今日之事，留作念想吧！"林则徐看着妻子，便随口吟咏《赴戍登程口占示家人》诗二首，其二如下：

力微任重久神疲，再竭衰庸定不支。
苟利国家生死以，岂因祸福避趋之？
谪居正是君恩厚，养拙刚于戍卒宜。
戏与山妻谈故事，试吟断送老头皮！

① 参看本丛书《宋代篇·蓑衣钓客》。

诗的大意说，他力量微薄，担当重任已经身心疲惫，如果再作下去，必然更加精疲力竭。只要对国家有利，他可以付出自己的生命，在祸福生死面前，决不会趋福避祸，恋生畏死。现在出戍伊犁，是君恩深厚，在那里当一名戍卒，他就当是养拙山林，偕同山妻归隐，所以现在同山妻笑谈杨朴夫妻的故事，吟诵当年杨朴妻“断送老头皮”的诗句。这首诗虽含哀怨，但写得婉转含蓄，豁达风趣，字里行间，回荡着一股以身许国、临危不惧的浩然正气。“苟利国家生死以，岂因祸福避趋之”两句，尤为惊警。林则徐直到临终，在长达十年的时间里，都常吟不离口，不断用它激励自己，而在林则徐以后，这两句诗也是无数仁人志士报效国家的座右铭。

林则徐原有四子，二儿秋柏早死，大儿林汝舟为道光进士，任翰林院编修，按例不许擅自出关，只能由三儿林聪彝和四儿林拱枢随他去伊犁。

林则徐告别妻子，一路西行。汝舟送出数程，仍不忍别。林则徐对汝舟说：“送人千里，终须一别，再远又有何益，你就回去吧！你的两个弟弟都随我去了，家里的事就全仗你料理。你要好好照顾母亲。”

林汝舟含着眼泪说：“家里的事，父亲就放心吧，只是父亲年近花甲，去那荒寒大漠，为儿实在放心不下。”

林则徐说：“为父一生只有一个愚念，就是忠心报国，一遇艰危，虽遭灭顶之灾，杀身之祸，也是自取，何况如今不过是去那穷荒绝域吃点苦头。‘苟利国家生死以，岂因祸福避趋之’，就是毡庐风雪夜萧萧，我也不改长歌啸吟振金石！”

“父亲的精神如此忠义坚贞，昂奋旷达，令儿终身感佩！”林汝舟无限激动，说着，就双膝跪地，向父亲深深地行了一个礼。

“啊，你起来吧！为父赠你两首诗，然后就回去吧！”林则徐控制住自己的感情，扶起儿子，立即倚马写了两首古诗《舟儿送过数程，犹不忍别，诗以示之》，其一如下：

三男两从行，家事独赖汝。
汝亦欲从我，奈为例所阻。
兹来已数程，再远亦何补？
忍泪临交衢，执手为汝语。

汝父虽衰龄，余勇或可贾。
平生一念愚，艰危辄身许。
过涉占灭顶，坎壈乃自取。
斧锧犹可甘，况仅魑魅御。

林则徐在这首诗的最后几联说，他虽然已经衰老，但“余勇可贾（卖）”（还有勇力可使用），遇到挫折，不得志（坎壈 lǎn），也是自取，所以即使杀头腰斩（受斧锧），也在所不辞，更何况仅仅是流放穷山恶水，表现出他身处逆境，报国壮志犹存的坚毅品格和旷达情怀。

林汝舟接过父亲的诗笺，热泪滚滚，再一次向父亲深深一拜，说：“父亲，你千万珍重啊！”

林则徐父子三人出了嘉峪关，极目西望，瀚海苍茫，天山壁立，陇云四合，苍鹰低旋；回望嘉峪关，关门已紧闭，多灾多难的中原大地，杳不可见。他不由感慨万端，作《出嘉峪关感赋》四章。其末章是：

一骑才过即闭关，中原回首泪痕潸。
弃繻人去谁能识？投笔功成老亦还！
夺得胭脂颜色淡，唱残杨柳鬓毛斑。
我来别有征途感，不为衰龄盼赐环[①]。

一向旷达昂奋的林则徐，此时独立嘉峪关外，像孤鬼游魂，顿感无限悲凉。他想起汉武帝时的终军，幼年从家乡济南赴京城应选博士，入潼关时，关吏给他帛繻（rù），终军问：“要这个做什么？”关吏回答说：“这帛繻是出入关隘的信符，今各留一半，你要东还回乡时，须合符才能出关。”终军说：“大丈夫西游，若不功成名就，宁肯老死他乡，也不复东还。”说完，把帛繻抛在地上就走了。后来，他果然受到武帝重用，奉使东出潼关，关吏都认识他，窃窃私议说：“这就是以前那个弃繻生啊！”可如今，他林则徐这一西去，还有东还的一天吗？即使回来了，又有谁还能认识

① 环，是圆形玉器。古时被放逐的罪臣，赐玦则绝，赐环则还。“环”与“还”同音，故古人以环为回还的象征。

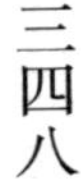

他呢？林则徐还想起东汉的班超。他心怀壮志，投笔从戎，在西域三十余年，建立了奇功伟业，最后终于东还入关。而他林则徐是否也能如班超一样呢？他盼赐环，不是为了自己年老体衰，而是别有所感啊！当代学者钱仲联先生说，这四首诗“劲气直达，音节高朗”，“言婉而意哀，其隐痛盖有不能言者矣！”（《梦苕庵诗话》）此时此刻，有谁能看见他那孤单渺小的身影，有谁能理解他那无以言说的心情呢？

林则徐谪居伊犁，前后约四年，写了不少诗歌。其中他同邓廷桢的唱和诗，尤其引起后人的注意。当时有人把这两人的诗辑为《林邓唱和集》，说两人“工力相敌，并称传作。”（缪焕章《云樵外史诗话》）后来，邓廷桢、林则徐先后赐还。

道光三十年（1850 年）十月，林则徐病故，清文宗咸丰皇帝为林则徐题了这样一副挽联：

答君恩，清慎忠勤数十年，尽瘁不遑，解组归来[①]，犹自心存军国

殚臣力，崎岖险阻六千里，出师未捷，骑箕化去[②]，空教泪洒英雄

挽联为这位“清慎忠勤”、鞠躬尽瘁、禁烟抗英、义无反顾的民族英雄说了几句公道话。

于榕章说：“林文忠为清代名臣，其丰功伟业，道德文章，已照耀千秋矣！”（《紫荆山馆诗话存稿》）

【参考资料】

《清诗纪事·嘉庆朝卷》

《清史列传·林则徐传》

① 解组，即解去印绶，意思是罢官。古代，绶是系玉佩、官印的丝带，不同的身份、地位，用不同颜色的丝带，如帝王用黑色、公侯用红色等。

② 骑箕，传说远古武丁的丞相傅说，死后升天，成为一颗星，这颗星在箕星和尾星之间，《庄子·大宗师》有“骑箕尾，而比于列星”的话，后世即以“骑箕”指游仙。

丁香花案

道光十九年（1839 年）四月二十三日，龚自珍雇了两部小车，一辆自乘，一辆载着自著文集百卷，离开京城。他从广渠门出城，已是白日西斜，晚风飕飕。他走得十分匆忙，同年进士在京的有五十一人，他只与九人握别，行装也是同年朱丹木代为准备的，甚至连妻子儿女都来不及随行。

七月初九，龚自珍回到杭州。不久就修建了一座羽陵山馆。山馆里珍藏异书，山馆外奇石峥嵘，馆东是一片翠竹，碧色连天，馆西枯枣一棵，老枝纵横。矮小的山茶，高大的苍松，山色花香，风声云影，几乎使他忘记身外的一切。

转眼已是深秋。龚自珍和衣躺在床上，听着窗外的秋风秋雨，不禁触秋生悲，感到阵阵孤独和悲凉。年初出都时，朋友们来送行，他还对朋友说，他熟悉朝廷礼法掌故，如果有一天朝廷需要他，就请到他归隐的山庄“来叩空山夜雨门”（《己亥杂诗》第十二首）。此时此刻，正是“空山夜雨”，可有谁会来呢？他还能回到朝廷去吗？他一想到回朝廷，不禁浑身一抖，“啊，不，不，那是绝对不可能的了！”他自言自语，连声否定说。

他不由自主地想起那件令他痴迷而又胆寒的往事……

春天，北京宣武门内太平湖畔的荣纯亲王府，满园的丁香花，白似云，紫如霞，香气馥郁，醉人心脾，一个白衣仙子从云霞中向他飘然而来。春风撩起她的纱裙，拂动她的秀发，她是那样娇艳，那样轻盈，她伸出纤纤玉手，摘取一支丁香，赠给他，嫣然一笑，又飘然而去，向他含情回首！

傍晚，落霞已收敛了最后一抹余晖，朱红的王府大门悄悄敞开，一个小童送出她的一纸彩笺。啊，那情意缠绵的波斯猫，那备受宠爱的俊狗儿。你的芳名曰“双鬟”，那是你主人的清雅；你的毛色纯白，那是你主人的风神！

他立即写了一首答诗，让一骑使者飞传入朱邸，递给那临风而立、引领翘望的白衣仙子。

从此，青鸟勤传书，双成频引路[1]，不觉又春去冬来。

忽然，一骑驰来，熟悉的彩笺，娟秀的字迹："我曹事已泄，妾将被禁，君速南行，迟则祸及……"啊，风怎么这样大，他被抛向了空中，在猛烈沉浮；啊，镇守宫门的虎豹，怎么这样凶，血口大张，眼喷怒火，正向他扑来；他大声呼叫："救命！救命！我走！我走……"

龚自珍被自己吓醒了。他定了定神，才知原来是一场噩梦！

龚自珍睁眼看着窗外，一片漆黑，只有阵阵秋雨，扑打着窗纸，紧一声，慢一声，好似悲凉的呻吟。夜已经很深了，他没有睡意，便披衣起床，伫立窗前，注视着那沉沉黑夜。不知过了多久，他转身坐在案边，写下《己亥杂诗》第二〇九首和第二一〇首。

空山徒倚倦游身，梦见城西阆苑春[2]。
一骑传笺来邸晚，临风递与缟衣人。

《忆宣武门内太平湖之丁香花一首》

缱绻依人慧有余，长安俊物最推渠[3]。
故侯门第歌钟歇，犹办晨餐二寸鱼[4]。

《忆北方狮子猫》

龚自珍写完这两首诗，心情反而更难平静了。甜蜜、痛苦，思念，恐惧，绝望、向往，如万缕情思，纷扰纽结，使他一时无法自解自遣。

龚自珍终于再也不能忍受这孤馆独守的生活。不久，也就是九月十五日，他又动身北上，去接一直滞留北京的家眷。十一月中旬，他到了河北任丘（今河北任丘）便住了下来，写了一封短信，遣仆人入京迎接眷属。

① 相传青鸟是西王母的信使，双成是西王母的侍女。
② 阆苑，传说中的仙境，此处指北京城西"缟衣人"的住处。缟衣人，穿白色衣裳的女子。
③ 长安，此代指京城北京。渠，它，指"故侯"家豢养的波斯猫。
④ 此句的意思是，故侯家虽已破落衰败，但仍用小鱼喂猫。

大儿子昌匏来信，乞求父亲稍稍再向北接近京城一点，龚自珍又向前进到雄县（今河北雄县）；儿子再请，最后他到了北京城南的固安县（今河北固安）。

房山一角露崚嶒，十二连桥夜有冰[①]，
渐近城南天尺五，回灯不敢梦觚棱[②]。

在龚自珍眼里，房山显得那样突兀高耸，十二桥是那样危险难行，京城已近在咫尺，但他做梦也不敢想再回到京城！龚自珍不肯再进，留在固安县等待家眷到来。冬至后四日，即十一月廿一日，眷属出京，龚自珍携家带口回到南方。

两年后，即道光二十一年（1841 年），龚自珍掌教丹阳，暴死于县署，据传为仇家毒死，年仅五十岁。

光绪年间人冒广生，写有《读太素道人明善堂集，感顾太清遗事，辄书六绝句》，其六如下：

太平湖畔太平街，南谷春深葬夜来。
人是倾城姓倾国，丁香花发一低回。

荣纯亲王永琪，是乾隆帝第五子。永琪死后，其子奕绘袭封贝勒。奕绘，号太素道人，著有《明善堂集》，正室妙华夫人早逝，侧福晋顾春专宠。顾春，号太清，世称太清春。奕绘府邸在北京太平湖东岸，邸东边则是太平街。冒广生这首诗的诗题讲得很明白，是有感于顾太清遗事而写的。第一句，即点明顾太清在世时住的府邸所在；第二句的“南谷”在房山东，那是顾太清死后墓葬处；第三句极赞顾太清有倾城倾国之色，因李延年诗中有“一顾倾人城，再顾倾人国”的话[③]，所以又暗点出顾太清姓氏；第四句“丁香花发”，则暗点出龚自珍那首《忆宣武门内太平湖之丁香花》

① 此诗为《己亥杂诗》第三〇〇。崚嶒（léng céng），高峻突兀的样子。
② 觚棱（gū léng），官殿上转角处的瓦脊，借以代指京城。
③ 参见本丛书《先唐篇·倾城倾国》。

杂诗，那意思是，爱穿白色衣裳的顾太清，犹如丁香花发，令龚自珍沉吟徘徊。原来，冒广生这首诗，所感叹的顾太清遗事，竟是暗示顾太清与龚自珍的一段感情瓜葛。这首诗一传出，便在清末诗坛激起了轩然大波，成了一桩至今未断的人间公案。

孟森《心史丛刊》第三集《丁香花》篇有这样记载："丁香花公案者，龚定庵（龚自珍的号）先生道光己亥出都，是年有《己亥杂诗》三百一十五首，中有一首'空山徒倚倦游身……'自注'忆宣武门内太平湖之丁香花一首'。世传定公出都，以与太清有瓜李之嫌[①]，为贝勒（奕绘）所仇，将不利焉，狼狈南下。又据是年杂诗，冬至再北上迎眷，乃不敢入国门。""一诗云'房山一角……'自注云：'儿子书来，乞稍稍北，乃进次于雄县；又请，乃又进次于固安县。'据此则次且其行，若有甚不愿过阙下（指京城）者。说者以此益附会其词，谓有仇家足惮（畏惧）。至道光二十一年，定公掌教丹阳，以暴疾卒于丹阳县署，或者谓即仇家毒之。所谓丁香花公案，始末如此。"

孟森先生是不相信世人传闻的，所以他说人们不过是"附会其词"。但是龚自珍己亥年仓皇离京，确如避祸潜逃；至年末北上接家眷，到了京城门口，虽然儿子两次乞求，他也是一次只前进一点，最终也没敢进北京，确实是心怀疑惧。龚自珍在己亥年年初至年终，一共写了三百一十五首纪事抒怀诗，都是七绝，是他四十八年的人生总结。其中也有《忆宣武门内太平湖之丁香花》诗，这些疑点，孟森先生都难以作出令人信服的解释，更难以解释龚自珍那首忆丁香花诗。卢兴基曾在 1985 年《艺文志》第三辑发表长篇文章加以详考，就与孟森先生主张不同。这个曾经轰动晚清京城的"丁香花案"，至今仍无定论。

龚自珍是清末重要思想家和文学家，他曾积极支持林则徐禁烟，反抗帝国主义的侵略，曾提出一系列改革清朝弊政的主张，开了士大夫知识分子议政参政的一代风气。他的诗文闪烁着批判与革新的光芒，精神骏发，

① 瓜李，即瓜田李下。《艺文类聚》卷四十一引曹植《君子行》："君子防未然，不处嫌疑间；瓜田不纳履，李下不整冠。"意思是在瓜地里，不弯腰穿鞋子；在桃李树下，不举手端正帽子。之所以这样做，是避免引起嫌疑，让人误会偷瓜摘桃李。

《宋词画谱》 （明）汪氏 编

血肉饱满，意境新奇，语言瑰丽，诗味醇美，在晚清沉闷的文坛独树一帜，别开生面。在龚自珍留下的诗文中，《己亥杂诗》三百一十五首，是最重要、最精彩的组成部分。但龚自珍留下的“丁香花案”却成了难解之谜，不解开这个谜，就很难正确理解龚自珍的《己亥杂诗》，也就很难正确评价龚自珍的整个诗歌成就。

更重要的是，龚自珍“丁香花案”还涉及我国近代史上重大历史事件“火烧圆明园”。谭廷献《龚公襄传》：“咸丰十年（1860年），英吉利入京师，或曰，挟龚先生为导。”龚公襄即龚自珍的大儿子龚昌匏。咸丰十年，英法侵略联军攻入北京，火烧圆明园，当时传说，就是龚昌匏唆使的。

谭氏用“或曰”记载了这个传言，然后为龚昌匏辩解。《清朝野史大观》卷十《龚半伦传》写道：“庚申（咸丰十年）之役，英以师船入都焚圆明园，半伦实同往，单骑先入，取金玉重器以归。”龚半伦，即龚昌匏，他自我解嘲地说自己无君臣、父子、夫妇、昆弟、朋友，而尚爱一妾，所以是五伦都无，只有半伦，故自号半伦。那么，龚半伦为什么会带英法联军火烧圆明园呢？曾朴著《孽海花》作了个解释，说龚半伦是为了替父亲龚自珍报仇。什么仇？就是这件“丁香花案”。因为龚自珍在丹阳被毒死前，亲口对昌匏讲述了他和顾太清引起的风波，嘱儿子为父报仇。《孽海花》第三回和第四回，通过龚半伦宠爱的小妾褚爱林之口，详细讲述了“丁香花案”的发生、发展和结局。《孽海花》的作者说，这部小说是写“真人真事”，书后还堂而皇之列出《人物索隐表》，其中有龚孝琪即龚孝拱，龚半伦。小说作者声称的“真人真事”，显然应打折扣，但又声称确实是有根据的，或据野史，或据传闻，不全是虚构。如此说来，“丁香花案”，不仅是文坛之谜，也是史坛之谜，解开这个谜，就更有意义了。

【参考资料】

《龚自珍己亥杂诗注》
《清朝野史大观》卷十
《孽海花》
《清诗纪事·道光朝卷》

画梅充租

清同治八年（1869 年）春天某日，西湖孤山脚下的俞楼，静寂无声。俞樾正在书房潜心推演《易经》，这时，兵部侍郎彭玉麟大步走进屋来，人到话到，说："我的经学大师，又钻进书山里去啦！"

俞樾从书山里抬起头来，见是彭玉麟，忙站起身来，拱手说："欢迎，欢迎！又是什么风把雪琴兄给吹来了？"

"东风，当然是东风，大师可是辜负大好春光了！"彭玉麟笑着说。

"喔，对，现在正是春光明媚的时候嘛！"俞樾也笑了，然后接着问："这次又是巡江经过这里？"

"我已经告老辞官喽！现在是来这人间天堂找一个养老的地方。"彭玉麟说。

"大清重臣，皇上怎么会诏允阁下辞官？"俞樾问。

"聪明才智，用久必竭，若不善藏其短，必然转失其所长。古来臣子，往往开始颇有建树，而晚节末路，多陷昏庸错谬，都是不知善藏其短之过。此所谓功成名遂，当急流勇退耳！"彭玉麟颇有感触地说。

"雪琴兄说得很对。《易经》早已谆谆告诫世人，'乐天知命，故不忧'（《周易·系辞上》）。孔子也说，'退而省其私，亦足以发回也[①]'。人知进退，可以安分，无忧补过。"

"所以，我要在这西湖找一块宝地，修筑一所退省庵。"彭玉麟说到这里，停住了。他闭目在屋里来往踱了几步，然后自我陶醉地吟诵道："

① 《论语·为政》，孔子称赞他的弟子颜回退而独处，能反省自己的言行，进而领悟孔子讲的道理。

退食有余闲，当载酒人来，莫辜负万顷波光，四围山色
临流无俗虑，看采莲船去，只听得一声渔唱，几杵钟声

雪琴终老于此，可以无憾了！”

“好！好一副对联！万顷波光，四围山色，渔舟唱晚，寺庙晨钟，这西湖山水，必有雪琴兄满意之处。”俞樾击掌称赞，然后问：“那么，雪琴兄这次住哪里？”

“自然还是要住大师这里啰！”彭玉麟说。

“还住我这里？”俞樾故作吃惊地问：“前几次，我都免费接待，这次，我可要收房租了。”

“哦？我可是一生为官，两袖清风，拿不出一文钱哩！”彭玉麟狡黠地说。

俞樾也不理会他，摇晃着头吟哦道：“一楼甘让元龙卧，数点梅花万点春，雪琴兄随身带着无价宝嘛！”

吟罢，二人相对大笑：“好，拿酒来！”彭玉麟大声说。

原来，俞樾的两句诗表示了他对彭玉麟的欢迎和要求。元龙，是陈登的字，三国时人。许汜说，有一次，他去见元龙，元龙好像不欢迎，久不相与语，自己高卧上床，而让客人卧下床，故意怠慢客人。俞樾此处把彭玉麟比作元龙，是反用其意，说是老朋友来了，他当然很高兴，所以心甘情愿让元龙高卧，住在他家。而这彭玉麟虽然从军几十年，是个武人，但他自幼读书，娴于词翰，虽戎马倥偬，却吟咏不绝；又善画，尤喜画梅，老干繁花，著手成春，海内流传他的画品，超过万本之多。为诗，摇笔立成；作画，奋笔挥洒。每至湖山胜处，常会留下诗画，但有一样，必须有酒。所以，一听俞樾要他作画，便大叫“拿酒来！”俞樾也知他的癖好，早叫人烫好绍酒一壶。

只见彭玉麟左手提壶，右手执笔，一边仰脖子饮酒，一边双眼斜睨画纸，挥笔作画。画纸上，瞬间一枝老梅横斜，盘曲似龙，坚挺如铁，墨气浑融，活色生香。画完，又在一角戏题一绝：

鹊巢底事让鸠居？高踞楼头笑我粗。
寄语苕溪贤太史，梅花一幅当房租。

题罢，只顾大口吞酒。“没了！没了！”说着，摇晃着酒壶。

鹊巢鸠居或鹊巢鸠占，见《诗经·召南·鹊巢》。相传鸠鸟从来不自己筑巢，总是强占鹊巢而居，后用以比喻占据他人住处。此处是说，这俞楼本是他彭玉麟的住处，却被俞樾强占了，现在倒反过来嘲笑他粗暴，还要向他收取房租！我告诉“苕溪贤太史”，这幅梅花图，就拿去当房租好了。苕溪，是浙江北部一水名，源于天目山，注入太湖，俞樾又曾作过国史馆编修，这“苕溪贤太史”就是俞樾。这首题画诗，反客为主，以轻松的笔调，同老友开起了玩笑。

俞樾接过酒壶，酒壶还是温热的。俞樾笑着说：“好兴致！真是春风词笔，乱扫梅花，泼墨狂饮，精神自在，人与梅并，俱得风流，只是题诗太霸道了！”

“哈……这幅画，可以充作房租了？”

“绰绰有余！”

二人不禁又放声大笑。

四年后，彭玉麟退省庵在西湖建成。一夜春雨过后，来到孤山俞楼，邀俞樾同游湖山。二人或驾小船划破春水，听着吱吱咯咯的橹声，惊喜山水一片新绿；或乘坐肩舆曲折入山，静赏飞鸟容与闲情。一日寻春，兴犹未尽。二人回到俞楼又畅饮纵谈。彭玉麟见他几年前画的那幅梅花，仍挂在墙上，不禁诗思泉涌，兴致勃发，大叫“拿酒来！”于是同几年前一样，左手提壶，右手执笔，立即赋诗四章。

俞樾见彭玉麟如此豪放，兴奋地说：“我原自以为今日畅游，得山川灵秀，对酒放歌，诗胆豪壮，没料到还是雪琴兄抢先了。甘拜下风，只咏二绝以记今日之事：

篮舆屈曲入山行，天为清游特放晴。
却好五云最深处，闲鸥威凤共联盟。

此来襟带有江湖，自觉尊前诗胆粗。
不及老彭豪更甚，右拈吟管左提壶。

第一首写二人同游湖山，天朗气清，坐着二人抬的滑竿，沿着崎岖山路，渐入白云深处；第二首写二人吟诗，给诗胆豪壮、右手执笔（吟管）、左手提壶的彭玉麟，画了一幅生动的小像。

彭玉麟作了四首诗，意犹未尽，听了俞樾的绝句，更觉不吐不快，又神采飞扬地说我再和两首：

昨宵风雨又天晴，结伴寻春款款行。
一幅梅花无恙在，我来恰好证前盟。

廿载从征意气粗，而今小隐恋西湖。
彭郎虽老狂犹在，一醉何妨酒百壶。

这两首是和诗，所以用的是原韵。第一首也写二人同游，是为了实践当年作梅花图时携手同游的诺言。第二首也写二人吟诗，彭玉麟十分得意自己二十年征战，威武粗犷，如今退隐，却可享闲情逸致，人虽老了，却更加狂放，一饮千钟，又有何妨！

一个是晚清经学大师，一个是军中名帅，都以诗为余事，然二人都独具性灵，文采焕发，滤写情怀，纯任天然，虽然一时唱和，同题同意同韵，却能各具个性，各呈风采。钱仲联先生曾评俞樾诗说："不矜格调，悉由宏博之才与学，触景而发，称意而已。"（《浙派诗论》）上面的四首唱和诗，是两人一时雅集遣兴之作，正见两人诗风。

俞樾和彭玉麟晚年同隐西湖，俞樾潜心著述，留下了丰富的经学著作，彭玉麟醉心诗画，文采风流亦不湮灭。只是他效忠清王朝，追随曾国藩镇压太平天国起义，留下不可洗刷的耻辱。他死后，王壬甫有一副挽联：

诗酒自名家，更兼勋业烂然，长增画苑梅花价
楼船欲横海，太息英雄老矣，忍说江南血战功

易宗夔《新世语》说：“血战而不忍说，则不赞美其残杀同胞之功，已在言外矣。”

【参考资料】

《清史稿·俞樾传》
《清史稿·彭玉麟传》
《清诗纪事·道光朝卷》
《清朝野史大观》卷十

学童改诗

蒋箸超，浙江绍兴人，家有听雨小楼，是他们兄弟幼年读书的地方，前后院里，种满了春兰秋菊，芭蕉蔷薇，萱草海棠；丛丛翠竹，更使小院显得幽雅清凉。这样的环境，确是读书的好地方。无奈教馆的叔父严厉非常，板子、荆条时时在手，无论是谁，听讲不专心，背书不流利，习字不工整，就会猛然听到一声呵斥："举起手来，把手掌摊开。"于是，书房里就响起一阵清脆的"啪，啪，啪"的板子声，有时甚至还没听见呵斥，荆条已骤然而下，不知谁的脑袋上立时就隆起几个大青包，这时书房里又是一阵鬼哭狼嚎。几岁、十几岁的孩子，吃尽了苦头，对这位严师是又怕又恨。

俗话说，一物降一物。这位严师也有害怕的人，就是师母。人都说他有"季常癖"。什么是"季常癖"呢？北宋人陈慥，号龙丘先生，他的妻子柳氏，是河东（山西黄河以东）人，性子暴躁，动不动就冲着丈夫大声咆哮，声如狮吼。每当这时，陈慥就吓得手杖落地，目瞪神呆。因陈慥字季常，后人就把怕老婆的男子喻之为有"季常癖"，把陈慥老婆一样发脾气，叫"河东狮吼"。

当年苏东坡有《寄吴德仁兼简陈季常》诗加以嘲笑：

龙丘居士亦可怜，谈空说有夜不眠。
忽闻河东狮子吼，拄杖落手心茫然。

所谓"谈空说有"，佛家有"空宗"、"有宗"二宗，"谈空说有"也就是说佛谈惮，后泛指空谈、闲谈。苏轼诗说，陈季常本来正谈得高高兴兴，忽听妻子狮子吼，惊吓得手杖掉了，顿时变得茫然不知所措。

蒋箸超的这位叔父，在书房里用板子、荆条训斥学生，时时弄得大哭小叫，他的夫人隔帘听得心烦，就狠狠地“嗯哼”一声，他立刻就像季常一样，灵魂出窍，手中的板子、荆条应声而落。一些调皮的孩子看在眼里，不禁嗤嗤窃笑。

这天，又轮到蒋箸超到叔父面前去点书，刚满十岁的蒋箸超，把《千家诗》摊在叔父面前，提心吊胆地站在一旁。叔父正襟危坐，一脸秋霜，说：“今天教你读孟夫子的《春晓》，先跟我诵读。”于是，就一字一顿挫、一抑扬地诵读起唐代诗人孟浩然的名篇来。叔父一句，箸超一句：

春眠不觉晓，处处闻啼鸟。
夜来风雨声，花落知多少？

这样反复几遍之后，叔父不再领读，说：“你诵给我听。”

春眠不觉晓，处处闻鸟叫。
夜来风雨声，吹落花多少？

蒋箸超昂首望天背诵着。“啪！”板子落在了小脑袋上，“怎么吟诵的？看着书再读！”叔父呵斥说。

在蒋箸超背诵得一字不差时，叔父开讲了：“此先生高隐自得，不求闻达，而不系情于世务之寓言也。言方春暮犹寒，日高而始寤，不觉其晓，但闻窗外啼鸟之声也。因思昨宵枕上风雨之声不绝，想庭前花吹落不知多少矣。因风雨而恋春眠，闻鸟声而未起，任花落而不知，其萧然闲适之情，亦可见矣！”他咬文嚼字，讲得津津有味，唾沫四溅。小箸超时时提防着板子、荆条，除了满耳的“之乎者也”，什么也没有听明白。

叔父讲完了，问：“明白了吗？”

箸超小心地说：“明白了。”

“讲给我听听。”

“春天来了，睡觉特别香，不知不觉天就亮了。走出屋子一看，到处都有鸟在啼叫，满院子湿漉漉的，都是落花，想必夜里刮风下雨了。”

小箸超很有点灵气，这么明白通畅的小诗他一读就懂，哪里还用得着叔父那么故弄玄虚地讲一通。

叔父听了，心中颇满意，觉得这孩子可教。孟夫子的这首诗，用了倒接法，平易中见曲折，浅近中含醇味。箸超小子，口虽不能言，心里已大致明白。但严师还想考考学生，便问："这首诗好在什么地方？"

小箸超想了想，说："孟夫子早晨本来睡得很香，却被雀鸟喳喳地叫醒了，满院子本来鲜花正好看，却被一夜风雨吹落了。所以，孟夫子一肚子不高兴。这首诗好就好在孟夫子虽然恨雀鸟聒噪，风雨无情，却没有明白说出来。"

"啪！"又是一板子。"胡说！"叔父训斥说："怎可如此玷污先贤，歪解诗来？这孟夫子是襄阳人，他做官不得志，就归隐鹿门山，这诗就是写他不求闻达，不令尘事萦绕于心，任情适性，恬然自得的生活，纯是一段新春当户、风物醉人的天趣，哪来什么愁恩怨情？"严师讲完，又问，"明白了吗？"

箸超如听天书，直眨巴眼睛。

"讲给我听听。"叔父催促说，那话又冷又硬。

箸超只"嗯……嗯……"

"啪，啪……"箸超双手抱头，板子一下一下，打在捂头的小手上。"我懂了，我明白了……"箸超大声哭叫起来。

"嗯哼……"帘子那边响起了咳嗽声。

"啪！"叔父的板子落在地上，手停在半空中。

小箸超回到自己座位上，双手还火辣辣地痛。两眼直瞪着面前摊开的《千家诗》出神，泪珠直往下滚。不知怎么的，突然，《千家诗》上孟夫子的《春晓》诗，在小箸超眼前，变成了这样：

读书真苦恼，日日闻号叫。
帘前咳嗽声，鞭落知多少！

小箸超一惊，一喜，忘了小手的疼痛，一抹眼泪，立即拿出一张纸，用小楷把这首诗写下来，还题为《改古绝一章》。写好后，箸超偷看了

《唐诗画谱》　（明）黄凤池 编

一眼叔父，就悄悄地塞进了手提的小竹书箱里。

后来，箸超这首诗，还是被叔父搜查出来了。箸超下意识地用双手抱住脑袋，但停了半晌，也没见叔父的板子落下来，再斜眼看看叔父，他正哭笑不得，连连摇头，生气地说："孺子不可教也！"

【参考资料】

蒋箸超《蔽庐非诗话》

绝代风流

清光绪二年（1876 年）十二月，黄遵宪出使日本，任大清国驻日本使馆参赞。日本的龟谷子藏、源桂阁等人都是他的好友。

黄遵宪在日本期间最关心的是自己的国家，他处处都在用中国人的眼光审视日本的过去、现在和未来，希望为华夏的强盛辟一条新路。他读日本书，习日本事，网罗旧闻，采访今人，探究历史，参考新政，一有所得即寄托在诗歌的吟咏中。

到光绪五年，已积累诗作一百五十四首，每首诗下都作小注纪事，总名《日本杂事诗》。

一天，黄遵宪怀揣《日本杂事诗》草稿，去见龟谷子藏。

黄遵宪说："两年多来，公度（黄遵宪的字）得先生和其他诸友的指教，已辑成诗稿一卷，想请先生为序，并乞细阅详校，以改正集中谬误。"

龟谷说："公度君太客气了。不敢作序与校误，却是先睹为快！"

说着，彼此进了书屋，龟谷子藏坐下就认真翻阅起来。开卷第一首便是

立国扶桑近日边，外称帝国内称天。
纵横八十三州地，上下二千五百年。

再看诗下小注，把日本国所处经纬度位置、地势、面积和四岛、九道、八十三国、人口等，一一详加记录。日本自神武纪元至明治十二年（光绪五年），已有二千五百三十九年历史，内称天皇，外称帝国，中国从隋朝时起即称日本为"扶桑"。自古认为扶桑是日出之处，所以说日本近日边。这首诗虽只有两联，却涉及了日本国的地理位置、国土面积、行政区划、国家体制和历史。

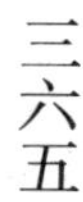

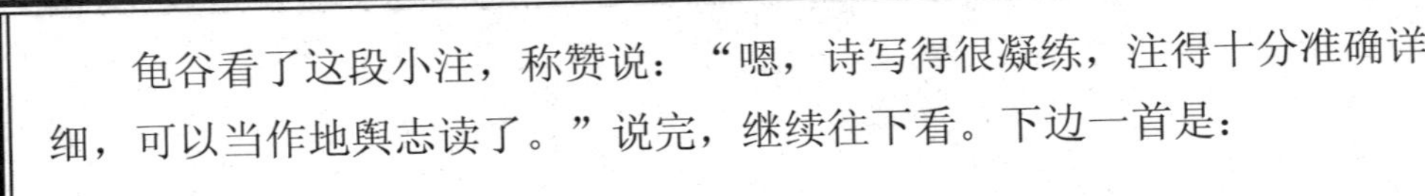

龟谷看了这段小注，称赞说：“嗯，诗写得很凝练，注得十分准确详细，可以当作地舆志读了。”说完，继续往下看。下边一首是：

剑光重拂镜新磨，六百年来返太阿。
方戴上枝归一日，纷纷民又唱共和。

剑、镜、玺，是日本三件传国之宝。太阿，是古代宝剑名。《山海经·海外东经》记东海有扶桑，天有十日，九日居下枝，一日居上枝。这首诗的后两句，意思是日本原是封建幕藩制度国家，明治元年（1868 年），倒幕势力发动政变，宣布“王政复古”，迫使德川氏还政于天皇睦仁。天皇专制掌权后，实行了一系列资产阶级改革，“唱共和”，创议院，讲民权，尚民主，使日本摆脱了危机，逐渐走上资本主义道路。黄遵宪在这首诗后小注说：“中古之时，明君良相，史不绝书。外戚专政，霸者迭兴。源、条以还，如周之东君，拥虚位而已。明治元年，德川氏废，王政始复古，伟矣哉中兴之功也！”

龟谷看了这首诗和小注，深有同感地说：“是啊，我们日本与中国，不仅同种，而且历史的进程也极相似。中古时，明君良相辈出，如中国的尧舜圣世，以后进入东周战国，封建割据，诸侯称霸，天子徒存虚名。后来再加妄自尊大，闭关锁国，就远远落在世界后边了。只是明治以来，至今不过十年，国家就大变了，可谓日新月异，蒸蒸日上啊。公度君说‘伟矣哉中兴之功也’，也正是我们日本国民现在想说的话！”

“的确，我就是看到了这一切，所以才这样深深慨叹，才写这样的诗章。今日中国的形势，比贵国明治维新前更为严重，长期闭关自守，积弱成疾，国门一旦被兵舰炮火打开，人人可欺凌，人人可践踏、宰割！如此下去，何以为国？何以为民？中国的出路，也只有一条，就是必变从西法。变法结果如何，我不敢知，重要的是必须变。变，或许如日本而自强，出现国家中兴。不变，则必沦为外国的殖民地。三十年后，我的这些话必然会得到验证的。”黄遵宪声情并作，慷慨悲愤，激动地倾吐出长久积压在心底的话。

龟谷说：“公度君一片爱国之心，真令人感佩！记得我曾与公度君论诗，以为日本汉诗近年来纤糜成风，愿联络同好，矫之以宋、唐，希望得君之助，一振颓风。公度君教我诗之外有事，诗之中有人，诗中境界全出自心中境界，因此，广其识，壮其气，是诗人头等要事。今观公度君这一卷《日本杂事诗》，确实通情阅世，识古知今，驰域外之观，写心上之语，闳中肆外，别开生面，真不负万里壮游，一腔豪情！”

黄遵宪说：“龟谷先生还是不要称赞我的诗，继续往后看吧，给我详阅细校，指正谬误，是最要紧的。”

“好，好，我们继续往下看。”龟谷说。

黄遵宪的《日本杂事诗》一共两卷，他不仅请龟谷子藏校阅勘误，而且还请源桂阁修改润色。如此反复改订，四易其稿。

光绪五年（1879 年）九月的一天，黄遵宪又携稿本去见源桂阁，源桂阁对黄遵宪说：“桂阁有一个请求，明知是非分妄想，但不能自已，不知公度君肯惠允否？”

黄遵宪说：“桂阁先生不必客气，就请讲吧！”

“桂阁几次拜读公度君诗稿，叹服不已，想乞求一部，珍藏家中，以后也好朝夕诵读。”

“啊，谢谢先生错爱！公度之意，愿得一片清净土，埋葬诗卷共千古！”黄遵宪说。

桂阁听后，沉吟了半晌，然后说：“公度君的话，让我想起唐朝长沙的两个人，刘蜕为文奇诡傲岸，自成一家，不忍弃其草稿，聚而葬之，号曰文冢；怀素好草书，世称草圣，弃笔堆积，埋之山下，号曰笔冢。公度君莫非要效法刘蜕、怀素？此亦是绝代风雅事，就请在我这园中找一块净土葬之吧！”桂阁不管黄遵宪是否同意，事情就这样决定了。

竖碑葬诗那天，源桂阁在东京隅田川畔的私宅花园中特设酒宴，邀黄遵宪及其友人同饮。之后，举行了隆重的葬诗仪式。黄遵宪把诗稿装入一个锦囊，放入墓穴，用土掩埋好。众人同力把墓碑竖起来，碑为圆柱形，周六英尺二英寸，高四英尺。碑的阳面是黄遵宪的亲笔题字，“日本杂事诗最初稿冢”，旁书“公度应桂阁属”。碑的阴面是源桂阁所撰《葬诗冢碑阴志》，详细记述了葬诗立碑的始末。墓碑立好后，黄遵宪斟满一杯酒，洒在碑前，然后歌诗祝告：

一卷诗兮一抔土，诗与土兮共千古。

乞神佛兮护持之，葬诗魂兮墨江浒。

源桂阁也洒酒祭奠，和而歌：

咏琐事兮着意新，记旧闻兮事事真。

诗有灵兮土亦香，我愿与丽句兮永为邻。

在场的人，也都洒酒和歌。一时之间，众人都沉浸在神圣静穆的浓重氛围里，心中回荡着一股激情，是那样浩荡无际，那样悠远绵长。

【参考资料】

《人境庐诗草》

《日本杂事诗》

钱仲联《黄公度先生年谱》

六君死难

光绪二十四年戊戌（1898 年）四月二十三日，光绪帝诏告天下，实行新政。全国性的维新变法新政，从这一天正式开始。但是，皇上锐意维新，守旧大臣却充斥朝廷。变法方兴未艾，西宫太后慈禧，却早已布下天罗地网，视革新派为釜底游鱼，任其跳跃。

果然，没有几天，风云骤变。二十九日，光绪即赐康有为和杨锐密诏，说“今朕位几不保，汝康有为、杨锐、林旭、谭嗣同、刘光第等可妥速密筹，设法相救。朕十分焦灼，不胜企望之至。”（《谭嗣同年谱》）谭嗣同、康有为等捧诏痛哭。

谭嗣同说：“过去一直传言皇上无权，太后独揽一切。今日看来，不只皇上真的无权，连皇位也难保了，我们必须设法解救皇上。”

康有为说：“这事难啊，太后临政差不多四十年了，现在更加猜忌多疑，是不能同她争锋的。”

谭嗣同很激动，说：“这有何难，我们当为皇上了此心病。”说着就强拉康有为走进卧室，取出一个盛灰盘子放在桌上，用手写出下面的话：“招袁世凯，用所部新建军围颐和园，以兵劫太后幽禁之……”[①]

康有为一见，慌忙握住谭嗣同的手，直视谭嗣同半晌，才压低声音，说：“可以这样劫持母后吗？”

谭嗣同说：“此兵谏也，实不得已啊！事成之后，我们就负荆请罪。古人也有这样做的。”

这时在一边的林旭说：“袁世凯机巧狡诈，反复无常，恐难重托。东汉末年，汉灵帝死，立少帝刘协，何太后临朝，国舅何进辅政。何进认为

① 此说有异词，这里根据《谭嗣同年谱》记载。梁启超《戊戌政变记》则说这是“信口捏造，任意指诬”，是杀害六君子的不实之词。

宦官专权是害，与袁绍谋诛宦官。事泄，反被宦官杀害。壮飞（谭嗣同的号）兄当以历史为鉴！”说罢，立即手写小诗一首：

伏蒲泣血知何用，慷慨何曾报主恩？
愿为公歌千里草，本初健者莫轻言。

青蒲，古代宫室中铺地的席子，伏蒲是朝臣得特许，进皇上卧榻前问病、奏事，这是皇上的一种恩遇。西汉元帝欲废太子，史丹等候元帝独寝时，直入卧室，匍匐在青蒲席子上，泣血谏阻。东汉末年，董卓专权，世人皆欲杀，故京城有童谣：“千里草，何青青。十日卜，不得生。”把“千里草”、“十日卜”合起来就是董卓二字。“愿为公歌千里草”，就是唱这首东汉童谣，暗示一个“董”字，在这首诗里指的是当时掌禁军的董福祥。本初，是袁绍的字，这里代指袁世凯。这首诗的第一、二句说，即使像史丹那样为报君王厚恩，痛心劝谏，又有什么用呢？后两句是说依靠袁世凯，不如依靠董福祥，否则事将不成。林旭的诗，学宋人黄庭坚、陈师道，取径苦涩幽僻，这首《示谭复生》诗即用倒插法，先讲事败的遗恨，尤为沉痛。陈衍说：“如此倒戟而出之法，非平日揣摩后山（陈师道的号）绝句深有得者，岂能为此？”（《石遗室诗话》）

可惜谭嗣同未听林旭的劝告，还是去找了袁世凯。果然，袁世凯暗中与慈禧、荣禄勾结，卖友求荣，最终断送了“戊戌变法”，慈禧再度垂帘听政，立即发动了政变，光绪皇帝被幽禁。形势十分危急，谭嗣同委托梁启超赶快去营救康有为，并劝梁启超到国外避难，而他自己却终日闭门不出，坐候捕者。八月初十，谭嗣同、康广仁、杨锐、林旭、杨深秀、刘光第等同时被捕入狱。康有为、梁启超逃亡日本。

康广仁是康有为母弟，血性刚烈，勇猛无畏，一旦投入狱中，悲愤交加不可遏制，他用头撞墙，大声痛哭：“天啊，我死何足悲！我悲长剑沉沙，神鹰折翅，再也不能奋力扫清九州妖氛了，啊！啊……”

林旭，秀美恬静，平日总带三分微笑，见康广仁悲怆欲绝，竟笑吟不止：

河干风月足情文，暂与追凉清赏分。
夹岸人多俱有役，当楼曲好与谁闻？
伤春日往心犹在，兴利时迁议尚纷。
不遣诗人忧世事，还能回眼醉红裙。

林旭吟完，还故意走近康广仁，说："广仁兄，你听见我这旧作《无题》诗没有？我们想兴利除弊，可遭到一帮人的非议，那好啊，'不遣诗人忧世事，还能回眼醉红裙'嘛，可以当楼听曲，可以临河赏景，可以咏风弄月，你何必如此看不开呢？"说罢，竟纵声长笑。那笑声，仿佛不是一向恬静的林旭发出的，听来让人如撕心裂肺，无限凄楚。

谭嗣同则不言不语，意气不改常度，终日绕行室中，偶尔从地上捡起一块黑土，在墙上涂抹起来，别人问他："你这是作什么？"他淡淡一笑，答："作诗。"众人走近一看，果然是诗。两三天中，不知作了多少首诗。后来，只传出一首《狱中题壁》：

望门投止思张俭，忍死须臾待杜根。
我自横刀向天笑，去留肝胆两昆仑。

张俭，东汉人，曾严厉弹劾宦官侯览及其家属罪恶，为时人敬重。汉灵帝建宁二年（169 年），党祸再起，张俭逃亡，所经之处，人们都冒杀身灭族之险竞相藏匿他。杜根，也是东汉人，安帝时，邓后临朝，外戚掌权，杜根以安帝年长，应临朝亲政，直言上书，邓后大怒，拘捕杜根等，令杖杀之，后因行刑者而得救。两昆仑，梁启超认为一指康有为，一指侠客大刀王五，谭嗣同曾从王五学刀术，戊戌政变失败，王五曾与谭嗣同企图营救光绪，不果，苦劝谭出走，愿以身护之，谭不听。这首诗的大意是，想当年张俭逃亡，杜根不惧死，虽然得到仁人志士的掩护和营救，我却要战斗到底，笑对死亡；去者如张俭、康有为，留者如杜根和他谭嗣同，一身侠肝义胆，可与昆仑比高，千古长存！

八月六日政变发生后，谭嗣同的许多亲友，都来劝他逃亡，特别是几位日本人士，再三再四苦劝谭嗣同到日本避难，并说使馆可以保护他。

但谭嗣同慷慨辞谢说："大丈夫作事光明磊落，一死何足惜！各国变法，无不从流血而成，中国因变法而流血者，请从嗣同始！"（《年谱》）所以，他的这首《狱中题壁》诗说，尽管人们可能在他奔走投宿时，能像接待张俭一样接待他，但他何尝存有杜根那样片刻忍死的念头？或如康有为先生之远去，或如自己之被囚禁，都不愧如巍巍昆仑，顶天立地！

刘光第为人气节严厉，刚正不阿，不苟言笑。八月十三日，谭嗣同等六人被从监狱提出，赴北京菜市口刑场。刘光第一路大骂："不坐堂，不审讯，不定罪，就杀头，这是什么王法？什么政治？秦桧杀岳飞，还用'莫须有'三字断案；严嵩杀杨继盛，魏忠贤杀左光斗，也经严刑逼供，罗织成罪；众人唾骂的秦桧、严嵩、魏忠贤还不敢肆无忌惮，你们就这样无法无天吗？今日吾辈虽死，正气却长存人间，你们要遭万世后代唾骂！"

康广仁、林旭、谭嗣同、刘光第四人，一哭，一笑，一歌，一骂，各具性格，却无不大义凛然，视死如归。他们和杨深秀、杨锐同被斩于菜市口刑场。这一年，杨深秀最年长，五十一岁，林旭年仅二十四岁，谭嗣同长林旭十一岁。

戊戌六君殉难后，他们生前的同志好友，写了大量悲愤诗、悼亡诗。沈曾植闻讯，作《野哭》五首，其四如下：

草草投东市，冥冥望北辰。
并无书牍语，虚望解环人。
天地微生苦，山河末劫真。
一哀终断绝，千古为酸辛。

这首诗，对六君子草草被杀，没有一纸判词，留下如连环套一样未解难题，表示了无比义愤；同时对人生的痛苦、山河的劫难，表达了深沉的悲哀。

康有为逃亡国外后，为六烈士的冤死，痛心呕血，每写每辍，历时三年，写成《六哀诗》。黄遵宪侥幸得旨放归，写有《仰天》一首，满腔孤愤，难以罄书。刘光第刑部同事唐烜以亲身耳闻目睹，写成长篇纪事诗《戊戌纪事八十韵》，表达了极度的悲愤和"恨难万古雪"的控诉。

谭嗣同的遗体安葬在家乡湖南浏阳后，墓前有华表，题有这样两行字：

亘古不灭，片石苍茫立天地
一峦挺秀，群山奔趋若波涛

这是对戊戌六君子的共同悼念。这些中国近代革命的先驱们，如“一峦挺秀”，顶天立地，“亘古不灭”。天地与他们同在，群山永远向他们致敬！

【参考资料】

杨廷福《谭嗣同年谱》
梁启超《戊戌政变记》
《清诗纪事·光绪朝卷》

难酬知己

光绪二十六年（1900 年）五月二十四日，夜已经很深了，梁启超仍然没有一丝睡意。

“唉，今天是怎么啦，心里总像揣着小鹿，突突直跳。活了二十八年，还没有过这样可笑的事呢！”梁启超这样自言自语，索性披衣起床，走到窗前。凝望夜空，黑沉沉的天边，已经开始泛白。“这一夜，全被她搅了！”梁启超不禁埋怨起来。可愈埋怨，愈是不能不想她。她的倩影，她的声音，总在他的眼前耳畔。

一年以前，梁启超因参加戊戌（1898 年）变法失败，逃亡海外，先滞留日本，后来到夏威夷岛的檀香山，继续进行资产阶级改良运动。一天晚上，檀香山华侨商人何君设家宴相邀，座中有当地政府官员、社会名流和妇女十数人。酒宴开始前，何君请梁启超发表演说，并说由小女担任翻译。

一个二十来岁的姑娘，走到梁启超面前，自我介绍说：“我叫何蕙珍，奉家父之命，给先生翻译，先生请讲吧！”

梁启超打量何蕙珍一眼，见何粗头粗脑，衣饰不整，活像村野姑娘，就不再注意她，转身面对客人，滔滔不绝地讲起来。何蕙珍操着流利的英语，也如水注泉涌，一句不落。满堂客人，不时发出阵阵掌声和赞叹声。是他演讲动人，还是这女子翻译出色？梁启超有些得意，也有些诧异。一讲完，他禁不住重新打量何蕙珍，见她目光炯炯，流盼灼人，与她谈话，口若悬河，对答如流。“呀，原是一个绝好的女子啊！”梁启超在心中暗暗叫好。

酒宴散了，梁启超告辞，何蕙珍大大方方地与他握手告别，含情地说：“先生是当今中国维新变法的主将和先锋，主笔《时务报》，倡言革命，高谈宏论，震撼人心。蕙珍万分敬爱先生。可惜，只能心存爱慕而已！今生不能相遇，期望寄托来生。今天但得先生赐小照一张，蕙珍就心满意足了。”说着渐渐低下头，声音竟有些黯然。

梁启超一时不知所措，口中只“唯唯”而已。

梁启超站在窗前，再次重温了这初遇情景，就转身坐在书桌旁，写了两首绝句：

颇愧年来负盛名，天涯到处有逢迎。
识荆说项寻常事，第一相知总让卿。

惺惺含意惜惺惺，岂必圆时始有情。
最是多欢复多恼，初相见即话来生。

识荆，是李白《与韩荆州书》中所记当时谚语，“生不用封万户侯，但愿一识韩荆州。”这韩荆州，名朝宗，时为荆州刺史。韩朝宗能恭谦待人，礼贤下士，“不以富贵骄人，寒贱而忽之”，所以“海内豪俊，奔走而归之；一登龙门，则声誉十倍”，这些“登龙门”者，不乏拉大旗作虎皮的名利之徒，以期“声誉十倍”，但确也有不少才俊之士因此脱颖而出，李白说，他即是其中一个。以后“识荆”一词，就成为对自己仰慕或初识的人的敬辞。说项[①]，是逢人就说某人的好话。

梁启超这里连用“识荆”、“说项”两个典故，可知当时何蕙珍对梁的倾倒与赞美之情，是何等真率和炽热！第二首绝句，则进一步渲染何蕙珍的这种感情，连梁启超自己都觉得，何蕙珍的感情过于大胆、过于强烈了，以至多欢又多烦恼，初次相见就说来生。梁启超只身逃亡海外，遇到这样一位勇敢热烈的追求者，他能不为天涯逢知己而深深感动吗？难怪他一想起何蕙珍要彻夜难眠了。

梁启超写完这两首绝句，重又陷入往事的回忆。

从初次相识，转眼半年过去了。以后，他同何蕙珍有了更多的接触，

① 说项，参看本丛书《唐代篇·爱才成癖》。

也有了更深的了解。

五天前，一位朋友来访。朋友问："先生将漫游美洲，不懂英语，实在不便，想找一个翻译同行吗？"

梁启超说："当然。不过，难得投机妥当的人。"

朋友笑着说："先生既然想学习英语，研究西学，又想得一个投机妥当的人，何不娶一个懂得华语的外国女子，既是老师，又是翻译，还是伉俪，岂不美哉！"

梁启超笑了笑，说："你何必拿我寻开心！哪有素不相识而肯同我结婚的外国女子？何况我已有妻室，你难道装作不知道？"

朋友一本正经地说："我是什么人，敢拿先生寻开心？先生有美妻盼归，某也知道。我今天只是问先生，若真有此等闺秀，先生怎么办？"

梁启超见友人不是开玩笑，这才沉吟起来，把他的话重新认真想过一遍，突然猛醒，说："喔，你所说的闺秀，我已经知道是谁了。我十分敬重她，而且坦率地说，近年来，我虽然风云气多，儿女情少，然而见其人，闻其名，也几乎不能自禁，仿佛心中时时刻刻有她在。不过我与谭嗣同等创立一夫一妻世界会，主张男女平等，彻底废除一夫多妻制，我怎能背弃自己的主张？况且我如今因变法失败，逃亡在外，头颅身价，至值十万，随时可死，今有一妻，尚会少离多，怎可再连累人家女子？我今日为国事奔走天下，一举一动，为国人所观瞻，若成此事，国人岂能谅我？请你替我致谢女郎，我一定以她敬爱我之心敬爱她，时时不忘，如此而已！"

梁启超的朋友见梁启超说得如此真诚、动情，没有再说什么，可是五天来，梁启超的心一刻也不能平静。他不是个无情种。他刚二十八岁，声名震动五洲，以致妇人女子为之动容倾心，难道不是人生一大快事？他是广东新会人，因妻子蕙仙而精通官话，于是得以驰骋全国，若更因蕙珍而精通英语，将来驰骋于全球，难道不又是人生一大快事？然而天理人情，地理时势，都不允许他迈出这一步，他只能"发乎情，止乎礼义"（《毛诗序》）。梁启超这一夜，翻来覆去不知把友人议婚之事，想了多少遍，觉得自己婉辞是对的。想到这里，他又写下这样两首绝句：

我非太上忘情者，天赐奇缘忍能谢？
思量无福消此缘，片言乞与卿怜借。

后顾茫茫虎穴身，忍得多难累红裙？
君看十万头颅价，遍地鉏麑欲噬人[①]！

太上，是最上、最高之意，道教中最高最尊之神的名前，常冠以“太上”二字，以表示尊崇。“我非太上忘情者”，即是说自己不是世界上最无情的人，哪里能在天赐良缘时无动于衷？只是自己身陷虎穴，到处都有杀人的刽子手在追捕他，他怎能连累这样优秀的女子。

梁启超写完这两首诗，就想到了昨天晚上发生的事。何蕙珍的英文老师请他去赴宴，当翻译的自然是何蕙珍。梁启超因谢绝了蕙珍的婚事，刚见蕙珍，好不尴尬。再看蕙珍，却落落大方，同往日相见一样，毫无抑郁哀怨之态。席间，何蕙珍侃侃而谈，竟甚于往日，不容梁启超有插嘴的机会。突然，何蕙珍话头一转，问梁启超：“听说，尊夫人在上海女学堂供职，想来同先生一样有才学，不知我蕙珍今生有相见的缘分没有？先生有家书，请代我问好。”

梁启超嗫嗫嚅嚅地说：“噢，噢，惭愧得很，荆妻只不过一普通女子！”

何蕙珍也不接茬，继续说：“多年来，我恨自己不识汉字，不能阅读国语书籍，常思得一人为师教我。幸逢先生，以为可偿宿愿，不想与先生缘浅，不见爱于师，虽然如此，我将就读于大学堂，学成归国，先生他日维新成功，莫忘我。如办女子学堂，以一电召我，我必来。我的心中只有先生。”说着，竟伸出手来同梁启超告别，“先生珍重！”说完，连头也没回，就匆匆离去了。

太突然了，刚才还谈笑风生，转眼就飘然而去。梁启超怔怔地看着蕙珍远去的身影，一句话也说不出来。

梁启超凄惶地回到寓所，心中怎么也放不下蕙珍。“啊，蕙珍临别的一番话，意思多明白啊！她怨恨我吗？我呢，我现在还只是敬重她，还是

① 鉏麑（chú ní），春秋时晋国力士，曾被晋灵公派去刺杀大臣赵盾。

已由敬重而产生了爱恋？‘发乎情，止乎礼义’，圣人之言，能坚守不渝吗？”梁启超这样自问自答，这样思绪纷乱，这样情意缱绻，以至彻夜难眠。这时，他想到了祖国，想到了从祖国传来的件件消息。义和团起义的烈火已燃遍华北，八国联军借机进攻中国，国家的安危，系于旦夕，自己能在这里儿女多情，作卿卿喁语吗？他想到晋室大乱，祖逖半夜闻鸡而起，舞剑自砺。他现在不正该像祖逖那样吗？割断这儿女私情吧。他年如能维新成功，创办女子学堂，请蕙珍返回故乡掌教，同心携手报效祖国，也足以酬答知己了！这样，他写出《纪事二十四首》中的最后两首：

万一维新事可望，相将携手还故乡。
欲悬一席酬知己，领袖中原女学堂。

猛忆中原事可哀，苍黄天地入蒿莱。
何心更作喁喁语，起趁鸡声舞一回。

梁启超经过一夜的辗转反侧，回忆了他在檀香山的这一段奇缘艳遇，一口气写了二十四首绝句纪事。梁启超曾同黄遵宪一起鼓吹诗界革命，就是“熔铸新理想以入旧风格”，“以旧风格含新意境”（《饮冰室诗话》）。他们的诗，“意境”的确是新的，而“风格”却不完全是“旧”的。为了适应鼓吹“新理想”的需要，他们的诗风也有了很大变化。他们主张诗歌语言的通俗化，史诗般的宏大结构和沉郁哀艳的抒情风格。梁启超写的这一组《纪事诗》，直抒胸臆，热情奔放，明白晓畅，从内容到形式都反映了他们的这些主张。

梁启超写了这组《纪事诗》以后，心情渐渐平静下来，然后给远在祖国的妻子蕙仙写了一封长信，原原本本叙述了这段经历的始末和他这一夜的心理历程，二十四首纪事诗也一并附于信中。

【参考资料】

梁启超《与蕙仙书》
《饮冰室诗集》

珍妃之死

光绪二十六年庚子（1900 年）七日二十日，八国联军攻陷北京。次日黎明，清慈禧太后和光绪皇帝以及众朝臣、妃嫔从德胜门仓皇出逃。临行，慈禧忽然想起幽禁在三所（在景运门外）的珍妃，她立即命太监把珍妃带来。

慈禧说："现在社稷遇难，天子蒙尘。京城到处都是火光，时时能听到夷敌的炮声，你才二十几岁，年轻貌美，继续幽禁冷宫，必落夷敌之手，玷污国家，不若赐你一死，幸保清白！"

珍妃听完，泪如雨下，拉住太后的衣裳，哀求说："太后，带奴婢一起走吧，奴婢愿服侍太后终身！"说罢，放声痛哭。

太后把脸一沉，说："好不晓事，现在是什么时候？皇上出狩，务必轻装简从。人多累赘，被夷敌追及，后果将如何？"说罢转身呵斥说："崔玉贵，站着干什么？还不给我拉下去！"

"喳！"内监二总管崔玉贵应了一声，立即上前，拉起珍妃。珍妃一面挣扎，一面呼喊："太后！太后……"

光绪皇帝在一旁，眼看珍妃被拉走，心如刀绞。他多么想再好好看看宠妃啊！回想十年前，珍妃和姐姐瑾妃姊妹一同入宫，满朝都说是一双美芙蓉，赛过万花娇。尤其是珍妃，比姐姐小两岁，容貌俏丽，性情婉淑，远胜姐姐，他更是倍加宠爱。谁料到，珍妃触怒了太后，被打入冷宫，幽禁于三所。从那以后，每当他只身孤影，独处深宫，他就仿佛听见"姑恶声声啼苦竹，子规夜夜叫苍梧"[①]，不禁心情抑郁，难遣相思。现在，

① 曾广钧《庚子落叶词》。姑恶，见本丛书《宋代篇·沈园寻梦》。

人就在眼前，他却不能对她说句宽慰的话，更无力救她一命，他惟有以袖掩面，吞声饮泣而已！

没过多久，二总管崔玉贵就回来复命，说："启奏太后，珍妃已经用毡毯包裹，投进贞顺门（在故宫东路）井里，并已下石把井填了。"

太后只"嗯"了一声，脸上毫无表情。

珍妃就这样被活活埋在井底了！光绪目睹这场惨剧，却无所作为！

壁衣牵出难相活，井窗胭脂海底宽。
南内他年弹泪处，姗姗望断帐虚悬。

这是光绪进士王照写的《万家园杂咏》中的一首诗。壁衣，是装饰墙壁的帷幕，而帷幕后可藏刀斧手。因此，这首诗的第一联，即写珍妃被刽子手拉出，投井活埋的事；南内，即兴庆宫（今西安兴庆公园即其遗址），是唐玄宗当年幽居处，安史之乱中，唐玄宗携众文武逃往四川，行至马嵬坡，眼见宠妃杨玉环被六军所杀而不能救。安史之乱平定后，唐玄宗回到京城长安，住在南内，日夜思念杨贵妃。这首诗的后两句，即概括了唐玄宗在南内思念贵妃的情景，借以来描写光绪对珍妃的思念。由于诗人借用了唐玄宗和杨贵妃的故事，人们很容易联想到白居易的长篇叙事诗《长恨歌》，因此，这首小诗的内容和感情就极大地丰富了。

太后处置珍妃后，便带着光绪及其随行，纷纷攘攘，涌出德胜门。刚出城门，便听炮声隆隆。回望城上，已插满白旗。

一年以后，太后和光绪帝回銮京师。光绪仍囚居中南海内瀛台。瀛台四面环水，只有一桥与湖岸相接，这桥还随时撤去。每当破槛当潮，虚窗待月，风萧萧而树急，波淼淼而云愁，光绪都难禁独囚水牢之痛，悲吟"欲飞无羽翼，欲渡无舟楫"。这时，他总是想起珍妃，他把珍妃当年用的旧帷帐悬挂在屋里，时时在帐前徘徊、垂泪、悲泣。

珍妃和光绪的悲剧，当时京城官民几乎人人能够讲述，而且很容易让人想起杨贵妃和唐明皇。于是，人们争效白居易的《长恨歌》，传写寒蝉哀吟，金井叶落。太史曾广钧有《庚子落叶词》十首，尤为哀艳，可当作珍妃小传读，一时传诵艺林。孙雄《诗史阁诗话》说："倘珍妃地下有灵，亦当肃环佩以申感谢也。”惜诗中用典太多，这里略而不录了。

光绪的侍读学士恽毓鼎有《落叶》诗如下：

金井一叶堕，凄凉瑶殿旁。
残枝未零落，映日有辉光。
沟水空流恨，霓裳与断肠。
何如泽畔草，犹得宿鸳鸯。

唐代诗人王昌龄有《长信秋词》：“金井梧桐秋叶黄，珠帘不卷夜来霜。熏笼玉枕无颜色，卧听南宫清漏长。”长信，汉宫名，太后常居此宫。金井，井栏上有雕饰的井，一般指宫庭林园中的井，所以说的“瑶殿旁”。汉成帝时，班婕妤失宠，请求去长信宫侍奉太后，过起幽居孤寂的生活。王昌龄的这首诗就是写她在深秋之夜，卧听宫漏的凄苦心情。恽毓鼎化用了王诗的诗情，又用“霓裳与断肠”句，溶入杨贵妃与唐明皇的故事，把诗写得极凄清艳丽，深婉含蓄，结联说珍妃如此惨死，还不如贫贱夫妻可以双飞双宿，尤含无限哀怨。

光绪举人金兆蕃有《宫井篇》一首，长一千三百十六字，被钱仲联先生誉为“工丽无匹”（《梦苕庵诗话》），“无愧诗史”（《近百年诗坛点将录》）。王景禧亦有长篇《宫井词》，抚时感事，多一代兴亡之叹。

咏珍妃事的诗词，写得最多的要推文廷式。文廷式，字道希，号云阁。瑾、珍二妃，幼时在家中读书，文廷式是她们的老师。瑾、珍入宫后，文廷式壬辰（1892 年）赴考，珍妃多次向光绪谈及老师如何贤能博学。后来，果然传出光绪手谕，“一等第一文廷式”（王伯恭《蜷庐笔随》）。文廷式这次考试因此被拔置第一。光绪二十年（1894 年），面对日本军队大规模入侵，文廷式与朝臣上疏请用恭亲王奕䜣主军事，慈禧太后不喜欢恭亲王，光绪力争。内监造谣说，这一切都是珍妃在背后主使的。太后大怒，杖责珍妃，并囚禁珍妃于三所。文廷式也因此免官，永不叙用[①]。文廷式

① 珍妃被囚三所，还有一个原因。据夏敬观《学山诗话》载，光绪皇后与慈禧太后为姑侄，册立皇后之事，实秉慈禧懿旨。后来，光绪迷恋珍妃，必然引起太后嫉恨，伏下了宫井之祸，且波及文廷式。今人汪叔子以为此不足信（见《明清诗文研究资料集》二集）。

与珍妃有这样深的瓜葛，珍妃的悲剧自然更容易牵动他的情怀。他先后写了《咏月》、《追忆》、《落花八首》和《拟古宫词》等多首诗作。今录《落花》其二如下：

锦瑟凄凉不上弦[①]，平芜漠漠总生烟。
罗平衅起闻妖鸟，蜀道魂归化杜鹃。
愁绝更无天可寄，恨深才信海能填。
铜仙热泪消磨尽[②]，况感西风落叶蝉[③]。

文廷式的诗清奇哀艳，寄意委婉。如读李商隐的《无题》诗，能感其情，却难确指其事，读时常有"独恨无人作郑笺"之感（元好问《论诗绝句》论李商隐）。这首《落花诗》为祭吊珍妃而作，一开头即用李商隐《锦瑟》诗第一句"锦瑟无端五十弦"，兴起诗人那难以述说的愁怨，如草林丛生的原野，笼罩在迷茫的云烟里，绵绵不绝，无边无际；第二联，罗平，唐懿宗时浙东农民起义军裘甫称帝，建年号罗平，此指代庚子义和团军。八国联军为镇压"扶清灭洋"的义和团，乘机攻入北京，慈禧和光绪仓皇出逃，诗人即以古蜀帝杜宇的典故，隐喻这段历史，以杜鹃魂归，表达对光绪和珍妃的深切追念；以精卫填海，明示诗人和珍妃的千古沉冤；"铜仙"，用唐代诗人李贺《金铜仙人辞汉歌》的诗意，写光绪日夜伤心落泪；"落叶哀蝉"，用汉武帝与李夫人的故事，写光绪与珍妃的悲剧结局。"锦瑟"、"平芜"见悲愤难诉、遗恨无边之情；铜仙、哀蝉，寓人世沧桑、国家兴亡之叹。诗虽句句用典，感情却深沉淋漓，溢于言外，令人荡气回肠。文廷式追悼珍妃的诗篇，一时传诵万口。

【参考资料】

《清朝野史大观》卷一
《清诗纪事·光绪朝卷》

---

① 参见本丛书《唐代篇·锦瑟争讼》。
② 参见本丛书《唐代篇·鬼才李贺》。
③ 参见本丛书《唐代篇·倾国倾城》。

赛金花吟

1936年农历十月廿一日子夜，七十三岁的赛金花，在北平（今北京）香厂居仁里十六号病死了。

赛金花晚年凄凉孤独，贫病交加，死时她身边只有跟随多年的两个老仆人，但北平各界为她办的后事却十分排场、热闹。灵堂上，挂她大幅遗像，素幔高悬，香花酒果杂陈，金童玉女和两个大花圈分列两旁，挽联不下四五十幅，陶然亭僧人诵经，“梵音哭声，混成一片”；开吊那天，前往吊唁者竟多达百余人；出殡时，有送殡执事、雪柳、乐队、僧番；棺上罩遍绣幅寿字，由二十四杠人抬棺，尽管当日下着雪，送殡者仍有数十人，从陶然亭旁的三圣庵出发，北出琉璃街，经南新华街、大栅栏、天桥，绕了一个大圈子，再回到陶然亭。当时悼词悼诗无数，贺履之写过挽诗《哭灵飞诗》两首，诗如下：

识时无愧女中雄，应变长才象译通。
海外交游倾将帅，酒边谈笑却兵戎。
瑶池春宴波摇绿，琼岛展妆日映红。
凝碧管弦群侧耳[①]，苍生托命奏奇功。

陶然亭畔卜幽栖，金缕衣残鬼唱低。
芳冢为邻鹦鹉伴，怨坟无主鹧鸪啼。
峨嵋艳冷留冰镜，鸿爪缘多印雪泥[②]。

① 参见本丛书《唐代篇·王维装哑》。此借王维事迹，赞赛金花在国家危难之时表现出的气节。

② 苏轼《和子由渑池怀旧》：“人生到处知何似，应似飞鸿踏雪泥；雪上偶然留爪印，鸿飞那复计东西。”后用“鸿爪雪泥”比喻往事留下的痕迹。

救国名为青史垂，纪功碑应与云齐。

这两首诗，记录了赛金花的身世，借唐代诗人王维在安史之乱中的事迹，称颂赛金花在国家危难之时表现出的气节，并赞扬她的“救国”之举，将名垂青史，功与云齐。

赛金花究竟是什么人呢？曾繁《赛金花外传》这样总结了她的一生：“赛金花是有清一代的名妓，她的成名，不独在色美风流，而且还是庚子年间清朝外交史上的一个重要人物。赛金花，少女时代，流落青楼；青春时代，贵为使节妇人；少妇时代，周旋八国联军主帅，拯北京民众于锋镝之屠杀；中年时代，复先后适人，晚年时代颠沛困苦。凡此种种，都是值得笔之于书的。”刘半农，商鸿逵著《赛金花本事》也说：“这个人在晚清史上同叶赫那拉（慈禧）可谓一朝一野相对立了！”这两段话，说明了赛金花不平凡的身世、在晚清的重要地位和影响。赛金花是一位生活经历丰富、极具传奇色彩的人物。

赛金花，本姓赵，乳名彩云，出生在苏州城里的一个城市贫民家里。由于家庭生活所迫，十三岁时，就被人诱迫，开始了卖笑生涯。正式为妓时，用“富彩云”的名字，以后讹为“傅彩云”。她二十三岁那年，归礼部侍郎洪钧。次年，洪钧被任命为出使俄、德、奥、荷四国钦差大臣，十一月带彩云赴柏林上任。傅彩云作为“状元夫人”、“公使太太”，在欧洲三年，美艳倾倒列国，贵宠震动欧洲。洪钧 1890 年奉调回国，1893 年病死。彩云失去了依靠，又为洪家所不容，只得回上海，化名曹梦兰，重又沦为妓女。以后，往来于天津、北京之间，她自己取名“赛金花”。

1900 年，也就是光绪庚子年，八国联军大举进攻中国，到处烧杀淫掳，无恶不作。赛金花亲眼目睹这一切，在一次被德国官兵勒索欺侮时，赛金花用德语应对，德兵大惊，赛又声称认识联军总司令瓦德西，德兵更加恭谨。第二天，瓦德西果然派车来接赛金花。这时，赛金花从一个难民一跃而为联军总司令的座上客。这期间，赛金花做了两件大事：第一件是联军在北京烧杀淫掳之时，她向瓦德西提出两个要求，一要保护文物，不能重演火烧圆明园的惨剧，二要保护北京城的善良百姓，不准滥杀无辜。这样，当时德军驻扎的城南琉璃厂文物古迹得以保存，北京千千万万市民免遭杀戮。第二件是清廷全权大使李鸿章同八国联军的和谈，由于德国公使克林德夫人的态度强硬，一直处于僵局，因赛金花的斡旋，克林德夫人让步，和谈才告成功。这两件事，是赛金花人生经历中最重要的一页。正是这两件事，把赛金花的名字同中国的近代史、庚子事件永远联结在一起。

1903年，赛金花因婢女自杀入狱，后被强行押解回原籍苏州。一年以后，赛金花又回上海，三度为妓。这时，赛金花已厌恶妓女生活，希望觅得一风尘知己，逃离苦海，她先后嫁了曹瑞忠、魏斯灵。但结婚时间不长，曹、魏都不幸先后病逝。这样，赛金花就迁居北京城南的香厂居仁里十六号，在这里蛰居十五年，直到病故，人们几乎都忘记了这位曾经名动中外的赛金花[①]。

赛金花，作为一个风尘女子、苏州名妓，与一般妓女不同。她曾三度沉沦于社会的最下层，含垢蒙羞，受尽了达官显贵的污辱与玩弄；又两度腾达于社会的最上层，荣华风流，看够了显贵名流的乞怜与谄媚。她身不由己地任风狂雨骤的时势颠簸，大起大落，饱经了人世沧桑，世态炎凉。她在庚子年间所起的特殊作用，使她更富有了传奇色彩。除了极短暂的时间，赛金花一生，始终是社会注目的新闻人物。

早在庚子的前一年，即己亥年（1899年）夏天，这位“状元夫人”正以赛金花的名字走红天津、北京时，刚从渭南（今陕西渭南）县宰入都诏授道府参武卫军事的樊增祥，与客闲话赛金花，便写了一首长篇七言歌行诗《前彩云曲》，叙述赛金花出生和前半生的主要事迹，一直写到洪钧病死、“状元夫人”重新沦为妓女止。这首诗，在京、津、沪的一些报纸刊出后，立即不胫而走，“一时比之为梅村之《圆圆曲》[②]”（潘飞声《在山泉诗话》）。

几年以后，樊增祥居上海，这时的赛金花，经过了庚子之乱，又因婢女案被押解回籍，重为妓女。她的这一段经历，更成了茶坊酒肆的话题。樊增祥应同人之请，“补记以诗”。他本以为赛金花不过是一个妓女、“淫鸨”，“何足更污笔墨？”但想到庚子年间事，“尔时联军驻京，惟德

① 赛金花生平纪年分歧很多，这里据瑜寿《赛金花故事编年》。
② 参见本书《冲冠一怒》篇。

军最酷。留守王公大臣，皆森目结舌，赖彩言于所欢[①]，稍止淫掠，此一事足述也。”（《后彩云曲自序）于是，又用七言歌行体，写了长诗《后彩云曲》，其中一段如下：

愤兵入城恣淫掠，董逃不获池鱼殃[②]
瓦酋入据仪鸾座，凤城十家九家破。
武夫好色胜贪财，桂殿清秋少眠卧。
闻道平康有丽人[③]，能操德语工德文。
状元紫诰曾相假，英后殊施并写真。
柏林当日人争看，依稀记得芙蓉面[④]。
隔越蓬山十二年，琼华岛畔邀相见。
……
言和言战纷纭久，乱杀平人及鸡狗。
彩云一点菩提心，操纵夷獠在纤手。
胠箧休探赤侧钱，操刀莫逼红颜妇[⑤]。
始信倾城哲妇言，强于辩士仪秦口[⑥]。

樊增祥以写艳情诗闻名，“尤自负于艳体之作”（陈衍《石遗室诗话》），然而风神不高，多不出俗调滥词，独前后《彩云曲》传唱一时，尤负盛名。他自己认为《后彩云曲》较前作尤工。钱仲联先生说：“樊山《彩云曲》，哀感顽艳，传诵艺林已久。”（《梦苕庵诗话》）特别是这首《后彩云曲》，客观而真实地叙述了赛金花的身世，特别是赛金花操一口流利的德语，有作为“状元夫人”出使欧洲的经历，有倾城倾国的姿色，有胜过苏秦、张仪的胆识与口才，在庚子事变中，她利用她同八国联军统帅的特殊关系，

① 指瓦德西。

② 董逃，东汉时歌谣语。董指董卓，言董卓残暴，终必逃窜或灭亡。此处指义和团。言八国联军以义和团杀德国公使为借口入侵，殃及池鱼。

③ 平康，唐长安城平康里，为妓女聚居处，此处指妓女傅彩云。

④ 此二联追记傅彩云随洪钧出使欧洲四国情形。相传，她曾与英国女王伊丽莎白合影。

⑤ 胠箧（qiè），撬开箱子。赤侧钱，汉代钱币，此指傅彩云劝瓦德西制止士兵抢劫杀戮。

⑥ 仪秦，指战国苏秦、张仪凭三寸舌游说列国。

为祖国和人民做了她力所能及的事。因此诗人在字里行间，对她由衷地表示了赞赏。曲江春作《赛金花轶事汇录》有这样一段话：“当此之时，朝野寂焉无人，独有赛金花者以一弱女子，挺身而出，周旋于联军统帅瓦德西各重要首领之间”，“设非有赛其人，恐太庙、皇城、颐和、万寿，亦必继明园而成废墟，亿民百官、千娇百丽俱遭毒屠与奸淫，亦未可知。是赛之有功于国家社稷，有德于燕市百姓者也。”“其事至为悲壮，可歌可泣。”这就是樊增祥所说“此一事足述也”的道理。赛金花在世时，敬仰她的人有之；她死后，悼念她的人有之；至今百余年，人们还不时地谈论她，就因为她作为一个最下贱、最被人鄙视的妓女，却为人民做了非凡的事，她对保护北京古城和人民作出的贡献，必将永载史册！

关于赛金花的长诗，传播人口的还有访问过赛金花的王甲荣所作的《彩云曲》和同时人薛绍徽（字秀玉）女士的《老妓行》。钱仲联先生说：“前者较樊山为胜”，其成就，可上追白居易、元稹的《长恨歌》、《连昌宫词》；而后者“虽沈博绝丽，未逮樊、王二家，而翔实胜之。出诸闺秀手笔，尤为难能可贵。”（《梦苕庵诗话》）王甲荣和薛秀玉二人的诗，惜简制鸿巨，无法转录于此。

早在1905年，由金松岑、曾朴合作的《孽海花》就出版了，1905年出版第一集，一至十回，次年，出版第二集，十一至二十回，距赛金花去世还有三十年。这部被鲁迅先生认为是清代压轴的讽刺小说，“以赛金花为经，以清末三十年朝野轶事为纬”（瑜寿《赛金花故事编年》），描写清末的众生相，一时成为畅销书。以后，先后又有《赛金花》、《状元夫人》等几种关于赛金花的戏剧上演，赛金花都去看过，还接受记者采访，对剧本和演出发表了自己的意见。

1936年，夏衍创作了话剧《赛金花》，由四十年代剧社在上海金城大戏院公演，我国著名的戏剧家洪深、欧阳予倩任导演，红极一时的影星王莹主演赛金花，赵丹、金山、崔嵬、蓝苹等六十余人参加演出，演出获得巨大成功。曲江春说，这是一出“历史悲壮哀艳之名剧”，当“八国联军入北京城，清帝蒙尘西奔，城中乃处异族铁蹄下，三千壮士齐下拜，竟无一个是男儿，独名妓赛金花以一弱女子，往见统帅德瓦西，凭三寸不烂之舌，救全城百千无辜生灵，其事至为悲壮，可歌可泣。而今年老色衰，

晚景凄凉，令人不胜哀感。”（《赛金花轶事汇录》）夏衍先生说：“我不想将女主人公写成一个‘民族英雄’，而只想将她写成一个当时乃至现在中国习见的，包藏着一切女性所通有的弱点的平常的女性。我尽可能的真实地描写她的性格，希望写成她只是因为偶然的机缘而在这悲剧的时代里面扮演了一个角色。不过，我不想掩饰对这女主人公的同情，我同情她，因为在当时形形色色的奴隶里面，将她和那些能在庙堂上讲话的人们比较起来，她多少的还保留着一些人性！”（《历史与讽谕》）在夏衍的戏中，赛金花不是“民族英雄”，她那些惊天动地的壮举，也许都是“因为偶然的机缘”，但她表现出来的“人性”却是伟大的。赛金花病逝后，北京的《世界日报》、《晚报》、《晨报》，天津的《大公报》，南京的《中央日报》等纷纷报道，社会各界捐款、前往吊唁，为赛金花举行了盛大隆重的丧葬。四十年代剧社汇款助葬，并致电说：“彩云乍散，彤史流耀！”此八字，表达了当时社会各界共同的悲恸和崇敬。

【参考资料】

《孽海花》

刘半农等著《赛金花本事》（吴德铎整理）

《清诗纪事·光绪朝卷》

《夏衍剧作集》

鉴湖女侠

光绪三十年（1904 年）炎夏某日，秋瑾大步走进好友吴芝瑛家。

“瑛姐，瑛姐……”一进门，秋瑾就大声喊叫。

吴芝瑛从内室走出来，见一个年轻书生站在面前，吓了一跳，连忙转身要回内室。原来，她听见连声呼叫，来不及换装，就穿着家常衣服匆匆走了出来。

“瑛姐哪里去？小生这厢有礼了！”秋瑾一把拉住吴芝瑛，然后摘下瓜皮帽子，施了一礼。

吴芝瑛更是羞愧难当，连忙扭转头去，连正眼也不敢看，用力挣扎，恨不能立刻逃走。

“哈，哈，哈……”秋瑾丢出一长串银铃般的大笑，说：“瑛姐，你不敢看我，还听不出我的声音？我是瑾妹！”

吴芝瑛这时才回过头来，定睛打量面前的这个青年书生，果然是她的结盟小妹秋瑾。她不禁“噗嗤”一声，笑出声来，然后嗔怪地说：“看你这样子，穿一身青布长衫子，戴一顶瓜皮帽子，拖一根又粗又长的辫子，活像个大清朝举子，你这名动京城的鉴湖女侠，是要‘改邪归正’了？”

“哈哈，瑛姐到底还认得我这鉴湖女侠！女侠今日要作男儿了！”秋瑾一挥手，在屋里大摇大摆地踱了几步，声情激越地吟诵道：

身不得，男儿烈。心可比，男儿烈。

吴芝瑛听秋瑾吟诵起她的《满江红》词下阕，也与她同声吟诵：

算平生肝胆，因人常热。俗子胸襟谁识我？英雄末路当磨折。莽红尘，何处觅知音，青衫湿！

两人吟完，相对站着，凝视着对方，顿时都严肃起来。

吴芝瑛问："你女改男装，有什么打算吗？"

"我要去日本留学，我要到海外去寻找灭清兴邦的知音。"秋瑾坚决地说。

"什么时候动身？"

"就在这几日。"

"好，定了日子，就告诉为姐，我要约请在京的众姐妹为你饯行。"

几天以后，京城城南陶然亭，吴芝瑛与众姐妹齐集，为秋瑾置酒饯行。秋瑾一向酒量很大，今日话别，更是痛饮无忌。她频频大声呼喊："添酒！添酒！""把大酒瓮抬来！"酒酣兴畅，胸胆开张，高谈雄论，更胜平日。

"姐妹们！"秋瑾大声呼喊着："画工须画云中龙，为人须为人中雄！山河破碎，金瓯残缺，何日还我河山，兴我中华？"秋瑾指点江山，激昂悲愤，霍地站起来，举起大酒杯，一饮而尽。然后，离开桌子，拔出随身携带的佩刀，慷慨起舞。秋瑾自幼慕朱家、郭解、荆轲一类侠义之士[①]，喜酒好剑，因为她是山阴（今浙江绍兴）人，山阴境内有鉴湖，所以自号鉴湖女侠，豪纵尚气，自以为不合时宜，常于剧饮沈酣之时，悲歌击节，拔剑起舞，气势豪壮，不逊男儿。这时，她正激情不可遏制，便边舞边唱起来：

汉家宫阙斜阳里，五千余年古国死。
一时沉沉数百年，大家不识做奴耻！
忆昔我祖名轩辕，发祥根据在昆仑。
辟地黄河及长江，大刀霍霍定中原。
痛哭梅山可奈何？帝城荆棘埋铜驼[②]。
几番回首京华望，亡国悲歌泪涕多。
北上联军八国众，把我江山又赠送。
白鬼西来做警钟，惊破汉人奴才梦。
主人赠我金错刀，我今得此心雄豪。

---

① 朱家、郭解、荆轲都是秦汉时著名游侠。事见《史记·游侠列传》和《刺客列传》。

②《晋书·索靖传》载，索靖预知天下将乱，指洛阳宫门外的铜驼叹道：你就要陷没在荆棘丛中了。此指明王朝的灭亡，国家为清贵族集团所统治。

赤铁主义当今日，百万头颅等一毛。

……

这首诗说，有五千年历史的文明古国，最近数百年落后了，做惯了外国列强的奴隶，已经不知耻辱。崇祯皇帝在景山（梅山或煤山）吊死，皇城中那些作为帝位的象征物已经掩埋在荆棘丛中；清王朝又把大好河山拱手让给了八国联军，这一次才真正惊醒了仁人志士的奴才梦，奋起抗击帝国主义入侵。这首《宝刀歌》，长达二十余韵，上下千古，大气磅礴，其侠肝义胆，足以上慑鬼蜮；报国忠心，诚可感动天地。在座的众姐妹，已不止一次听秋瑾吟唱这首歌了，京城传诵，一时和者不知其数。但是今天，秋瑾唱得尤其悲凉慷慨，动人心魄。四座姐妹，有举箸击盏、同声唱和的；有挽袖拭泪，悲切啜泣的；有击掌呼叫，恨不能立刻驰骋沙场、捐躯报国的。

秋瑾收舞罢唱，群情仍然激动不已。

秋瑾走了，在清王朝极端腐败、帝国主义势力争相瓜分中国的危难时刻走了，为寻找同志、拯救灾难深重的祖国走了！

秋瑾到日本后，参加了孙中山先生领导的同盟会，接受了资产阶级革命纲领。光绪三十二年（1906 年），秋瑾回国，创办《中国女报》，主持大通学校校务，积极进行革命宣传和组织活动。次年为配合表兄徐锡麟在安徽的起义，她奔走于江、浙两省，组织了光复军。但到了五月，形势变得十分险恶，秋瑾给上海《女子世界》记者陈志群写信时说：“惟时局倾危，人心日下，对此中国前途，能无感慨？”她随信附去了这样两首诗：

飘泊天涯无限感，有生如此复何欢？
伤心铁铸九州错，棘手棋争一着难。
大好江山供醉梦，催人岁月易温寒。
陆沉危局凭谁挽？莫向东风倚断栏。

危局如斯百感生，论交抚案泪纵横。
苍天有意磨英骨，青眼何人识使君。

叹息风云多变幻，存亡家国总关情。

英雄身世飘零惯，惆怅龙泉夜夜鸣。

国家倾亡，难以挽回，革命者每走一步都万分艰难；国民尚未觉醒，大好江山，只成了醉乡梦境。诗人感到无限孤独和彷徨。但时局多变，存亡关头，床头龙泉宝剑夜夜鸣响，思斩妖除氛，出匣无日，诗人不禁万分悲痛。两首诗直抒胸怀，淋漓酣畅，气骨雄健，沉郁悲怆，读之令人掉泪。

果然，五月二十六日，徐锡麟起义失败，在安庆（今安徽安庆）被杀。六月初五，秋瑾不幸被捕，在绍兴府受讯时，惨遭酷刑，在所谓自供书上，秋瑾只写了“秋风秋雨愁煞人”七字，终无一字招供。秋瑾为什么只写了这样一句诗，这句诗的真正含义是什么，成为后代学者无法破解的谜。次日凌晨，秋瑾被杀害于绍兴城内的古轩亭口。

秋瑾的盟姐吴芝瑛闻讯，万分悲痛。她赶赴绍兴为秋瑾收骨营葬，写了《哀山阴》两首，表示了沉痛的追悼，其一如下：

天地苍茫百感身，为君收骨泪沾巾。

秋风秋雨山阴道，太息难为后死人。

1919年4月，鲁迅先生以秋瑾的事迹为素材，写了著名短篇小说《药》，他一方面为愚弱麻木的国民而痛苦，哀其不幸，怒其不争；一方面为在寂寞的沙漠里奔驰而不惮前驱的猛士呐喊助威，寄托了崇高的赞美和深沉的惋惜。鲁迅先生同时又痛心地指出，这些资产阶级革命者，看不到革命力量的根本所在，因此感到孤独、寂寞、彷徨，不能把革命引向胜利，这是他们的悲哀。秋瑾正是这样一位悲剧时代的巾帼英雄。1921年，中国共产党成立，资产阶级旧民主主义革命，转变为无产阶级领导下的新民主主义革命，从此，中国历史翻开了崭新的一页！

【参考资料】

《秋瑾集》